Penny L. Chapman

CRASHED

New Adult Roman

Erste Auflage im September 2017

Sämtliche Handlungen und Personen sind frei erfunden. Jegliche Ähnlichkeiten mit lebenden oder verstorbenen Personen sind rein zufällig und nicht beabsichtigt. Orte, Markennamen und Lieder werden in einem fiktiven Zusammenhang verwendet. Örtliche Begebenheiten wurden teilweise dem Storyverlauf angepasst. Alle Markennamen und Warenzeichen, die in dieser Geschichte verwendet werden, sind Eigentum der jeweiligen Inhaber.

Penny L. Chapman
c/o Autorenservice Patchwork
Schlossweg 6
A-9020 Klagenfurt
Unfoldingserie@t-online.de

Korrektorat: C. Heinen
Cover: Marie Graßhoff
978-1548410698

PLAYLIST

Musik inspiriert mich vor und während des Schreibens. Charaktere entstehen, Szenen entwickeln sich und alles wird dynamischer. Hier die Playlist zu CRASHED.

Delerium – Angels
Eddie Vedder – Guaranteed
You Me at Six – Room to Breathe (Harlans Song)
Bring me the Horizon – Deathbeds
Nine Inch Nails – Happiness in Slavery
Sick Puppies – You're going down
Thirty Seconds to Mars – Hurricane
Thrice – Black Honey
Like a Storm – Ordinary
Somo – Curve (Harlan and Storms Song)
The Kills' – U.R.A Fever
10 Years – Wasteland
Thousand Foot Krutch – Running with Giants
Poets of the Fall – Carnival of Rust
Pierce the Veil – Bulls in the Bronx
Ursine Vulpine ft. Annaca – Wicked Game
Ben Cocks – So Cold
Dream on Dreamer – Don't Lose Your Heart
Aranda – Satisfied
Karmina – All the King's Horses (Storms Song)

Boadicea – Enya

The Butterfly Effect – In a Memory

Thousand Foot Krutch – In my Room

Thousand Foot Krutch – Be Somebody

»One of the happiest moments in life is when you find the courage to let go of what you can't change.«
-Unbekannt

Für alle, die etwas in sich begraben haben.

Verschließe deine Augen nicht vor der Wahrheit, weil sie wehtut oder weil es leichter ist, die Dinge zu verleugnen. Nimm dir Zeit. Gib deiner Trauer einen Raum. Sie ist nicht dein Feind, sie hilft dir zu heilen. Freue dich an den kleinen Dingen im Leben. Niemand kann dir die Sonne oder das Rauschen der Blätter im Wind nehmen. Öffne dein Herz für das Gute. Es ist überall, du musst es nur sehen.
Du bist stärker, als du glaubst.
Das Leben ist wundervoller, als du es für möglich hältst.
Morgen beginnt ein neuer Tag.

-Penny L. Chapman

»Penny L. Chapman schreibt ehrlich, bedeutend und für all jene, die auch an den hässlichen Seiten des Lebens etwas Gutes und Echtes finden können.«
– Vanessa C.

Kapitel 1

STORM

Leben ist die Summe aus Erfahrungen, Vergangenheit und einer stetigen Entwicklung. Leben bedeutet nicht einfach nur, dass sich deine Lunge mit Sauerstoff füllt. Es bedeutet, nach vorne zu blicken und stets das Gute zu sehen, mag es noch so klein sein.

Ich sagte Dads Mantra in meinem Kopf auf und hoffte, es würde helfen, damit ich mich besser fühlte. Eigentlich sollte ich mich an die Blicke und Anfeindungen gewöhnt haben, aber an Tagen wie heute, fiel es schwer, das Gute zu sehen.

Ich atmete tief durch und öffnete die Augen. Die Sonne tauchte den Himmel bereits in ein sattes Orange und ich spürte, wie sich eine Gänsehaut auf meinen Unterarmen ausbreitete, jetzt, wo die Temperaturen sanken und der Abend anbrach. Sanfte Wellenbewegungen unter mir holten mich zurück in die Realität und ich setzte mich auf dem Surfbrett auf und ließ die Beine rechts und links ins Wasser baumeln. Es wurde Zeit, zurück zum Strand zu paddeln, bevor es dunkel wurde.

Ich legte mich bäuchlings aufs Board, tauchte die Hände ins Wasser und ruderte gegen die Strömung an.

Zehn Minuten später erreichte ich das Ufer, hob meine braune Fransentasche mitsamt dem Handtuch auf, hängte sie über eine Schulter und klemmte das Surfbrett unter meinen rechten Arm.

Mein Blick wanderte über die Dünen. Als ich ihn bemerkte, schlich sich ein Lächeln auf meine Lippen und mein Herz klopfte augenblicklich schneller. Etwas Gutes hatte dieser Tag also doch. Es war so etwas wie ein Ritual für uns geworden. Er, der mich jeden Abend beim Surfen beobachtete, ich, die zurückstarrte und darauf wartete, dass er sein Schweigen brach und mich endlich an seinen Gedanken teilhaben ließ. Vor einiger Zeit schon hatte ich ihn kennengelernt, als er mit seinem Kumpel am Strand gesessen hatte. Er war mir sofort aufgefallen und ich hatte mich nicht gescheut, ihn anzusprechen. Denn Harlan Avery gefiel mir. Doch bisher hatte er noch nie ein Wort mit mir gewechselt.

Ich schlenderte auf ihn zu, legte das Board und meine Tasche in den Sand, schlang das Handtuch um meine Schultern und ließ mich neben ihm nieder.

Er starrte weiter aufs Meer, ohne mir Beachtung zu schenken. So ging es seit drei Monaten und auch, wenn ich wusste, dass ich ab morgen die Gelegenheit bekam, ihn besser kennenzulernen, weil ich die Blumen für die Hochzeit seiner Freunde arrangieren würde, ertrug ich sein Schweigen heute nicht.

Ich atmete tief aus, vergrub die Zehen im Sand und rupfte einen Grashalm aus, mit dem ich nervös Linien auf meinem Knie zeichnete. »Das Spiel war bisher ganz lustig. Ehrlich. Ich sehe dich auch gerne an, aber meinst du nicht, dass es allmählich reicht? Wenn du mich nach einem Date fragst, sage ich auch Ja.«

Immerhin wusste ich seit gestern seinen vollständigen Namen, aber ich war zu sehr auf sein Gesicht gespannt, wenn ich morgen bei seinen Freunden auftauchen würde, als dass ich dieses Ass jetzt aus dem Ärmel ziehen wollte. Tyler, sein Kumpel, dem ich damals meine Nummer gegeben hatte, rief mich vorgestern überraschend an, weil er eine Floristin für seine Hochzeit brauchte. Zuerst erinnerte ich mich nicht an ihn, doch als er seinen mürrischen Freund mit den schwarzen Haaren erwähnte, der mich wie ein Irrer angestarrt hatte, fiel mir unsere erste Begegnung wieder ein und ich nahm sein Angebot an.

Das Schicksal fand manchmal merkwürdige Wege, Menschen zusammenzuführen. Und so sah ich es. Als eine Chance, endlich den Jungen kennenzulernen, der mir nicht mehr aus dem Kopf ging. Ab morgen würde Harlan mir nicht mehr ausweichen können.

»Wie war dein Tag?«, fragte ich, ohne eine Antwort zu erwarten. »Meiner war scheiße. Meine Mom hat angerufen und wieder abgesagt. Ich habe sie seit einem Jahr nicht mehr gesehen und ihr extra Geld geschickt, damit sie herkommt. Dann war ich im Supermarkt und zwei Mädchen haben mich ausgelacht. War nicht so schlimm, daran bin ich gewöhnt, aber sie haben mich verfolgt, in eine Ecke gedrängt und mein Portemonnaie gestohlen. Wäre zu verschmerzen gewesen, aber darin waren Fotos von Mom und Dad.« Mit einem Finger strich ich mir eine Strähne hinters Ohr und sah Harlan an, dessen Blick auf einem Punkt in der Ferne ruhte. Er hörte aufmerksam zu, zumindest schien es so, denn er nickte.

»Und dann hat Miko angerufen und mir mitgeteilt, dass Shanti, mein Lieblingshund im Tierheim, gestorben ist. Es ist also wirklich ein scheiß Tag und du bist das einzig Gute daran. Es wäre nett, wenn ich nicht länger mit mir selbst sprechen müsste und du wenigstens irgendetwas dazu sagen könntest.«

Doch auch jetzt antwortete er nicht und ich wurde wütend. Was war sein verdammtes Problem? Ich schüttelte den Kopf, kramte in meiner Tasche nach dem Joint, zündete ihn an und nahm einen tiefen Zug. In wenigen Minuten würde ich entspannter sein. Harlan drehte den Kopf in meine Richtung. In seinen braunen Augen erkannte ich Wut und bevor ich mich weiter wundern konnte, was los war, riss er den Joint aus meinen Händen, schmiss ihn in den Sand und trat mit seinem Schuh darauf. »Lass den Scheiß. Bist du ein Junkie?«

»Spinnst du? Das war mein Letzter.«

Seit ich ihm zum ersten Mal begegnet war, hatte ich mir seine Stimme vorgestellt. Sie klang noch besser, als in meiner Fantasie. Tief, melodisch, männlich. Aber nie hatte ich gedacht, dass das Erste, was er zu mir sagte, mich verletzen würde.

»Drogen sind das Letzte.« Er stand auf und musterte mich abschätzig. »Und ich gebe mich nicht mit Junkies ab. Das hier war ein Fehler. Ich hätte es wissen müssen.«

Ich sprang auf. »Was ist auf einmal los mit dir? Seit drei Monaten starrst du mich an, als wäre ich ein Tier im Zoo, und jetzt beleidigst du mich und flippst aus, weil ich entspannen will?«

Er schüttelte den Kopf und lief an mir vorbei, doch ich stapfte ihm durch den Sand hinterher. »Das ist Hanf. Ganz natürlich angebaut. Ich schnupfe doch kein Kokain.«

Harlan blieb abrupt stehen, sodass ich beinahe gegen ihn stieß, und drehte sich zu mir um. Die letzten Sonnenstrahlen des Tages tauchten seine olivfarbene Haut in orange-rotes Licht. Es erinnerte mich an die Kriegsbemalung eines Indianers und sofort sah ich Dad vor mir. Doch Harlans Augen hatten nichts von der Sanftheit meines Vaters, sie versetzten mir nur einen weiteren Schlag in die Magengrube.

»Junkies finden immer Ausreden für ihr Fehlverhalten.«

»Wow, du bist ein Arschloch! Ich dachte, du wärst nett. Schräg, aber nett.« Fassungslos sah ich ihn an. In meiner Vorstellung hatten wir uns unzählige Male unterhalten, miteinander gelacht oder waren zusammen am Strand spazieren gegangen. Wenn ich abends in meinem Bett gelegen und an den mysteriösen Typen gedacht hatte, der mich wie ein hungriger Wolf beobachtete, hatte ich mir seine Hände auf meinem Körper vorgestellt. Seit unserer ersten Begegnung faszinierte er mich, aber innerhalb einer Minute gelang es ihm, alles zu zerstören.

»Nett.« Harlan lachte verächtlich und schüttelte den Kopf. »Du hast keine Ahnung. Du kennst mich nicht. Halt dich einfach fern von mir.« Er wandte sich ab und lief mit geschmeidigem Gang davon.

Ich sah ihm so lange nach, bis seine Silhouette nur noch ein dunkler Schatten war, der sich gegen den blutroten Horizont abhob. Ich sollte mich fernhalten? Er war doch derjenige, der jeden Abend zum Strand kam. Mein Mund fühlte sich trocken an, aber hinter meinen Lidern spürte ich plötzlich Tränen aufsteigen. Es war völlig idiotisch, denn er hatte recht. Ich kannte ihn kein Stück und mir war die Lust darauf vergangen, ihn kennenzulernen.

Ich lief zurück zu meinen Sachen, zog mein Handy aus der Tasche und wählte Tylers Nummer. Nach dem fünften Klingeln meldete er sich.

»Ich bin's, Storm, das Blumenmädchen.«

»Hi, was gibt's?«

Ich zögerte. Kampflos aufgeben lag nicht in meiner Natur, aber heute war mir alles zu viel und der Gedanke, Harlan die nächsten Wochen regelmäßig zu sehen, klang so verlockend wie die Abholzung des Regenwaldes. »Vielleicht solltet ihr jemand anderen wegen der Gestecke für die Hochzeit fragen.«

»Was ist los?« Der Ton seiner Stimme verdunkelte sich. »Ich dachte, wir hätten alles geklärt.«

»Wie oft genau wird dein Kumpel Harlan da sein?«

Tyler lachte. »Hat dich das Arschloch wieder gestalkt?«

»Woher weißt du davon?«

»Ich hab so meine Quellen.«

Es wurde immer merkwürdiger. Harlans Freund wusste von seinen abendlichen Aktivitäten. »Das Stalken wäre das kleinste Problem, aber Arschloch ist ein gutes Stichwort.«

»Was hat er gemacht? Dich nicht mehr nur mit seinem Blick gefickt?« Er lachte erneut. »Besprechen wir alles morgen. Harlan ist eigentlich der Netteste von uns.«

»Aber -«

Die Leitung knackte. Er hatte einfach aufgelegt. »Super!«

Ich feuerte das Handy zurück in die Tasche, band das Handtuch um meine Hüften, klemmte das Surfbrett unter meinen Arm und machte mich auf den Weg nach Hause. Noch so etwas Idiotisches. Ich besaß einen Trailer direkt am Strand, aber er war kein Zuhause. Menschen, die man liebte – Mom und Dad, bedeuteten Zuhause für mich. Doch sie waren nicht hier und auch, wenn ich seit zwei Jahren in Miami lebte, besaß ich keine Freunde. Leute warfen mir abwertende Blicke zu, wenn ich barfuß im Supermarkt aufkreuzte oder ohne Bikinioberteil am Strand entlanglief. Drei Mal schon war ich deshalb verhaftet worden. Es fiel mir schwer, mit dem Strom zu schwimmen und so zu leben, wie es die Menge tat, denn von Kind an war ich uneingeschränkte Freiheit gewöhnt. Wie so oft fühlte ich mich entwurzelt und ausgestoßen. Als ich die Tür meines Trailers öffnete, sprang Honey, mein Shih Tzu, an meinen Beinen hoch. Ich nahm sie auf den Arm und vergrub mein Gesicht in ihrem Fell.

~~~

Locker ließ ich die Füße von der Küchentheke baumeln, klemmte die Hände unter meine Oberschenkel und beobachtete Blake, Tylers Verlobte, wie sie ihrer Tochter einen Löffel mit Gemüsebrei in den Mund schob. Natürlich war meine gestrige Reaktion auf Harlans Verhalten vorschnell gewesen. Ich brauchte das Geld, das ich für die Blumengestecke von Tyler bekam, und nur, weil sein Freund etwas gegen meinen Hanfkonsum hatte, hieß es nicht, dass es etwas Persönliches war. Nicht jeder stand auf Weed.

»Wir müssen nur besprechen, wie hoch euer Budget ist und in welche Richtung es gehen soll.« Meine Stimme klang fremd. Blake schien nett zu sein, trotzdem fühlte ich mich unwohl. Die Blicke, mit denen sie meine Brüste in meinem Kleid gemustert hatte, als sie mich begrüßt hatte, waren mir nicht entgangen. Vielleicht hätte ich einen BH anziehen sollen, aber die Dinger
~~~

zwickten und meine Brüste passten bequem in eine Männerhand, worin bestand dann ihre Daseinsberechtigung? Ich hatte gehofft, alles Wichtige mit Tyler besprechen zu können. Denn mit anderen Mädchen kam ich nicht gut zurecht. Ich wusste nicht einmal, woran es genau lag. Ob es ihr Konkurrenzverhalten war, oder die Anfeindungen, die ich im Laufe der letzten Jahre von ihnen erfahren hatte, aber es klappte einfach nicht. Ich besaß keine Freunde. Nur lockere Bekanntschaften mit Typen, die aber nicht über das Geschäftliche hinausgingen.

Blake hob den Kopf. »Ich will's schlicht. Keine roten Kitschrosen und so Kram. Natürliche, helle Farben.«

»Natürlich ist mein zweiter Vorname.«

»Sieht ganz so aus.« Mit dem Kopf deutete sie auf meine Füße. »Hast du dich noch nie verletzt?«

»Nein. Doch. Einmal bin ich in Glas getreten. Sie haben's rausgeschnitten und genäht. Aber war nur das eine Mal.«

Das Kind griff nach dem Löffel, Blake lächelte, gab ihm einen Kuss auf die Stirn und stand auf.

»Ich bringe sie kurz ins Bett. Dann reden wir weiter. Die anderen kommen gleich, aber die stören nicht.«

»Die anderen? Auch Harlan?«

Blake hob die Augenbrauen. »Klar. Ty hat dich nicht zufällig für den Job ausgewählt. Na gut, dein Aussehen hat wahrscheinlich auch geholfen.« Sie lachte. »Bist du eigentlich von hier? Du siehst irgendwie indianisch aus, würde auch passen, nicht falsch verstehen.«

Ich nahm einen Apfel aus dem Obstkorb neben mir und biss ein großes Stück ab. Was meinte sie damit, dass Tyler mich nicht zufällig ausgewählt hatte?

»Mom ist aus den Staaten«, antwortete ich kauend.

Blake runzelte die Stirn und sah auf den Apfel in meiner Hand. Wahrscheinlich passte es ihr nicht, dass ich mich einfach bediente. Ich legte ihn zurück in die Schale und grinste sie an.

»Jetzt hast du ihn schon angebissen, ist okay. Wäre nur nett, wenn du demnächst vorher fragst.« Blake streichelte sanft über den Rücken ihrer Tochter.

»Sorry.« Verlegen nahm ich den Apfel wieder in die Hand und erinnerte mich an ihre Frage. »Ich bin von überall her. Geboren wurde ich im Dschungel von Rio de Janeiro. Dad ist Sioux-Indianer.« *Gewesen.*

Ich sprach nicht über seinen Tod, auf falsches Mitleid konnte ich verzichten.

»Im Dschungel. So so.« Sie wandte sich ab, sah über ihre Schulter und grinste. »Du bist echt schräg. Ich bringe Tate nach oben. Wenn es klingelt, machst du auf?«

»Klar.«

Warum hielten mich eigentlich alle für eine Irre, sobald ich das Wort Dschungel erwähnte? Dabei hatte ich ihr noch nicht mal vom Sturm und den Bananenblättern erzählt, in die Dad mich nach meiner Geburt gewickelt hatte. Ich stieß einen leisen Seufzer aus und biss in den Apfel. Der süßsaure Geschmack kitzelte meine Zunge und ich versuchte, nicht an das bevorstehende Treffen mit Blakes Freundinnen zu denken. Von oben klang ihre leise Stimme, sie unterhielt sich mit Tate. Ich ließ mich von der Theke gleiten, strich mein türkises Kleid glatt, lief in der Küche auf und ab und griff nach einem Kugelschreiber, der neben einem Notizblock auf der Arbeitsplatte lag. Untereinander schrieb ich die Wörter: schlicht, grün, weiß, Rinde und sah mich um. Es wunderte mich, das jemand, der in so einem imposanten Haus mit hohen Decken, edlen, schwarzen Marmorarbeitsplatten, Küchengeräten, die ich noch nie zuvor gesehen hatte, und Ledersofas, so groß wie ein Bett, überhaupt die Bedeutung des Wortes schlicht kannte. Aber Blake trug zerrissene Jeans, ein einfaches Shirt und schien auch sonst keine Luxustussi zu sein. Vielleicht urteilte ich einfach zu schnell.

Nervös kritzelte ich Federn an den Rand des Papiers, lauschte auf Blakes Stimme und hoffte, Harlan würde es locker sehen, wenn er mich hier antraf. Wahrscheinlich hatte auch er einfach einen schlechten Tag gehabt.

Das melodische Klingeln an der Tür ließ mich zusammenzucken. »Machst du auf? Ich bin gleich da«, rief Blake von oben.

»Kein Problem.« Ich pustete Luft durch den Mund aus und lief in den Flur. Meine Finger fühlten sich nass an, als ich die Haustür öffnete. Ein Mädchen mit großen, blauen Augen, die mich verwundert hinter ihrer Hornbrille musterten, hielt einen schwarzen Mops auf dem Arm. Er wand sich in ihrem Griff. Sie setzte ihn ab, lächelte mich an und streckte mir ihre Hand entgegen. »Hi, du bist sicher Storm. Ich bin Farren.«

»Namaste.« Ich schüttelte ihre Hand und ließ sie ins Haus. Farrens Hund sprang an meinen Beinen hoch und ich war froh darüber, dass sie alleine war und die stürmische Art des Hundes ein wenig von mir ablenkte. Ich kniete mich hin und kraulte ihn hinter dem Ohr.

Farren lächelte. »Namaste? Was heißt das?«

»So viel wie: ›Das Göttliche in mir grüßt das Göttliche, dass ich in dir sehe‹«, antwortete ich und wartete darauf, dass sie den Mund verzog.

Doch sie lächelte noch immer. »Interessant. Cool, dich endlich kennenzulernen.« Farren lehnte sich gegen die Arbeitsplatte.

»Endlich? Wie meinst du das?«, fragte ich, während der Hund über meine Hand leckte. Ich wischte sie an meinem Kleid ab und streichelte ihn weiter.

»Ty hat dich schon vor einem Jahr erwähnt. Ich hab gar nicht mehr dran gedacht und dann erzählt er, dass du die Blumen für die Hochzeit organisierst und dass er dich mit H ...«

»Zwerg! Da bist du ja.« Blake kam die Treppe nach unten, umarmte Farren und warf ihr einen verschwörerischen Blick zu. Farren grinste und nickte.

»Was will Tyler?« Machten sich die beiden über mich lustig oder was sollte ihre Geheimniskrämerei?

Blake drehte sich zu mir. »Setz dich. Bevor die Jungs kommen, wollten wir noch was mit dir besprechen.« Sie grinste und auch ihre Freundin hielt sich die Hand vor den Mund. Wieder einmal kam ich mir absolut fehl am Platz vor, weil ich weder ihren Insiderwitz verstand, noch hierher passte. Aber ich ließ es mir nicht anmerken, setzte mich auf einen Barhocker vor der Küchentheke und legte die Hände auf die Marmoroberfläche.

»Irgendwie erinnerst du mich an Pocahontas. Auf was für Kerle stehst du so?«, fragte Farren.

Blake stieß gegen ihre Schulter und sah mich an. »Sorry, der Zwerg ist manchmal taktlos.« Sie warf Farren einen warnenden Blick zu und wandte sich wieder mir zu. »Also, ehrlich gesagt, es geht nicht nur um die Blumen.«

Ach nein. Wirklich? Ich rutschte auf dem Barhocker hin und her. »Okay. Um was dann?«

»Ty meinte, Harlan und du habt endlich geredet?«

»Was genau wisst ihr?« Verwirrung traf meinen aktuellen Zustand nicht ganz. Eher Knoten im Hirn.

Blakes Augen funkelten. Sie beugte sich über die Theke. »Wir wissen, dass Harlan dich jeden Abend beobachtet. Dass er offensichtlich ziemlich besessen von dir ist und gestern etwas vorgefallen ist. Ty meinte, du hättest was von wegen Arschloch gesagt.«

Ich erinnerte mich nicht an das letzte Mal, wann ich mich so unwohl gefühlt hatte. Seine Freunde wussten über alles Bescheid und ich war die Außenseiterin, die über Harlan schimpfte. Ich setzte mich aufrecht hin, obwohl ich plötzlich einen zentnerschweren Ziegelstein in meinem Magen spürte. »Harlan hat anscheinend etwas gegen Weed.« Sie kannten sicher jedes Detail und ich würde mich nicht vor ihnen für meine Lebensweise rechtfertigen. »Zuerst hat er geschwiegen, wie immer. Aber als ich den Joint rauchen wollte, ist er ausgerastet.«

Farren brach in ein schallendes Lachen aus, während Blake mich nur stirnrunzelnd ansah. »Bist du sicher, dass nichts anderes passiert ist? Tyler hätte ihm eine runtergehauen, wenn Harlan sich über seine Zigaretten beschwert hätte.«

»Ja. Bin ich. Aber ich verstehe immer noch nicht, was eure Geheimnistuerei damit zu tun hat.«

»Ty will dich mit Harlan verkuppeln«, platzte es aus Farren heraus. Sie lachte noch immer, setzte sich auf den Barhocker neben mich, stützte die Ellbogen auf die Theke und legte das Gesicht in ihre Hände.

Damit hatte ich nicht gerechnet. »Verkuppeln? Wie kommt ihr darauf? Ich kapiere das nicht.«

»Danke, Farren, du bist so einfühlsam wie ein Vorschlaghammer«, sagte Blake gereizt, doch ihr Blick haftete auf mir. »Es ist ja kein Geheimnis, dass ihn irgendwas an dir fasziniert. Ty hat uns von dem Starrwettbewerb, dem ganzen Kram erzählt und -«

»Na ja, eigentlich hat das K rausgefunden«, unterbrach Farren sie. »Er hat Harlan abends am Strand gesehen, aber Harlan spricht nicht über solche Dinge und so hat K ihn, also euch, beobachtet. Praktisch ein Blick-Dreier.«

Ich lachte und schüttelte den Kopf. Um mich herum drehte sich alles. »Okay. Aber Harlan ist wie alt? Hätte er Interesse, hätte er sicher längst mit mir gesprochen. Glaubt mir, ich hab's versucht.«

»Dann hast du also Interesse? Er ist übrigens siebenundzwanzig«, antwortete Farren.

Ich beschloss, ehrlich zu sein. Bisher hatte keine von ihnen ein Wort über meine Vorliebe für Hanf verloren und auch, wenn die ganze Sache selbst für meine Verhältnisse ziemlich schräg war, schienen sie nett zu sein.

Ich nickte. »Ich steh total auf ihn, ich steh nur nicht drauf, wie er mich für etwas verurteilt, von dem er keine Ahnung hat.«

Farren lachte wieder und selbst Blakes Mundwinkel zuckten leicht. »Wenn es um Direktheit geht, passen wir alle gut zusammen«, sagte sie und augenblicklich entspannten sich die Muskeln in meinen Armen ein wenig. Vielleicht musste ich sie nur besser kennenlernen. Farrens offene Art gefiel mir. Sie gab mir das Gefühl, dazuzugehören. Und auch wenn ich mir noch nicht sicher war, was ich von Blake halten sollte, schien sie in Ordnung.

»Dann gestaltest du also die Blumendeko für die Hochzeit?«, fragte sie.

»Sehr gerne.«

»Gut. Dann haben wir ziemlich viel miteinander zu besprechen. Wahrscheinlich so viel, dass du Zeit mit uns verbringst und mit uns weggehst. Ich denke, Harlan fängt sich schnell. Er ist wie wir alle auf seine Art verkorkst, aber kein Arschloch.«

»Stimmt, die Auszeichnung geht eindeutig an Ty«, sagte Farren und sah Blake an, die den Kopf schief legte und den Kugelschreiber nach Farren warf.

»Er ist speziell, aber so schlimm ist er gar nicht.«

Die Haustür öffnete sich und Männerstimmen hallten vom Eingang in die Küche. Der Hund sprang auf, rannte los und Farren beugte sich zu mir. »Showtime«, flüsterte sie. »Er weiß nicht, dass du hier bist, oder?«

Ich schüttelte den Kopf, drehte mich zur Tür und wartete.

»Super. Ich bin so auf sein Gesicht gespannt«, sagte Farren.

Ich auch.

Kapitel 2

STORM

Tyler betrat die Küche, gefolgt von einem großen, schwarzhaarigen Typen mit Tattoos an Armen und Händen. Der Schwarzhaarige lächelte, streckte mir seine Hand entgegen und musterte mich. »Hi, ich bin Kieran. Alles klar?«

Ich schüttelte seine Hand und nickte. »Alles super, schätze ich. Storm.«

»Ich weiß, Süße.« Er zwinkerte mir zu und begrüßte Farren mit einem stürmischen Kuss. »Elisha kommt heute nicht, er hat zu tun«, murmelte er.

Nirgendwo entdeckte ich Harlan und war leicht enttäuscht, als Tyler zu mir kam und mich von oben bis unten musterte. Sein Blick blieb auf meinen Brüsten hängen, er grinste dreist. »Oben ohne«, er sah auf meine nackten Füße, »und unten ohne. Genauso mag ich's. Aber was habt ihr Weiber eigentlich mit eurem Barfuß-Trend? Zu viel Tarantino gesehen? Ein Paradies für jeden Fußfetischisten.« Er lachte und lief an mir vorbei zu Blake.

Wow. Er war wirklich speziell. Der Hund bellte, Harlan betrat die Küche. Er lächelte, doch als er mich auf dem Barhocker sitzen sah, kniff er die Augen zusammen und sein Lächeln verschwand. »Was macht die hier?«

Ich schluckte. *Er hat keinen schlechten Tag gehabt, er ist immer so.*

Blake ergriff das Wort. »Storm kennst du ja schon. Sie wird die Deko für die Hochzeit gestalten.«

»Nicht dein Ernst, oder?«

Ich ließ mich vom Hocker gleiten, stellte mich vor ihn und sah nach oben. Seine Größe, die schwarzen wilden Haare, seine ganze Erscheinung wirkte anziehend, nur seine Art zerstörte alles. Ich streckte ihm meine Hand entgegen.

»Kein Joint heute, du kannst also friedlich bleiben.«

Er sah auf meine Hand, als wäre sie giftig, lief an mir vorbei, öffnete den Kühlschrank und nahm sich eine Flasche Wasser heraus.

Ich fuhr herum. »Was ist dein Problem?«

Aus dem Augenwinkel sah ich, wie uns die anderen anstarrten, aber es war mir egal, denn ich war wütend. Als er nichts erwiderte, lief ich zu ihm und tippte auf seine Schulter. »Hey, ich hab dich was gefragt.«

Harlan wandte sich mir zu und verdrehte die Augen. »Du bist mein Problem.«

»Okay. Super. Dann sag mir ins Gesicht, was dir plötzlich an mir nicht mehr passt. Offenbar fandest du mich bisher ja ziemlich interessant.«

Tyler lachte laut und ich hörte, wie Blake ihm auf die Schulter schlug.

Harlan atmete aus, schüttelte den Kopf und verschränkte die Arme vor der Brust. »Bis gestern dachte ich auch, dass du ein anständiges Mädchen bist.«

In meinem Bauch stieg Hitze auf, sie breitete sich im ganzen Körper aus, sodass mir übel wurde, doch ich lachte. War das sein Ernst? Er kannte mich überhaupt nicht. »Dann stehst du also auf brave Mädchen?«

»Deine Titten fallen fast aus dem Kleid, Schuhe kennst du anscheinend auch nicht, du kiffst, bist total durchgeknallt und ich hab gesagt, du sollst dich fernhalten, aber jetzt schleichst du dich an meine Freunde ran, um in meiner Nähe zu sein.«

Ungläubig sah ich ihn an. »Du bist nicht nur ein Idiot, sondern auch noch verdammt eingebildet. Ich bin hier, um Geld zu verdienen, nicht, um dir nah zu sein.«

»Such dir einen anderen Job.« Bevor ich etwas erwidern konnte, stürmte er aus der Küche und schmiss die Haustür hinter sich zu.

»Hey Harlan. Wo willst du hin?«, rief Kieran ihm nach. Er klopfte auf Tylers Schulter und die beiden folgten ihm.

»Wow.« Ich setzte mich auf den Barhocker und schüttelte den Kopf »Von wegen kein Arschloch.«

Blake legte die Stirn in Falten. »Okay. Das war so was von seltsam. Das war doch nicht Harlan.«

»Na ja. Als er mich zum ersten Mal gesehen hat, hat er mich ignoriert«, sagte Farren. »Danach war er auch nicht gerade freundlich. Hat fast ein Jahr gedauert, bis er mal gelächelt hat. Zu dir war er anfangs auch nicht nett, oder?«

Farren sah Blake an, die mit den Schultern zuckte. »Verschlossen halt. Aber Harlan ist eher mürrisch und macht dicht, als dass er aggressiv wird.«

»Klasse. Dann löse ich also Aggressionen in ihm aus. Ich kapier's nicht, ich hab ihm nichts getan.«

Nie hatte ich ihn blöd angemacht, obwohl er jeden Abend in den Dünen gesessen und jede meiner Bewegungen studiert hatte. Andere Mädchen hätten sicher die Cops gerufen. Aber ich mochte es. Es machte mir keine Angst, es beruhigte mich, denn ich war wichtig für jemanden gewesen. In diesen Momenten hatte ich mich nicht alleine auf der Welt gefühlt.

Farren legte ihre Hand auf meinen Unterarm. »Hey, das wird schon, gib ihm Zeit. Harlan ist immer mal komisch, aber man gewöhnt sich dran.«

»Ich rede mit ihm. Ich will wissen, was los ist«, sagte Blake.

»Vielleicht sollte ich besser gehen.«

Klein beigeben war nicht meine Art, aber es war mir unangenehm, der Grund für die schlechte Stimmung zu sein. Ich erhob mich, doch Blake legte ihre Hände auf meine Schultern. »Du bleibst. Ich kenne ihn, das wird irgendein Harlan-Ding sein, das nur er versteht. Glaub mir, er kriegt sich ein.« Ihre Haare flogen zur Seite, als sie an mir vorbeischritt und zu den anderen nach draußen ging.

»Ich glaube, ich weiß, wie du dich jetzt fühlst.« Farren setzte sich neben mich. In ihren Augen, die mich ans Meer erinnerten, lag ein sanfter Ausdruck. Vielleicht war es auch Schmerz. »Du fühlst dich ausgestoßen. Ist doch so, oder?«

»Ist nichts Neues für mich.«

»Du wirkst eher so, dass du dir nichts gefallen lässt.«

Ich kannte Farren zu wenig, um ihr meine Gefühlswelt gleich am ersten Tag zu offenbaren, aber irgendetwas sagte mir, dass sie verstand, was in mir vorging. »Stimmt und wenn Harlan denkt, dass ich jetzt einfach den Job hinschmeiße, weil ich ihm nicht passe, hat er Pech.«

Sie lächelte. »Gut so. Hätte ich bei K gleich aufgegeben, hätte ich nie rausgefunden, warum er so reagiert hat und wie toll er in Wirklichkeit ist.«

»Dann war er auch zuerst scheiße zu dir?« Mit dem Zeigefinger fuhr ich über die Marmoroberfläche der Theke und zeichnete die Maserung nach.

Farren lachte. »Und wie. Aber er hat's nur gut gemeint. Männer haben manchmal komische Wege, dir ihr Interesse zu zeigen.«

»Trifft auf Harlan wohl nicht zu.«

Blake und die Jungs kamen herein. Kieran grinste, Tyler schaute sich gelangweilt um, nur Harlan weigerte sich, in meine Richtung zu sehen. Gut, sollte er doch zusehen, wie er damit klarkam, denn in meinem Kopf reifte eine Idee aus, die sich zu aufregend anfühlte, als dass ich sie ignorieren würde.

Mochte sein, dass Harlan Probleme mit mir hatte, aber niemand reagierte so heftig, weil ihm das Outfit oder die Lebensweise eines anderen nicht gefiel. Seine Freunde meinten, er verhielte sich mir gegenüber untypisch. Also stimmte irgendetwas nicht.

Ich straffte die Schultern und sah ihn an. Vielleicht spürte er, dass ich ihn musterte, vielleicht war es nur Zufall, aber für einen Moment trafen sich unsere Blicke. Ich lächelte und nickte kaum sichtbar. *Du wirst mir das hier nicht versauen, jetzt beobachte ich dich.*

Seine Augen verdunkelten sich, durchbohrten mich, aber ich war sicher, er verstand. *Ich werde herausfinden, ob Farren recht hat. Ich werde herausfinden, warum du so zu mir bist.*

~~~

Eigentlich gab es vorerst nichts für mich zu tun. Ich hatte Blake Vorschläge wegen der Blumen für ihren Brautstrauß und den Tischgedecken gemacht, aber da die Hochzeit noch in einiger Ferne lag, konnte ich jetzt noch nicht viel tun, außer zu planen. Doch Blake bestand darauf, dass ich zum Essen blieb, damit wir uns alle besser kennenlernen konnten. Natürlich hatte sie Harlan und mir nur rein zufällig gegenüberliegende Plätze zugewiesen, wie sie versicherte. Noch immer war ich nicht dazu gekommen, sie zu fragen, ob er ihr einen Grund für seine Abneigung mir gegenüber genannt hatte. Nervös wippte ich unter dem Tisch mit den Füßen und trank einen Schluck Wasser, weil mein Hals sich kratzig anfühlte. Ich war daran gewöhnt, alleine zu sein, kam gut zurecht und tankte die meiste Kraft, wenn ich mit Honey durch die Natur streifte. Doch jetzt saß ich mit fünf fremden Leuten an einem Tisch, von denen mich einer am liebsten mit Rattengift füttern wollte und ein weiterer eine Zirkusattraktion in mir sah. Tylers Blick sprach Bände. Er sah zu mir und schüttelte dann den Kopf. »Was ist? Schmeckt's nicht?« Er schob sich die Gabel mit einem Stück Steak in den Mund und deutete mit dem Kopf auf meinen Teller.

Ich stocherte mit der Gabel in meinem Salat herum, aber bekam keinen Bissen herunter. »Doch, alles gut.«
~~~

»Willst du kein Fleisch?«

Ich schüttelte den Kopf. »Ich esse keine tierischen Produkte.«

Er lachte und auch Kieran verdrehte die Augen. »Vegetarier?«

»Veganer«, verbesserte ich ihn.

Harlan musterte mich.

»Was?«, fragte ich ihn.

»Du rauchst, aber tust so gesundheitsbewusst. Ziemlich heuchlerisch.«

»Heuchlerisch trifft wohl eher auf dich zu. Du gaffst mich ständig an, aber verhältst dich wie ein Idiot.«

»Lass sie doch«, ging Farren dazwischen, doch ich winkte ab und wandte mich Harlan zu. Sein Blick durchfuhr mich wie ein Stromschlag. *Lass dich von seinen schönen Augen und dem heißen Körper nicht ablenken.* »Ich lebe vegan, weil ich Tiere und andere Geschöpfe als gleichwertig ansehe. Ich möchte anderen kein Leid zufügen.«

Als auch die anderen Jungs die Augen zusammenkniffen, fuchtelte ich mit der Gabel in der Luft herum. »Aber ich habe nichts gegen Leute, die anders leben. Ist nur meine Lebensweise.« Ich wurde immer nervöser und Harlan brachte mich zur Weißglut.

»Nimmst du gar kein Fleisch in den Mund?« In Tylers Stimme schwang ein bedrohlicher Unterton.

»Meinst du Blowjobs?«

Ein schallendes Gelächter brach am Tisch aus. Farren klopfte auf meine Schulter, sie verschluckte sich, hustete und aus dem Augenwinkel sah ich, dass Blakes Schultern durch ihren Lachanfall zuckten.

Alle, außer Harlan lachten. Stattdessen verdrehte er die Augen.

»Wow, Süße, du bist wirklich meilenweit vom anständigen Mädchen entfernt«, sagte Tyler. Er grinste mich düster an und ein Schauer lief über meinen Rücken. Ich fand ihn unheimlich. »Mit der wirst du Spaß haben, Bruder«, sagte er und sah zu Harlan, doch der erwiderte nichts und stocherte nur auf seinem Teller herum.

Noch so ein Talent von mir. Ich war sehr direkt. Ich überlegte nicht, ich sprach aus, was mir durch den Kopf ging. Manche Leute kamen damit nicht klar, aber das war nicht mein Problem. Ich stand auf, ging zu Blake und beugte mich zu ihr herunter. »Danke, für die Einladung und alles, aber ich muss gehen. Honey ist ganz alleine, normalerweise nehme ich sie immer mit.«

»Morgen kann sie leider nicht mit«, flüsterte sie und zog mich ein Stück zu sich, damit nicht alle etwas von unserem Gespräch mitbekamen. Vielleicht sollte auch nur Harlan nichts hören.

»Morgen?«, fragte ich überrascht und bemühte mich, leise zu sprechen. Sie schien mich zu mögen, wenn sie wollte, dass ich Zeit mit ihnen verbrachte. Blake nickte und streckte den Kopf, um mir ins Ohr zu flüstern. »Ich hab doch gesagt, es gibt viel zu tun.«

»Aber die Blumen kann ich erst kurz vorher aussuchen.«

Harlan sah zu uns herüber. Wieder lag ein düsterer Ausdruck auf seinem Gesicht, aber ich sah ihn an und zog die Augenbrauen hoch. Wenn er dachte, dass mich sein Verhalten einschüchterte, täuschte er sich. Es machte mich wütend, aber neugierig zugleich.

Blake lachte. »Ich rede auch nicht von den Blumen. Komm morgen Abend um neun vorbei. Aber zieh lieber Schuhe an.«

»Was machen wir?«

»Verrate ich nicht. Aber es wird dir gefallen.«

Schon jetzt war ich gespannt, was sie sich ausgedacht hatte. Auch wenn sie mir noch fremd waren, sie wirkten locker. Wahrscheinlich wussten sie, wie man sich amüsierte.

»Was hat Harlan gesagt? Warum mag er mich nicht?«, flüsterte ich.

Sie schüttelte den Kopf. »Er spinnt einfach. Ich sehe doch, wie er dich ansieht, wenn du es nicht bemerkst. Komm morgen Abend vorbei. Wir wollen dich kennenlernen. Ich glaube, du passt ganz gut hierher.«

Ich nickte. Das klang vielversprechend und wenn ein Abenteuer wartete, war ich die Letzte, die etwas dagegen hatte. Ich richtete mich auf und klopfte auf den Tisch. »Okay, macht's gut.«

Alle außer Harlan, der stur auf seinen Teller blickte, hoben die Köpfe und nickten. »Du auch, Charlie Chaplin«, rief ich ihm zu. Doch er ignorierte mich weiterhin. Hitze wallte in meinem Bauch, und ohne nachzudenken, stürmte ich um den Tisch herum, stellte mich neben ihn und schlug mit der Faust neben seinen Teller. »Du könntest wenigstens so viel Anstand besitzen, mir Tschüss zu sagen.«

Ich hörte Kieran lachen und endlich rührte auch Harlan sich. Er erhob sich von seinem Stuhl, verschränkte die Arme vor der Brust und beugte sich zu mir. »Wenn du den Mund halten würdest, wärst du heiß. Aber sobald du wieder irgendeinen Scheiß erzählst, vergeht es mir.«

Mit einem Blick, der mich zur Hölle schickte, starrte er mich an. Ich stemmte die Hände in die Hüften, presste Ober- und Unterkiefer zusammen und erwiderte seinen Blick.

»Es reicht, Harlan«, hörte ich Blake. Sie klang verärgert. »Hast du deine Anmachmethoden jetzt von Ty und Kieran oder was ist auf einmal los mit dir?«

Doch Harlan ließ seinen Blick nicht von mir.

»Komm, Trouble, sag ihr, dass ich gar nicht so schlimm war«, sagte Kieran, aber ich hörte kaum hin und konzentrierte mich darauf, nicht als Erste den Blickkontakt zu unterbrechen. So sehr mich Harlans Verhalten auch verärgerte, so sehr ich es hasste, ich fand ihn attraktiv. Mehr als das. Mein ganzer Körper stand unter Strom, wenn er in der Nähe war. Ich wollte ihn berühren. Seine Haut auf meiner fühlen. Herausfinden, wer er war. Und etwas in seinem Blick gefiel mir. Denn jetzt, wo ich ihm zum ersten Mal lange genug in die Augen sah, erkannte ich, dass es nicht nur Abscheu war. Zwischen all den negativen Gefühlen, die ich in ihm auslöste, versteckte sich noch etwas anderes. Etwas, das mir sagte, er hasste es genauso wie ich, aber auch er fand mich anziehend. Ich beugte mich zu ihm. »Wenn ich dich doch so nerve, solltest du mich vielleicht zum Schweigen bringen.«

Seine Nasenflügel bebten, seine Atmung beschleunigte sich. Ich wusste nicht, ob aus Wut oder Lust, aber er reagierte auf mich. Ich ging ihm genauso unter die Haut wie er mir.

»Pass auf, was du dir wünschst«, flüsterte er.

Ich lächelte, zwinkerte ihm zu und wandte mich ab. In meinem Bauch wütete ein Tornado. Ich fühlte mich wie berauscht.

»Wir sehen uns.« Ich nickte Blake und Farren zu, ohne auf Kieran und Tyler zu achten. Aber das brauchte ich auch nicht. Ihrem Gelächter nach zu urteilen, hatten sie die Show genossen.

Farren grinste und streckte den Daumen in die Luft. »Blake hat recht. Du passt perfekt zu uns.«

Ich lächelte sie an, warf Harlan, der wieder auf seinem Stuhl saß, einen letzten Blick zu und verließ das Haus. Mit einem breiten Lächeln auf dem Gesicht rauschte ich die schmale Einfahrt entlang und drückte meine Fußsohlen gegen den rauen Asphalt, um mich geerdet zu fühlen. Ich brauchte jetzt dringend frische Luft, Musik und einen Joint.

~~~

Das Wasser spülte Sand zwischen meine Zehen. Ich seufzte und sah zum Sternenhimmel über mir, der wie ein schwarzer Samtumhang, bestickt mit Pailletten glitzerte. Tränen der Wut liefen über meine Wangen. Mom verstand einfach nicht, wie sehr mich ihre Gleichgültigkeit verletzte. Dabei war sie der einzige Mensch, der Teil meines kleinen Universums war. Es gab nur sie und mich. »Schatz, ich hab dir gestern schon gesagt, dass es mir leidtut, aber ich habe kein Geld mehr und der lange Flug ist auch nichts.«

»Mein gestriger Tag war scheiße, sonst hätte ich dich da schon angerufen. Aber bis eben hatte ich gute Laune und dachte, wir reden noch mal darüber.«
~~~

Ich biss auf die Innenseite meiner Wange, um sie nicht anzubrüllen, und bemühte mich, ruhig zu bleiben. »Das Geld war extra für den Flug gedacht, so wie wir es vor einem halben Jahr abgemacht haben.«

Acht Monate hatte ich für das Ticket gespart. Acht Monate, in denen ich neben dem Blumenservice, Weed verkauft hatte, um nicht nur die monatliche Unterstützung, die ich ihr seit Dads Tod zukommen ließ, zu bezahlen, sondern auch das Ticket, damit sie mich besuchen kommen konnte. Sie war noch nie hier gewesen, wusste nicht, wie ich lebte, was ich tat oder wie einsam ich mich seit Dads Tod fühlte. Und nicht zum ersten Mal fragte ich mich, ob es sie überhaupt interessierte.

»Ja, das Geld«, antwortete sie zögerlich. »Ich brauchte einen neuen Kühlschrank. Der Staubsauger war auch nicht mehr der beste.«

»Aber ich schicke dir doch genug Geld.« Ich streichelte Honey, die mit den Vorderpfoten auf meinen Oberschenkeln stand und die Tränen von meinem Gesicht schleckte.

»Jetzt wein nicht.« Mom seufzte. »Es klappt sicher bald mal. Ich versuche auch zu sparen.«

Auch wenn sie es nicht sehen konnte, nickte ich. Mom würde nichts weiter dazu sagen. Um noch ein bisschen ihre Stimme hören zu können, wechselte ich das Thema. »Ich habe heute neue Leute kennengelernt.«

»Schön. Ich lebe mich auch langsam hier ein. London ist nicht übel, aber es ist immer noch merkwürdig, fließendes Wasser und einen Fernseher zu haben. Mir fehlt das Herumreisen, die Vielfalt.«

Selbst nach Dads Tod war meine Mom noch von Land zu Land gereist, bis sie sich vor neun Monaten ein Apartment in London gemietet hatte. Ohne meinen Dad wurde meine Mutter noch exzentrischer, als sie ohnehin schon war, und wir stritten immer öfter. So hatte ich vor zwei Jahren beschlossen, in seinen Geburtsort, Miami zu ziehen, um mich Dad etwas näher zu fühlen. Die Palmen, die schwüle Hitze und Luftfeuchtigkeit erinnerten mich an den Regenwald.

»Mir auch«, antwortete ich. »Sie starren mich immer noch alle an, wenn ich mal keine Schuhe trage. Ich organisiere übrigens den Blumenschmuck für Blakes Hochzeit. Blake ist das Mädchen, das -«

»Ich bin müde. Ich war die ganze Nacht wach. Hier ist es jetzt sieben Uhr.«

»In Ordnung.«

»Ich melde mich bald wieder, mein Schatz, mach's gut.«

Die Leitung wurde unterbrochen. Ich schlang einen Arm um Honey, legte das Gesicht auf meine Knie und spürte, wie die Tränen über meine Beine liefen. Verschiedene Gefühle wüteten in mir. Wut, Enttäuschung, Traurigkeit. Doch das intensivste Gefühl war Einsamkeit. Seit dem Tod meines Vaters vor fünf Jahren war sie mein ständiger Begleiter. Dad hatte mich verstanden wie kein anderer. Wir hatten eine innige Beziehung voller Vertrauen und Liebe geteilt und er fehlte mir. Mit jedem Atemzug, bei jedem Schritt. An diesem Tag vor fünf Jahren hatte ich nicht nur meinen Vater verloren. Ich hatte auch das Gefühl von Beständigkeit und Geborgenheit verloren.

Ich weinte eine Weile, erinnerte mich an das Gesicht meines Dads, an seine olivfarbene Haut, seine markante Nase und sein herzliches Lächeln, mit dem er die Menschen sofort für sich gewonnen hatte. Ich erinnerte mich daran, wie wir zusammen durch den Dschungel gestreift waren. Daran, wie wir von einem Baum aus Gorillamütter und ihre Babys im Unterholz beobachtet hatten. Und ich erinnerte mich an den Spruch über den Tod, den Dad mir zum ersten Mal im Alter von zehn Jahren gesagt hatte, als ich einen von Wilderern getöteten Elefanten gesehen hatte.

Deine Flügel waren bereit, aber mein Herz war es nicht.

Damals hatte ich seine Bedeutung nicht verstanden, doch nach dem Tod meines Vaters begriff ich ihn umso mehr.

Ich hob den Kopf, sah aufs Meer, spürte eine leichte Brise auf meiner Haut und wischte mit dem Unterarm die Tränen von meinen Wangen … *Es bedeutet, nach vorne zu blicken und stets das Gute zu sehen, mag es noch so klein sein.* Eigentlich war mir nicht danach, aber ich lächelte. Für meinen Vater und um mich auf das Gute zu besinnen.

Ich lebte, war gesund, Honey war bei mir und ich hatte ein Ziel vor Augen. Den echten Harlan Avery kennenlernen. Herausfinden, was ihn quälte.

Kapitel 3

STORM

Nachdem ich geklingelt hatte, sagte ich Blake, dass ich vor dem Haus auf sie und Tyler wartete, um die Abendluft zu genießen. Ich liebte den Duft des Strandes, er bildete eine aufregende Komposition aus Salz, Algen und Sonnenmilch und ich atmete tief durch, um mich etwas zu beruhigen. Ich hatte keine Ahnung, was wir unternehmen wollten, doch mir gefiel das kribbelige Gefühl, das durch meinen Magen wirbelte. Es war so viel aufregender als meine Abendroutine, die nur aus Surfen bestand. Und auch die Aussicht auf einen Abend mit Harlan versetzte mich in Hochstimmung. Langsam fand ich Gefallen an unseren Auseinandersetzungen. In diesen Momenten kam er aus sich heraus und ich bekam einen Vorgeschmack darauf, wie leidenschaftlich er sein konnte. Wenn er mir heute Abend dumm kam, war ich vorbereitet.

Ich wippte mit den Füßen im Takt zu Deleriums' *Angels* und ließ das Kabel der Kopfhörer durch meine Finger gleiten.

Als ein schwarzer Wagen die Einfahrt entlangrollte, hob ich den Kopf und kniff die Augen zusammen. Es war zu dunkel, um den Fahrer erkennen zu können, aber ich hoffte, es würde

Harlan sein, damit ich ein paar Minuten mit ihm alleine verbringen konnte, bevor die anderen dazukamen.

Die Scheinwerfer blendeten mich, dann erloschen sie und die Fahrertür öffnete sich. Mein Herz schlug schneller, als ich ihn erkannte. Er stieg aus, sein Blick fiel auf mich und ich rechnete mit einer Anfeindung, doch er schwieg nur. Harlan trug schwarze Jeans und einen gleichfarbigen Hoodie. Die Farbe seiner Haare komplettierte sein Outfit. Hastig zog ich die Kopfhörer aus den Ohren und verstaute den iPod in der braunen Fransentasche, die über meiner rechten Schulter hing.

Immer umgab ihn eine mysteriöse Aura und ich konnte nicht anders, als zu lächeln, denn mir gefiel, was ich sah. »Namaste!«, grüßte ich ihn.

»Was machst du hier?« Er stellte sich vor die Treppe und musterte mich mit seinem durchdringenden Blick, der das Blut in meinen Ohren rauschen ließ. Blake hatte ihm also nicht gesagt, dass ich heute dabei sein würde. Sie versuchte es wirklich mit allen Mitteln.

»Dasselbe wie du, schätze ich.« Ich stand auf und stieg eine Stufe herab, um ihm näher zu sein, denn ich wollte wissen wie er roch. Harlan bewegte sich keinen Zentimeter zurück, sondern beobachtete jede meiner Bewegungen. Ich blieb auf der Stufe vor ihm stehen und beugte mich nach vorne, bis meine Lippen fast sein Ohr berührten. »Ich fürchte, du musst dich an mich gewöhnen.« Ich nahm einen tiefen Atemzug. Er roch nach frischer Minze und ich schloss die Augen, weil mein Herz so schnell schlug, dass mir schwindelig wurde. »Du riechst gut.«

Harlan rührte sich nicht und plötzlich spürte ich ein unbeschreibliches Verlangen, ihn zu berühren. Vorsichtig streckte ich meine linke Hand aus, um sie durch seine Haare gleiten zu lassen, doch bevor ich eine Strähne berühren konnte, griff er mein Handgelenk und ich fuhr erschrocken zusammen.

»Was willst du?«, flüsterte er bedrohlich. Ein Schauer lief über meinen Rücken, als er seinen Griff verstärkte. Wie musste es sich anfühlen, seine Berührung überall zu spüren?

Ich sah ihm in die Augen. »Dich kennenlernen.«

Er beugte sich so dicht zu mir, dass seine Lippen beinahe meine Wange berührten. Noch nie war ich so heiß auf jemanden gewesen. Was immer Harlan an sich hatte, es war etwas Besonderes.

»Mich kennenlernen?«

Ich nickte.

»Glaub mir, das willst du nicht.«

Ich biss auf meine Unterlippe, die Härchen in meinem Nacken stellten sich auf.

Es war, als berührte er mich nur mit seiner Stimme. »Doch will ich. Du faszinierst mich.«

»Geht mir genauso.«

Mein Herz tat einen Satz. Hatte er das gerade wirklich gesagt? Ich runzelte die Stirn und sah ihn an. »Ich dachte, du kannst mich nicht leiden?«

Er schwieg eine Weile. Dann legte er den Kopf schief. Sein Blick verriet keinen seiner Gedanken, doch der Ausdruck in Harlans Augen gefiel mir nicht. »Wir wären nicht gut füreinander.« Er ließ mich los.

»Wie wär's, wenn wir uns erst mal richtig kennenlernen?«

Ich verstand nichts mehr. Wenn er mich doch nicht so ätzend fand, wie er es mich immer spüren ließ, was sprach dann dagegen, sich kennenzulernen?

Ich rieb über mein Handgelenk, wartete darauf, dass er mir antwortete, doch er sah mich nur mit einer merkwürdigen Ruhe an.

Genervt atmete ich aus. »Ich weiß, dass ich auf manche Leute ziemlich durchgeknallt wirke, aber du bist auch nicht ganz normal.«

Ich wollte mich gerade wieder hinsetzen, als ich hinter mir das Quietschen der Haustür hörte und herumfuhr. In meinem Rücken spürte ich Harlans Brust.

Blake zog die Augenbrauen hoch und grinste. »Ihr seid euch ja schnell nah gekommen.«

Tyler erschien hinter ihr. Im Gegensatz zu Blakes zierlicher Figur wirkte er wie ein riesiger Schatten. Auch er grinste, als er sah, wie dicht Harlan und ich beieinanderstanden.

Sein Blick fiel auf meine Füße, an denen ich heute braune Sandalen mit goldenen Riemchen trug. »Schuhe? Ich dachte, Hippieweiber wie du besitzen gar keine.«

»Ich muss dich leider enttäuschen. Zwei Paar habe ich dann doch.«

Er lachte, schob Blake sanft zur Seite und lief die Treppe nach unten. Als er an mir vorbeiging, zwinkerte er mir zu und klopfte Harlan auf die Schulter. »Bereit, Bruder?«

Die beiden liefen vor zum Wagen.

Blake stieg die Treppe hinab. »Sorry, dass du warten musstest. Drei Mal habe ich Dad erklärt, dass Tate ins Bett muss und er jetzt nicht mit ihr spielen kann.«

»Kein Problem. Kommen Farren und Kieran auch? Wohin fahren wir überhaupt?«

Sie warf mir einen geheimnisvollen Blick zu. »Die beiden werden auch da sein. Heute lernst du auch Elisha kennen. Du magst doch Abenteuer, oder?«

»Wer mag denn keine Abenteuer? Und wer ist Elisha?« Ich folgte ihr zu den Jungs, die gegen Harlans schwarzen Sportwagen gelehnt standen und sich unterhielten. Ich kannte einen Typen namens Elisha, aber ich bezweifelte, dass auch Blake ihn kannte.

Blake nickte Tyler zu und ich fragte mich, warum er schon wieder grinste. »Los geht's. Fahr uns einfach hinterher.«

»Ich dachte, wir fahren alle mit deinem Wagen?«, antwortete Harlan.

»Du nimmst die Kleine mit. Blake und ich wollen noch ein bisschen unter uns sein.«

Und bevor Harlan protestieren konnte, nahm Tyler Blakes Hand und lief mit ihr in Richtung seines Wagens, der ein paar Meter entfernt parkte.

Ich sah zu Boden und lächelte. Die beiden hatten sich wirklich fest in den Kopf gesetzt, Harlan und mich zu verkuppeln. Natürlich durchschaute er es genauso wie ich, doch seinem finsteren Gesichtsausdruck nach zu urteilen, fand er es weniger amüsant.

»Was grinst du so? Steig endlich ein.«

Er riss die Fahrertür auf, setzte sich hinters Steuer und startete den Motor. Ich öffnete die Beifahrertür, ließ mich auf den Sitz sinken und genoss das Kribbeln, das sich in meinem Bauch ausbreitete. Sein Wagen roch nach Pfefferminzkaugummis und

Leder. Ich sog den Duft ein und grinste breiter. Die Vorfreude auf den bevorstehenden Abend, Harlans Nähe, sein Duft. Ich war zu aufgeregt, um seiner miesen Laune Beachtung zu schenken. Immerhin wusste ich jetzt, dass er mich zwar schräg, aber nicht so schlimm fand, wie ich bisher angenommen hatte.

~~~

Die Bremslichter von Tylers Wagen leuchteten rot auf, unter den Reifen knirschte Kies, als wir einen Schotterweg entlangfuhren. Er lenkte den Dodge nach rechts und hielt neben einem roten Mustang. Mehrere Wagen parkten auf dem verlassenen Parkplatz, aber nirgendwo konnte ich Menschen oder Licht erkennen und fragte mich, was hier vor sich ging. Harlan schaltete die Scheinwerfer aus und parkte neben Tylers Wagen. Die Fahrt hierher hatte eine Stunde gedauert. Eine Stunde, in der Harlan und ich uns angeschwiegen hatten. Mehrfach hatte ich daran gedacht, ein Gespräch zu beginnen, aber die Stille ließ mich nur nervöser werden und so sagte auch ich nichts, obwohl ich gewöhnlich nie den Mund halten konnte. Kaum schaltete Harlan den Motor aus, riss ich die Tür auf und stolperte ins Freie. Ich legte den Kopf in den Nacken, sah in den Nachthimmel und konzentrierte mich auf einen besonders hellen Stern. So tat ich es immer, wenn ich nervös oder ängstlich war. Ich schaute einfach in den Himmel und fühlte mich plötzlich so winzig und unwichtig, dass auch meine Probleme weniger groß erschienen.

»Hey, wir treffen uns am Zelt. Passt auf, dass er euch nicht erwischt, und habt Spaß«, rief Blake.
~~~

»Wer ist er?«, fragte ich und sah ihr und Tyler hinterher, wie sie durch ein Eisentor verschwanden. Doch Harlan antwortete nicht.

Wir befanden uns auf einem riesigen Parkplatz. Die letzten Häuser hatten wir vor fünf Meilen hinter uns gelassen. Ein hoher Eisenzaun umsäumte das Gelände, das vor mir lag, und in der Ferne erkannte ich die Umrisse eines Riesenrads. Ich war mir nicht sicher, aber aus dieser Entfernung sah es so aus, als fehlten einige Gondeln. Bei dem Anblick klopfte mein Herz schneller und ich spürte, wie Adrenalin durch meinen Körper schoss.

»Kommst du jetzt?« Harlans Stimme riss mich aus meiner Verwunderung. Er setzte sich in Bewegung und lief auf das meterhohe Tor zu, dessen Spitzen verschlungene Ornamente zierten. Es wirkte gotisch und geheimnisvoll.

»Dass wer uns nicht erwischt? Was machen wir hier überhaupt?«, flüsterte ich und folgte Harlan mit zügigen Schritten auf das Gelände. Ich war die Letzte, die etwas gegen Spaß hatte, aber trotzdem wollte ich keine Verhaftung wegen Hausfriedensbruchs riskieren.

Als er nicht antwortete und an heruntergekommenen Ständen und Karussells vorbeilief, griff ich nach Harlans Ellbogen und hielt ihn zurück. »Sagst du mir jetzt, was wir hier machen?«

Er beugte sich ein Stück über mich und ich erkannte Aufregung in seinen Augen. Zum ersten Mal, seit ich ihn kennengelernt hatte, wirkte er glücklich und voller Leben. »Bist du immer so ungeduldig?«, fragte er mich und senkte seine Stimme. »Irgendwo hier treibt sich ein Irrer herum, der uns abknallen will. Die Frage ist also nicht, wer uns schnappen könnte, sondern wie wir ihm entkommen.«

Ich lachte. »Wow, du hast zwar einen schrägen Humor, aber immerhin -«

Ein lauter Knall unterbrach mich mitten im Satz. Instinktiv schoss meine Hand zu Harlan und packte seinen Unterarm. »Was war das?«

»Der Killer«, flüsterte er, griff meine Hand und zog mich mit sich. Vielleicht lag es an der Gefahr, in der wir uns plötzlich befanden, oder an Harlans warmer Hand in meiner, aber mein Puls pochte so schnell gegen meinen Hals, dass meine Beine zittrig wurden und ich beinahe über einen dicken Ast stolperte.

»Pass verdammt noch mal auf. Ich habe keine Lust, zu verlieren, klar?«

»Verlieren?«, fragte ich, doch er antwortete nicht. Wir rannten an einem Kettenkarussell vorbei, ließen ein Geisterhaus hinter uns und mehrere Stände, an deren Fenstern Holzbretter den Zugang versperrten. Übelkeit stieg in mir auf, erwärmte meinen Körper und ich schluckte den sauren Geschmack von Magensäure hinunter und konzentrierte mich auf meine Schritte, um nicht wieder zu stolpern.

Ein erneuter Schuss krachte durch die Nacht, gefolgt von einem metallischen, irren Lachen, das mich in Panik verfallen ließ. Meine Lunge brannte vom Rennen, meine Beine fühlten sich gummiartig an und ich umklammerte Harlans Hand fester. Unter unseren Schritten knackten Äste. *Oh Gott, fall nicht. Was ist hier verdammt noch mal los?*

»Hier rein«, flüsterte er und zog mich nach links in Richtung eines Eingangs, der die Form einer Satansfratze hatte. Kaum erreichten wir das Versteck, da hörte ich eine Stimme aus der Nähe. Wie das Lachen zuvor klang sie mechanisch, wie mit einem Stimmenverzerrer erzeugt. »Versteckt euch ruhig, aber wenn ich euch finde, puste ich euch das Hirn raus.«

Mein Herz hämmerte gegen den Brustkorb. Mit zügigen Schritten folgte ich Harlan tiefer in den Tunnel. Draußen hatte der Mond ein wenig Licht abgegeben. Doch hier drinnen herrschte absolute Dunkelheit. Ich konnte mich nur auf meinen Instinkt und Harlan verlassen, um nicht gegen irgendetwas zu stoßen oder schlimmer noch, in einen Abgrund zu stürzen. Unsere Schritte hallten hohl von den Wänden. Harlan verlangsamte sein Tempo und ließ meine Hand los.

»Okay, bleib dicht hinter mir«, flüsterte er. Er atmete gleichmäßig, als wären wir nicht gerade minutenlang durch die Nacht gerast.

»Was ist hier los?«, keuchte ich und wischte mir mit dem Unterarm den Schweiß von der Stirn.

»Sei ruhig. Er ist ganz in der Nähe.«

Wer? Doch ich wagte nicht zu fragen.

Vor mir hörte ich ein leises Quietschen, als ob er eine Tür geöffnet hätte. Er griff meine linke Hand und zog mich mit sich. Anscheinend gab es in dem Tunnel weitere Verstecke. Harlan schloss die Tür und plötzlich spürte ich seine Brust, die sich gegen meinen Rücken presste. Ich streckte die Arme zur Seite und stieß rechts und links gegen Steinwände.

»Wo sind wir?«, flüsterte ich. Adrenalin schoss durch meinen Körper und ich versuchte, mich auf meine Atmung zu konzentrieren, die noch immer zu schnell ging.

»Ich finde euch«, hallte die Roboterstimme durch den Tunnel. »Denn ich rieche eure Angst.«

Ich wusste nicht, ob der Irre von draußen hereinrief oder ob er sich im Tunnel befand.

»Harlan. Ich …«

»Shhh.« Er legte eine Hand auf meinen Mund und ich spürte, wie sein warmer Atem mein Ohr streifte. »Alles ist gut. Hast du Angst?«

Ich nickte.

»Aber es ist aufregend, oder?«, fragte er sanft und eine Gänsehaut breitete sich auf meinen Armen aus. Selbst an meinem Rücken spürte ich sie.

Ich schluckte und schüttelte den Kopf.

Harlan lachte leise. »Wenn ich die Hand wegnehme, bist du leise, verstanden?«

Wieder nickte ich. Er nahm seine Hand von meinem Mund. Ich atmete tief durch und lehnte den Kopf gegen seine Brust, weil mir schwindelig war. »Bitte sag mir, dass das nur irgendein krankes Spiel ist«, flüsterte ich.

»Gefällt es dir?«

»Nein.«

»Nein?« Er legte seine Hände auf meine Schultern und streichelte sie. Plötzlich war es nicht mehr der Nervenkitzel, der das Blut in meinen Ohren rauschen ließ. Seine Berührung, seine Haut auf meiner, sein Atem an meinem Nacken. Ich schloss die Augen, wollte, dass er weitermachte, und hatte Angst, dass ich mit den Fragen, die mir durch den Kopf schwirrten, den Augenblick zerstören würde. Ich presste meinen Rücken gegen seine Brust, spürte die Muskeln unter seinem Shirt und roch ihn. Die Wärme zog von meinem Bauch bis zwischen meine Beine. »Du fühlst dich gut an.« Meine Stimme klang heiser. »Das hier fühlt sich gut an.«

Harlan atmete schneller, er schluckte. Es ließ ihn also nicht kalt. Auch er spürte die Anziehung, die ich seit Monaten fühlte, wenn er nur in meiner Nähe war. Warum wehrte er sich dagegen?

Seine Hände glitten über meine Unterarme und wieder hinauf zu meinen Schultern, doch er schwieg. Ich legte den Kopf schief, sah in sein Gesicht, von dem ich in der Dunkelheit nur die Umrisse erkennen konnte, und stellte mir vor, mit welchem Blick er mich betrachten würde.

»Was ist es wirklich?«, flüsterte ich und biss augenblicklich die Zähne zusammen, weil ich befürchtete, er würde mich loslassen.

Aber anstatt seine Hände von mir zu nehmen, griff er mein Kinn mit einer Hand und brachte seine Lippen an meine Wange. »Es tut mir weh, dich anzusehen. Aber ich kann nicht wegsehen.«

»Warum tut es weh?«

Doch ein Lachen, gefolgt von Schritten, die über den Boden des Tunnels schlurften, unterbrach mich und ich zuckte zusammen. »Let the Bodies hit the floor, let the bodies hit the floor«, kreischte die mechanische Stimme. Sie klang wie ein wild gewordener Roboter und jagte mir Schauer über den Rücken.

Harlan presste erneut seine Hand auf meinen Mund. Auch wenn ich jetzt wusste, dass keine wirkliche Gefahr drohte, peitschte ununterbrochen Adrenalin durch jede Faser meines

Körpers. Ich spürte Harlans Atem an meiner Wange und die Härchen in meinem Nacken stellten sich auf.

Die Schritte verlangsamten sich. Der Angreifer war jetzt ganz in der Nähe. Ich legte meine Hand auf Harlans, presste sie fester gegen meinen Mund und hielt die Luft an. Hinter mir spürte ich Harlans Brust zucken. Er lachte kaum hörbar.

Der Irre, wie ich ihn nannte, polterte gegen die Tür. *Scheiße, er hat uns.*

Bevor ich weiter nachdenken konnte, wurde die Tür aufgerissen und ein Knall ertönte, der an den Wänden des Tunnels abprallte.

Ich sah ein Paar leuchtend rote Augen, versteckt hinter einer Totenschädelmaske. Der Typ hielt sich eine Taschenlampe unters Kinn, lachte mit seiner verzerrten Stimme und richtete dann die Taschenlampe auf Harlan und mich.

»Scheiße, hab ich euch auch beim Vögeln erwischt?«

Harlan nahm seine Hand von meinem Mund, brach in Lachen aus und ich atmete tief durch. Mein Kleid klebte an meinem Bauch, meine Hände waren nass. Ich wischte sie am Stoff ab und hielt eine Hand vors Gesicht, weil der Irre uns noch immer blendete.

»Mann, die anderen hab ich schneller gefunden. Tyler und Blake waren mittendrin.«

Er senkte die Taschenlampe, richtete sie auf sein Gesicht und zog die Maske aus.

»Elisha?« Ich riss die Augen auf. Blake hatte tatsächlich ihn gemeint.

»Storm?«, fragte er, runzelte die Stirn und leuchtete mir ins Gesicht. »Ich hab dich nicht erkannt. Was machst du hier?«

Ich trat einen Schritt aus der Kammer heraus. »Wollte ich dich auch gerade fragen. Du kennst Blake?«

»Woher kennt *ihr* euch?«, fragte Harlan. Er grüßte Elisha mit einem Handschlag und stellte sich neben mich.

»Elisha kauft -«

»Ich … Wir kaufen im gleichen Supermarkt ein. Daher kennen wir uns.«

»Ähm ja. Vom Supermarkt«, stotterte ich.

Warum log er? Wusste Elisha, dass sein Freund etwas gegen Gras hatte?

»Okay, dann lasst uns zu den anderen gehen. Ich wette, die haben es sich schon gemütlich gemacht«, sagte Elisha und drehte sich um. Er setzte sich in Bewegung, richtete den Lichtstrahl der Taschenlampe zu Boden und leuchtete den Weg zurück ins Freie. Harlan lief so dicht neben mir, dass sein Arm fast meinen berührte. Am liebsten hätte ich wieder seine Hand genommen. Elisha ging ein paar Meter vor uns an einem Autoskooter vorbei. Er leuchtete auf die graffitibesprühten Wagen und nuschelte etwas, das ich nicht verstehen konnte.

»Wie hast du das gemeint? Es tut weh«, flüsterte ich Harlan zu. Doch anstatt zu antworten, starrte er geradeaus und schwieg, wie immer, wenn es ihm zu viel wurde.

Ich verschränkte die Arme vor der Brust. »Gut, dann halt nicht.«

Wir liefen an dem Riesenrad vorbei, das ich schon vom Eingang aus gesehen hatte. Es wirkte verlassen. Fehl am Platz und leblos, wie ein Fundament vergangener Zeiten. Einige der oberen Gondeln waren abgestürzt. Winzige Plastikteile zierten den Boden, sie zersplitterten unter meinen Schuhsohlen. Dieser Ort faszinierte mich. Wie Harlan umgab ihn etwas Mysteriöses und Trauriges und ich fragte mich, ob er öfter hierherkam. Er kannte den Tunneleingang und sogar die Nische. *Schweig ruhig. Versuch, alles zu verbergen, aber ich werde es herausfinden.*

Von Weitem sah ich ein Lagerfeuer und hörte gedämpfte Stimmen. Im Hintergrund befand sich ein Zirkuszelt, das mit seinen rot-weißen Streifen im Schein des Feuers surreal, wie in einem Horrorfilm wirkte. Als wir näher kamen, erkannte ich die anderen.

Kieran hob die Hand. »Hey, endlich! Wir dachten schon, ihr seid abgehauen.«

»Ich hab sie im Satans Cave entdeckt«, antwortete Elisha. Er lachte. »Dachte schon, ich sehe den nächsten Porno.« Er schaltete die Taschenlampe aus und ließ sich neben Tyler nieder, dessen rechter Arm über Blakes Schulter hing.

»Blake hat gefallen, dass du zugesehen hast, demnächst laden wir dich ein«, sagte Tyler.

»Klingt heiß«, sagte ich und die Jungs brachen in erneutes Gelächter aus. Ich wollte mich auf den Baumstamm neben Farren setzen, aber sie sprang auf und umarmte mich stürmisch. »Und? Seid ihr euch nähergekommen?«, flüsterte sie in mein Ohr, ließ mich los und riss die Augen auf. Ich konnte nicht anders, als lachen. Sie war das netteste Mädchen, das ich je kennengelernt hatte. Mit ihrer lockeren Art schaffte sie es, dass ich mich augenblicklich entspannte.

»Ein bisschen, aber er hat wieder dichtgemacht«, antwortete ich und setzte mich gleichzeitig mit ihr.

»Hey Hippiemädchen«, grüßte Kieran mich. Er saß links neben Farren und beugte sich ein Stück vor, um mich sehen zu können. »Hast du das eben ernst gemeint? Du stehst drauf, wenn Leute zusehen? Dann bist du bei uns richtig.«

Farren schlug ihm gegen die Schulter. »Kieran, bitte. Kaum sind die Gangbang-Partys Geschichte, fangt ihr mit dem nächsten kranken Zeug an.«

Elisha lachte schmutzig. »Von wegen Geschichte. Nur weil K und Ty jetzt die Spaßbremsen sind, heißt das nicht, dass jeder sich fernhält.«

Ich kniff die Augen zusammen. »Gangbang-Partys?«

Ich wollte Farren nicht wütend machen, aber ich war neugierig. Sex interessierte mich und ich schämte mich nicht, darüber zu reden.

»Interessiert?«, fragte Tyler und musterte mich mit einem schiefen Lächeln. Er und Blake saßen uns gegenüber. Sie atmete hörbar aus. Das Thema schien bei den Mädchen nicht beliebt zu sein. Ich erwiderte sein Lächeln, aber verkniff mir die Antwort. Ich stand weder auf Gangbang noch auf zu ausgefallene Sachen, aber bisher hatte ich auch nicht viel ausprobiert.

Tyler sah an mir vorbei, warf Harlan ein verschwörerisches Lächeln zu und nickte. »Sei froh, dass ich Blake habe.« Er gab ihr einen Kuss auf die Stirn und sah wieder mich an. »Aber die solltest du nicht von der Bettkante schubsen.«

»Bist du immer so unverschämt?« Das Machogehabe und seine Geringschätzung verärgerten mich.

»Das ist noch harmlos«, antwortete Blake. »Aber er tut nur so. Hunde, die bellen …«

»Halt besser den Mund, Baby. Sonst stopfe ich ihn dir.« Tylers Stimme nahm einen drohenden Ton an. »Und ich weiß, wie sehr dir das gefällt.«

»Das Spiel eben. Ihr steht auf ausgefallene Sachen?« Ich versuchte, die Situation zu entschärfen. Ganz davon abgesehen, wollte ich Harlan nicht erneut gegen mich aufbringen. Auch wenn unsere Auseinandersetzungen mich reizten, das eben, als wir alleine gewesen waren, gefiel mir besser.

»Ich musste mich auch erst daran gewöhnen«, antwortete Farren. Sie wandte sich zu Harlan. »Und du hast ja gut auf Storm aufgepasst.«

»Sie und Elisha kennen sich.« Seine Stimme klang beinahe gelangweilt.

Kieran legte den Kopf schief. »Ehrlich?«

»Vom Einkaufen«, antwortete Elisha schnell. Wahrscheinlich fürchtete er, ich würde unsere Geschäftsbeziehung ausplaudern.

~~~

Der restliche Abend verlief weniger explosiv. Ich lernte die Jungs besser kennen, unterhielt mich mit Farren über Bücher, erfuhr von Blake den ungewöhnlichen Weg von ihrer und Tylers Beziehung und genoss zum ersten Mal, seitdem ich in Miami war, die Nähe von Leuten. Blake hatte recht. So unterschiedlich wir auch alle waren, ich passte zu ihnen. Jeder von uns war ein Außenseiter, aber in der Gruppe spielte es keine Rolle. Es war, als stellte die Clique eine eigene, kleine Welt dar, und je verrückter man war, desto besser passte man dazu. Müde, aber zufrieden streckte ich die Arme aus und gähnte.

»Die Nächste rechts, da steht mein Trailer«, sagte ich zu Harlan, der abbremste und den Wagen auf den schmalen Sandweg lenkte, der zu meinem Trailer führte. Die Dünen leuchteten un-
~~~

ter dem Scheinwerferlicht auf. Während der Rückfahrt hatte niemand von uns gesprochen und ich war so müde, dass es mir recht war. Aber jetzt wollte ich nicht, dass der Abend zu Ende ging. Ich wollte weitere Stunden in seiner Nähe verbringen, ihn aus dem Augenwinkel beobachten und mein rasendes Herz spüren, wenn sich unsere Blicke trafen.

Harlan bremste, schaltete die Scheinwerfer aus und parkte den Camaro auf dem schmalen Weg.

»Danke fürs Fahren.« Ich sah ihn an, doch es war zu dunkel, um etwas in seinen Augen erkennen zu können. Selbst bei Tageslicht gaben sie kaum etwas preis. Zumindest keine Gefühle, die über Wut hinausgingen. Ich öffnete die Tür, stieg aus und legte eine Hand auf das Dach des Wagens, als ich mich ein Stück hineinlehnte. »Willst du noch mit reinkommen, um was zu trinken?«

»Ich muss los. Wir sehen uns morgen.«

Ich nickte. Damit hatte ich gerechnet. »Auch wenn du es anders siehst, ich mag dich. Ich bin Welten davon entfernt, perfekt zu sein, und ja, ich rauche Gras, aber deshalb bin ich kein schlechter Mensch.«

Ohne eine Antwort zu erwarten, warf ich die Wagentür zu, drehte mich um und lief durch den Sand. Die Grashalme kitzelten meine Knie, als ich die Dünen durchquerte. Ich wartete darauf, dass Harlan den Motor startete und davonfuhr, doch alles, was ich hörte, waren die Wellen, die sich am Ufer brachen, und die leichte Brise, die die Grashalme rauschen ließ. *Warum fährt er nicht? Was macht er?* Obwohl ich neugierig war, drehte ich mich nicht um. Ich hörte, wie er die Wagentür zuwarf, grinste und suchte extra langsam nach dem Schlüssel in meiner Tasche.

»Was, wenn ich der schlechte Mensch bin?«

Ich drehte mich zu ihm und schüttelte den Kopf. »Ich habe viele schlechte Menschen getroffen. Du bist keiner davon.«

»Du weißt nichts über mich.«

»Stimmt. Aber ich spüre, dass du etwas versteckst. Sogar die anderen wissen es nicht, oder?«

Auf seiner Stirn zeichneten sich Falten ab. »Wie kommst du darauf?«

»Das, was du heute Abend zu mir gesagt hast. Was meinst du damit, es tut dir weh, mich anzusehen?« *Was geht hinter diesen Augen vor?*

Harlans Mundwinkel zuckten leicht. »Du siehst viel. Aber ich bin auch nicht blind, Storm.«

Meinen Namen aus seinem Mund zu hören, ließ meinen Puls in die Höhe schnellen. Ich starrte auf seine vollen Lippen und fragte mich, wie er schmecken würde. Wie sich seine Lippen auf meinen anfühlen würden. Gott, ich wollte ihn. Ich glaubte nicht an Liebe auf den ersten Blick, aber daran, dass man sich sofort zu jemandem hingezogen fühlen konnte. Daran, dass man jemanden spüren wollte, obwohl man ihn nur einmal gesehen hatte.

»Was siehst du?«, flüsterte ich und sah zu ihm auf. Jetzt stand ich so dicht vor ihm, dass ich die Wärme seines Oberkörpers an meiner Brust spürte. Ich schluckte, legte eine Hand auf die Stelle, an der sein Herz schlug. Es klopfte so schnell wie meins.

»Einen Sturm.«

»Und du magst keinen Sturm?«

»Ich will mich nicht darin verlieren.«

Ich stellte mich auf die Zehenspitzen und streckte meinen Hals ein Stück. »Küss mich.«

Harlans Atem beschleunigte sich. Er starrte auf meinen Mund und strich mit dem Daumen über meine Unterlippe. Ich spürte seinen Körper an meinem, seinen Finger auf meiner Lippe und schloss die Augen, um das Gefühl auszukosten. Heute brauchte ich keinen Joint, um high zu werden.

Wieder ließ er seinen Daumen über meine Unterlippe gleiten. Ich öffnete die Augen und wünschte, ich hätte es nicht getan. Denn Harlan schüttelte den Kopf und wandte sich ab. »Mach's gut.«

Ihn aufzuhalten, würde nichts bringen. Harlan war wie ein tiefer See. Voller Geheimnisse, die es zu bewahren galt. Ich war der Sturm, der über ihn hinwegzog und alles an die Oberfläche brachte.

Ich seufzte, nahm den Schlüssel aus meiner Tasche und öffnete die Tür meines Trailers. Honey sprang an meinen Beinen hoch. Ich streichelte über ihren Kopf, setzte mich auf mein Bett, nahm einen Joint aus der Schublade meines Nachttisches und zündete ihn an. Ich musste jetzt dringend high werden.

Kapitel 4

HARLAN

Die kühle Luft, die meine Unterarme kitzelte, und der Wind, der mir ins Gesicht blies, vertrieben den letzten Rest Müdigkeit, den ich noch in meinem Körper spürte. Erleichtert darüber, dass der Strand noch menschenleer war, setzte ich mich in die Dünen. Diesmal hielt ich größeren Abstand zum Ufer, sodass sie mich nicht entdeckte, wenn sie aus dem Trailer kam. Heute wollte ich nicht gesehen werden. Es genügte, wenn wir uns bei Blake begegneten. Umgeben von den anderen fiel es mir leichter, mich fernzuhalten.

In den letzten drei Monaten, wenn sie Surfen gewesen war, hatte ich Storms Körper unzählige Male betrachtet. Aber seit ich sie gestern Nacht zum ersten Mal in meinen Armen gespürt, ihre Lippen berührt hatte, tat es mehr weh als je zuvor. Es tat so weh, dass ich die halbe Nacht in einer Bar verbrachte und danach ins Bleed fuhr, um Caleb, meinen Tattooartist, aus dem Bett zu klingeln, damit er mir die Handrücken tätowierte. Manchmal wurde der seelische Schmerz so stark, dass ich ihn an meinem Körper ausließ. Ich ritzte mich nicht, um den Druck abzubauen. Ich boxte. Ohne Handschuhe, mit den blanken Fäusten. Bis die Haut an meinen Knöcheln aufplatzte, Blut tropfte und das rohe Fleisch unter neuen Schlägen brannte. Ich wälzte mich mit meinen Gegnern auf Böden, auf denen zersplittertes Glas in meinen Rücken schnitt, an Orten, die so tot waren, wie ich selbst. Manchmal verlor ich mit Absicht, ließ sie ihre Aggressionen an mir auslassen, um mich zu bestrafen. Um den Schmerz nach außen zu verlagern, denn dort ertrug ich ihn leichter. Dass ich mich mitten in der Nacht tätowieren ließ, war neu. Hatte ich wirklich geglaubt, die Albträume würden meine einzige Strafe bleiben? Bis vor einem Jahr hatte ich nur die Nächte gefürchtet. Wenn ich in meinem Bett lag, die Augen schloss, die Stille um mich herum immer lauter wurde, wusste ich, ich würde ihr Gesicht sehen. Emmy. Augen, die mich anklagten. Schreie, die mein Trommelfell zerrissen. Doch tagsüber war ich sicher gewesen. Ich lebte mein Leben, als hätte es sie nie gegeben, und verdrängte die Erinnerungen mitsamt des Schmerzes. Doch jetzt gab es selbst bei Tagesanbruch kein Entkommen mehr.

Ich zog das Foto – die einzig greifbare Erinnerung an sie – aus meiner Hosentasche und betrachtete es. Die Ecken waren abgegriffen und durch die Mitte des Bildes verlief eine tiefe Linie, weil ich es immer im Portemonnaie bei mir trug. Doch es musste nicht perfekt zu sein, um meinen wertvollsten Besitz darzustellen.

Mit einem Finger zeichnete ich die Umrisse von Emmys Gesicht nach. Die Lippen, die ich in den vier Jahren, in denen wir zusammen gewesen waren, unzählige Male geküsst hatte. Ihre grünen Augen, strahlend und freundlich. Das Foto zeigte Emmy mit einem breiten Lächeln und vor Aufregung geröteten Wangen vor dem Eingang des Devils Gate Vergnügungsparks.

Damals hätten weder sie noch ich gedacht, dass sie zwei Jahre später tot sein würde. Zwei Meter unter der Erde, begraben mitsamt der Wahrheit.

Meine Eingeweide zogen sich schmerzhaft zusammen und ein Schwall Magensäure stieg in meiner Kehle auf. Ich faltete das Foto, verstaute es wieder in der Hosentasche und zog mein Handy hervor.

Mit dem Zeigefinger strich ich über das Display. Ich stellte die Lautstärke leise, drückte auf Play, verlor mich in *Room to Breathe* von You Me at Six und sah aufs Wasser. Die Sonne tauchte am Horizont auf, ihre Strahlen ließen den Ozean wie ein Meer aus Blut erscheinen und ich fragte mich, warum ich überhaupt hergekommen war. *Um dich zu quälen, du verdammter Masochist.*

»Komm, Süße!«

Storms Stimme riss mich aus den Gedanken. Ich drehte den Kopf nach links. Sie rannte den Strand entlang und lachte, als ihr Hund auf sie zustürmte. Bis auf einen weißen Slip, der ihren runden Hintern bedeckte, trug sie nichts. Ich schluckte, duckte mich ein Stück, um sicherzugehen, dass sie mich wirklich nicht sehen konnte, und beobachtete, wie sie die Hände über den Kopf streckte und zum Wasser lief. Ihre kastanienbraunen Haare wehten im Wind. Sie reichten bis zur Mitte ihres Rückens, umspielten ihren gebräunten, schlanken Körper wie einen Mantel. Ich versuchte, den unangenehmen Druck in meiner Lendengegend zu ignorieren, aber mein Schwanz richtete sich auf und wurde mit jeder Minute härter, in der ich ihr Lachen hörte und ihre Hüften im Takt ihres Ganges wippten. Aber egal, wie sehr ich mich von ihrem Körper angezogen fühlte, egal, wie neugierig mich ihre Art machte, ich musste mir Storm aus dem Kopf schlagen. So hatte ich es die letzten fünf Jahre mit anderen Mädchen getan, ohne dass es mir schwergefallen war. Doch Storm war nicht wie die anderen. Sie glich Emmy wie ein Spiegelbild. Dieselben tiefgrünen Augen, dieselbe Haarfarbe. Wenn ich ihre Lippen sah, sah ich die von Emmy. Auch durch Storms Adern strömte indianisches Blut. Sogar ihr Gang glich dem von Emmy. Doch sie war kein bisschen wie das Mädchen, das ich über alles geliebt hatte. Storm war nur eine schlechte Imitation. Eine Fälschung, die ich erst auf den zweiten Blick erkannt hatte. Sobald sie den Mund öffnete, ihre schmutzigen Worte und Gedanken freiließ, zerbrach das Bild und riss mich zurück in die Realität. In eine Realität, die ich nicht wollte. Die ich zu vergessen versuchte.

Es war, als verfolgte Emmy mich wie ein Geist. Für das, was ich ihr angetan hatte, sollte ich bezahlen. Und ich tat es jeden Tag, seitdem mir Storm zum ersten Mal begegnet war.

Ich beobachtete sie und lauschte ihrer Stimme. Nicht sicher, ob sie mit sich selbst oder dem Hund sprach. Sie saß am Ufer, ihr Hund tobte durch den Sand, rannte an ihr vorbei und sprang mit einem Satz ins Wasser. Storm riss die Arme in die Luft, feuerte den Hund mit Rufen an und ich erkannte die orange glühende Spitze des Joints, den sie in ihrer linken Hand hielt. Augenblicklich legte sich eine Schlinge um meinen Hals, schnürte mir die Luft ab und zog sich fester um meine Kehle, je länger ich ihr dabei zusah. Ich griff mein Handy, stand auf, klopfte den Sand von meiner Hose und kehrte ihr den Rücken zu. Mein Wagen parkte eine Meile vom Strand entfernt. Ich steckte meine geröteten Hände in die Tasche meiner Jeans und lief durch den Sand, bis ich die kleine Seitenstraße erreichte, in der mein Wagen stand. Ich war hergekommen, weil Storms Anblick Linderung und Schmerz zugleich bedeutete. Weil ich mir erhofft hatte, wenn ich sie nur beobachtete, so wie ich es die letzten drei Monate getan hatte, würde ich mich daran gewöhnen, dass sie jetzt ein Teil meiner Clique war. Ein Teil meines Lebens, der mich jeden Tag daran erinnerte, was ich war. Die anderen mochten sie. So schnell würde ich sie nicht mehr loswerden, denn Tyler und Blake hatten sich in den Kopf gesetzt, mich mit ihr zu verkuppeln.

Blake. Ich vermisste die Verbindung, die wir noch vor einem Jahr geteilt hatten. Blake war die Einzige, die ich an mich herangelassen hatte. Auch wenn sie nicht wusste, was in mir vorging, hatte sie erkannt, dass etwas nicht stimmte. Selbst Kieran, meinen besten Freund, hatte ich nie so nah an mich herangelassen. Aber auch wenn Blake sich noch immer um mich sorgte, riss ich mich vor ihr und den anderen zusammen. Zumindest versuchte ich es. Meine Wut Storm gegenüber war niemandem entgangen und ich hatte mir die fadenscheinigsten Ausreden einfallen lassen, damit meine Freunde meinem Verhalten keine Bedeutung zusprachen.

Ich schloss meinen Wagen auf, setzte mich hinters Steuer und startete den Motor. Storm war nicht der einzige Mensch, der mich an meine Vergangenheit erinnerte.

~~~

Als ich in die Einfahrt des Black Hunters Gentlemen Club mit seinen meilenweit reichenden Grünflächen einbog, grüßten mich zwei weißhaarige Herren am Tor. Sie nickten, einer von ihnen betätigte den Schalter und das Eisentor öffnete sich. Mich ließ man ohne die sonst so strenge Kontrolle passieren. Jeder wusste, wer ich war. Nur ich wollte nicht der sein, den sie in mir sahen.

Das Hauptgebäude des Anwesens erstreckte sich über drei Stockwerke, die durch lange Flure miteinander verbunden waren. Braune Sprossenfenster, verhüllt mit roten Samtvorhängen zierten die Vorderseite und das Familienwappen, ein goldenes Schild mit Adlerschwingen und einer Krone in der Mitte, prangte über der massiven Eingangstür aus Kirschholz.

Ich parkte den Camaro vor dem Springbrunnen, der die kreisförmige Auffahrt zierte, stieg aus und ging die Treppe hinauf. Ein Anzugträger nickte mir zu und hielt mir die Tür auf. Ich betrat die Einganghalle, in der es nach Tabak und Kaminholz roch. Der rote Samtteppich unter meinen Fußsohlen unterstrich die exquisite Atmosphäre. Hier sollte man sich wohlfühlen, vom Alltag untertauchen und den Schmutz, den die zwielichtigen Geschäfte mit sich brachten, vergessen können. Die Mitglieder des Clubs stammten aus den höchsten sozialen Schichten. Sie liebten es, unter ihresgleichen zu sein.

Schon als ich den Gemeinschaftsraum betrat, verschwand das einladende Gefühl und mein Magen zog sich zusammen. Mein Vater saß mit dem Rücken zu mir gewandt auf einem Ledersessel und unterhielt sich mit einem Geschäftspartner. William
~~~

Avery der Zweite war eine imposante Erscheinung und selbst jetzt, gezeichnet durch die Krankheit, strahlte er unangetastete Autorität aus. Sein schneeweißes Haar war nach hinten gekämmt und hatte nichts von seiner Fülle eingebüßt. Ich fragte mich, ob er eine Perücke trug. Der royalblaue Anzug saß perfekt auf seinen Schultern. Wahrscheinlich war seine Garderobe angepasst worden, denn durch den Krebs hatte er an Gewicht verloren. Trotz allem sah er noch immer gut aus. Ich strich mein Hemd zurecht und nickte dem Typen gegenüber meinem Vater zu.

Der Mann stand auf, verabschiedete sich und verließ den Raum.

»Hallo.« Ich nahm auf dem Sessel Platz und musterte meinen Vater. Seine Haut war noch immer gebräunt und wirkte bis auf die tiefen Falten, die sich auf seiner Stirn abzeichneten, gesund.

»Harlan. Schön, dass du es geschafft hast.«

Er tat so, als hätte ich eine Wahl, und ich verzog den Mund, denn ich verabscheute die Machtlosigkeit ihm gegenüber.

»Sie wissen es noch nicht, oder?«

Er schüttelte den Kopf und zog eine Zigarre aus der Holzschachtel, die auf dem Tisch vor ihm lag. Er zündete sie an, nahm einen tiefen Zug und blies den Rauch in die Luft. »Natürlich nicht. Deshalb habe ich dich herbestellt. Bevor ich es öffentlich mache, bedarf es noch einiger Dinge zu regeln.«

Das flaue Gefühl in meiner Magengegend verstärkte sich. Ich hatte geahnt, dass es nicht nur um meinen monatlichen Kontrollbesuch ging.

»Welche Dinge?«, fragte ich, obwohl ich die Antwort nicht wissen wollte.

Mein Vater zog an der Zigarre und zwinkerte einem Mädchen zu, das seine Tochter hätte sein können. Sie lächelte, strich sich die schwarze Mähne hinters Ohr und verschwand im Nebenraum. »Ich habe dich wie meinen eigenen Sohn großgezogen. Ich habe alles in meiner Macht Stehende getan, um dich zu schützen. Jetzt will ich, dass du das Familienerbe weiterführst.«

»Du tust so, als wären die Averys so etwas wie ein Königshaus.«

Sein Blick verdunkelte sich. »Wenn du denkst, dem sei nicht so, hast du nichts begriffen. Wir besitzen Macht, Harlan. Schon deine Urgroßväter haben danach gelebt. Meine Zeit nähert sich dem Ende und ich muss einen Nachfolger bestimmen.«

Aus dem Nebenzimmer drangen ein genüssliches Stöhnen und das Geräusch eines quietschenden Bettes. Mir wurde übel. Ich rieb meinen Nacken und sah zu Boden.

»Du solltest lernen, dich zu entspannen, Sohn.« Für einen Moment klang die Stimme meines Vaters amüsiert, aber sie nahm sofort wieder ihren autoritären Ton an, als er weitersprach. »Ich hatte gehofft, du würdest meinem Wunsch endlich Folge leisten.«

»Wir leben im zwanzigsten Jahrhundert. Ich werde nicht heiraten.« Ich sah ihm in die Augen. Wenn es etwas gab, das mein Vater noch mehr hasste als Widerstand, war es Schwäche. »Ich bin lieber alleine.«

»Und bisher habe ich deine Wünsche respektiert. Aber in Anbetracht der Umstände kann ich darauf keine Rücksicht mehr nehmen. Unsere Blutlinie muss weitergeführt werden.«

Die Wände rückten näher. Ich hatte das Gefühl, unter Wasser getaucht zu werden. Mit einer Hand rieb ich den Schweiß von meinem Nacken, während ich die andere zur Faust ballte. »Ich werde kein Kind in die Welt setzen. Und selbst wenn, deine Blutlinie würde aussterben.«

»Du bist mein Sohn. Ich habe dich nie spüren lassen, dass es anders ist, und jetzt wirst du tun, was ich sage.«

Er hatte recht. Er war nicht mein Vater, aber trotzdem verdankte ich ihm mein Leben. Seit meinem vierzehnten Lebensjahr sorgte William Avery für mich. Durch seinen Nachnamen standen mir alle Türen offen. Ich hatte die Vorzüge genossen, die sein Name mit sich brachte, lebte behütet und hatte die beste Ausbildung erhalten. Und obwohl ich schwierig gewesen war, obwohl meine Dämonen mich nicht losließen, hielt dieser Mann zu mir.

Doch er tat es nicht ohne Eigennutz. Hinter seiner charmanten Fassade, den stahlblauen Augen, ruhte das Gesicht eines Mörders, eines Kriminellen. William Avery besaß zweifellos Macht. Und er würde alles dafür tun, um sie über den Tod hinaus zu verteidigen.

Natürlich wussten meine Freunde nichts von alldem. Sie wussten nur das, was sie wissen mussten. Das, was ungefährlich war. Dass ich durch verschiedene Pflegefamilien gereicht worden war und nie richtige Eltern gehabt hatte. Es entsprach zumindest teilweise der Wahrheit. Und auch meinem Vater hatte ich nichts von K und den anderen erzählt. Aber ich war sicher, er wusste über jeden einzelnen von ihnen Bescheid. Bisher hatte er es nie erwähnt, aber er überließ nichts dem Zufall. Seit Jahren führte ich das perfekte Doppelleben und hoffte jeden Tag darauf, dass meine Geheimnisse im Verborgenen blieben.

Mit dem Widerstand meines Vaters gegenüber bewegte ich mich auf dünnem Eis. »Ich weiß sehr zu schätzen, was du in all den Jahren für mich getan hast. Aber ich verstehe nicht, was meine Rolle dabei sein soll.«

Das Stöhnen aus dem Nebenraum wurde lauter und verstummte dann. Wenige Sekunden später öffnete sich die Tür und ein Mann mit schütterem Haar verließ den Raum. Er nickte uns zu, zog im Vorbeigehen den Reißverschluss seiner Hose hoch und verschwand durch die Flügeltür, die in die Empfangshalle führte.

»Du wirst dafür sorgen, dass der Club in meinem Namen weitergeführt wird. Und du wirst sämtliche Geschäfte, die damit zusammenhängen, übernehmen«, antwortete mein Vater unbeeindruckt. Der Black Hunters Gentlemen Club bot außer Golf- und Schachspielen jede erdenkliche Art von Vergnügungen und die Mädchen, die hier ein- und ausgingen, gehörten zum Alltag. In ihren Galakleidern wirken sie wie die Begleitung zum Opernball, nicht wie Prostituierte. K und Ty hatten sich immer gefragt, warum ich nie aktiv an ihren Gangbang-Partys teilgenommen hatte. Die Wahrheit war, es widerte mich an. Für mich bedeutete Sex Exklusivität. Ich wollte kein Mädchen vögeln, über das zuvor sämtliche meiner Freunde gerutscht waren.

Genauso sehr widerten mich der Club und die Machenschaften meines Vaters an. »Du willst, dass ich deine kriminellen Geschäfte weiterführe.«

Seine Aktivitäten reichten von Drogenschmuggel bis Mord. Er hatte Verbindungen zum russischen Drogenkartell, zu Staatsanwälten und anderen hohen Tieren. Besaßt du Geld und einen Namen, gehörte William Avery zu deinen besten Freunden. Er war derjenige, den man kennen musste, wenn es Ärger gab, weil die Steuerfahndung aufmerksam geworden war. Wenn Geschäftspartner sich nicht zur Firmenübernahme überreden ließen, sorgte er dafür, dass man Inhaber wurde. Sollte die Ehefrau verschwinden, kümmerte sich William Avery darum. Und er war ein Geist. Ich wusste nicht, wie er es schaffte, aber nach außen hin war seine Weste lupenrein. Er machte sich die Finger nicht selbst schmutzig.

Er beugte sich ein Stück über den Tisch. Seine Augen verengten sich zu Schlitzen. »Als ich damit dein Studium und dein neues Leben bezahlt habe, hat es dich nicht gestört.«

»Ich will damit nichts zu tun haben.«

»Das ist nicht deine Entscheidung.«

»So viele hier wollen deinen Platz einnehmen, ich bin sicher, es findet sich jemand anderes.«

»Und trotzdem bist du der Einzige, dem ich vertraue.« Er beugte sich ein Stück nach vorne. »Niemand weiß von all dem. Warum denkst du, sitze ich noch vor dir? Weil ich gelernt habe, niemandem zu trauen. Nur dir, meinem Sohn.«

»Ich könnte so tun, als ob ich zustimme, und nach deinem Tod alles den Bach runtergehen lassen.«

Er lachte. »Mach dich nicht lächerlich. Wir beide wissen, dass es kein Zurück gibt, wenn ich dich eingearbeitet habe.«

Natürlich hatte er recht. Würde ich erst einmal in die Geschäfte meines Vaters verwickelt werden, wäre es zu spät für einen Rückzieher. Außer, ich wollte mein Leben lang hinter Gittern verbringen.

Ich atmete aus und lehnte mich im Sessel zurück. Ich schuldete ihm eine Menge, aber ich würde meine Seele nicht für den Teufel verkaufen. »Dein Vertrauen ehrt mich, aber ich muss leider passen.«

Ich erhob mich. Ich musste raus, wollte alleine sein, um nachdenken zu können.

Mein Vater tat es mir gleich und zupfte seine Krawatte zurecht. Die Muskeln um seinen Mund spannten sich an, als er sich vor mir aufbaute. Mein Vater war einen Kopf kleiner als ich, aber trotzdem nicht weniger beeindruckend. »Bis hierhin habe ich das Thema aus Rücksicht nicht angesprochen und glaub mir, es tut mir im Herzen weh, dass ich alte Wunden aufreißen muss. Aber wenn du dich weiterhin weigerst, sollten deine Freunde und die Öffentlichkeit die Wahrheit erfahren.«

Ich schluckte. Versuchte, den Staub auf meiner Zunge loszuwerden, doch es fühlte sich an, als hätte ich Erde im Mund. »Dann ziehst du deine eigene Ehre mit in den Dreck.«

»Harlan.« Er legte den Kopf schief und lächelte, doch es erreichte seine Augen nicht. »Ich bin kein Senator mehr. Wenn die Sache jetzt herauskommen würde, gäbe ich mich unwissend. Ich wäre geschockt, wie alle anderen. Der Einzige, der sein Gesicht nicht mehr wahren könnte, wärst du. Ist es das wert, Junge?«

»Das kannst du mir nicht antun.«

Er strich sich über den weißen Bart, der sein Kinn umrandete, und seufzte, als fiele es ihm schwer, das Ass einzusetzen, das er seit fünf Jahren gegen mich besaß. Doch ich zweifelte, dass es ihm wirklich leidtat. »Dann hoffe ich, dass wir es nicht herausfinden müssen.«

Wortlos lief ich an ihm vorbei.

»Ich erwarte dich in den nächsten Wochen, um mir deine Entscheidung mitzuteilen. Lass dir nicht zu lange Zeit.«

Ich verließ den Gemeinschaftsraum, stürmte am Anzugträger an der Eingangstür vorbei und stieg in meinen Wagen. Als ich auf den Highway raste, das Fenster weit herunterließ, um endlich atmen zu können, schlich sich wieder der Gedanke in meinen Kopf, der mich verfolgte, seit Storm in mein Leben getreten war.

Meine Freunde hielten mich für ihren Retter. Der, auf den man sich verlassen konnte.

Eine Strophe meines Lieblingssongs fiel mir ein. *Ich bin kein König, ich habe keinen Thron.*

Meine Freunde irrten sich.

Ich war ein Monster.

Schlimmer als mein Vater oder Tyler. Niemand durfte von der Lüge erfahren, die seit fünf Jahren mein Dasein bestimmte. Denn diese Lüge hatte mehr als ein Leben gekostet. Ich sollte tot sein. Doch das Schicksal entschied sich dazu, mich auf die grausamste Art und Weise zu quälen, mit der man einen Menschen quälen konnte, der nichts mehr besaß, für das es sich zu leben lohnte. Täglich musste ich in die Augen des Mädchens blicken, dessen Blut an meinen Händen klebte.

Kapitel 5

STORM

Blake stellte die weißen Pfingstrosen, die ich ihr mitgebracht hatte, in ein Glas mit Wasser auf den Tisch und lächelte. »Danke, die sind wirklich schön.«

»Schön«, plapperte Tate ihr nach und klatschte in die Hände. Sie saß auf Blakes Schoß und beobachtete alles ganz genau. »Und jetzt verrätst du uns, was da letztens auf der Rückfahrt mit Harlan lief.«

»Ja. Ich will alle schmutzigen Details erfahren«, sagte Farren, die neben mir auf der Couch saß und mich mit großen Augen ansah.

»Es war merkwürdig. Ich glaube, so schlimm findet er mich gar nicht. Er ist nur einfach …«

»Harlan«, antwortete Blake und küsste Tate auf die Stirn. Die Kleine strahlte übers ganze Gesicht und griff nach einer Haarsträhne, die ihrer Mutter in der Stirn hing. »Wenn einer von den Jungs anders ist, dann er.«

Ich nickte vor mich hin. Er war nicht wie Tyler, der mich mit seiner dreisten Art manchmal auf die Palme brachte, oder Kieran, der, wie mir schien, ein ziemliches Temperament besaß. Auch mit Elisha war er nicht zu vergleichen.

»Er ist einzigartig«, murmelte ich vor mich hin. »Hat es noch keine von euch bei ihm versucht? Oder viel eher du, Farren. Blake war ja anscheinend immer mit Tyler beschäftigt.«

Farren grinste geheimnisvoll und warf Blake einen Blick zu, der mir nicht gefiel. »Ich nicht. Ich habe ja gleich K getroffen. Aber Blake und Harlan haben letztes Jahr so aneinandergeklebt, dass ich echt dachte, da lief was.«

Ein kurzer Schmerz durchfuhr mich und ich schob ihn beiseite. Es war lächerlich. Warum war ich eifersüchtig, wenn ich noch nicht einmal in ihn verliebt war?

Blake verdrehte die Augen. »Er hat mir nur sehr geholfen, da war nichts. Glaub ihr den Mist nicht.« Sie befreite ihre Haare aus Tates Faust und küsste sie auf den Kopf. Ich beobachtete diesen intimen Moment und beneidete Tate ein wenig. Seit gestern Abend versuchte ich, meine Mutter zu erreichen, aber sie ignorierte mich wieder einmal. Mom war nur erreichbar, wenn *sie* Redebedarf hatte.

»Schon gut.« Ich winkte ab. »Wie ist er so? Ich meine, wenn er nicht mürrisch ist?«

»Liebevoll«, antwortete Blake. »Harlan kümmert sich um andere. Er will immer, dass es uns gut geht. Ohne ihn wäre Ty wahrscheinlich nie zur Vernunft -«

»Mein Name? Streitet ihr euch jetzt schon um mich?« Tyler erschien mit den Jungs in der Tür. Er gab Blake einen Kuss, nahm Tate aus ihrem Arm, hielt das Baby in die Luft und scherzte mit ihm. Kieran begrüßte Farren. Elisha zwinkerte mir zu und lief zum Kühlschrank. Bisher hatte ich noch keine ruhige Minute mit ihm alleine gehabt, um ihn zu fragen, warum niemand wissen durfte, dass er Gras rauchte.

Mein Blick fiel auf Harlan. Er stand im Türrahmen und sah mich an. Wieder trug er seine typischen schwarzen Jeans mit passendem T-Shirt. Ich starrte zurück, ließ meinen Blick über seinen Körper wandern und stellte mir vor, wie er unter diesen Klamotten aussehen würde. Seine Unterarme, auf denen sich Venen abzeichneten, versprachen viel. Mein Blick fiel auf seine rechte Hand, die auf seinem Oberschenkel ruhte. Gestern Abend war sie noch nicht tätowiert gewesen. Ich stand auf, ging auf ihn zu und stellte mich vor ihn. »Namaste.«

Er erwiderte nichts. Ich griff nach seiner Hand, erwartete, dass er sie zurückzog, doch er rührte sich nicht. Mein Herz klopfte schneller. Ich strich über die geröteten Stellen und betrachtete das Tattoo. Harlans Hand glich der eines Skeletts. Seine schlanken Finger zierten Knochen, die vom Handrücken bis zu den Fingerspitzen reichten. Die Zwischenräume waren ganz mit Schwarz ausgefüllt, sodass seine Hand wie die eines Toten wirkte. Es verstörte mich, so sehr wie es mich anturnte. »Warum hast du das getan?«

Er schwieg.

Auch seine linke Hand war vollständig mit dem Skeletttattoo bedeckt. Die Haut war angeschwollen und an ein paar Stellen eingerissen.

»Du musst es eincremen.«

Seine Hand ruhte noch immer in meiner, als gehörte sie dorthin.

»Es verheilt auch so.«

»Aber es spannt nicht so sehr, wenn man es eincremt.«

Harlan zog seine Hand weg und verschränkte die Arme vor der Brust.

»Schön, wie du willst.« Ich drehte mich zu den anderen. »Wir fahren zum Blumenmarkt, ich will mich schon mal umsehen.«

Tyler zog die Augenbrauen hoch, aber zum Glück verkniff er sich einen Spruch. Die Mädchen lächelten.

»Habt viel Spaß!«, rief Farren. Sie zwinkerte mir zu. Natürlich waren Harlan und ich das Tuschelthema unter den anderen. Ich sah sie schon vor mir, wie sie dasaßen und überlegten, was wir alleine trieben.

Ich drehte mich zu Harlan und hoffte, er spielte mit. »Los geht's.« *Bitte. Blamier mich jetzt nicht vor allen.*

Mein Herz tat einen Satz, als er sich tatsächlich umdrehte und durch die Tür verschwand. Ich rief Honey, folgte Harlan und zog die Eingangstür hinter mir zu. Harlan öffnete die Fahrertür und startete den Motor. Ich beeilte mich, ins Auto zu steigen, damit er nicht ohne mich davonfuhr, und nahm Honey auf meinen Schoß.

»Also, wohin fahren wir wirklich?«, fragte er und drehte den Kopf in meine Richtung. Er lächelte nicht, aber wirkte weniger mürrisch als noch wenige Minuten zuvor. Im Radio spielte *Deathbeds* von Bring me the Horizon. Durch das geöffnete Fenster strömte die warme Sommerluft, der Wind wehte mir die Haare ins Gesicht und ein warmes Gefühl durchflutete meinen Körper. Es zog sich vom Bauch bis in Arme und Beine. Es war aufregend, alleine mit ihm zu sein.

»Warum hast du das getan?«, fragte ich.

»Was?«

»Du weißt genau was.«

Harlan drückte das Gaspedal weiter nach unten, der Wagen schoss nach vorne und ich wurde in den Sitz gepresst. Instinktiv krallte ich mich rechts und links fest. Die Frage gefiel ihm offenbar nicht.

»Brauche ich jetzt deine Erlaubnis, wenn ich mich tätowieren lasse? Du solltest langsam sagen, wohin wir fahren.«

»Fahr einfach zu mir. Und nein. Ich hab nur gefragt, weil du nicht wie jemand wirkst, der unüberlegt handelt. Menschen wie du lassen sich nicht mal eben aus einer Laune heraus tätowieren.«

Er überholte einen roten Ford und reihte sich dann auf der rechten Spur ein. »Menschen wie ich.«

Es klang nicht wie eine Frage, sondern eine Feststellung und ich nickte. »Genau. Auch wenn du es mir gegenüber nicht bist, aber ich schätze dich als sehr kontrolliert ein.«

Harlan lachte verächtlich. »Du hast keine Ahnung, wie kontrolliert ich dir gegenüber bin.«

Seine Aufmerksamkeit war auf die Straße gerichtet, aber die Falten auf seiner Stirn sagten mir, dass er meinen Blick bemerkte.

»Was würde passieren, wenn du bei mir die Kontrolle verlierst?«

Er schwieg.

Genervt atmete ich aus und strich mit der Hand über meine Stirn. Es hieß immer, Frauen seien schwierig. Angeblich waren wir diejenigen, die herumdrucksten. Aber die Forscher, die solche Behauptungen aufgestellt hatten, kannten Harlan Avery nicht. Was meinte er damit? Würde er mir wehtun oder mich küssen? Mochte er oder verabscheute er mich?

~~~

Er musste sich ducken, damit er sich nicht den Kopf in der Tür meines Trailers stieß. Harlan kniff die Augen zusammen und neigte den Kopf nach rechts, um sich umzusehen. Ich kannte diesen Blick bereits.

»Was passt dir jetzt wieder nicht?«

Er schloss die Tür, ging in die Hocke und inspizierte das Schloss. Dann zog er am Griff und wackelte daran.

»Das ist nicht sicher.« Er stand auf. »Du solltest nicht alleine hier draußen sein, wenn du noch nicht mal ein vernünftiges Schloss besitzt.«

Ich lächelte und suchte in der Schublade meiner Küchenzeile nach Ringelblumensalbe.

Als ich sie gefunden hatte, nickte ich Harlan zu, damit er sich setzte.

»Was ist daran witzig?«

Ich stellte mich dicht vor ihn, nahm seine rechte Hand und schmierte vorsichtig die Salbe auf das Tattoo. »Du machst dir Sorgen. Das ist süß.«

»Ich besitze nur gesunden Menschenverstand. Jeder Irre könnte dich im Schlaf überfallen.«

»Wenn es der Richtige wäre, hätte ich noch nicht mal was dagegen.« Ich zwinkerte ihm zu und cremte den Handrücken seiner anderen Hand ein. Ich hielt sie einen Moment länger als nötig in meiner und strich mit dem Daumen über seine Haut. Harlan ignorierte meine Anspielung. Er stand auf, schob mich beiseite und öffnete die Tür.

»Wohin willst du?«
~~~

»Wir sind fertig, oder?«

Doch so leicht wollte ich ihn nicht davonkommen lassen. Ich griff nach seinem Ellbogen und hielt ihn zurück. »Wann hast du das letzte Mal Spaß gehabt? Ich meine, außer in der Nacht im Freizeitpark?«

Er sah mich an, als wären mir drei Köpfe gewachsen. Ich hob einen Finger, damit er stehen blieb, öffnete den Kühlschrank, nahm zwei Flaschen Wasser heraus und schob Harlan zur Tür hinaus.

Honey rannte an uns vorbei und sauste den Strand entlang. Ich liebte die Einsamkeit hier draußen. Mein Trailer stand abseits der überfüllten Touristenstrände, was meinem Freiheitsdrang entgegenkam. Hier sah mich niemand schräg an, wenn ich nackt umherlief oder rauchte. Es kam nicht oft vor, dass ich Leute mit in meinen Trailer nahm. Leute bedeuteten, man musste sich rechtfertigen und anpassen. Aber so war ich nicht. Ich lebte in meiner eigenen Welt.

Ich drückte Harlan die Flaschen in die Hand und kletterte an der Leiter, die neben der Tür angebracht war, aufs Dach des Trailers. Oben angekommen beugte ich mich ein Stück nach vorne. »Gib mir die Flaschen und komm hoch.«

Er reichte mir die Flaschen, schüttelte den Kopf, drehte sich um und wollte davonlaufen.

»Hey! Komm schon. Du musst auch nicht reden. Das macht Spaß, ich versprech's.«

Harlan blieb stehen. Zumindest dachte er darüber nach.

»Wenn es dir nicht gefällt, lasse ich dich gehen, aber versuch's wenigstens.«

Endlich drehte er sich um. Mit langsamen Schritten kam er auf den Trailer zu, legte die Hände an die Sprossen und kletterte zu mir nach oben.

Ich suchte auf meinem Handy nach Musik und stellte Eddie Vedders' *Guaranteed* an.

»Wozu hast du Matratzen auf dem Dach?«, fragte er, als er sich neben mir niederließ.

Jetzt war ich diejenige, die ihn ansah, als wäre er verrückt geworden.

»Weil man sich sonst den Hintern verbrennt.« Ich band meine Haare nach oben und nickte ihm zu. »Zieh dein Shirt aus, aber leg die Hände unter den Kopf, damit die Tattoos geschützt sind.«

Heute herrschten selbst für Miami tropische Temperaturen und ich war froh, endlich aus den Klamotten zu kommen. Ich zog das Kleid über meinen Kopf, legte mich hin und streckte die Beine aus. Glücklicherweise trug ich heute Unterwäsche, sonst wäre er wahrscheinlich davongelaufen.

»Dein Tattoo, was bedeutet es?«, fragte er und deutete mit dem Kopf auf die geschwungene Feder unterhalb meines rechten Rippenbogens.

Mit einem Finger strich ich über die feinen schwarzen Linien. »Wir Sioux glauben, dass Adler eine besondere Verbindung zum Himmel haben, weil sie so hoch fliegen können, dass sie ihm ganz nah sind. Die Feder symbolisiert Vertrauen, Ehre, Weisheit und Freiheit. Sie bedeutet mir viel, mein Dad hat sie gezeichnet, als ich zwölf war. Das Bild habe ich bis heute, aber so trage ich sie immer bei mir.«

»Dann hast du ein gutes Verhältnis zu deinem Vater?«

Ich nickte und hoffte, er würde nicht weiter nachfragen. »Was ist jetzt? Sonnen wir uns oder nicht?«

Harlan zögerte, doch dann griff er nach dem Saum seines Shirts und zog es über den Kopf. Ich gab mir keine Mühe, meinen Blick zu verbergen. Schließlich war meine Vernarrtheit in ihn kein Geheimnis. Sein Körper sah noch besser aus, als ich ihn mir vorgestellt hatte, und zu meiner Überraschung waren seine Oberarme und die definierte Brust tätowiert. Eine Krähe mit einem zerfetzten Flügel zierte seinen Oberkörper und ich fragte mich, welche Bedeutung seine Tattoos hatten.

»Was?«, fragte er, als er meinen Blick bemerkte. »Willst du gleich hier über mich herfallen?«

Er legte sich auf den Rücken. Die Bauchmuskeln bewegten sich verführerisch unter seiner gebräunten Haut.

Ich hob den Kopf. »Du müsstest dich doch eigentlich mit Tattoos auskennen.«

Ich hatte gedacht, er hätte keine Ahnung von Tattoopflege, aber da er schon welche besaß, müsste er wissen, wie sie am besten heilten. *Oder es ist ihm egal.*

»Was bedeutet die Krähe auf deiner Brust?«, fragte ich.

Doch wie so oft schwieg er.

Ich drehte mich auf die Seite, stützte den Ellbogen auf und legte den Kopf in meine Hand. »Und auch wenn es vielleicht komisch rüberkommt ... Ich bin nicht nur an deinem Körper interessiert. Klar finde ich dich heiß. Deine Augen, deine Lippen, deine Hände – besonders deine Hände.« Ich lächelte. Von Anfang an hatte ich eine Schwäche für seine schlanken, gebräunten Finger gehabt. »Aber weißt du, was mich richtig anmacht? Du bist intelligent. Kein aufgeblasener Affe, der sich auf sein Aussehen verlässt und sich etwas darauf einbildet.«

Harlan lachte. Es war merkwürdig, weil es keins seiner verächtlichen Lachen war, sondern ein ehrliches, spontanes. Er drehte den Kopf zur Seite und sah mich an. Zum ersten Mal seit Monaten strahlten seine Augen. »Du bist unglaublich. Woher hast du nur die große Klappe?«

In meinem Bauch breitete sich ein Kribbeln aus. »Ich bin nur direkt. Wenn ich was zu sagen habe, überlege ich nicht.«

»Und ich wette, das hat dir schon Ärger eingebracht.«

Ich lächelte und nickte. »Als wir in Südafrika gelebt haben, habe ich mich vor der halben Schule blamiert. Der Direktor stand im Flur, hat mich die ganze Zeit angesehen und geschimpft, was für eine faule Kuh ich sei, dass meine Leistung stark nachgelassen hat und dass er mein Gesicht nicht mehr erträgt. Ich bin zu ihm hin und hab gefragt, was sein Problem ist. Er hat komisch geguckt und etwas gemurmelt, aber ich war wütend, hab ihn nicht zu Wort kommen lassen und ihm einiges an den Kopf gehauen. Na ja, war alles gut, bis er auf das Bluetooth Headset in seinem Ohr gezeigt hat.«

Harlan schüttelte den Kopf. »Mit wem hat er telefoniert?«

Ich lachte. »Mit seiner Haushälterin. Ich wurde zwei Wochen suspendiert und danach war unser Verhältnis … Sehr angespannt.«

»Du hast in Südafrika gelebt?«

»Unter anderem. Bis zu meinem vierten Lebensjahr bin ich im Regenwald aufgewachsen. Ich -«

»Im Regenwald?«, unterbrach er mich und mein Lächeln wurde breiter. Wo war der mürrische Harlan, der kaum ein Wort herausbrachte?

»Ja. Richtig in einer Hütte mit Affen als Nachbarn.«

»Du verarschst mich.«

Mit den Fingern machte ich ein Peacezeichen. »Ich schwöre, dass es stimmt. Ich hab die ganze Welt gesehen. Ich bin auf Elefanten geritten, habe Affen mit der Flasche großgezogen und kannte lange kein fließendes Wasser. Wir haben immer draußen in der Natur gelebt. Ich habe dabei wichtige Dinge gelernt.«

»Und das wäre?«

»Dass wir von Schönheit umgeben sind. Viele Menschen sehen es nicht, aber Schönheit ist überall. In den Wellen, im Wind, in einer Umarmung. In diesem Moment.« Ich lächelte. »Man muss nur manchmal die Augen schließen, um sie zu sehen.«

Harlan legte den Kopf schief und mein Herz schlug schneller. Irgendetwas in seinem Blick hatte sich verändert. Er war nicht mehr finster, sondern sanft. Fast wirkte es so, als wäre er traurig. »Du genießt das Leben in vollen Zügen.«

Ich dachte an Dad. »Es ist zu schnell vorbei. Ich will nicht irgendwann alt sein und Dingen hinterhertrauern, die ich nie getan habe.«

Harlan rutschte näher zu mir und ich war mir nicht mehr sicher, ob ich nur durch die Sonne schwitzte.

»Beantwortest du mir eine Frage, wenn ich direkt bin?«

Ich schluckte. Die ausgelassene Stimmung war einer elektrischen Spannung gewichen. Die Härchen auf meinen Unterarmen stellten sich auf, so intensiv spürte ich die Anspannung zwischen uns.

Harlan beugte sich näher. Ich bewegte mich nicht, als ich seine Haut an meiner spürte. »Mit wie vielen Typen hast du geschlafen?«

Es klang weder vorwurfsvoll noch unverschämt. Aber warum interessierte es ihn?

Ich drehte den Kopf zur Seite, sodass meine Lippen nur wenige Millimeter von seiner Wange entfernt waren, und überlegte, ob ich ihm gegenüber ehrlich sein sollte. »Warum willst du das wissen?«, flüsterte ich.

»Beantworte die Frage.«

»Mit keinem.«

Harlan kniff die Augen zusammen. »Sei ehrlich.«

»Bin ich.«

»Du bist noch Jungfrau?«

Es war mir nie peinlich gewesen. Bis jetzt. »Dachtest du, nur weil ich kein verschüchtertes Mauerblümchen bin, springe ich durch alle Betten?«

»Nein. Aber du wirkst einfach nicht so.«

Ich biss mir auf die Unterlippe, um mir das Lachen zu verkneifen. »Wie sind Jungfrauen denn so?«

Er überging meine Frage. »Passt irgendwie nicht zu der Aussage, dass du später nichts bereuen willst.«

»Ich habe gesagt, ich will keinen Dingen hinterhertrauern, die ich verpasst habe.« Ich lehnte mich dichter zu ihm, streckte meine linke Hand aus und strich durch sein Haar. Diesmal ließ er es zu und das Kribbeln in meinem Bauch verstärkte sich. Plötzlich wütete ein Wirbelsturm in mir. »Und dazu gehört, dass ich nur richtigen Sex mit jemandem haben will, für den ich etwas empfinde.«

»Richtigen Sex?«

Ich überlegte nicht. Ich schlang meinen Arm um seinen Nacken, lehnte meine Stirn gegen seine Schulter und nickte. Seine Haut war warm und weich. Es war unbeschreiblich, ihn so nah bei mir zu spüren. Er roch nach frischer Minze und Sommer. Schon alleine sein Duft berauschte mich. Ich schwieg, um diesen Moment nicht zu zerstören. Auch wenn ich schon bei Männern im Arm gelegen hatte, so schnell hatte mein Herz nie dabei geklopft.

Sanft schob er mich zurück und nahm mein Kinn in seine Hand. Zum ersten Mal fiel es mir schwer, seinem bohrenden Blick standzuhalten.

»Du hast also Sachen ausprobiert?«

Ich schämte mich nicht dafür, aber so wie ich Harlan einschätzte, hielt er nichts vom lockeren Umgang mit Blowjobs und ich beschloss, das Thema zu wechseln. »Kennst du mehr solche Orte wie den Vergnügungspark?«

»Ich weiß, was du versuchst.« Der drohende Unterton in seiner Stimme entging mir nicht. »Aber irgendwann kommen wir darauf zurück.«

Da bin ich sicher. Ich lächelte. »Was hältst du davon, wenn wir einen Deal machen? Du zeigst mir deine Welt und ich zeige dir meine. Ich will mehr von solchen Orten wie dem Vergnügungspark sehen.«

»Vielleicht will ich deine Welt gar nicht kennenlernen.«

»Irgendwas quält dich und ich habe das Gefühl, dass es mit mir zu tun hat. Du kannst dich genauso wenig von mir fernhalten, wie ich mich von dir. Damit wäre das wohl geklärt.«

Ein leichtes Lächeln umspielte seinen Mund. Er nickte, ließ mein Kinn los, legte sich wieder auf den Rücken und schloss die Augen.

Harlans Verhalten war ein einziges Rätsel, aber ich war über den Punkt hinaus, mich davon abschrecken zu lassen. Es war wie ein Spiel. Er lockte mich mit Augenblicken, in denen ich das Gefühl hatte, den echten Harlan zu sehen, um dann zwei Schritte zurückzuweichen. Wie beim Tauziehen, wenn man dachte, man hätte den Gegner gleich über die Ziellinie gezogen, doch im letzten Moment zog er fester und alles war wieder offen.

Ich legte mich auf den Bauch, drehte den Kopf in seine Richtung und betrachtete sein Gesicht. Es wirkte entspannt. »Ich glaube, ich weiß jetzt, was passieren würde, wenn du bei mir die Kontrolle verlierst.«

Ich schloss die Augen und stellte mir vor, wie es wäre, wenn er sich nicht länger zusammenreißen würde. Wenn er endlich seine unheimliche Selbstbeherrschung aufgeben und tun würde, worauf er Lust hatte.

»Du wärst freier, vielleicht sogar glücklich.« Als ich die Augen öffnete, traf mich sein Blick.

»So ätzend findest du mich gar nicht. Du siehst irgendetwas in mir. Etwas, das du nicht verstehst. Und du hast Angst, wie es wäre, wenn du dich darauf einlassen würdest.«

Er musste nichts sagen. Seine Augen sprachen aus, was er dachte. *Sprich weiter. Tu so, als verstehst du, was in mir vorgeht.*

Aber vielleicht tat ich es ja. Vielleicht waren wir uns ähnlicher, als er es für möglich hielt. Uns beide quälte etwas. Wir waren mehr oder weniger alleine. Und auch, wenn man es vielleicht hinter meinem Lächeln, meiner direkten, fröhlichen Art nicht vermutete, wusste auch ich, wie sich Schmerz und Wut anfühlten. Wie sie sich langsam in dir ausbreiteten und versuchten, alles Gute zu vergiften. Doch eine Kleinigkeit unterschied uns.

Während Harlan zuließ, dass der Schmerz ihm zusetzte, hatte ich mich dazu entschieden, glücklich zu sein. Ich lächelte, schloss die Augen und lauschte dem Kreischen der Möwen, die über das Meer flogen. Er würde es nicht zugeben, aber ich war sicher, auch Harlan genoss diesen Moment.

Kapitel 6

HARLAN

Schon zum dritten Mal in einer Stunde vibrierte das Handy in der Gesäßtasche meiner Jeans. Ich holte es heraus, sah aufs Display und drückte meinen Vater weg. Mir blieb keine Wahl. Wenn ich mein Geheimnis beschützen wollte, musste ich sein Spiel mitspielen, aber trotzdem versuchte ich, es so lange wie möglich herauszuzögern.

»Nervt die Kleine dich?« Tyler setzte sich auf den Boden neben mich. Er trank einen Schluck Wasser und richtete den Blick auf K und Elisha, die für den Kampf am Samstag trainierten.

»War die Firma.« Ich ließ es beiläufig klingen und rieb mir mit dem Handtuch den Schweiß aus dem Nacken.

Tyler drehte den Kopf zu mir. Seine Nase blutete noch immer und Haare klebten an seiner Stirn, aber seine Brust senkte sich in regelmäßigen Abständen. Ich hatte ihn also nicht zu fertig gemacht.

»Sie ist heiß. Ziemlich durchgeknallt, aber die gehen am meisten ab. Die Irren sind wie Tiere im Bett.«

Ich beobachtete Elisha, wie er einen sauberen Uppercut in Kierans Gesicht donnerte. Er machte sich. Unsere Trainingsstunden zahlten sich allmählich aus. In ein paar Monaten war er so weit, gegen Ty anzutreten.

»Gilt das auch für irre Jungfrauen?«

Ich hatte genug Geheimnisse vor meinen Freunden und musste es mir nicht schwerer als nötig machen. Die Sache beschäftigte mich.

»Erzähl keinen Scheiß. Was hast du mit ihr angestellt? Das hat sie dir doch nicht freiwillig erzählt.«

»Sie ist nicht gerade zurückhaltend.«

»Fuck!« Er biss sich auf die Unterlippe. »Du hast gerade einen Sechser im Lotto gewonnen.«

Natürlich war Ty begeistert. In den Jahren ohne Blake hatte er alles gevögelt, was Brüste besaß. Nutten waren Platz zwei auf seiner Liste gewesen. Sie beschwerten sich nicht über ein paar Bisswunden und blaue Flecke, meinte er. Aber Jungfrauen standen bei ihm ganz oben. Unverbraucht. Etwas ganz Besonderes.

Mir war es nie wichtig gewesen, solange die Mädchen nicht durch alle Betten sprangen. In all den Jahren hatte ich nur zwei Mädchen gevögelt. Eine davon war Tylers Freundin gewesen. Blake hatte mir viel bedeutet. Das tat sie noch immer, aber jetzt gab es Storm. Das Mädchen, das mir nicht mehr aus dem Kopf ging, so sehr ich mich auch dagegen wehrte und versuchte, vernünftig zu bleiben. Doch je länger ich darüber nachdachte, desto verlockender erschien der Gedanke daran, dass sie noch unberührt war. *So wie Emmy.*

»Glaub mir, so unschuldig wie du es dir in deiner versauten Fantasie ausmalst, ist sie nicht.« Vielleicht war es dumm, gerade mit Ty über das Thema zu sprechen, aber ich konnte nicht alles verbergen. Manchmal brauchte selbst ich jemanden, der zuhörte. Ich hoffte nur, dass er die Klappe hielt und sie nicht damit konfrontierte. »Storm ist anders. Ich kann sie nicht einschätzen.«

»Ich hoffe nur, sie verträgt was.« Ty lachte. »Ich geb's nicht gerne zu, aber das, was du da in der Hose hast, ist nichts für Anfänger.«

Ich lachte. Wenn ich jetzt etwas Falsches sagte, würde die Stimmung schnell kippen, denn seit der Party damals reagierte Ty empfindlich auf manche Dinge.

»Im Ernst, wir nennen ihn ›The Snake.‹ Gott, wäre ich gerne dabei, wenn du ihn ihr zum ersten Mal reinschiebst, die Kleine wird denken, es zerreißt sie.«

Ich verdrehte die Augen. Ty und seine versauten Gedanken. Trotzdem konnte ich nicht leugnen, dass mich der Gedanke anturnte.

Elishas Lachen hallte durch die Sporthalle und unterbrach unser Gespräch. Er hielt K im Schwitzkasten und verpasste ihm einen rechten Haken. Ich hielt die Luft an und betete, Elisha würde beim Loslassen schnell genug sein. Klammern war gut, wenn man eine geringere Reichweite als der Gegner hatte, aber ebenso gefährlich, wenn man beim Lösen nicht schnell genug die Deckung wieder aufnahm. Kieran schnellte zurück, schmetterte seine Linke in Elishas Magen und beugte sich grinsend über meinen am Boden liegenden Freund. »War ganz okay, aber du musst schneller werden, Kleiner.«

Ich wandte meinen Blick wieder zu Tyler, den ich kurzzeitig vergessen hatte. »Versprich mir, dass du die Klappe hältst. Keine blöden Anspielungen. Lass sie in Ruhe. Haben wir uns verstanden?«

Er grinste übers ganze Gesicht. »Also doch. Bei euch läuft was. Warum dann erst das Arschlochverhalten? Vorspiel?«

»Du meinst, so wie bei Blake und dir?«

Augenblicklich verdunkelte sich sein Blick. Blake war ein heikles Thema. Zumindest seit der Party vor anderthalb Jahren, als wir gleichzeitig mit ihr geschlafen hatten.

»Halt sie da raus, verstanden? Das kannst du nicht vergleichen.«

Beschwichtigend hob ich die Hände. Ich nahm das Handtuch und schlang es um meine Schultern. Das Letzte, was ich gebrauchen konnte, war, ihn gegen mich aufzubringen.

Die anderen kamen zu uns. Ich klopfte Elisha auf die Schulter. »Gut gemacht. Wenn du jetzt noch an deiner Beinarbeit arbeitest, machst du uns bald alle platt.«

Er lachte und schüttete sich Wasser aus der Flasche über den Kopf. »Das schaffen die Mädchen schon.«

»Apropos Mädchen«, sagte Tyler und zog eine Augenbraue hoch. »Die Hippiebraut und Harlan … Ich weiß, wir wollten Samstag ohne die Mädchen gehen, aber was haltet ihr davon, wenn wir sie doch mitnehmen?« Freundschaftlich boxte er gegen meine Schulter. »Sie wird das mögen, die ist verrückt nach dir.«

Ich biss mir auf die Innenseite meiner Wange. Wenn Storm zum Kampf mitkäme, würde es schwer werden, die Konzentration zu behalten. *Oder zu verlieren.*

K nickte. »Von mir aus. Trouble war eh schon zickig. Sie bekommt nicht genug von den Kämpfen.«

»Ty denkt sich zu viel. Zwischen Storm und mir läuft nichts.« Ich warf ihm einen drohenden Blick zu.

»Klar. Deshalb hast du sie auch drei Monate lang gestalkt.« K grinste mich provokant an. »Und weil du sie scheiße findest, verhältst du dich auch so merkwürdig, seit sie mit uns abhängt.«

Ich zog mein Shirt an, stand auf und holte das Handy aus meiner Hosentasche. »Wir sehen uns später. Ich muss noch was erledigen.«

Meine Schritte quietschten über den Parkettboden der Sporthalle. Hinter mir hörte ich das Lachen meiner Freunde. Warum konnten sie es nicht einfach auf sich beruhen lassen?

Alles war kompliziert genug.

Ich stieß die Tür auf, biss Unter- und Oberkiefer zusammen und lief zum Wagen. Als ich die Tür hinter mir schloss, atmete ich tief aus und wählte die Nummer meines Vaters. Ich legte den Kopf in den Nacken und ließ ihn reden, ohne richtig hinzuhören.

~~~

Ich parkte den Camaro im Schatten einer Palme und lief den schmalen Sandweg entlang. Mein Vater wollte mich sehen, die Jungs nervten und obwohl mein Wunsch nach Einsamkeit immer stärker wurde, gab es etwas, nach dem ich noch mehr verlangte, als nach Ruhe. Ich wollte Storm nicht, aber ich brauchte sie.

Schon von Weitem sah ich den Trailer, dessen türkis-weißes Sonnendach im Wind schaukelte, und stellte mir vor, wie sie abends hier draußen saß und ihr Stück vom Paradies genoss.
~~~

Noch nie hatte ich einen Menschen getroffen, der das Leben so sehr liebte wie Storm. Ständig war ich hin und her gerissen zwischen Abscheu über ihre Sorglosigkeit und der Faszination, die darin wohnte. Storm verwirrte mich.

Ich drehte den Kopf nach rechts und ließ meinen Blick über den Ozean schweifen. Die Sonne glitzerte auf der Wasseroberfläche und der Duft von etwas Süßlichem stieg mir in die Nase. Ich roch ihr Gras, noch bevor ich sie sah.

Automatisch spannte sich mein Kiefer an. Ich steckte die Hände in die Hosentaschen und lief dem Gestank entgegen. Doch als ich nur noch wenige Meter vom Trailer entfernt war, hörte ich sie schluchzen.

»… Ich weiß. Das sagst du immer. Aber kannst du nicht einmal versuchen, auch mich zu verstehen?«

Ich blieb stehen. Ihre Stimme kam von der Rückseite des Trailers. Jetzt hatte sie nichts gemeinsam mit ihrem sonst so frechen Ton. Sie klang verzweifelt.

»… Aber du bist nicht die Einzige, die leidet«, sagte sie. »Ich hab ihn gefunden, nicht du. Ich musste mich um alles kümmern, weil du zu sehr mit dir selbst beschäftigt warst.«

Mit dem Rücken stellte ich mich dicht an die Ecke des Trailers, damit sie meine Anwesenheit nicht bemerkte.

»Natürlich willst du nicht darüber sprechen. Aber ich habe niemanden, Mom. Und wenn ich nicht wenigstens ab und zu darüber rede, werde ich verrückt.« Sie klang außer sich. »Das spielt jetzt keine Rolle. Ich kann sein Gesicht nicht vergessen. Jeden verdammten Tag sehe ich seine Augen vor mir.«

Eine Pause entstand, wahrscheinlich sprach gerade ihre Mutter.

»Warum konntest du es nicht, verdammt noch mal? Ich war achtzehn, du warst die Erwachsene.«

In meinem Kopf wütete ein Gewitter. Das Bild des immer lächelnden Mädchens mit den Sturmaugen bekam Risse. Auch sie litt. Auch Storm spielte eine Rolle. Und sie hatte sie bisher so perfekt gespielt, dass selbst mir entgangen war, wie traurig sie war.

Ich lehnte den Kopf gegen das aufgeheizte Metall des Trailers und schluckte den Schmerz hinunter, der sich wie eine kalte Hand um meine Kehle legte. Ich wollte sie in den Arm nehmen und ihr sagen, es würde besser werden. Aber es wäre eine Lüge. Und sie verdiente mehr.

Das Schluchzen wurde leiser. Ihre Wut war der Resignation gewichen. »Na klar. Ich schicke nächste Woche mehr. Ja, ich dich auch. Mach's gut.«

Scheiße. Schnell lief ich ein Stück zurück in Richtung Weg, damit sie nicht bemerkte, dass ich alles gehört hatte. »Hallo?«, rief ich.

Storm kam um die Ecke des Trailers. In ihrer linken Hand hielt sie den Joint, dessen Rauchschwaden durch die flirrende Sommerluft zogen. Ihre Augen glänzten feucht, doch sie ließ sich nichts anmerken. Sie wollte mir nicht zeigen, wie es in ihr aussah. Etwas, das ich zu gut verstand. Ein Lächeln schlich sich auf ihre Lippen. Sie hob die Hand, nahm einen tiefen Zug, pustete den Qualm in die Luft und schnippte den Joint weg. »Namaste«, grüßte sie mich. »Was machst du hier? Ich dachte, wir sehen uns nachher bei Blake.«

»Warum rauchst du schon wieder?« Ich trat einen Schritt auf sie zu und nahm ihr Kinn in meine Hand. Adrenalin schoss durch meine Adern, aber es musste von der Wut kommen, die ich plötzlich empfand. Wut darüber, wie perfekt sie sich verstellen konnte, während mir mein Schmerz ins Gesicht geschrieben stand. Oder darüber, dass sie nicht mit mir über das sprach, was sie traurig machte. Ich presste die Zähne zusammen.

»Ah. Geht das jetzt wieder los?« Sie hob das Kinn, ihr Lächeln wurde breiter. Angriffslustig sah sie zu mir auf. »Was willst du dagegen tun, Harlan?«

Ich erinnerte mich an die Worte, die sie bei unserer allerersten Begegnung gesagt hatte. *Ich mag Herausforderungen.*

Verdammt. Mein Schwanz versteifte sich unter ihrem brennenden Blick. Ich wollte ihr das freche Maul stopfen, sie packen und schütteln, doch ich tat nichts dergleichen und verstärkte stattdessen nur den Griff an ihrem Kinn. »Das willst du besser nicht herausfinden.«

Storm stellte sich auf Zehenspitzen und ich spürte ihren warmen Atem an meinem Hals. »Doch will ich.«

Es war widerlich, wie mein Körper auf sie reagierte. Emmy und Storm. Ich betrog beide, doch nur eine von ihnen existierte noch im Hier und Jetzt.

Der unangenehme Druck in meiner Jeans verstärkte sich. Fast konnte ich meinen eigenen Herzschlag hören. Sie legte eine Hand auf meine Brust und presste ihren Körper gegen mich. »Zeig mir, was du mit mir machen willst.«

Ohne darüber nachzudenken, griff ich ihre Hüften und schob sie mit dem Rücken gegen den Trailer. Ich legte eine Hand an ihren Hals, übte mit dem Daumen leichten Druck aus und sah ihr in die Augen. Ich ließ meine andere Hand über ihren Bauch gleiten und schluckte, als sie aufstöhnte und sich auf die Unterlippe biss. Mein Schwanz war so hart, dass ich das Gefühl hatte, vor Lust zu platzen. Ich schob die Hand unter ihr Sommerkleid, fühlte die weiche Haut ihres Oberschenkels und beugte mich zu ihrem Ohr.

Ihr Duft war berauschend. Sie roch sauberer, als sie sich benahm. Eine Mischung aus Strand und Pfirsichen. Storm stöhnte, als ich meine Hand langsam, Zentimeter für Zentimeter, höher schob. Dieses Mädchen war mein Rausch. Nur durch ihre Präsenz brachte sie mein Herz zum Rasen. Ihre Wangen waren gerötet, sie sah mich an. In ihrem Blick lag kein Schmerz mehr. Er war dem Verlangen gewichen. Ich schluckte, als ich meine Hand vorsichtig höher wandern ließ und ihre Pussy berührte. Verdammt, sie trug keinen Slip. Mit zwei Fingern strich ich über die weiche Haut, biss sanft in ihren Hals und benetzte meine Finger mit ihrer Feuchtigkeit. »Das wolltest du schon lange, oder?«

Ich rieb über ihre nasse Klit, beobachtete, wie sie die Augen zusammenkniff, und spürte jedes Gefühl in tausendfacher Intensität.

Schmerz.

Mach weiter.

Wut.

Ein bisschen mehr.

Trauer.

Gut so.

Scham.

Es ging nicht um Storm. Es ging um mich. Ich hatte eine neue Art der Folter entdeckt. *Spürst du das? Das ist es, was du verdienst, Avery.*

Ihr Atem beschleunigte sich. »Oh Gott, mach weiter«, stöhnte sie in mein Ohr und vergrub beide Hände in meinen Haaren. Gierig drängte sie ihr Becken gegen meine Hand.

»Hat das schon jemand mit dir gemacht?« Meine Stimme war nicht mehr, als ein Keuchen. Ich wollte ihr etwas geben, das ihr noch nie jemand gegeben hatte. Vielleicht aus Mitleid, weil sie nur dem Zweck diente, mich selbst zu quälen. Vielleicht, weil sie so viel in mir zum Vorschein brachte, wie keine andere, aber ich wollte jemand Besonderes für sie sein.

Sie nickte. »Aber so hat es sich noch nie angefühlt.«

Gut so. Mach weiter. In kreisenden Bewegungen streichelte ich ihre warme Pussy, hielt inne, um die Finger dann schneller zu bewegen, und wiederholte das Spiel. Storms Lippen berührten meine Wange, suchten meinen Mund. Doch ich wandte mein Gesicht ab. Würde ich sie küssen, wäre ich verloren.

»Bitte küss mich«, flüsterte sie, als sie mein Zögern bemerkte. Mit der freien Hand griff ich ihr Haar und riss ihren Kopf zurück. Sie war mir ausgeliefert. Doch sie war nicht Emmy. Ihr würde ich guttun, nicht schaden.

Meine Zunge erkundete ihren Hals, ich schmeckte das Salz auf ihrer Haut und verlor mich in ihrem Duft.

Als ich zwei Finger in sie schieben wollte, packte sie meinen Unterarm.

»Nicht.« Sie legte ihre Hand auf meine und schob sie höher, damit ich sie wieder streichelte. »Mach weiter, ich bin gleich so weit.«

Verdammt, sie wusste genau, was sie wollte, und hatte keine Scheu, es zu zeigen. Und obwohl die Eisenfaust um mein Herz fester zugriff, es fast zerquetschte, musste ich mich zusammenreißen, nicht selbst zu kommen. Mein Schwanz schrie nach Erlösung, die er nicht bekommen würde.

Storms Atem beschleunigte sich. Sie versuchte, die Beine zusammenzupressen, aber ich stellte mich zwischen sie, massierte ihre Klit schneller und küsste ihren Hals. »Komm schon«, flüsterte ich, als ich es nicht mehr aushielt. Sie kniff die Augen zusammen, ihre Lippen zitterten, öffneten sich. Mit jeder Bewegung meiner Finger wurde ihr Stöhnen lauter.

Ich beugte mich zu ihrem Ohr und trieb sie weiter an. »Komm für mich.«

Ich war nur hergekommen, um sie zu sehen, doch jetzt pulsierte ihre kleine, jungfräuliche Pussy gegen meine Finger und ich verfluchte mich, denn ich wünschte, es wäre mein Schwanz, der sie zum Orgasmus brachte. Ich bedeckte ihren Hals mit Küssen und spürte eine brennende Hitze durch meinen Körper schießen, die nichts mit Qual zu tun hatte. Ein Hochgefühl, so stark, wie seit Ewigkeiten nicht mehr, durchströmte mich. In diesem Moment lebte ich wieder.

»Oh Gott. Harlan«, stöhnte sie und jetzt zitterten auch ihre Beine. Storm krallte ihre Hände in meine Haare und lehnte die Stirn gegen meine Schulter. Ihr Stöhnen ging in ein Wimmern über, bis sie schwer atmend die Arme um meinen Nacken schlang und ihren Körper gegen meinen presste.

»Verdammt, war das gut«, flüsterte sie.

Mein Handy vibrierte. Selbst wenn es mein Vater war, die Ablenkung kam mir gelegen. Auch wenn ich wenige Sekunden zuvor noch alles gegeben hätte, um in ihr zu sein, um ihr ganz nah zu sein, so wollte ich jetzt nur noch weg. Diesmal war ich zu weit gegangen. Wahrscheinlich versprach sie sich mehr, als ich zu geben bereit war. Storm hob den Kopf. Ein seliges Lächeln lag auf ihren Lippen, ihre Wangen glühten und ihre Stirn glänzte. Sie sah aus wie ein Engel und mein Herz schlug schneller, als wollte es mir etwas sagen, das ich nicht hören wollte.

Sie öffnete den Mund, doch ich hob einen Finger. »Ich muss rangehen. Wir sehen uns.«

Ich ließ sie stehen, lief zu meinem Wagen und zog das Handy aus der Hosentasche.

~~~

Es war nicht mein Vater gewesen, sondern Blake, die dringend einen Babysitter brauchte. Ihr Dad hatte angerufen, weil es einen Notfall im Il Combatente gab, bei dem er jede Hilfe gebrauchen konnte. Niemand anderes hatte Zeit für Tate gehabt und ich genoss die Gesellschaft der Kleinen, also sagte ich zu, eine Stunde auf sie aufzupassen. Vor einer halben Stunde war sie eingeschlafen, doch nun schrie sie so laut, dass es mir in den Ohren schmerzte. Ich schaltete die Spielkonsole aus, stand von der Couch auf und lief zu ihrem Zimmer, das vom Flur im Eingangsbereich abging. An der Tür blieb ich stehen, um abzuwarten, ob sie sich beruhigte, doch ihr Schreien wurde nur lauter. Ich öffnete die Tür. Tate warf sich im Bett hin und her, ihr Gesicht war rot vom Weinen.

»Hey, Süße«, flüsterte ich und hob sie hoch. Mit einer Hand strich ich über ihre seidigen, dunkelblonden Locken. Ich küsste
~~~

ihren Kopf. »Was ist los? Hast du noch Hunger, oder willst du nicht alleine sein?«

Ich roch an ihr, aber an einer vollen Windel lag es nicht. Ich lief zurück ins Wohnzimmer, setzte mich auf die Couch und drückte Tates Körper sanft gegen meine Brust. Ihr Weinen wurde leiser, es klang ab, bis sie nur noch gelegentlich wimmerte. »Ich will auch nicht alleine sein, Süße.« Wir waren unter uns, es war in Ordnung, ihr meine Gefühle mitzuteilen. Tate war der einzige Mensch, zu dem ich ehrlich sein konnte. Mit einer Hand streichelte ich über ihren Rücken und legte meine Wange an ihre. »Aber ich habe Angst, dass ich auch ihr wehtue, wenn ich sie an mich ranlasse.«

Meine Kehle zog sich zusammen. »Oder dass mein Vater einen Weg findet, es gegen mich zu verwenden.«

Ich setzte sie auf meinen Schoß, hielt sie unter den Armen fest, damit sie nicht herunterfallen konnte, und sah sie an. Ihre Augen waren so tiefblau wie die ihrer Mutter. Und genau wie Blake bedeutete Tate alles für mich. Niemand wusste es, denn ich hielt mich zurück, wenn Farren oder Tyler mit der Kleinen spielten. Ich war nicht der Typ, der versuchte, sie mit affigen Gesten zum Lachen zu bringen oder der in Babysprache mit ihr redete. Meine Freunde gingen davon aus, ich interessierte mich nicht für Tate. Sie wussten nicht, wie falsch sie damit lagen. Ich zeigte es nicht. Hielt es zurück, wie ich es immer tat. Doch in den Stunden, in denen ich auf sie aufpasste, wenn niemand anderes einspringen konnte, sagte ich ihr alles. Dass ich sie liebte. Dass ich sie mit meinem Leben beschützen und für sie da sein würde, wenn sie mich brauchte. Und dass sie eine der wenigen Freuden war, die mich zum lächeln brachten.

Auch heute beruhigte meine Stimme sie. Tate riss die Augen auf und streckte die Hände in die Luft. »Haha«, sagte sie. Meinen Namen konnte sie noch nicht aussprechen, aber das war ihre Art, mit mir zu kommunizieren.

Ich zwang mich zu einem Lächeln. »Kannst du ein Geheimnis behalten?«

Wie zur Bestätigung zog sie die Mundwinkel nach oben und wackelte mit dem Kopf, wie sie es immer tat, wenn sie aufgeregt war. Es war erstaunlich, wie schnell Kinder von einem Gefühl zum Nächsten übergehen konnten, als wäre es nie anders gewesen. Manchmal wünschte ich mir ihre Unbeschwertheit, aber dann erinnerte ich mich daran, dass ich sie nicht verdiente. »Ich mag sie. Irgendwie mag ich sie, obwohl sie ganz anders, als Emmy ist.«

Ich beugte mich dichter zu Tate und küsste ihre Nase. Sie stieß ein quietschiges Lachen aus, das nur kleinen Kindern zuteilwurde und griff nach meiner Nase. Ich nahm ihre Hand und hielt sie für einen Moment in meiner. »Und das macht mich fertig. Ich hasse mich dafür. Noch mehr als sonst.« Ich schluckte das kratzige Gefühl in meiner Kehle herunter. *Fang nicht an zu heulen, Avery.* »Aber ich darf mich auf nichts einlassen. Mit keiner. Erst recht nicht mit ihr. Es ist, als würde ich Emmy betrügen. Als würde ich sie vergessen und nur noch Storm sehen.« Ich atmete tief aus. »Und ich habe es nicht verdient, glücklich zu sein.«

Und als ob sie es verstand, wich das Lächeln aus ihrem Gesicht und sie begann wieder zu weinen. Ich legte sie mit dem Bauch an meine Brust, stand auf und wiegte Tate im Arm. Für sie würde in wenigen Augenblicken wieder die Sonne scheinen, während mich die Dunkelheit von Tag zu Tag mehr verschluckte.

Kapitel 7

STORM

Während der letzten zwei Stunden hatte ich es tatsächlich geschafft, meine vorlaute Klappe zu halten. Zumindest über das, was zwischen Harlan und mir vorgefallen war. Farren hatte mich zwar ausgefragt und Vermutungen angestellt, aber ich hatte darüber geschwiegen. Nicht, weil es mir peinlich war, sondern, weil ich es nicht verstand und erst herausfinden musste, was es bedeutete. *Ob es etwas bedeutet,* verbesserte ich mich in Gedanken.

Farren parkte den Wagen in der Einfahrt zu Tylers Haus. Ich schnallte mich ab, wollte die Tür öffnen, als ich aus dem Augenwinkel sah, wie sie noch immer das Lenkrad umklammerte und mich neugierig anblickte.

Ich ließ mich zurück in den Sitz sinken und zog die Augenbrauen hoch. »Was ist?«

»Denkst du, ich bin blöd? Du hast ihn mit keinem Wort erwähnt und wir kommen vom Blumenmarkt.«

»Und?«

Farren biss sich auf die Lippe, um ein Lächeln zu unterdrücken, doch es gelang ihr nicht. »Angeblich wart ihr doch gestern schon da.« Sie lehnte sich ein Stück zu mir. »Hat aber sowieso keiner von uns geglaubt.«

Jetzt musste auch ich lächeln. »Wir waren bei mir, aber es ist nichts passiert«, fügte ich schnell hinzu, um sie nicht auf falsche Gedanken zu bringen. *Aber vor drei Stunden ist eine Menge passiert. Und dann ist der Idiot einfach abgehauen.*

»Aber du verhältst dich komisch. Du bist zu ruhig, das passt nicht zu dir.«

Mein Lächeln wurde breiter. Wir kannten uns noch nicht lange und trotzdem bemerkte sie, dass etwas anders war. In diesem Moment spürte ich eine tiefe Zuneigung zu ihr. Sie interessierte sich dafür, wie es mir ging. Ich beugte mich zu ihr und umarmte sie. »Danke.«

Als ich sie losließ, kniff sie die Augen zusammen. »Wofür war das?«

»Für alles.«

Farren hatte mich von Anfang an akzeptiert, wie ich war. Obwohl wir uns noch nicht lange kannten, fühlte ich mich mit ihr verbunden. Es machte den Schmerz erträglicher und gab mir das Gefühl, weniger alleine zu sein.

Ich stieg aus, lief vor und wartete an der Haustür auf Farren. Ich wusste nicht, ob Harlan schon hier sein würde oder wie er reagierte, wenn er mich sah.

Farren klingelte. Es dauerte eine Weile, bis sich Schritte näherten. Die Tür öffnete sich, doch es war nicht Blake. An Harlans Brust lehnte Tates Kopf. Ihre kleinen Arme hingen über seine Schultern. Er stützte sie mit dem linken Arm und hielt sie fest. »Seid leise, sie ist eben eingeschlafen«, flüsterte er.

»Was machst du hier?« Farren sprach so leise, dass ich sie kaum verstand.

»Blake ist bei ihrem Dad. Ich passe auf Tate auf«, antwortete er und ließ uns ins Haus. Farren drängte sich an ihm vorbei und kicherte.

Ich stellte mich auf Zehenspitzen, gab ihm einen Kuss auf die Wange und küsste die schlafende Tate auf den Kopf. »Namaste.«

Harlan nickte mir kurz zu und lief ins Wohnzimmer. Ich folgte ihm und zupfte nervös an der Stickerei meines weißen Kleides. Ich wollte mit ihm reden, schließlich schuldete er mir eine Erklärung.

Farren nahm sich ein Glas aus dem Schrank in der offenen Küche. Sie drehte sich zu uns und lehnte sich gegen die Arbeitsplatte. »Wo sind die Jungs? Kieran wollte auch herkommen.«

»Ty ist noch arbeiten, K hat eben angerufen, er und Elisha müssten in ein paar Minuten kommen.« Harlan strich über Tates Rücken und verschwand im Flur.

»Alles gut bei euch?«, flüsterte Farren. »Kein Gezicke, aber dafür ignoriert er dich jetzt?«

Bevor ich antworten konnte, kam Harlan ohne Tate zurück. Wahrscheinlich hatte er sie ins Bett gebracht.

Farren griff eine Flasche Wasser von der Arbeitsplatte und warf mir einen verschwörerischen Blick zu. »Ich muss noch mal zum Auto, hab mein Handy vergessen.«

Im Vorbeigehen zwinkerte sie mir zu und verließ den Raum. Sekunden später hörte ich die Haustür ins Schloss fallen.

Ich atmete tief aus, wusste nicht, wie ich anfangen sollte. Seit wann war ich nervös, wenn ich mit einem Jungen alleine war? Harlan rührte sich nicht, noch sagte er etwas. Er stand nur wenige Meter von mir entfernt und sah mich mit seinem undurchschaubaren, düsteren Blick an.

Ich stemmte die Hände in die Hüften. »Was sollte das?«

»Was meinst du?«

Entweder war er sich keiner Schuld bewusst, oder er wollte nicht darüber reden. Aber seine Ahnungslosigkeit machte mich wütend. »Du fingerst mich und haust dann einfach ab.«

Harlan kam ein paar Schritte auf mich zu. Seine Augen verengten sich. »Es hat dir doch gefallen. Was willst du jetzt von mir?«

»Was ich jetzt von dir will?« Ich schüttelte den Kopf. »Es hat mir gefallen. Mir gefällt nur nicht, dass du mich ohne ein Wort stehen gelassen hast. Aber noch beschissener finde ich dein Verhalten gerade. Machst du das immer so? Orgasmus to Go?«

»Du solltest dir angewöhnen, dich vernünftig zu artikulieren. Ich mag keine Mädchen, die wie Asoziale reden.«

In meinem Bauch wütete ein Feuerball. Ich verspürte den Drang, ihn zu ohrfeigen. »So denkst du von mir? Dann ist es wirklich besser, wenn wir uns nicht mehr sehen.«

Ohne seine Antwort abzuwarten, stürmte ich nach draußen. Farren, die auf der Treppe saß, riss den Kopf herum.

»Was ist passiert?«

Ich blinzelte die aufsteigenden Tränen der Wut weg. »Er ist ein Arschloch! Und ich hab die Schnauze voll von seinen Stimmungsschwankungen.«

Farren rief mir hinterher, doch alles, was ich jetzt wollte, war alleine sein.

~~~

Nervös trat der Typ von einem Bein aufs andere. »Aber letzte Woche hat's weniger gekostet.«

»Tja, das ist ja das Tückische an Preiserhöhungen. Sie kommen ganz plötzlich. Ich muss auch was daran verdienen.«

Schon seit fünf Minuten diskutierte ich mit ihm und meine Laune war nach dem Streit mit Harlan sowieso nicht die beste.

Ich wedelte mit dem Tütchen vor seinen Augen herum. »Also entscheide dich endlich. Ich habe nicht den ganzen Abend Zeit.«

Gierig starrte er auf das Tütchen in meiner Hand und leckte sich über die Lippen. »Ich hab aber nicht genug mit. Bei Jake konnte ich auch mal anschreiben lassen.«

Ich atmete laut aus und steckte das Gras zurück in die Tasche. »Dann hat Jake keine Ahnung von Geschäften. Komm wieder, wenn du flüssig bist, oder lass es.«

»Du spinnst doch, du Fotze! Wird sich rumsprechen, wie du mit deinen Kunden umgehst, und dann kauft keiner mehr was bei dir.«

»Anscheinend hat sich rumgesprochen, dass ich das beste Gras hier verkaufe, sonst würdest du wohl weiter zu Jake gehen. Also verschon mich mit deinem Geheule.«

Ich verstaute das Tütchen wieder in meiner Tasche und lief zurück zum Trailer. Der Tag war lang gewesen und anscheinend zog ich heute die Arschlöcher an, wie das Licht die Motten.

Ich knallte die Tür des Trailers hinter mir zu und ließ mich auf die Sitzbank in der Ecke meiner Küche sinken. Die Sonne
~~~

ging schon unter, sie tauchte das Innenleben meiner Bleibe in ein sattes Orange. So frustriert wie ich mich fühlte, würden ein paar Züge an einem Joint guttun. Ich kramte gerade in meiner Handtasche, als jemand gegen die Tür hämmerte.

»Hau ab. Ist geschlossen!«, rief ich dem Besucher zu und öffnete das Tütchen mit den kleinen grünen Klumpen.

Es klopfte erneut. Ich seufzte, erhob mich und riss die Tür auf. Doch es war nicht der verärgerte Kunde. Harlan musterte mich misstrauisch. Ohne ein Wort zu sagen, schob er sich an mir vorbei. Honey begrüßte ihn stürmisch. Sie sprang an seinen Beinen hoch, doch er ignorierte sie.

»Was willst du hier? Mein Bedarf an Stress ist für heute gedeckt.«

»Als ob es nicht reicht, dass du rauchst, jetzt dealst du auch noch?«

»Ich wüsste nicht, was es dich angeht.« Warum gab er mir jedes Mal das Gefühl, ein krimineller Junkie zu sein?

»Er war sehr wütend. Denkst du nicht, dass das gefährlich ist?«

»Warum kümmert dich das?«

Harlans Blick wanderte zu dem Tütchen auf dem Tisch. Er nahm es in die Hand und schwenkte es in der Luft. »Was soll das, Storm? Du zerstörst dein Leben mit dem Scheiß.«

Ich stellte mich auf Zehenspitzen und riss es ihm aus der Hand. »Das geht dich nichts an und jetzt sag mir, was du hier willst. Ich dachte, ich habe mich klar ausgedrückt.«

Er rieb sich den Nacken. »Ich bin hier, weil ich mich entschuldigen will.«

»Für was? Weil du einfach abgehauen bist, nachdem du mich gefingert hast, oder weil du mich andauernd beleidigst?«

Wenn er meinte, er könnte mit mir umgehen, wie es ihm gerade passte, täuschte er sich gewaltig.

Harlan atmete laut aus. Er lief an mir vorbei und verließ den Trailer.

Ich folgte ihm. »Hey, bleib stehen! Willst du schon wieder einfach abhauen?«

Als er sich zu mir umdrehte, lag etwas Sanftes in seinem Blick. »Ich brauche nur frische Luft, lass uns ein Stück gehen.«

Ich schwieg, weil alles, was ich sagen wollte, nicht nett gewesen wäre. Immerhin war er hergekommen, um es mir persönlich zu sagen. Auch wenn ich noch immer wütend war, wusste ich das zu schätzen. Ich setzte mich in Bewegung und lief neben ihm durch den Sand. Minuten vergingen, in denen niemand etwas sagte. Die einzigen Geräusche waren die der Wellen, die sich am Ufer brachen. Mein Herz schlug schneller, wie jedes Mal, wenn er in meiner Nähe war, und sein Schweigen machte es nicht leichter.

»Also, für was genau wolltest du dich entschuldigen?«, fragte ich in die Stille. Die Sonne war am Horizont verschwunden, ich konnte seinen Gesichtsausdruck nicht erkennen und hoffte, er würde friedlich bleiben. Ich hasste Streit, aber Harlan machte es mir nicht leicht.

»Für alles, okay? Es tut mir leid, dass ich dich einfach stehen gelassen habe. Und es tut mir leid, was ich über dich gesagt habe.« Er blieb stehen. »Das Ganze ist nicht einfach für mich. Es ist schwer zu erklären.«

Vorsichtig streckte ich meine linke Hand aus und verschränkte die Finger zwischen seinen. Er wich nicht zurück, er reagierte überhaupt nicht.

»Warum sprichst du nicht mit mir darüber? Ich kann zuhören.«

»Offenbarst du mir deine Dämonen?«

»Ich weiß nicht, wovon du redest.« Ich hatte mir nie etwas anmerken lassen, woher sollte er wissen, was mich belastete?

»Siehst du. Ich habe auch keine Lust, darüber zu reden.«

»Okay, wie du willst.« Ich ließ seine Hand los. »Du bist verdammt kompliziert, weißt du das? Deine Stimmungsschwankungen sind anstrengend. Mal denke ich, du magst mich und dann behandelst du mich wieder wie Dreck. Wenn du nicht drüber reden willst, dann sag mir wenigstens, woran ich bin.«

Sofort bereute ich meine Worte. Meine Kehle zog sich zusammen, denn ich hatte Angst vor seiner Antwort. Angst, dass er damit etwas zerstören würde, das mir Hoffnung gab.

»Was willst du hören?« Harlan fuhr sich durch die Haare. »Wenn ich dir sage, dass ich dich mag, dass ich mich in deiner Nähe lebendig und tot zugleich fühle, was ändert das an allem?«

Lebendig und tot? Was war verdammt noch mal los mit ihm? »Keine Ahnung. Ich will einfach nur wissen, ob … Ich …« *Eine Chance habe.*

Doch ich beendete den Satz nicht. Noch nie war mir jemand wie Harlan begegnet. Intelligent, gut aussehend, geistreich und mysteriös zugleich. Noch nie hatte mich ein Mann so fasziniert und noch nie hatte ich mir mehr als eine flüchtige Bekanntschaft vorstellen können.

Seine Hand streifte meine und ich dachte, es wäre eine unbeabsichtigte Geste. Doch dann ergriff er sie. Hitze stieg in mir auf. Sie fühlte sich so viel besser an, als die Wut, die ich wenige Minuten zuvor noch verspürt hatte. Ich griff seine Hand fester.

»Ich kann dir nicht sagen, was das mit uns ist. Aber du willst mich kennenlernen?«

Zaghaft, weil ich nicht wusste, worauf er hinauswollte, nickte ich.

»Dann komm am Samstag mit zum Kampf.«

Meine Hand fühlte sich schwitzig in seiner an und mir wurde schwindelig, weil er so dicht vor mir stand, dass ich sein Rasierwasser riechen konnte. Harlan fühlte sich so gut an, wie nichts zuvor.

»Was für ein Kampf?«

»Hat Blake dir nichts erzählt?«

»Wovon?«

»Wir boxen jeden Samstag.«

»Klingt aufregend. Ich komme gerne.«

Mit dem Daumen strich er über meine Unterlippe.

Ich lächelte, diese Geste machte mich jedes Mal wahnsinnig, aber ich wollte ihn aufziehen. »Ganz schön klischeehaft.«

»Was?«

»Das, was du da immer mit deinem Daumen machst.«

Harlans Blick verdunkelte sich. »Und trotzdem gefällt es dir, wenn ich dich streichele.«

Ich schluckte, als die Erinnerung an seine Finger zwischen meinen Beinen in mir aufstieg. Ein Kribbeln breitete sich in meinem Bauch aus.

»Wirst du hinsehen, wenn das Blut spritzt?«, fragte er mit einem bedrohlichen Unterton. »Kannst du in Abgründe blicken, ohne von der Dunkelheit verschlungen zu werden?«

Ich wusste nicht, was es für ihn bedeutete, doch ich verstand die Botschaft hinter seinen Worten.

»Ich sehe immer noch das Licht.« Ich küsste seine Wange.

Harlan drehte das Gesicht ein Stück zu mir, sodass unsere Lippen nur Millimeter voneinander entfernt waren. »Dann siehst du mehr als ich.«

Sein warmer Atem streifte meinen Mund. Eine Gänsehaut breitete sich auf meinen Unterarmen aus. Sie überzog meinen Nacken und jagte einen warmen Schauer über meinen Rücken. »Du hast mich noch nie geküsst«, flüsterte ich. »Ich will wissen, wie du schmeckst.«

Harlans Nasenflügel bebten. Er griff meine Hüften, zog mich an sich und ließ seine Zungenspitze von meinem Hals bis zu meinem Ohrläppchen gleiten.

»Ich werde dich küssen.« Sanft biss er in meinen Hals. Seine Hand wanderte über meinen Bauch. Zwischen meinen Beinen hielt sie inne, übte leichten Druck mit dem Daumen aus.

Durch jede Zelle meines Körpers schoss Adrenalin.

»Und dann werde ich herausfinden, wie gut du schmeckst.«

Ich stöhnte auf. Alleine seine Worte reichten, um wahnsinnig vor Lust zu werden. »Warum tust du das?«, flüsterte ich.

»Was?«

»Warum quälst du mich so sehr?«

Harlan wich zurück. Wieder einmal brachte er Distanz zwischen uns, als wäre nichts geschehen. »Glaub mir, ich quäle mich genauso. Ich sollte dich nicht mehr berühren.«

»Und doch tust du es mit jedem Blick, mit jedem Wort.«

Kapitel 8

HARLAN

Die Leute drängten sich dicht aneinander, jemand schubste uns und Storm rempelte gegen mich.

»Sorry«, rief sie gegen die Musik an.

Ihre Stirn glänzte, ihre Wangen glühten. Sie drehte den Kopf nach rechts, lachte und hob die Faust, um zwei Typen anzufeuern, die den Kampf nicht erwarten konnten. Zwei Deathmaker packten die Männer und begleiteten sie nach draußen. Ungenehmigte Kämpfe wurden mit einem Rauswurf bestraft.

»Wow, es ist super hier!«, rief sie.

Vor mir lag eine verdammt harte Nacht. Ihre gebräunte Haut hob sich vom Weiß des Sommerkleides ab, das ihre Schultern und den Rücken freigab. Mit jedem Schritt wippten ihre runden Brüste auf und ab, wieder trug sie keinen BH und ich fragte mich, ob ich auf ein Stück Stoff treffen würde, wenn ich meine Hand zwischen ihre Beine schieben würde, oder auf weiche, warme Haut, die ich unter meinen Lippen spüren wollte.

Ich schluckte. Mein Plan, auf Abstand zu gehen, war genauso gescheitert wie mein Vorhaben, heute zu verlieren. Storm löste eine Vielfalt an Gefühlen in mir aus, die mit nichts in den letzten Jahren vergleichbar waren. Und auch, wenn ich versuchte, mich gegen ihre Anziehung zu wehren, konnte ich nicht länger leugnen, dass sie mir unter die Haut ging. Dass sie eine Schwäche in mir zum Vorschein brachte, die mir Angst und mich gleichzeitig high machte. So fühlte ich mich auch jetzt. Heute wollte ich siegen. Den Moment genießen, nicht an gestern oder morgen denken, um für eine Nacht wieder lebendig zu sein.

Ich schob Leute aus dem Weg und steuerte zielstrebig auf die Treppe zu, die am Ende des Flures vor uns lag. Storm folgte mir. Die Natur hatte sich längst zurückgeholt, was ihr entrissen worden war. An den Wänden rankte Efeu. Moos und Gras wuchsen auf dem Boden und drängten Steine auseinander. Von der gewölbeartigen Decke tropfte Kondenswasser, es sammelte sich in Pfützen auf dem Boden und ich griff Storms Hand, damit sie mit ihren Sandalen nicht hineintrat. Sobald wir die Stufen erreicht hatten, ließ ich sie los. Die Jungs würden blöde Sprüche bringen und die Mädchen würden etwas hineininterpretieren, das nicht existierte.

Aus dem Augenwinkel sah ich, dass sie mich beobachtete, doch ich tat so, als bemerkte ich es nicht. Storm stellte zu viele Fragen, auf die ich keine Antworten hatte.

Als wir die erste Etage betraten, wurden die Bässe der Musik lauter. Sie hallten durch das alte Gebäude und füllten es – für heute Nacht – mit neuem Leben.

Wir liefen an feierwütigen Leuten vorbei, die in kleinen Gruppen zusammenstanden, Bier tranken oder dealten. Ich mochte den Dreck, die Dunkelheit, die Musik und das Boxen. Doch ich hasste das Dealen. Selbst auf Tys oder Ks Partys hatte es Drogen gegeben und ich hatte mich deshalb mehr als einmal mit den beiden angelegt. Aber die Drogen gehörten nun mal zu den Kämpfen und ich versuchte sie, so gut es ging, zu ignorieren. Mit dem Kopf deutete ich zur Sporthalle, die vor uns lag. Ihre Türen standen weit offen und die Tribünen waren bereits überfüllt. »Blake erklärt dir gleich alles noch mal genau. Nur komm nicht auf die Idee, alleine durch die Gegend zu laufen, es ist nicht sicher für Mädchen hier.«

Storm lächelte. »Ich kann ganz gut selbst auf mich aufpassen. Aber wenn es dich beruhigt, ich bin auch nicht unbedingt scharf drauf, heute Nacht alleine zu sein.«

Ich nickte. Ständig sagte sie Dinge, die mich auf falsche Gedanken brachten. Ich atmete tief ein und betrat die Halle. Der Parkettboden wellte sich von der Feuchtigkeit, die sich im Laufe der Jahre angesammelt hatte. Er war von Glassplittern und leeren Bierflaschen übersät. Mental bereitete ich mich schon auf die Schmerzen vor, wenn ich zu Boden ging.

Ich ließ meinen Blick über die Tribünen wandern und suchte die Reihen nach Kieran und den anderen ab. In der zweiten Reihe entdeckte ich Farren. Sie winkte und sprang aufgeregt auf und ab.

»Da oben sind sie.«

»Farren scheint schon jetzt Spaß zu haben«, sagte Storm. Sie lachte und lief an mir vorbei, um die anderen zu begrüßen. Für ein paar Sekunden genoss ich den Anblick ihres runden Hinterns, der sich unter dem Stoff des Kleides abzeichnete, um ihr dann zu folgen.

»Hey ihr beiden«, begrüßte Elisha uns. Er gab mir einen Handschlag und wandte sich Storm zu. »Na, was sagst du?«

»Ich find's klasse«, antwortete sie und setzte sich neben Farren.

»Wurde auch Zeit, Bruder. Ich dachte schon, du hast Schiss gekriegt und bist abgehauen.« Ty klopfte auf meine Schulter.

»Ich denke, mit dir werde ich gerade noch fertig, Daddy.«

Sein Blick verdunkelte sich. »Denkst du, ich bin deshalb weniger fit? Frag Blake, meine Ausdauer ist immer noch rekordverdächtig.«

Sie verdrehte die Augen. »Klar. Nur deine Fingerfertigkeit lässt zu wünschen übrig.«

»Autsch.« Elisha lachte. »Knock-out für Blake.«

»Schnauze. Ich werd's Harlan zeigen.« Tyler ballte die Fäuste und stieß sie gegeneinander.

»Ihr macht mich fertig, Leute.« Kieran schüttelte den Kopf. »Kommst du morgen auch zur Party?«

Ich sah zu Boden und nickte. Würde ich nicht kommen, würden meine Freunde Fragen stellen. Alleine aus diesem Grund hatte ich mich die letzten Jahre gezwungen, bei den Partys aufzukreuzen. Mit genug Alkohol ließ es sich aushalten.

Die Menge brach in Applaus aus, als der dritte Kampf des Abends zu Ende ging.

Ich sah Ty an. »Wollen wir? Geht gleich los.«

Er stand auf, beugte sich zu Blake und gab ihr einen Kuss. »Ja, ich bin vorsichtig. Ich liebe dich, Baby.«

Sie nahm sein Gesicht in ihre Hände, sah ihn ernst an und nickte. »Viel Spaß.«

Mein Blick fiel auf Storm. Sie musterte mich. »Pass auf dich auf, Harlan.«

Ein kurzer Stromschlag durchfuhr mich. Gewöhnlich sorgte sich niemand um mich. Sie wussten, dass ich der Starke war. Derjenige, der immer den Durchblick besaß und die Kontrolle behielt. Vielleicht blickte Storm hinter meine Fassade, vielleicht lag es an ihrer fürsorglichen Art, aber es tat gut.

»Hey! Avery! Kinley.«

Eine tiefe Stimme riss mich aus den Gedanken. Ich fuhr herum. Der Deathmaker, den man an seiner schwarzen Totenkopfmaske und dem schwarzen Hoodie erkennen konnte, wedelte mit einem Zettel in der Hand vor meiner Nase herum. »Planänderung. Kinley ist danach dran. Du kämpfst gegen einen Typen namens Desmond.«

Tylers Augen verengten sich zu Schlitzen. »Wer sagt das?«

»Ich sage das. Und wenn du Ärger machst, bist du ganz raus, verstanden, Kinley?«

Ty verkniff sich glücklicherweise einen Spruch.

»Wer ist der Typ? Warum will er gegen mich kämpfen?«, fragte ich. Normalerweise stand es uns frei, die Gegner selbst zu wählen.

Der Deathmaker zuckte mit den Schultern. »Frag ihn selbst. Solange die Kohle stimmt und er sich an die Regeln hält, interessiert es mich nicht. Also was ist jetzt, bist du dabei oder willst du den Schwanz einziehen?«

Kieran kam dazu. »Ich will den Typ vorher sehen. Hol ihn her.«

K war in der Szene hoch angesehen und genoss uneingeschränkten Respekt. Der Deathmaker nickte und verschwand ohne ein weiteres Wort.

K beugte sich zu mir. »Die Sache gefällt mir nicht. Hast du Scheiße gebaut, von der ich nichts weiß?«

»Klar, K. Ausgerechnet ich.«

Er strich sich durchs Haar und wandte sich an Ty. »Ich kann dir nur raten, dass du niemanden verärgert hast.«

Beschwichtigend hob Tyler die Hände. »Ich bin sauber, Bruder.«

»Hey, alles klar?«, fragte Storm und stellte sich neben mich.

»Nur eine Planänderung.«

Der Deathmaker kam zurück. Ein großer Kerl mit dunkelbraunen Haaren und blauen Augen folgte ihm. Er hatte breite Schultern, kräftige Oberarme und ein markantes Gesicht. Wie aufs Stichwort reckten zwei Mädchen die Hälse und sahen ihm hinterher, als er sich den Weg durch die Sitzreihen bahnte. Ich schätzte ihn auf mein Alter und hoffte, er verließ sich auf seine Körpermaße. Ich war definiert, besaß kräftige Muskeln, aber er war breiter. Typen wie er überschätzten sich gerne. Doch zum Boxen brauchte es mehr als einen dicken Bizeps. Wenn ich gewinnen wollte, musste ich schnell sein, um meine geringere Reichweite auszugleichen.

»Wo ist das Problem?«, fragte er und sah abwechselnd von K zu mir. Ich kannte K gut genug, um zu wissen, wie schnell er aggressiv wurde, wenn er herausgefordert wurde. Ich nickte ihm zu, damit er sich raushielt.

»Es gibt kein Problem. Ich wollte nur meinen Gegner kennenlernen. Warum bist du so scharf drauf, gegen mich anzutreten?«

Wie ein hungriger Löwe musterte Desmond Storm. Sein Blick glitt über ihren Körper, er leckte sich über die Lippen und lächelte. »Wem gehört sie?«

»Geht's noch? Ich bin kein Auto«, ging sie ihn an.

Ich stellte mich vor sie. Der Typ war eindeutig auf Ärger aus. »Das ist süß. Denkst du, sie steht auf respektlose Idioten?«

Desmond beugte sich ein Stück zu mir. Ich sah nach oben, er überragte mich um gut einen Kopf. »Pass auf, was du sagst, Kleiner. Es wird mir eine Freude sein, dich in den Dreck zu schicken.«

Um uns herum begannen die Leute zu buhen. Sie schmissen Bierflaschen in die Mitte der Halle und steckten die Köpfe zusammen.

»Schluss jetzt.« Der Deathmaker mischte sich ein, auch er wurde ungeduldig. »Entweder ihr kämpft oder ihr zahlt die Wetteinsätze. Wenn ihr die Summe nicht zahlen könnt -«

»Schon gut. Ich bin dabei«, unterbrach ich ihn.

»Von mir aus hätten wir schon vor zehn Minuten anfangen können.« Desmond lächelte Storm schief an. »Wenn er verliert, gehst du mit mir nach Hause. Dann zeig ich dir, was ein echter Mann ist.«

Sie nickte. »Träum weiter, du Idiot. Eher mach ich's mir mit einem Pürierstab.«

Farren und Elisha prusteten los. Storm und ihr freches Mundwerk.

»Du hast keine Chance bei ihr, also lass sie in Ruhe.« Seine Arroganz ging mir auf die Nerven, doch seine Respektlosigkeit ihr gegenüber ließ Wut in mir aufsteigen.

Sie beugte sich zu mir und küsste meine Wange. »Danke. Bitte sei vorsichtig«, flüsterte sie in mein Ohr.

Mein Herz schlug schneller, doch es lag nicht am bevorstehenden Kampf. Ich nickte und gab dem Deathmaker ein Zeichen, dass ich bereit war, auch wenn ein ungutes Gefühl in mir aufkeimte.

~~~

Nine Inch Nail's *Happiness in Slavery* dröhnte durch die Halle. Ich zog mein Shirt aus, warf es beiseite, konzentrierte mich auf Desmond und ging in Sekunden meine Taktik durch.

Sei schnell. Arbeite aus dem Konter heraus, achte auf deine Fußarbeit. Schnelligkeit und Geschicklichkeit waren die einzigen Tugenden, auf die ich mich in diesem Kampf verlassen konnte, denn Desmonds Stahlkörper glich dem einer Maschine. Körperlich war er mir haushoch überlegen. Siegessicher grinste er mich an. Die Muskeln unter seiner Haut spannten sich an, als er die Hände über den Kopf streckte, um sich zu dehnen. Die Menge schrie, die Leute brüllten ihren Frust über den verspäteten Kampf hinaus. Überall auf den Tribünen schossen Fäuste in die Luft, sie feuerten uns an und ich versuchte, in der Menschenmenge meine Freunde auszumachen. Doch dann berichtigte ich mich. Ich wollte nur ihr Gesicht sehen, ihre Augen, die auf mich herabblickten, mich anfeuerten und an mich glaubten. Storm, für die es sich zu siegen lohnte.

Die Musik erlosch und eine tiefe Stimme klang aus den Boxen. »Kommen wir zum vierten Kampf an diesem Abend. Im letzten Moment gab es einen Gegnerwechsel. Den Kampf bestreiten Herausforderer Alistair Desmond und Harlan Avery.«
~~~

Eine Pause trat ein, der Ansager wartete und die Menge verfiel in ein einheitliches Rufen. »Bare Knuckle. Bare Knuckle!«

Der Deathmaker gab uns das Startzeichen, die Musik setzte wieder ein, wurde lauter und die Menge jubelte. Jetzt pumpte Adrenalin durch meine Adern, es erwärmte meine Muskeln und ich nahm die Deckung auf. Desmond tänzelte auf mich zu, er vergeudete keine Zeit und holte mit seiner Rechten aus, doch ich sah seinen Angriff frühzeitig und wich zur Seite aus. Desmonds Mund verzog sich zu einem Grinsen. Er kam zwei Schritte auf mich zu. Bevor er ausholen konnte, donnerte ich einen doppelten Haken in seinen Magen, doch er zeigte kein Anzeichen von Schmerz. Seine Linke traf meine Unterlippe, ich spürte, wie die Haut aufplatzte, leckte mit der Zunge darüber und schmeckte den metallischen Geschmack von Blut. Schweiß tropfte von meiner Stirn, die Leute schrien meinen Namen. Blitzschnell holte ich aus und traf Desmonds Nase. Wahrscheinlich fühlte er sich unverwundbar, denn seine Deckung war miserabel. Doch selbst Maschinen hatten Schwachstellen. Er stieß einen kurzen Laut aus, verzog den Mund und holte erneut aus, doch seine Schläge erreichten mein Gesicht nicht, denn ich war schneller und wich zur Seite aus. Mach weiter. Gewinnen fühlt sich gar nicht so schlecht an.

Die Menge grölte. Applaus hallte durch die Halle und ich fühlte mich berauscht. Mein Herz raste, Schweiß überströmte meine Haut, aber meine Energie reichte noch. Ich tänzelte auf ihn zu, setzte zum nächsten Schlag an, doch diesmal war Desmond vorbereitet. Seine Stahlfaust krachte in meinen Bauch. Ich taumelte, spürte Zementsteine in meinem Magen und krümmte mich. Bevor ich mich wieder aufrichten konnte, schmetterte ein erneuter Schlag in meinen Magen und ich ging zu Boden. Ein dumpfer Schmerz nahm mir die Luft. Das Jubeln der Leute klang wie durch Watte gedämpft und Glasscherben bohrten sich in meinen Rücken. Scheiße.

Ich spuckte einen Schwall Magensäure neben mich, winkelte die Knie an, stützte mich auf meinen schmerzenden Ellbogen und zwang mich, aufzustehen. Scherben steckten in meiner Haut, ich spürte warme Flüssigkeit über meinen Rücken laufen, doch nicht der Schmerz, sondern der Schwindel war das Schlimmste.

Desmond lächelte. »Dein Kampfgeist gefällt mir, Kleiner.«

Mit der rechten Hand wischte ich das Blut von meiner Unterlippe und nahm die Deckung wieder auf. Mein Gegner schoss auf mich zu, beide Fäuste donnerten gleichzeitig in meinen Oberkörper und bevor ich realisieren konnte, was geschah, krachte ich erneut zu Boden.

~~~
~~~

»Oh Gott, geht's dir wirklich gut?« Storm legte ihre Hände gegen meine Wangen und sah mich besorgt an. »Dein Gesicht scheint okay zu sein, aber dein Rücken. Oh Gott, Harlan.«

Ich schluckte Magensäure hinunter und nahm einen tiefen Atemzug. Die Nachtluft war schwül, doch sie tat gut. Ich saß auf dem Beifahrersitz meines Camaros, die Mädchen streckten die Köpfe in den Wagen und musterten mich, während die Jungs gegen die Motorhaube lehnten und diskutierten.

»Wie lange war ich weg?«

Blake zog ihr Handy aus der Hosentasche. »Zehn Minuten. Alles okay?«

Ich nickte. Verdammt, warum ausgerechnet heute? Zum ersten Mal seit Jahren hatte ich wirklich gewinnen wollen und versagt.

Storm sah Blake an. »Können wir ihn wirklich nicht ins Krankenhaus bringen?«

Sie schüttelte den Kopf und seufzte. »Es bringt nichts, darüber zu diskutieren. Er braucht Ruhe und Schlaf. Zum Glück sind keine Organe verletzt.«

»Woher willst du das wissen?«

Blake lächelte. »Sonst würde er Blut spucken und nicht so locker da sitzen.«

Storm griff nach meinem Autoschlüssel auf der Ablage. »Dann bring ich dich jetzt nach Hause und versorge deine Wunden.«

Noch immer war mir schwindelig und übel. Die Aussicht auf Zeit mit ihr alleine entschädigte für die Niederlage, auch wenn ich mich noch immer innerlich ohrfeigte.

Kieran lehnte sich in den Wagen. »Hey.« Er runzelte die Stirn. »Desmond war noch nie bei irgendeinem Kampf.«

»Sagt wer?«, fragte ich.

»Ich hab mich umgehört. Und er hat drauf bestanden, nur gegen dich zu kämpfen. Musste 'nen halbes Vermögen hinblättern, wegen der Wetteinsätze für Ty.«

»Aber ich kapier -«

»Besprecht das morgen in Ruhe«, unterbrach Storm uns. Sie wandte sich an K. »Seine Wunden müssen desinfiziert werden und er braucht Ruhe. Ich bringe ihn nach Hause.«

Sie lief ums Auto und setzte sich hinter das Steuer meines Wagens. K zog die Augenbrauen hoch und grinste. Mit den Handflächen trommelte er aufs Dach. »Viel Spaß mit deiner Krankenschwester. Aber schon dich lieber.«

Ich verdrehte die Augen. Wann kapierten meine Freunde, dass es nicht um Sex ging?

Farren und Blake drängten K beiseite. Farren machte hinter ihrer Brille große Augen, sie streckte eine Hand aus und strich durch mein Haar. »Versau es nicht wieder. Sie mag dich«, flüsterte sie.

»Und außerdem reicht es, wenn K und Ty sich wie Arschlöcher verhalten«, sagte Blake. »Du und Elisha seid der Ausgleich. Ying und Yang, verstehst du?«

Ich rang mir ein Lächeln ab, nickte und schloss die Wagentür.

»Bist du schon mal mit Gangschaltung gefahren?«, fragte ich Storm. Die Jungs hoben die Hände, verabschiedeten sich und liefen mit den Mädchen zu ihren Wagen.

Storm lächelte, drehte den Schlüssel im Zündschloss, der Motor erwachte mit einem satten Vibrieren zum Leben.

Sie schlug das Lenkrad ein, schaltete in den ersten Gang und zwinkerte mir zu. »Du unterschätzt mich immer, das ist echt süß.«

~~~

Ich schaltete das Licht in der Eingangshalle ein und legte den Wagenschlüssel auf die schwarze Kommode neben der Tür.

»Okay. Ist eigentlich jeder von euch steinreich?«, fragte Storm und sah sich um. Sie strich mit zwei Fingern über Verzierungen am Treppengeländer und legte den Kopf in den Nacken, um nach oben zu sehen. »Wie viele Stockwerke gibt's hier?«

Das Haus war ein Geschenk meines Vaters. Kurz nach Emmys Tod hatte er es auf mich überschrieben, weil er dachte, ein Haus in einer der besten Gegenden Miamis würde meine Dämonen und den Dreck der Vergangenheit fernhalten. Doch wie so viele Menschen irrte er sich. Man entkam nicht. Man funktionierte und machte weiter, weil es ein unbeschriebenes Gesetz war. Trauer wurde nicht gerne gesehen. Die Leute fragten dich ständig, wie es dir ging, aber niemand interessierte sich wirklich dafür. Und wenn du nach sechs Monaten immer noch nicht darüber hinweg warst, galtest du als hoffnungsloser Versager. Ich kannte die Scheiße in und auswendig.

»Das Haus ist ein Erbstück. Ein Onkel hat es mir vermacht«, log ich.

Storm hob die Augenbrauen. »Großzügiger Onkel.«

Ich stützte mich am Geländer ab und biss die Zähne zusammen. Mein Kopf dröhnte, noch immer drehte sich der Raum um mich herum.

»Warte. Ich helfe dir.« Storm legte meinen Arm über ihre Schulter. Sie lief geradeaus in die Wohnküche und ließ mich vorsichtig auf einen Stuhl sinken.
~~~

»Hast du Verbandszeug?«

»Mir geht's gut. Ich rufe dir ein Taxi, ich komm klar.« Ich würde mich ins Bett verkriechen, zwölf Stunden schlafen und danach wieder fit sein. So war es immer. Wunden heilten schnell, solange sie körperlich waren.

»Vergiss es. Ist es im Bad?«, fragte sie und rauschte davon, ehe ich protestieren konnte.

»Du weißt doch gar nicht, wo das Bad ist«, rief ich ihr hinterher, doch sie war schon verschwunden.

Verdammt, ich kam mir vor wie ein Loser. Vor fünf Jahren hatte ich mich aus eigenem Antrieb aus dem Loch befreit, in das mich Emmys Tod gestürzt hatte. Seitdem war ich nie wieder hilflos gewesen. Ich kümmerte mich um alles. So war ich es gewöhnt, so mochte ich es. Wenn ich mich mit den Problemen meiner Freunde auseinandersetzte, verdrängte ich meine eigenen. Und jetzt kam Storm mit ihrer Fürsorge, ihrer sanften Art und warf alles durcheinander. Sie brachte Chaos mit sich, während ich mich nach Ordnung sehnte. Ich brach meine Regeln wegen ihr.

Lass niemanden dein Inneres sehen.

Sie sah es.

Halt dich von Frauen fern.

Ihr wollte ich nah sein.

Du verdienst kein Glück.

Wenn sie bei mir war, empfand ich es.

Mit einer Hand tastete ich nach meinem Rücken. Der Stoff des T-Shirts klebte an meiner Haut. Irgendwie hatten sie es geschafft, mich anzuziehen.

Meine Finger ertasteten kleine, scharfe Kanten. Die Splitter steckten noch immer in meiner Haut. Nur, um es zu fühlen, drückte ich einen Splitter tiefer ins Fleisch und biss die Zähne zusammen, als ein kurzer, stechender Schmerz mich durchfuhr.

»Hey, nicht anfassen! Sonst kommt Dreck in die Wunden.« Storm kam mit einem Verbandskasten zurück, den ich, seitdem ich boxte, im Bad aufbewahrte.

Sie griff den Saum meines Shirts, zog es vorsichtig über meinen Kopf und legte es über die Lehne eines Stuhls.

Sie zog sich Handschuhe an, nahm eine Pinzette aus dem Verbandskasten und legte eine Hand auf meine Schulter. Ihre Berührung war so ungewohnt, dass ich zusammenzuckte.

»Ich bin vorsichtig, aber es wird bestimmt ein bisschen wehtun.«

»Ich werd's überleben.«

Sie beugte sich über mich und fing an, die feinen Glassplitter aus meinem Rücken zu ziehen. Ich spürte es kaum. Der Duft ihrer Haut, die nach reifen Pfirsichen roch, lenkte mich ab. Ich schielte zur Seite, mein Blick fiel auf ihre kleinen Brüste. Sie wippten bei jeder Bewegung und ich schluckte, als ihre linke Brustwarze unter dem Kleid hervorguckte. Ich nahm das T-Shirt von der Stuhllehne, legte es auf meinen Schoß und vergrub die Hände darin, um meine wachsende Latte zu verbergen.

»Ist es sehr schlimm?«

»Gerade ja.«

»Tut mir leid, dass ich dich quäle.«

Du hast keine Ahnung wie sehr. »Ich hoffe, es ist schnell vorbei.« Bleib länger so stehen.

Fünf Minuten später hatte sie den letzten Splitter entfernt und auch, wenn die offenen Wunden unter dem Jod brannten, war der Schmerz, den mein Ständer verursachte, um einiges schlimmer. Storm legte ihre Hände an mein Gesicht und ich senkte den Blick, um nicht vollkommen verrückt zu werden. Wenn ich noch länger ihre runden Brüste anstarrte, würde ich Dinge mit ihr tun, die wir beide morgen bereuen würden.

Sie drehte mein Gesicht nach links und rechts und begutachtete es. »Soll ich dir Salbe auf die Unterlippe schmieren? Dann verheilt es schneller.«

Ich schüttelte den Kopf.

Mit dem Zeigefinger zeichnete sie meine Oberlippe nach, ließ den Finger vorsichtig über meine Unterlippe gleiten und hob mein Gesicht, damit ich sie ansah.

»Warum?«

»Warum was?«

Nicht zum ersten Mal hatte ich das Gefühl, dass sie hinter die Fassade blicken konnte.

»Warum küsst du mich nicht? Du willst es auch, oder?«

Ich schluckte das trockene Gefühl auf meiner Zunge herunter und zwang mich, in ihre Augen zu sehen. Mein Herz tat einen Satz. Mit jeder Sekunde, in der wir uns ansahen, verfiel es in einen schnelleren Rhythmus.

Storms Nasenflügel bebten, ihre Wangen hatten den Ton von Himbeeren angenommen. Meine Nähe, die Spannung zwischen uns, erregte sie genauso sehr wie mich. Ich stand auf und beugte mich so dicht über sie, dass sie mit dem Hintern gegen die Tischkante stieß. Ich griff ihre Hüften, hob sie hoch und setzte sie auf den Tisch.

Geh nicht zu weit, sonst verlierst du heute Abend ein zweites Mal. Und dann hilft kein Jod mehr, um die Wunden sauber zu halten.

Meine Zungenspitze erkundete ihren Hals. Ich atmete ihren Pfirsichduft ein, küsste jeden Zentimeter ihrer Haut und griff mit einer Hand in ihre Mähne. Sie schmeckte verdammt gut und ich verspürte einen immer größer werdenden Hunger. Sie stöhnte, drehte das Gesicht zur Seite und streckte mir ihren Hals entgegen. Sanft biss ich in die Stelle ihres Halses, unter der ihr Puls so schnell raste wie mein Herz.

Storms Hände berührten meine Brust. Sie wanderten über meinen Bauch bis zur Gürtelschnalle. Verdammt, ich wusste nicht, wann ich das letzte Mal so scharf auf ein Mädchen gewesen war. Doch als sie den Gürtel öffnen wollte, hielt ich ihre Hände fest. »Hör auf damit.«

»Ich will dich schmecken. Bitte, ich will ihn in den Mund nehmen.«

»Verdammt, Storm!«

Sie schob meine Hand beiseite und machte sich an meinem Gürtel zu schaffen. Jetzt wurde mir klar, worin ihre Erfahrung lag. Gott verdammt, ich wollte ihn zwischen ihre weiche Lippen schieben. Wollte der Erste sein, der ihren Körper unter sich spürte und in ihr war.

Mein Schwanz zuckte, er drückte schmerzhaft gegen die Jeans. Mein Körper war bereit, sich das zu nehmen, was mein Herz nicht wollte.

Ich griff ihre Handgelenke, drückte ihre Hände rechts und links auf den Tisch, drängte mich zwischen ihre Beine und presste meinen Unterleib gegen sie.

»Ah…« Sie stöhnte und drückte sich dichter gegen mich. Selbst durch meine Hose spürte ich die Hitze ihrer Haut.

»Du machst mich wahnsinnig, weißt du das?«

Ihr Blick fand meinen, sie öffnete die Lippen und sah mich mit einem Verlangen an, das sich in meinen Kopf brannte. Ich vergrub eine Hand in ihrem Haar. Wieder küsste ich ihren Hals, doch diesmal verlor ich die Kontrolle. Ich biss, saugte, leckte und schmeckte sie. Storms Bewegungen wurden intensiver, verzweifelt ließ sie ihren Unterleib gegen meinen kreisen. Sie brauchte mehr. Doch plötzlich griff sie in meine Haare und riss meinen Kopf zurück.

»Oh Gott. Stopp!«, keuchte sie.

Atemlos ließ ich von ihr ab und wich zurück. Mein Herz schlug so schnell, als wäre ich einen Marathon gelaufen.

»Tut mir leid. Ich wollte nicht. Also nicht mit dir schlafen.« Sie schüttelte den Kopf. »Ich wollte dich berühren, aber ich dachte nicht, dass es so schwer ist, aufzuhören.«

Ich auch nicht. »Ich rufe dir ein Taxi.« Ich lief in die Eingangshalle, lehnte meine Stirn gegen eine Wand und atmete tief aus. *Verdammt, Avery. Du wolltest sie vögeln. Das muss aufhören. Reagier dich ab, aber lass die Finger von dem Mädchen. Halt dich fern, bevor es zu spät ist.*

Ich griff nach meinem Handy, rief das Taxi und hoffte, es würde schnell kommen.

Kapitel 9

STORM

Schon wieder ertappte ich mich dabei, wie ich auf meine Uhr starrte. Es war kurz vor zehn und die Party war in vollem Gange. Gefühlt hundert Leute drängten aneinander. Bunte Lampions verzierten das ganze Haus, im Garten leuchteten Lichterketten. Es roch nach Zitronen, weil neben uns eine Gruppe Mädchen ein Trinkspiel veranstaltete. Sie rieben sich gegenseitig Zitronenscheiben über die Handrücken, um dann den Tequila von der Hand der anderen zu lecken. Leute tanzten, tranken und lachten. Ich sah mich um, doch Harlan war noch immer nicht aufgetaucht, und ich fragte mich, ob es mit unserer Annäherung von gestern Abend zusammenhing. Beinahe wäre ich zu weit gegangen. Bei keinem der drei Typen, die ich bisher an mich herangelassen hatte, hatte ich das Bedürfnis verspürt, mit ihm schlafen zu wollen. Nur mit Harlan ging es mir so. Ich wollte ihn spüren, wollte wissen, wie er sich bewegte, wie es sich anfühlte, ihn in mir zu spüren. Beim Gedanken daran wurde mir heiß.

»Hat er gesagt, wann er kommen wollte?« Blake riss mich aus den Gedanken. Sie reichte mir einen roten Plastikbecher mit Cola.

»Keine Ahnung.« Ich zuckte mit den Schultern und trank einen Schluck. »Kann ich dich was fragen?«

»Klar.« Blake nickte im Takt zu Sick Puppie's *You're going down*. Sie zwinkerte Tyler zu, der mit Kieran und Elisha an der Küchentheke stand und sah mich dann wieder aufmerksam an.

»Wie waren Harlans Freundinnen so? Ich meine, auf was für Mädchen steht er?«

Blake hob die Augenbrauen. »Ist gestern was passiert, über das du sprechen möchtest?«

Ich schüttelte den Kopf.

Blake wirkte, als wüsste sie immer genau, was zu tun war. Alle in der Clique taten das und ich wollte ihr nichts von dem Auf und Ab mit Harlan erzählen, weil ich mir blöd vorkam, dass er mich andauernd von sich stieß. »Es interessiert mich nur.«

»Hey, über was redet ihr?« Farren kam zu uns und strich sich mit beiden Händen die Haare aus dem Gesicht.

»Genug getanzt, Zwerg?«, fragte Blake lachend. »Storm wollte wissen, auf was für Mädchen Harlan steht.« Sie lachte lauter und auch Farren brach in Lachen aus, als hätte Blake einen Witz gemacht.

Farren beugte sich dichter zu mir. »Das würde uns auch interessieren und glaub mir, wir haben echt versucht, ihn auszufragen, aber da macht er immer dicht.«

»Hat er denn nie eine mitgebracht?«, fragte ich.

Blake schüttelte den Kopf. »Noch nie. Und nach dem, was ich von Ty gehört habe, hat Harlan bisher auch nur eine gehabt. Glaub ich aber nicht, er ist ganz schön talen…«

Hastig trank sie einen Schluck aus ihrem Becher, doch ich hatte es gehört.

Farren riss die Augen auf. »Was? Sag nicht … Du hast doch gesagt, es lief nie was … Wann?«

Ein unangenehmes Gefühl breitete sich in mir aus. Wie ein schwerer Stein, der in meinen Magen fiel. Blake und Harlan. Meine Gedanken überschlugen sich.

»Nichts.«

»Rück sofort raus mit der Sprache, Blake.«

Blake seufzte, sah sich um und deutete mit dem Kopf in den Garten. Sie setzte sich in Bewegung und drängte sich an den tanzenden Leuten vorbei. Farren und ich folgten ihr. Draußen spielte leise Musik. Einige Leute tummelten sich im lila beleuchteten Pool und veranstalteten eine Wasserschlacht, während andere im Garten tanzten. Blake steuerte die Liegen in einer ruhigen Ecke an. Sie setzte sich im Schneidersitz hin. »Setzt euch und seht mich nicht so verstört an.«

Farren und ich ließen uns auf die gegenüberliegende Liege nieder. Ich wusste nicht, ob ich bereit war, zu erfahren, was zwischen ihr und Harlan geschehen war, aber ich musste es wissen.

»Ich glaub's nicht! Du hast doch gesagt, da lief nichts zwischen euch.« Farren schüttelte den Kopf und kicherte. »Jetzt erzähl schon. Harlan? Wie hast du das angestellt?«

Blake seufzte. »Da trinke ich mal einen Schluck Bier und werde sofort redselig. Super.« Sie sah mich an. »Mach dir keine Sorgen, es war nichts Ernstes.«

»Schon gut.« Ich lächelte, damit sie nicht bemerkte, dass es mir wehtat. Es war lächerlich, aber ich verspürte Eifersucht.

»Los jetzt«, drängte Farren.

»Damals, die Party bei Harlan, weißt du noch?«

Farren nickte heftig. »Du bist danach einfach abgehauen und Ty und Harlan haben sich kaum noch angesehen. Scheiße ...« Sie legte die Hand vor ihren Mund. »Darum ging es? Sag nicht, Ty hat euch erwischt.«

Blake wippte mit einem Fuß und atmete hörbar aus. »Er ... Hat mitgemacht.«

Mein Herz tat einen Satz und ein weiterer Zementklotz brachte meinen Magen aus dem Gleichgewicht.

»Was?« Farren klang so geschockt, wie ich mich fühlte.

»Es ist einfach passiert. An dem Abend war Harlan total komisch, weißt du noch?«

Farren nickte nachdenklich. Auch ich hing gebannt an Blakes Lippen.

»Wir waren alleine, ich hab ihn umarmt und dann ergab eins das andere. Als Ty dazu kam, dachte ich erst, er haut ihm eine rein. Aber irgendwie ist es dann passiert.« Sie seufzte. »Irgend so eine Tyler-Kinley-Logik. Lass das Mädchen, von dem du glaubst, dass du es liebst, Sex mit deinem Freund haben und dann weißt du es.« Sie zuckte mit den Schultern und sah zu Boden. »Es war nur das eine Mal und wir haben nie wieder darüber geredet.«

»Ein Dreier? Ihr habt zu dritt gevögelt?« Es platzte einfach aus mir heraus.

»Ja, wie war's?«, fragte Farren. »Ich fasse es nicht. Das Grinchmädchen ist die Schlimmste von allen. Ich dachte, mich kann nichts mehr schocken. Und ich dachte, Harlan steht nicht auf so abgedrehtes Zeug.«

Blake rutschte nervös auf der Liege hin und her. »Ich rede bestimmt nicht über Details.«

»Ach komm schon, wir sind unter uns und ich würde nie einen Dreier wollen. Deshalb will ich alles wissen.«

»Und was denkst du, wie sie sich dabei fühlt?« Blakes Blick traf meinen. »Ich weiß, dass du etwas für ihn empfindest. Ist kaum zu übersehen.«

Ich konnte nicht in ihn verliebt sein. Wir kannten uns zu wenig. Wahrscheinlich lag es nur an der körperlichen Anziehung. Aber dann schaltete sich eine leise Stimme ein, die ich bisher verdrängt hatte. *Was denkst du, wie man das sonst nennt? Jedes Mal rast dein Herz, es tut dir weh, dass er mit Blake geschlafen hat. Du wolltest mit ihm schlafen.* Scheiße.

»Habt ihr euch geküsst?« Die Worte verließen meinen Mund, ohne dass ich darüber nachdachte.

»Was?«

»Hat er dich geküsst?«

Sie sah mich an, als wäre ich verrückt geworden. »Natürlich. Gehört doch dazu.«

Ich presste die Lippen zusammen und schloss für einen Moment die Augen. *Er küsst Blake. Er schläft mit ihr. Aber mich blockt er jedes Mal ab.*

»Alles okay, Storm?«, fragte Blake.

Schnell nickte ich und zwang mich zu einem halbherzigen Lächeln. Das Letzte, was ich wollte, war, ein Drama zu veranstalten oder loszuheulen. Ich kippte den letzten Schluck Cola hinunter und sah erneut auf meine Armbanduhr. Kurz vor elf. Wahrscheinlich tauchte er gar nicht mehr auf.

»Bitte, Blake. Nur ein, zwei Details. Wie war er? Kam er unerfahren rüber? Und was war Tys Rolle? Sie haben dich doch nicht beide gleichzeitig …« Farrens Stimme überschlug sich beinahe, so aufgeregt plapperte sie.

»Storm will das nicht hören.«

Doch sie irrte sich. In meinem Kopf wirbelten die Gedanken hin und her und ich brauchte Gewissheit, bevor ich mir selbst die abenteuerlichsten Dinge ausmalte. »Erzähl ruhig. Macht mir nichts«, sagte ich und hoffte, es klang beiläufig.

Blake zupfte an den Fäden ihrer zerrissenen Jeans, wickelte sich einen Faden um den Finger und riss ihn ab. »Er war fantastisch«, sagte sie leise. »Er wusste genau, wo er mich berühren muss. Er war selbstbewusst. Von seinen Küssen wird dir schwindelig. Harlan hat es drauf.«

Farren stieß einen anerkennenden Pfiff aus. »Hallo Mr. Avery! War er wild? Oh Gott ist das aufregend.«

»Jedenfalls habe ich am Tag danach noch gespürt, was wir getan haben. Er kann mit Ty mithalten.«

»Wow. So hätte ich Harlan gar nicht eingeschätzt. Ich dachte, er ist sanft. Und Ty hat einfach mitgemacht?«

Ich schluckte, als ich mir vorstellte, wie Harlans Hände Blakes Körper gestreichelt hatten. Wie seine Lippen ihre berührt hatten.

»So ist es üblich, Zwerg. Das nennt man einen Dreier. Und jetzt Schluss damit. Ich hab schon viel zu viel erzählt.«

»Analsex?« Farren stieß einen Schrei aus.

Eine Gruppe Typen pfiff anerkennend. Sie drehten ihre Köpfe zu uns und grölten.

»War's nicht, benutz deine schmutzige Fantasie«, flüsterte Blake und sah sich nervös um. »Aber ein Wort zu K oder sonst wem und ich hetze tausend Todesser auf dich, haben wir uns verstanden?«

Farren kicherte. »Gut, dass du es gelesen hast, wenigstens einer versteht meine Insider jetzt. Und ich werde das googlen.«

Ich stand auf, strich mein Kleid zurecht und hob den Becher. »Ich werde mal reingehen, will noch jemand etwas trinken?«

»Wirklich alles okay mit dir?«, fragte Blake. »Es hat Harlan nichts bedeutet. Wir sind nur Freunde.«

»Klar. Ich will nur ein bisschen tanzen.« Ohne mich noch einmal umzusehen, ließ ich Blake und Farren zurück, schob mich an einem breiten blonden Kerl mit Basecap vorbei und lief zur Bar, um mir ein Bier zu holen. Mir war übel, doch nach Hause wollte ich nicht, ich würde nur grübeln. Ich wollte mich ablenken und morgen darüber nachdenken.

~~~

»Hey meine Schöne.« Jemand tippte auf meine Schulter, ich fuhr herum. Grinsend stand Elisha vor mir. Er hielt den Kopf schief und deutete auf den Becher in meiner Hand. »Bier trinkt man aus Flaschen. Schmeckt besser.«

Mit der rechten Hand griff er hinter mich und nahm eine Flasche aus einem Eimer mit Eis. Er öffnete den Deckel, indem er ihn am Tresen aufhebelte, und hielt mir die Flasche hin. »Versuch das mal.«

Ich trank einen großen Schluck, schmeckte den bitteren Geschmack auf meiner Zunge und entspannte mich augenblicklich.
~~~

»Übrigens danke, dass du damals niemandem etwas erzählt hast.«

»Wegen unserer Geschäftsbeziehung? Warum wissen die anderen nichts davon? Ich meine, Tyler und Kieran machen einen lockeren Eindruck.«

Elisha nahm mir die Flasche aus der Hand und trank etwas Bier. »Stimmt auch, aber jeder Mensch hat Geheimnisse.«

»Ich wette, deine sind harmlos«, antwortete ich.

Für einen Moment wich das Lächeln aus seinem Gesicht. »Ich wollte eigentlich mit Harlan über meine Beinarbeit fachsimpeln, aber er ist nicht hier und K und Ty reden über die Hochzeit. Nicht mein Ding.« Er reichte mir die Flasche. »Trink noch was. Wenn kein Joint da ist, tut's auch Bier.«

»Willst du mich abfüllen?«

»Vielleicht.«

»Mach dir keine Hoffnung.«

Normalerweise trank ich keinen Alkohol, denn er schmeckte mir nicht, aber Elisha hatte recht. Ich nahm einen großen Schluck. Im Laufe der letzten Jahre hatte ich mir angewöhnt zu rauchen, wenn meine Gefühle zu stark wurden. Wenn sie so laut wurden, dass ich nichts anderes mehr als Traurigkeit und Einsamkeit spürte. Das Gras half, sie zu betäuben und unter Kontrolle zu halten. Und nach Blakes Geständnis wollte ich meine Gefühle unbedingt dämpfen, denn es tat mehr weh, als ich mir eingestehen wollte.

»Wow, du haust aber trotzdem ganz schön was weg. Willst du tanzen?« Elisha lachte.

Ich überlegte, ob ich ihn je anders erlebt hatte, doch mir fiel keine Situation ein.

»Ja, klingt gut.«

Er reichte mir seine Hand und zog mich in seine Arme. Aus den Lautsprechern klang *Hurricane* von Thirty Seconds to Mars und ich legte einen Arm um seinen Nacken und trank einen weiteren Schluck Bier.

»Alles okay mit dir?«

Ich nickte, schlang den anderen Arm um seinen Nacken und lehnte meinen Kopf gegen seine Brust. »Kann ich dich was fragen, ohne dass du zu deinen Freunden rennst und es ihnen auf die Nase bindest?«

Elisha nickte. Seine Hände lagen an meinen Hüften, sanft wiegte er sich mit mir im Takt der Musik.

»Warst du schon mal in jemanden verliebt, der nicht dasselbe wie du empfindet?«

Er hielt inne, schob mich ein Stück zurück, sodass ich ihn ansehen musste, und legte die Stirn in Falten.

Ich hob die Hand, in der ich die Bierflasche hielt. »Und jetzt bitte keine blöden Sprüche. Die kann ich heute echt nicht gebrauchen.«

»Hatte ich auch nicht vor. Sagen wir mal so, ich weiß, was es heißt, wenn man Gefühle für jemanden hat, aber es nicht passt, weil zu viel dazwischen steht. Kommt nah genug ran, oder? Es ist scheiße.«

»Ja ist es.« Ich legte meine Arme wieder um seinen Hals und bewegte mich langsam zur Musik.

»Aber du musst dir keine Sorgen machen. Ich glaub, Harlan mag dich mehr, als er sich eingestehen will.«

»Wie kommst du darauf?«

»Harlan und ich kennen uns schon 'ne ganze Weile. Denkst du, ich weiß nicht, was los ist? Letztens fiel das Gespräch auf dich und er ist ziemlich ausgeflippt.«

»Inwiefern?«

»Er meinte, zwischen euch läuft nichts, und ist sofort abgehauen. Da wusste ich, dass etwas anders ist. Harlan ist unser Fels. Er bringt K und Ty runter, wenn sie kurz vorm Durchdrehen sind. Er bremst mich aus, wenn ich mit meinen Späßen übertreibe. Verstehst du? Er behält die Kontrolle, den Durchblick. Das heißt, wenn ihn etwas aus der Ruhe bringt, muss es starke Gefühle in ihm auslösen. So habe ich ihn bisher nur einmal erlebt.«

»Wann?«

»Hat Blake dir von der Sache mit Ty und ihrem Ex erzählt?«

»Ja. In der Nacht, als wir im Devils Gate Park waren.«

»Hat sie dir auch erzählt, dass Reano sie entführt hat und umbringen wollte?«

Ich schüttelte den Kopf. »Nein.«

»In der Nacht hat Harlan die Maske kurz fallen lassen. Er hatte wie wir alle eine Scheißangst und war total außer sich.«

Und wieder zerquetschte eine Hand mein Herz. Ich brauchte nur eins und eins zusammenzuzählen. »Zum Glück ist ihr nichts passiert.«

Elisha nickte. »Harlan wäre durchgedreht. Sie ist seine beste Freundin. Die beiden haben so eine spezielle Verbindung. Jetzt, wo sie Tate hat, hängen sie nicht mehr so oft miteinander rum und Ty ist auch manchmal eifersüchtig …« Er lachte. »Aber die beiden haben sich echt gefunden. Beide stur und mürrisch.«

Ich vergrub mein Gesicht an Elishas Hals, schloss die Augen und unterdrückte die lächerlichen Tränen. *Deshalb stößt er dich jedes Mal von sich. Er ist in Blake verliebt.*

Das Gefühl der Einsamkeit kroch in mir hoch, wieder fühlte ich mich hoffnungslos und hasste es. Dad hatte es mir anders beigebracht. Und doch hatte er sich nicht an sein Mantra gehalten. *Dad, ich wünschte, du wärst hier. Ich wünschte, es wäre alles wie früher. Und ich wäre noch heil.*

Es war besser, wenn ich verschwand. Auf einmal war mir nicht mehr nach Feiern zumute. Ich hob das Kinn, um mich nach Blake umzusehen. Mein Blick wanderte zur Tür und ich erschrak, als ich Harlan entdeckte. Lässig lehnte er mit dem Rücken gegen die Wand. In der Hand hielt er ein Glas. Er trank etwas, ohne seinen Blick von mir abzuwenden.

»Ist schön, mit dir zu tanzen.« Elisha war mir so nah, dass sein Atem mein Ohr streifte. »Wer hätte gedacht, dass du mal zu meiner Clique gehören würdest. Miami ist echt ein Nest.«

Mein Blick ruhte auf Harlan, während meine Arme um Elishas Nacken lagen.

»Ich werde mal Farren suchen.« Ich gab ihm einen Kuss auf die Wange. »Danke für den Tanz. Die meisten Typen tanzen nicht.«

»Ich bin nicht wie die meisten Typen.« Elisha zwinkerte mir zu und schlenderte zur Theke.

Ich quetschte mich an den tanzenden Leuten vorbei, schenkte Harlan im Vorbeigehen einen letzten Blick, trank einen Schluck Bier aus der Flasche und ließ ihn stehen. Für heute reichte es mir.

Im Eingangsbereich stand eine Gruppe Jungs und Mädchen im Kreis. Sie lachten und unterhielten sich, als ich an ihnen vorbeilief. Ich hatte beinahe die Haustür erreicht, als mich Harlans tiefe Stimme zurückhielt. »Wo willst du hin?«

Ich blieb stehen, ohne mich umzudrehen.

Harlan stellte sich vor mich, seine dunklen Augen durchbohrten mich und ich sah zu Boden, denn ich wollte nicht, dass er die Wut und Trauer in meinem Blick bemerkte.

»Wohin willst du?« Er sprach ruhig, aber mir entging der Unterton in seiner Stimme nicht. »Hast du dich mit Elisha nicht amüsiert?«

»Doch, habe ich. War angenehm ohne das Hin und Her. Elisha ist cool.« Ich zwängte mich an ihm vorbei, rempelte meinen Ellbogen gegen seine Brust und wollte zur Tür, doch Harlan ergriff meine Hand. Ich befreite mich und beschleunigte meinen Schritt. Es brachte einfach nichts, darüber zu reden.

»Bleib stehen, Storm!«

Ich wirbelte herum und stemmte eine Hand in die Hüfte. Ich sah sicher wie ein verrückt gewordenes Cowgirl aus, aber es war mir egal, denn ich war wütend. Verdammt wütend.

Harlan war nicht mehr der Einzige, der mich ansah. Jetzt hatten wir die ganze Aufmerksamkeit der Gruppe.

»Was? Was ist es diesmal? Willst du es mir wieder mal halb besorgen und mich danach einfach stehen lassen? Oh sorry, dass ich so unanständig rede, was bin ich doch für ein böses Mädchen.«

Die Jungs grölten, die Mädchen kicherten.

»Willst du wieder so tun, als würdest du mich mögen, um danach kaum ein Wort mit mir zu wechseln? Jetzt weiß ich wenigstens, warum du dich so verhältst.«

Harlan schaute nach links und rechts. »Beruhig dich«, flüsterte er. »Was ist los?«

Ich gab mir keine Mühe, leise zu reden. »Das ganze Theater hast du nur veranstaltet, weil du in Blake verliebt bist.«

»Du bist was, du Arschloch?«

Ich sah nicht, woher er so plötzlich kam, aber Tyler stürmte auf Harlan zu. Blitzschnell reagierte er und duckte sich zur Seite, als Tylers Faust auf sein Gesicht zuschoss.

»Krieg dich ein. Sie hat was falsch verstanden«, rief Harlan, doch diesmal war Tyler schneller, er holte erneut aus und schlug seine Faust in Harlans Gesicht.

»Scheiße, spinnst du? Sie hat keine Ahnung!«, brüllte Harlan.

Tyler sah ihn an, als wollte er ihn töten. Sein Kiefer war angespannt, seine Augen zusammengekniffen. Er hob die Faust. Bevor er wieder zuschlagen konnte, stürmte ich zwischen die beiden, um den Streit zu schlichten, doch ich wurde zurückgeschleudert, spürte einen Aufprall und versank in tiefem Schwarz.

Kapitel 10

STORM

»Hey, bist du wieder da?«

Vorsichtig öffnete ich die Augen und blinzelte, weil mich grelles Licht blendete. Leute standen im Kreis um mich herum. Ich setzte mich auf und sah Harlan und Tyler an, die besorgt auf mich herabblickten. Meine rechte Wange schmerzte, sie fühlte sich warm und geschwollen an und ich rieb mit der Hand darüber. »Wolltest du mich umbringen?«, fuhr ich Tyler an.

»Scheiße. Tut mir leid. Warum gehst du auch dazwischen, wenn Kerle sich prügeln?«

»Weil ich lebensmüde bin«, erwiderte ich und stand auf. Meine Beine zitterten. Ich torkelte, als wäre ich betrunken. Harlan legte einen Arm um meine Hüfte, um mich zu stützen.

»Was sollte das?«, fragte er und begleitete mich zur Tür.

»Sorry, dass ich dein kleines Geheimnis ausgeplaudert -«

»Nicht der Schwachsinn. Du darfst dich bei so was nicht einmischen, er hätte dich schwer verletzen können.«

»Tut mir leid, Storm«, rief Tyler uns nach. »Sicher, dass du klarkommst, Bruder?«

Harlan nickte Tyler über seine Schulter hinweg zu und begleitete mich zur Tür hinaus.

»Bruder? Habt ihr euch vertragen?«

Harlan schloss seinen Wagen auf, öffnete die Beifahrertür und half mir in den Sitz. Mir war schlecht und mein Kopf dröhnte, als wäre ich gegen eine Glastür gelaufen.

Er setzte sich neben mich, startete den Motor und fuhr langsam die schmale Auffahrt entlang. »Wir haben das geklärt. Wie kommst du darauf, dass ich in Blake verliebt bin?«

»Fahr mich einfach nach Hause, für heute reicht es mir.« Ich hatte keine Lust mehr, darüber zu reden. Alles, was ich wollte, war, meine Wange kühlen, mich ins Bett kuscheln und schlafen.

Ich stellte das Radio an und drehte die Lautstärke höher, als die ersten Töne von Thrice's *Black Honey* erklangen. Ich lehnte meine Wange gegen das Fenster und beobachtete, wie der Mittelstreifen unter den Scheinwerfern des Wagens aufblitzte. Wie die Nacht uns umhüllte und verschluckte, je weiter wir fuhren.

»Wir sollten darüber reden.« Harlan stellte das Radio leiser. Ich spürte seinen Blick auf mir, doch ich starrte weiter hinaus auf die Straße.

»Merkwürdig, dass du auf einmal derjenige bist, der reden will.«

Er überholte einen roten Wagen, reihte sich auf der äußersten Spur ein und beschleunigte das Tempo.

»Ich will nur nicht, dass es zu Missverständnissen kommt. Das kann böse enden.«

Ich sah ihn an. »Dazu müsste es erst mal beginnen.«

Harlans Kiefer spannte sich an. Sein Blick ruhte auf der Straße, doch an den Falten auf seiner Stirn erkannte ich, dass er verärgert war. »Das alles ist nicht einfach für mich. Und du drängst mich andauernd, obwohl ich dir gesagt habe, dass du dir nichts versprechen sollst.«

»Vielleicht würde ich es verstehen, wenn du deine Finger bei dir behalten würdest. Aber du bist mir zwei Mal an die Wäsche gegangen und sorry, ich hatte nicht das Gefühl, dass das schwer für dich war.«

Er nickte und umklammerte das Lenkrad fester. »Das war scheiße. Tut mir leid, wird nicht wieder vorkommen.«

Bei seinen Worten schrie alles in mir auf. Harlans Berührungen, unsere Annäherungen hatten mir gefallen. Sie hatten mich wahnsinnig gemacht und ich sehnte mich nach mehr. Warum war mit ihm alles so kompliziert? Ich seufzte, rieb meine Wange und war erleichtert, als er die Abfahrt zum Strand nahm.

»Aber ich bin nicht in Blake verliebt. Keine Ahnung, wie du auf so was kommst.«

»Vielleicht, weil du sie geküsst hast. Weil du bei ihr keinen Rückzieher gemacht hast. Liegt es daran, dass ich Jungfrau bin? Turnt dich das ab? Vielleicht hatte ich noch nie Sex, aber ich bin weder prüde noch komplett unerfahren.«

Harlan drückte aufs Gaspedal, ich wurde in den Sitz gepresst und in meinem Bauch kribbelte es.

»Woher weißt du von der Sache mit Blake und mir?«

Es tat mir leid, dass ich durch meine Wut Blakes Geheimnis verraten und sie vielleicht noch in Schwierigkeiten gebracht hatte.

»Woher weißt du davon?«, wiederholte er.

»Es ist ihr so rausgerutscht.«

Er parkte den Wagen an der Strandpromenade, schaltete den Motor aus, kam ums Auto und öffnete die Beifahrertür.

Ich stieg aus, wartete, bis er den Wagen abgeschlossen hatte, und lief neben ihm her. Das vertraute Geräusch der Wellen beruhigte mich. Ich gähnte und streckte die Arme über den Kopf.

»Das mit Blake«, sagte er plötzlich. »An dem Abend ging es mir nicht gut. Es war ein besonderer Abend und ich brauchte Ablenkung. Mehr war es nicht.«

»Und was heißt das?« Als ich den Kopf hob, trafen sich unsere Blicke.

»So gerne ich sie habe, sie war nur ein Trost. Blake hat das verstanden, ihr ging's nicht anders nach dem Stress mit Ty. Ich vögel nicht durch die Gegend, auch wenn das manchmal vielleicht so rüberkam.«

Wir bogen auf den schmalen Sandweg ein, der zu meinem Trailer führte, und ich schlang die Arme um mich, weil sich eine Gänsehaut auf meiner Haut bildete. »Was bin ich dann für dich?« Ich hatte Angst vor seiner Antwort, aber ich brauchte Gewissheit.

Harlan rieb sich den Nacken. »Mehr. Und das macht mir eine scheiß Angst.«

»Warum?«

Wir schlenderten durch den Sand und blieben vor meinem Trailer stehen. Auf einmal verspürte ich kein Verlangen mehr danach, alleine zu sein.

»Weil ich nicht verdient habe, glücklich zu sein. Weil ich dir wehtun werde, wenn ich mich auf etwas einlasse, und das ertrage ich kein zweites Mal.«

Der brennende Schmerz auf meiner Wange trat in den Hintergrund. Stattdessen breitete sich ein warmes, angenehmes Gefühl in meinem Körper aus. Er hatte nicht viel gesagt und doch hatte er zum ersten Mal ein Stück von sich preisgegeben. Hinter diesen zwei Sätzen verbarg sich eine Geschichte. Harlans Geschichte. Und nicht nur das. Ich bedeutete ihm etwas. *Mehr*.

»Mein Dad hat immer etwas gesagt, das mir viel Kraft gibt. Leben bedeutet nicht einfach nur, dass sich deine Lunge mit Sauerstoff füllt. Es bedeutet, nach vorne zu blicken und stets das Gute zu sehen, mag es noch so klein sein.«

»Da ist was Wahres dran. Aber leider ist es nicht so einfach.«

Ich seufzte. »Wem sagst du das. Willst du noch mit reinkommen?« Ich griff nach dem Türgriff und kniff die Augen zusammen, als die Tür ein Stück aufsprang. Ich war sicher, ich hatte abgeschlossen.

»Was ist los?«

Vorsichtig, mit einem beklemmenden Gefühl der Vorahnung drückte ich gegen die Tür. Noch bevor ich das Licht einschaltete, sah ich es. Mein Trailer glich einem Schlachtfeld. Der kleine Tisch in der Ecke war zertrümmert, Holz lag auf dem Boden verteilt. Meine Erinnerungsfotos und Briefe von Dad waren zerrissen. Bücher waren aus dem Regal geworfen worden, Teller und Gläser lagen zertrümmert zwischen Holzstücken.

Ich schaltete das Licht an und presste eine Hand vor den Mund, um mein Schluchzen zu unterdrücken.

»Komm her.« Harlan zog mich in seine Arme, legte sein Kinn auf meinen Kopf und strich beruhigend mit einer Hand über meinen Rücken.

»Wer war das? Hier gibt es doch nichts zu holen.« Meine Tränen befeuchteten sein Shirt. »Gut, dass Honey bei Farren ist. Wer weiß, was die mit ihr gemacht hätten.«

»Das war der Junkie. Sicher fehlt das Gras.«

»Oh Gott, bitte nicht.« Ich löste mich aus Harlans Umarmung, zog die Schachtel, in der ich die Tüten mit dem Cannabis aufbewahrte, von einem Regal und mein Herz setzte für einen Moment aus, als ich sie leer vorfand. »Scheiße! Alles ist weg. Woher bekomme ich jetzt das Geld, das ich meiner Mom schicken muss?«

»Das klären wir morgen. Du kannst nicht hierbleiben, Storm.« Seine Miene verdunkelte sich. »Ich glaube nicht, dass er wiederkommt, aber hier ist es zu gefährlich.«

Mir war schlecht, meine Knie zitterten, meine Wange schmerzte. Schon lange hatte ich mich nicht mehr so verloren gefühlt. »Aber ich kann mir kein Hotel leisten.«

Ich besaß weder Geld noch andere Wertgegenstände und doch hatte derjenige, der hier eingebrochen war, mir die wertvollsten Dinge genommen. Die Fotos von Mom und Dad waren die letzten Beweise an glücklichere Zeiten gewesen. An Zeiten, in denen ich ganz gewesen war. Zeiten, in denen ich mich beschützt gefühlt hatte. Teil einer Familie gewesen war. Ich schluckte, hockte mich hin und sammelte die zerrissenen Bilder vom Boden auf. Manche von ihnen stammten noch aus der Zeit vor meiner Geburt. Unter dem Tisch lag die Hälfte eines meiner Lieblingsbilder. Es zeigte meine Eltern, Arm in Arm, breit grinsend und braun gebrannt unter Palmen. Dads Haare flatterten im Wind. Blaue Federn waren in seine schwarzen, schulterlangen Haare eingeflochten.

»Mach das morgen, Storm.« Harlans Hand legte sich auf meine Schultern, doch ich schüttelte den Kopf.

»Nein.« Meine Stimme gab nach. Ich zog die Nase hoch und suchte die andere Hälfte des Bildes. »Das muss jetzt sein.«

Unter einem Karton fand ich die Reste des Fotos. Ich legte beide Teile nebeneinander und strich mit einem Finger darüber. »Sie waren so glücklich. Die Federn, die Dad trägt, waren ein Geschenk von einem Häuptling aus Ontario.« Mit der Handfläche wischte ich die Tränen von meinem Gesicht und lächelte. »Dad war sehr stolz darauf, denn es gilt als höchste Ehre, wenn man Federn geschenkt bekommt. Als ich ein Baby war, hat er mich immer damit gekitzelt.«

»Storm.« Harlans Hand übte sanften Druck auf meine Schulter aus. »Steh auf. Du kannst heute nichts mehr tun. Morgen räumen wir auf.«

Ich nahm die Hälften des Fotos in die Hand, erhob mich und presste die Lippen zusammen, um einen Weinkrampf zu unterdrücken. Ich fühlte mich entwurzelter als je zuvor. »Ich weiß nicht, wo ich hin soll.«

»Für heute Nacht kommst du mit zu mir, morgen sehen wir weiter.«

Ich war zu müde und aufgewühlt, um mir über sein Angebot Gedanken zu machen. Ich nickte, drückte das zerrissene Bild von Mom und Dad an mich und verließ mit Harlan meinen Trailer, der sich weniger als je zuvor wie ein Zufluchtsort für mich anfühlte.

Kapitel 11

HARLAN

Ich hatte die halbe Nacht wach gelegen und mich gezwungen, nicht die Tür zu ihrem Zimmer zu öffnen. Nur eine Wand trennte das Gästezimmer und mein Schlafzimmer voneinander. Und jedes Mal, wenn ich mir vorgestellt hatte, wie sie in meinem Haus schlief, wahrscheinlich nackt, war die Müdigkeit von Lust vertrieben worden.

Als ich am nächsten Morgen in die Küche kam, saß Storm an der Kücheninsel und telefonierte. Ich nahm ein Glas aus dem Schrank und beobachtete sie aus dem Augenwinkel.

Als sie mich bemerkte, lächelte sie und deutete mit dem Kopf auf den Teller mit Rührei und Speck, den sie mir hingestellt hatte.

»Wow, das wäre toll«, sagte sie und ihre Augen weiteten sich. »Das ist sehr großzügig.«

Ich nahm eine Gabel, lehnte mich mit dem Teller in der Hand gegen die Arbeitsplatte und beobachtete Storm, wie sie heftig nickte und sich ein Lächeln auf ihrem Gesicht ausbreitete. Ihr Lächeln erinnerte mich an Emmy und obwohl es mein Herz schneller schlagen ließ, konnte ich den Schmerz, der meine Kehle zusammenschnürte, nicht leugnen.

»Klar schaffe ich das.« Sie zeichnete in Gedanken mit dem Finger die Maserung der Theke nach. »Natürlich. Bis gleich.«

Wenn ich an Emmy dachte, verging mir der Appetit. Ich stellte den Teller zurück und sah Storm an.

»Schmeckt's nicht?«

»Ich habe keinen Hunger. Wer war das?«

»Ein Retter in der Not. Vielleicht sollte es so sein. Ich habe einen Auftrag bekommen, der mir ordentlich Geld einbringt.« Sie glitt vom Barhocker, strich das weiße Kleid zurecht, das sich von ihrer gebräunte Haut abhob, und stellte sich neben mich.

»Danke, dass ich hier schlafen durfte. Ich fahre jetzt zu diesem Coleman, danach räume ich den Trailer auf und hole Honey. Ty hat vor einer Stunde angerufen und sich noch mal entschuldigt. Du sollst nachher vorbeikommen.« Sie küsste meine Wange. »Und schon geht es wieder bergauf.«

Ich verschränkte die Arme vor der Brust. »Du kannst nicht wieder in den Trailer ziehen. Ich hab dir schon mal gesagt, dass es da zu gefährlich ist.«

»Bisher ist nie was passiert, ich kaufe ein neues Schloss.«

»Und der Job? Dealst du wieder?«

Sie verdrehte die Augen. »Ich habe eine Stelle als Kellnerin angeboten bekommen. Willst du mich weiter verhören, oder kann ich los?«

Ich griff ihren Oberarm, um meinen Worten Nachdruck zu verleihen. Ein Schloss schützte sie nicht vor kriminellen Junkies. Es schützte vor nichts. »Wenn du alles erledigt hast, kommst du wieder her, dann überlegen wir uns etwas.«

Storm befreite sich aus meinem Griff rieb über die Stelle, an der ich sie festgehalten hatte, und kniff die Augen zusammen.

»Deine Sorge ist wirklich süß, aber ich bin ein großes Mädchen. Ich kann ganz gut auf mich alleine aufpassen.«

Sie setzte sich in Bewegung und lief in den Eingangsbereich, aber wenn sie dachte, dass sie mir so einfach davonkam, irrte sie sich. Ich überholte sie, stellte mich mit dem Rücken gegen die Haustür und verschränkte die Arme vor der Brust. »Entweder hörst du auf mich, oder du gehst nirgendwo hin.«

»Das ist dein Ernst, oder?« Sie seufzte und formte mit den Fingern ein Peacezeichen. »Okay, ich schwöre. Aber jetzt geh mir aus dem Weg. Coleman hat darauf bestanden, dass ich sofort komme, und ich brauche den Auftrag.«

»Wenn du heute Abend nicht zurück bist, hole ich dich und glaub mir, das wird dir nicht gefallen.« Ich legte eine subtile Drohung in meine Stimme. Ihre Unbekümmertheit gefiel mir genauso wenig wie das Ziehen in meiner Leistengegend, das ich jedes Mal spürte, wenn sie bei mir war. Mein Körper wollte sie, während mein Verstand und mein Herz dagegen ankämpften.

»Ja, versprochen.« Sie schob mich beiseite und öffnete die Tür. »Bis später.«

Ich konnte ihr nur raten, dass sie ihr Versprechen hielt, denn ich meinte es ernst.

~~~

Nachdem mich mein Vater angerufen und zu einer seiner berühmten Partys, die in zwei Tagen stattfinden sollte, bestellt hatte, machte ich mich auf den Weg zu Tyler. Bisher hatte ich den Gedanken daran verdrängt, Vaters Nachfolger für den Black Hunters Club zu werden. Aber er hatte mir deutlich gemacht, dass meine Bedenkzeit vorbei war und dass er, sollte ich nicht erscheinen, sein Druckmittel gegen mich einsetzen würde. Doch es war nicht nur mein Vater, der meine Gedanken beherrschte. In den letzten Stunden war ich zu einem Entschluss gekommen, der mir Angst einjagte. Ich wusste noch immer nicht, warum ich so weit gehen wollte oder ob ich es tat, um mich weiter zu quälen, aber ich redete mir ein, Storm und mir wäre damit gleichermaßen geholfen. Doch das konnte warten, zuerst musste ich mit Blake reden.

Ich klingelte und wartete, bis ich ihre Schritte im Flur hörte. Blake öffnete die Tür. An der rechten Hand hielt sie Tate, die mir ein breites Lächeln schenkte und zur Begrüßung ihre freie Hand nach mir ausstreckte. »Haha«, brabbelte sie und streckte sich.

»Willst du zu Onkel Harlan?«, fragte Blake, nahm sie hoch und gab sie mir. »Du kannst dich vor Frauen nicht mehr retten, was?«

Ich versicherte mich, dass Ty nicht in der Nähe war, beugte mich zu Blake und küsste ihre Wange. Tate tat es mir gleich und küsste meinen Hals. Ich lachte, denn die Kleine schaffte, dass ich mich sofort besser fühlte. »Danke, Süße.«
~~~

»Ty ist noch unterwegs, aber irgendwas sagt mir, du bist gerade deshalb so früh.« Blake lief vor und setzte sich auf die Couch. Sie legte ihre Hände auf die Knie und sah mich an. »Geht's deinem Rücken wieder besser?«

Natürlich plagte sie ein schlechtes Gewissen. Blake war die Letzte, die Geheimnisse einfach ausplauderte.

Mit Tate auf dem Arm setzte ich mich neben sie. »Ich werd's überleben. Aber du solltest keinen Alkohol trinken, wenn du ihn nicht verträgst.«

»Es tut mir leid. Ich hab nicht nachgedacht.« Sie senkte den Blick. »Farren weiß es auch.«

Super. Ich vergrub mein Gesicht an Tates Wange und seufzte. »Storm dachte, ich bin in dich verliebt.«

Sie schüttelte den Kopf. »Ty hat mir alles erzählt. Was läuft da zwischen dir und ihr? Und komm mir nicht mit dem Ich-kann-sie-nicht-leiden-Scheiß, das zieht vielleicht bei den Jungs, aber nicht bei mir.«

Typisch Blake, wie Storm sagte auch sie immer, was sie dachte. Ich setzte Tate auf den Boden und sah ihr nach, wie sie sich aufstützte und auf wackeligen Beinen davonstakste, um sich einen Ball zu holen.

»Das Problem ist, dass ich sie zu sehr leiden kann.«

Blake zog die Augenbrauen hoch und lächelte. »Ich sehe da kein Problem. Sie ist verrückt nach dir.«

Und ich nach ihr, verdammt noch mal. »In der Nacht, als wir Sex hatten, hast du mich gefragt, was los ist, weißt du noch?«

Blake nickte.

Es gab nur wenige Menschen, denen ich bedingungslos vertraute, vor denen ich Schwäche zeigen konnte, ohne mich schwach zu fühlen. Blake war einer davon. Selbst mit den Jungs konnte ich nicht über diese Sache reden. »Das war der Todestag meiner Freundin.«

Es auszusprechen, war wie ein Faustschlag, der aus dem Nichts mein Gesicht traf. Daran zu denken, war das eine, doch Worte machten es real.

Blake legte eine Hand vor den Mund. »Oh Scheiße, warum hast du nie was gesagt? Ich hab doch gespürt, dass was nicht stimmt, aber das? Ich wäre doch für dich da gewesen.«

Genau das war es. Selbst jetzt war ich nicht bereit, ihr die ganze Wahrheit zu sagen. Denn würde Blake alles erfahren, würde sie mich nie wieder so ansehen. Voller Liebe und Vertrauen. Vertrauen, das Harlan Avery, der Samariter, wie sie mich vor Ewigkeiten einmal genannt hatte, nicht verdiente. Ich schluckte und betrachtete das fröhliche Gesicht von Tate, die mit einem Ball spielte und aufgeregt in die Hände klatschte.

»Du hast damals gesagt, nur weil man darüber schweigt, bedeutet es nicht, dass es nicht existiert. Ich schätze, ich wollte es dennoch versuchen. Verstehst du? Es ausschließen, nicht an mich heranlassen, damit es nicht wahr ist. Aber jetzt kann ich es nicht mehr leugnen.«

Blake zog mich in ihre Arme. So nah waren wir uns seit der Nacht in der Grotte nicht mehr gewesen. Sofort fühlte ich wieder die Verbundenheit, die Symmetrie, die ich immer mit ihr gespürt hatte.

»Und du fühlst dich schuldig, weil du denkst, du würdest sie mit Storm betrügen?«

Es war denkbar unpassend, aber ich lächelte. Ich zog Blake dichter an mich, vergrub meine Nase an der warmen Haut ihres Halses und atmete ihren sauberen, vertrauten Geruch ein. Selbst jetzt noch verstand sie mich wie niemand sonst. Und dafür liebte ich sie.

Ich nickte und schob sie ein Stück zurück, damit ich sie ansehen konnte. »Storm erinnert mich jeden Tag an Emmy. Es ist jetzt fünf Jahre her, aber seitdem sie hier aufgetaucht ist, weiß ich nicht mehr, wie ich es vergessen soll. Ich kann es nicht länger aussperren.«

Meine Kehle fühlte sich trocken an, meine Lider feucht und ich schluckte, weil sich Hände um meinen Hals legten und zudrückten.

Blake nickte. Sie zog die Nase hoch und jetzt bemerkte ich, dass sie weinte.

»Was ist los?«

Sie legte den Kopf in den Nacken, starrte zur Decke und atmete tief aus. »Ich weiß ganz genau, wovon du sprichst. Jetzt habe ich Tate und vielleicht macht sie den Schmerz erträglicher, aber ich weiß, wie es ist, wenn man jemanden verliert, den man über alles liebt.«

»Tyler?«

Sie schüttelte den Kopf. »Damals, als Ty im Knast war, hat mich Trevor zusammengeschlagen. Ich war schwanger von Tyler und habe das Baby verloren.«

»Scheiße.« Blakes Geständnis erwischte mich eiskalt. »Blake, das tut mir leid. Ich meine, wenn ich -«

»Ist schon gut«, unterbrach sie mich. Ihr Blick wanderte zu ihrer Tochter. Mit einer Liebe, so offensichtlich, dass es auch einem Fremden aufgefallen wäre, betrachtete sie Tate. »Darum geht es jetzt nicht. Was ich damit sagen will, ist, dass es weitergeht. Nach allem, was Ty und Trevor mir angetan haben, nach allem, was ich verloren habe, dachte ich, es wird nie wieder besser.« Sie lächelte schwach. »Aber das stimmt nicht. Sieh sie dir an. Tate ist der Beweis, dass es weitergeht. Dass es besser werden kann, als man sich je erträumt hat.«

Ich nahm Blakes Hand. »Du hättest es mir sagen sollen.«

Sie lachte und wischte sich die Tränen von den Wangen. »Sagt der Typ, der immer schweigt.«

Tate kam zu mir und streckte die Arme in die Luft, damit ich sie hochhob. »Haha. Mommy«, sagte sie strahlend. Ich setzte sie auf mein Knie und wippte sie darauf, bis sie zu kichern begann. Blake sah ihre Tochter, dann mich an und strich mit einer Hand durch mein Haar. »Ich weiß, es klingt vielleicht falsch für dich, aber das ist es nicht. Fünf Jahre sind lange. Du warst zweiundzwanzig. Storm ist toll. Gib euch eine Chance.«

Eine Chance, fast hätte ich gelacht. Emmy hatte nie eine Chance gehabt, warum sollte ausgerechnet das Monster, das dafür verantwortlich war, Glück verdienen?

Emmy würde nie wieder lachen, die Sonne auf ihrer Haut spüren, Liebe empfinden oder im Meer schwimmen können. Und alles nur, weil sie mir vertraut hatte. Weil sie mich geliebt und mir eine Chance gegeben hatte.

Würde ich nachgeben und mit Storm schlafen, würde ich auch sie verletzen. Denn ich konnte ihr nicht garantieren, dass aus uns jemals etwas werden würde. Sie bedeutete mir so viel, dass ich sie beschützen musste. Vor allem vor mir.

Ich gab Tate einen Kuss auf die Stirn, was sie wieder kichern ließ, und wandte mich an Blake. »Versprich mir, dass das unter uns bleibt. Kein Wort zu Storm oder den anderen.«

Blake kniff die Augen zusammen. »Wenn du ihr alles erzählst, versteht sie es. Du musst ehrlich zu ihr sein, wenn das funktionieren soll. Glaub mir, auch da spreche ich aus Erfahrung.«

Ich öffnete den Mund, um etwas zu erwidern, als ich die Haustür hörte. Tyler erschien im Zimmer. Er musterte mich abschätzig, küsste Blake demonstrativ lange, nahm seine Tochter von meinem Schoß und hielt sie in die Luft. »Na Tattles, hast du auf Daddy gewartet?«

»Daddyyy.« Sie streckte ihre Hände nach ihm aus. Ty nahm sie in den Arm und Tate legte den Kopf an seine Schulter.

»Haben Onkel Harlan und Mommy hinter Daddys Rücken gefummelt?«

»Fummelt«, antwortete Tate. »Haha, Mommy fummelt.«

Blake stand auf und nahm ihm Tate aus dem Arm. »Ich hoffe wirklich, dass sie nicht so gestört wird wie ihr Vater.« Sie zwinkerte mir zu und verließ das Zimmer.

~~~

Ich hatte den Tag mit Ty und den Jungs verbracht, zwei Stunden mit Elisha trainiert und mich immer wieder dabei ertappt, wie ich mich auf den Abend freute. Zu lange hatte ich mich auf nichts mehr gefreut. Mein Alltag bestand aus Routine, der Maske, die ich versuchte, aufrecht zu erhalten, Schmerz und Schuldgefühlen. Nicht aus Freude oder Verlangen.

Draußen wurde es schon dunkel und von Storm fehlte jede Spur. Würde sie nicht gleich auftauchen, würde ich sie holen. Ich zog eine schwarze Jogginghose und ein Shirt an, ging nach unten, nahm mir eine Flasche Wasser aus dem Kühlschrank
~~~

und schaltete den Fernseher ein, ohne ihm wirklich Beachtung zu schenken. Zehn Minuten später klingelte es endlich an der Tür. Storm grinste übers ganze Gesicht und lief wortlos an mir vorbei in die Küche. Ihr Hund begrüßte mich und folgte ihr. Sie setzte sich auf einen Barhocker an der Kücheninsel, zog eine Schachtel mit Tabletten aus ihrer Handtasche und trank einen großen Schluck Wasser aus meiner Flasche. »Da bin ich. Bevor du mich noch holen kommst.«

Schneller als sie gucken konnte, war ich bei ihr und griff ihre Hand, in der sie die Tablette hielt. »Was ist das?«

Storm riss die Augen auf, zog die Hand weg und schüttelte den Kopf. »Beruhig dich. Es ist nur Vitamin B12.« Sie beugte sich zu mir und lächelte schmutzig. »Oder dachtest du, ich nehme Ecstasy? Hätte ja auch die Pille sein können.«

»Ich denke, du hast keinen Freund.«

Storm zwinkerte mir zu. »Kupferspirale, wenn du es wissen willst.«

»Was?«

Sie lachte und ich fragte mich nicht zum ersten Mal, wie sie es schaffte, so sorglos zu sein. Gestern war bei ihr eingebrochen worden, ihr Eigentum war zerstört worden, doch heute schien ihre Welt schon wieder in Ordnung.

»Wollen wir weiter über Verhütung reden, die wir nicht brauchen, oder was wolltest du mit mir besprechen?«

Ich stellte mich ihr gegenüber. »Hast du alles erledigt? Ist dieser Coleman okay?«

»Er ist super. Ein bisschen abgedreht, aber es lohnt sich. Ich verdiene richtig gut. Morgen hat er mich für den ganzen Abend engagiert.«

»Und dein Trailer?«

Sie seufzte. »Farren und ich haben aufgeräumt. Ich meine, ein paar Sachen sind hin, aber wenn ich mich jetzt bei Coleman gut anstelle, kann ich bald neue Möbel kaufen. Die Fotos von meiner Familie kann nichts ersetzen. Das ist schlimm.«

»Darüber wollte ich mit dir reden.«

Sie legte den Kopf schief und sah mich fragend an.

»Mag sein, dass du es anders siehst, aber du kannst nicht zurück. Das ist -«

»Zu gefährlich«, unterbrach sie mich. »Sagtest du schon. Ich hab mir Gedanken darüber gemacht und vielleicht hast du recht. Farren wollte mit Kieran reden, ob ich eine Weile bei ihnen wohnen kann.«

»Du kannst hierbleiben.« Ich ballte die Hände zu Fäusten und hoffte, sie würde mich nicht für verrückt erklären. Ich wusste selbst, dass es eine merkwürdige Idee war. »Zumindest für eine Weile.«

»Ich soll zu dir ziehen?«

»Erst mal.«

»Das kommt … Überraschend. Und es ist …«

Verrückt. Ich weiß. Aber ich bin ein Masochist, Süße. »Die einfachste Lösung gerade.«

Sie legte die Hände auf die Oberfläche der Kücheninsel und beugte sich ein Stück nach vorne. Ich versuchte mich nicht auf ihre gebräunte Haut oder ihre runden Titten zu konzentrieren. Verdammt, warum trug sie keinen BH?

»Damit ich das richtig verstehe. Gestern sagst du mir noch, dass ich dich zu sehr bedränge, obwohl du immer mitgemacht hast, und heute fragst du mich, ob ich hier wohnen will?«

Ich verdrehte die Augen und nickte langsam. »So kannst du erst mal sparen, bist in Sicherheit und Farren und K sind ungestört. Und wie ich dir sagte, ich fasse dich nicht mehr an.«

Hoffe ich. Verdammt, Avery, was tust du da?

Storm kniff die Augen zusammen. »Warum willst du das? Magst du mich vielleicht doch?«

Weil ich dich will, aber nicht haben kann. Weil ich etwas wiedergutzumachen habe. Weil du meine Strafe bist und weil ich nicht will, dass auch dir etwas zustößt. Denn da draußen lauern Wölfe. Ich bin ein Monster, aber ich habe mein Gewissen zurück.

»Wie wär's einfach mit einem Danke?«

Ihre Mundwinkel zuckten, als sie sich ein Lächeln verkniff und nickte. »Gib ruhig zu, dass du mich magst. Ich verrate es auch niemandem. Und hey, ich finde dich auch toll.«

Ich gab mich gleichgültig. »Es gelten folgende Regeln. Jeder schläft in seinem Zimmer, du läufst nicht nackt durchs Haus, du kiffst hier nicht und du hörst auf, mich zu provozieren.«

Ein schallendes Lachen brach aus ihr heraus. Storm klatschte mit den Handflächen auf die Theke, schüttelte den Kopf und lachte so heftig, bis Tränen in ihre Augen traten. »Du solltest dein Gesicht sehen.« Sie lachte lauter und brachte kaum noch ein Wort heraus. »Manchmal hast du einen göttlichen Humor!«

Es war mein voller Ernst und ihre Reaktion verärgerte mich. »Du weißt, wo dein Zimmer ist. Ich geh ins Bett, gute Nacht.«

Ich ließ sie alleine in der Küche zurück und betete, dass ich das Richtige getan hatte und mich von ihr fernhalten konnte.

~~~

Seit drei Stunden lag ich im Bett, drehte mich von einer Seite auf die andere, und versuchte, nicht an sie zu denken. An ihr Lächeln, den Duft ihrer Haut, ihre Augen und die schlanken Beine. Aus der Anlage spielte Like a Storm's *Ordinary.* Ich schüttelte den Kopf über die Ironie, schlug die Bettdecke zurück und stand auf, um mir eine Flasche Wasser von unten zu holen. Der Dielenboden presste sich kalt gegen meine Fußsohlen und vertrieb die Müdigkeit vollständig. Zumindest konnte ich ohne Schlaf keine Albträume haben. Doch zum ersten Mal zweifelte ich daran, ob sie nicht vielleicht besser als die Realität waren. Vorsichtig öffnete ich die Tür meines Zimmers. Der Flur war dunkel, Storm schlief sicher schon. Ich konnte nicht anders, schlich zu ihrer Zimmertür und hielt mein Ohr daran. Kein Geräusch, nichts. Automatisch legte ich eine Hand auf den Griff und zog sie schnell zurück, als ich es bemerkte. *Lass es. Finger weg, Avery.*

Ich atmete laut aus, lief zur Treppe und betrat die erste Stufe. Doch gerade als ich einen weiteren Schritt machen wollte, hörte ich etwas. Ich hielt inne. Mein Herz schlug schneller und ich bemühte mich, meine Atmung zu kontrollieren. Wieder erklang das Geräusch. Ein leises Stöhnen.

Ich drehte mich um, lief so schnell und leise ich konnte zurück und blieb vor der Tür zum Badezimmer stehen. Sie konnte keinen Kerl ins Haus gelassen haben, denn sie wusste, ich würde ausrasten. Das Stöhnen wurde lauter, ich hörte Wasser plätschern und ohne darüber nachzudenken, öffnete ich die Tür einen Spalt.
~~~

Auf dem Rand der Badewanne flackerten Kerzen, sie tauchten das Badezimmer in sanftes Licht. Storm hatte ihren Kopf zurückgelehnt, ein Bein hing über dem Rand und bei jeder Bewegung, ihres Körpers schwappte Wasser auf den Boden.

Meine Kehle schnürte sich zusammen und Blut schoss in meinen Schwanz.

»Ahh, Harlan«, keuchte sie.

Fuck. Ich sollte wegsehen, mich umdrehen und die Tür hinter mir schließen, aber ein unsichtbares Band hielt mich zurück. Storms Hand krallte sich an der Wanne fest, sie stöhnte, bewegte sich und mit jeder Sekunde, in der ich sie beobachtete, wurde mein Schwanz härter und mein Verlangen größer.

Hau ab. Hau endlich ab, bevor du dich vergisst.

Ich schloss die Tür, doch ich musste es zu hastig getan haben, denn plötzlich hörte ich Storms Stimme. »Hallo?«

Ich eilte zurück in mein Zimmer, stellte Musik an, legte mich ins Bett und zwang mich mit aller Macht, die Hände aus meiner Hose zu lassen. Sie hatte an mich gedacht, während sie es sich besorgte. Ihre Hände berührten sie, während sie sich meinen auf ihrem Körper wünschte.

Verdammt, ich will sie vögeln. Ich will, dass sie meinen Namen schreit, wenn ich in ihr bin.

Ich verlor selten meine Kontrolle, doch jetzt stand ich kurz davor.

Kapitel 12

STORM

Ein Geräusch hatte mich gestört. Ich war fast sicher, dass es Harlan gewesen war. Ich trocknete mich ab und schlüpfte in weiße Spitzenshorts und ein gleichfarbiges Shirt, das locker über eine Schulter hing. Zwischen meinen Beinen pochte es noch immer, mein Herz raste und mein Verlangen war nur größer geworden. Ich hatte Sehnsucht nach seinen Berührungen. Wenn ich schon sein Herz nicht haben konnte, wollte ich wenigstens seinen Körper. Ich pustete die Kerzen aus, lief in den Flur und sah einen sanften Lichtschein unter Harlans Zimmertür leuchten. Als ich eben ins Bad gegangen war, war sein Zimmer dunkel gewesen. *Er hat dich beobachtet. Er hat es mitbekommen.* Und dann fielen mir seine Worte wieder ein. *Ich werde dich nicht mehr berühren.*

Mit jedem Schritt, den ich auf Harlans Zimmer zuging, wurde ich nervöser. Ich schob es auf mein Verlangen und auf meine Sehnsucht, aber in der hintersten Ecke meines Verstandes blitzte die Wahrheit auf. Ich hatte mich in ihn verliebt. In seine Dunkelheit, in seinen Schmerz, der meinem so ähnlich war. Ich hatte den Menschen dahinter erkannt. Den Menschen, der sich um seine Freunde sorgte. Der mich beschützen wollte. Und auch Harlan empfand etwas. Er konnte es vielleicht nicht zugeben, aber hinter jeder seiner kleinen Gesten versteckte sich Zuneigung.

Ich öffnete die Tür. An der Zimmerdecke spiegelte sich das Wasser des Pools, eine kleine Lampe auf dem Nachttisch beleuchtete spärlich den Raum. Somos' *Curve* spielte leise im Hintergrund. Harlan lag in seinem Bett, sein Kopf lehnte gegen das Kopfteil, doch als er mich bemerkte, schrak er hoch. »Was willst du hier?«

Langsam, ohne den Blick von ihm abzuwenden, ging ich auf ihn zu. Ich stellte mich neben das Bett und spürte, wie sich meine Erregung im ganzen Körper ausbreitete. Harlans Zimmer roch nach frischem Leinen und Holz. Ein aufregender Duft, der die Stimmung der schwarzen Wände, der grauen Leinenbettwäsche und den dunklen Möbeln widerspiegelte.

»Hat es dir gefallen?« Ich ließ meine rechte Hand über mein T-Shirt gleiten und knetete meine Brust. »Ich weiß, dass du mich beobachtet hast.«

Sein Blick war finster. Er haftete auf meiner Hand, mit der ich meine Brust streichelte.

»Du solltest gehen.«

»Soll ich das wirklich?« Ich stöhnte auf und ließ meine Hand über meinen Bauch wandern. »Wir können doch beide nicht schlafen. Und du weißt, warum.«

Vorsichtig, weil ich befürchtete, er würde mich davon abhalten, schob ich seine Decke zurück. Er trug nur eine schwarze Jogginghose und das gedämpfte Licht der Lampe ließ seine nackte Haut sanft leuchten. Er beobachtete jede meiner Bewegungen mit einer gespenstischen Ruhe, doch rührte sich nicht.

Bei Harlans Anblick pochte mein Puls schneller gegen meinen Hals. Ich war nie erregter gewesen und betete, er würde mich nicht zurückweisen. Der Länge nach legte ich mich mit dem Rücken auf seine Brust und lehnte meinen Kopf gegen seine Schulter. Sein Ständer presste sich an meinen Hintern und ich drückte mich gegen ihn.

Harlans Atem ging stoßweise, er streifte mein Ohr und ein Schauer lief meine Wirbelsäule entlang.

»Was tust du da?«, fragte er mit kratziger Stimme, als ich meine Wange gegen seine legte und meine Nase an seinem Hals vergrub. Er roch so sauber und frisch. Meine Klit zuckte, weil wir uns so nah wie noch nie waren. Ich spreizte meine Beine ein wenig, legte sie über seine und ließ meine Hand langsam von meinem Bauch bis zu meinem Oberschenkel gleiten. »Ich war noch nicht fertig.«

Ich hatte mich noch nie vor jemandem berührt, doch es war mir egal, denn noch nie hatte ich jemanden mehr gewollt.

Ich schob meine Hand langsam in meine Shorts und hörte Harlan schlucken. Mit zwei Fingern massierte ich meine nasse Klit und stöhnte auf, als er seinen Schoß gegen meinen Hintern drängte.

»Jedes Mal, wenn ich das tue, denke ich an dich.« Adrenalin peitschte durch meine Adern, meine Kehle fühlte sich staubtrocken an.

Harlan drehte das Gesicht zu mir und strich mit dem Daumen über meine Unterlippe. Er schob seinen Finger in meinen Mund.

Ich saugte daran, während meine Finger mich streichelten. Alleine diese Geste brachte mich fast um den Verstand.

»Stellst du dir vor, das wären meine Hände?«

Ich massierte mich schneller, der drohende Unterton in seiner Stimme machte mich an.

Ich nickte und ließ meine Zungenspitze über seinen Daumen gleiten. Zu meiner Genugtuung griff er mit seiner freien Hand meine Hüfte und presste sich dichter gegen mich.

»Was noch?«

Er nahm den Daumen aus meinem Mund, streichelte mit beiden Händen sanft über meine Arme und sah mich an.

»Ahh.« Ich stöhnte auf. Der Blick in seinen dunklen Augen genügte, um mich wahnsinnig zu machen. Harlans rechte Hand glitt unter mein Knie. Er spreizte mein Bein ein Stück und ließ seine Zungenspitze über meinen Hals gleiten.

»An was denkst du noch, Storm?«

»Ich stelle mir vor, dass du deine Finger ganz tief in mich schiebst.«

Seine linke Hand griff mein Kinn, damit ich ihn ansah. Jetzt war sein Blick düster, bedrohlich. »Du wolltest nicht, dass ich dich mit meinen Fingern ficke.«

Ich biss auf meine Unterlippe. Seine Worte überraschten mich. Harlan drückte sich sonst immer gewählt aus, aber diese neue Seite an ihm gefiel mir, ich wollte mehr davon.

Unsere Atmung beschleunigte sich, es machte ihn genauso an wie mich. Ich versuchte, meine Beine zusammenzupressen, doch er griff mein rechtes Bein fester und sah mir in die Augen.

»Jetzt will ich, dass du es tust.«

Er ließ mein Bein los, seine Hand wanderte über meinen Bauch, während er mit der anderen mein Kinn festhielt und mich ansah. Langsam schob er seine Hand in meine Shorts und sofort pulsierte meine Klit, als er meine Finger berührte und wir mich gemeinsam streichelten.

»Bitte.« Ich hob mein Becken. »Schieb sie in mich.«

Seine Hand glitt tiefer und ich hielt die Luft an, als langsam zwei Finger in mich glitten. »Ist es das, was du willst?« Er verstärkte seinen Griff an meinem Kinn.

»Ahh.« Das Gefühl war unbeschreiblich. Besser als alles, was ich bisher ausprobiert hatte. Ich nickte, drängte mich gegen seine Hand.

Mühelos bewegten sich seine Finger vor und zurück und ich biss in Harlans Hals, weil ich das Gefühl hatte, vor Lust den Verstand zu verlieren.

»Sieh mich an.« Er hielt inne.

Ich zwang mich, die Augen zu öffnen. »Mach weiter, bitte mach weiter.«

»Was mache ich mit dir, wenn du an mich denkst?«

Ich brachte meine Lippen nah an sein Ohr. »Du spreizt meine Beine, hältst meine Hände über dem Kopf zusammen und nimmst mich.«

Sein Atem ging gegen meinen Hals. Er kniff die Augen zusammen und ließ seine Zungenspitze über mein Kinn gleiten. In meinem Bauch stieg Hitze auf, sie erwärmte meinen gesamten Körper, Gott ich wollte ihn.

»Du machst mich verrückt. Hast du keine Angst, dass es wehtut?«

Ich schüttelte den Kopf. »Ich bin bereit für dich. Schlaf mit mir.« Ich atmete seinen Duft ein, spürte die Wärme seiner Haut, seine Finger in mir und war so high wie noch nie in meinem Leben. Es war reine Vollkommenheit, mit nichts Bisherigem zu vergleichen.

Harlan sah mir in die Augen, seine Finger bewegten sich unaufhaltsam vor und zurück, rein und raus, während ich mich streichelte.

»Du willst, dass ich dich ficke?«

»Oh Gott.« Bei Harlans Worten stöhnte ich auf und hob mein Becken an, um seine Finger tiefer in mir zu spüren, sie reichten längst nicht mehr.

»Ja.« Meine linke Hand wanderte zwischen uns, ich streichelte seinen harten Schwanz über der Hose. »Und du willst es auch. Bitte tu es endlich.«

Harlan biss in meinen Hals. Jetzt stießen seine Finger in schnelleren Bewegungen in mich und ich schrie auf.

»Wenn ich dich ficke«, flüsterte er. »Dann will ich dich ganz. Ich werde deine Beine auseinanderzwängen und deine kleine Pussy so hart ficken, dass du weißt, wem du gehörst.«

»Oh Fuck!« Mein Herz raste, in meinem Bauch wütete ein Sturm. Ich ließ seinen Schwanz los, krallte meine Hand in seine Haare, rieb meine Klit immer schneller und spürte, wie ein Orgasmus in mir aufstieg. Meine Beine zitterten, ich versuchte, sie zusammenzupressen, weil ich es herauszögern wollte, doch Harlan ließ mein Kinn los, griff unter mein Knie und spreizte es, während er die Finger seiner anderen Hand in mich drängte.

»Schrei meinen Namen und komm für mich.«

»Oh Gott. Harlan!« Bei seinen Worten explodierte ein Feuerwerk in mir, meine Pussy zog sich um seine Finger zusammen, ich spürte die Nässe zwischen den Beinen, vergrub mein Gesicht an seinem Hals und schrie.

~~~

Mein Herz pochte noch immer schnell, doch ich fühlte mich leicht wie nie. Ich rollte mich von Harlan herunter und wollte aufstehen, doch er hielt mich am Ellbogen zurück.

»Bleib hier.« Er zog mich in seine Arme und strich mir eine Strähne aus der Stirn.

Ich stützte mein Gesicht auf den Ellbogen und zog meine Augenbrauen hoch. »Du willst mich nicht loswerden, nachdem wir rumgemacht haben? Das ist neu.« Doch dann fiel mein Blick auf die Beule in seiner Hose. »Ah okay, jetzt weiß ich, warum.« Ich lächelte und schob einen Finger unter den Bund seiner Shorts.

»Nicht.«

»Aber bisher war ich immer nur diejenige, die etwas davon hatte.«

Sein Blick verdunkelte sich. »Die Sachen, die du probiert hast … was war das?«

Er hatte unser Gespräch auf dem Dach des Trailers also nicht vergessen. Ich hatte Angst, dass er ausrastete, wenn ich darüber redete.

»Ich muss es wissen«, sagte er.

Ich räusperte mich und sah ihn an. »Ich habe ein paar Typen einen geblasen.«

Seine Augen weiteten sich. »Ein paar Typen?«

»Zwei. Aber mehr ist nie passiert.« Ich küsste seine Wange, legte meine Hand auf die Beule in seiner Hose und ließ meine
~~~

Zungenspitze über seinen Hals gleiten. »Ich will nur dich. Bitte lass mich dich berühren.«

Harlan schüttelte den Kopf. »Du siehst erledigt aus. Du musst fit für den Job bei Coleman sein.« Er schob meine Hand weg.

»Ich bin total entspannt. Bist du sicher, dass du nicht …«

»Bin ich.«

Ich ließ mir meine Enttäuschung nicht anmerken, legte eine Hand an seine Wange und genoss den Moment. Noch nie waren wir uns näher und vertrauter gewesen. Ich betrachtete jedes Detail seines Gesichts. Harlan war der attraktivste Mann, den ich je gesehen hatte. Große, braun-grüne Augen, die wirkten, als sähen sie alles. Doch sie verrieten selten, was dahinter vor sich ging. Volle Lippen, die ich seit unserer ersten Begegnung auf meinem Mund spüren wollte. Strahlende, olivfarbene Haut und dichtes schwarzes Haar. Ich ließ einen Finger über seine Unterlippe gleiten und schloss die Augen, als ich an seine Worte dachte. »Das, was du zu mir gesagt hast …«

»Hat dich angemacht.« Er klang amüsiert.

»Aber wie genau war das noch mal mit deinen Regeln? Du fasst mich nie wieder an?« Ich lachte. Die Regeln, die er aufgestellt hatte, waren lächerlich. Harlan musste dringend lockerer werden.

»Du hast dich angefasst.«

»Mit deiner Hilfe und es war unbeschreiblich.«

Er zog mich in seine Arme. Ich legte meinen Kopf an seine Brust, schlang ein Bein um seine Hüfte und genoss das Geräusch seines Herzens.

»Ich muss dir was sagen.«

Er sah mich fragend an.

»Es ist nicht nur körperlich, vielleicht kommt es so rüber. Aber ich habe mich in dich verliebt.«

Harlan öffnete den Mund, doch ich legte einen Finger an seine Lippen. »Du musst nichts dazu sagen, ich wollte nur, dass du es weißt.«

Er strich mit zwei Fingern über meine Wange. Ich brauchte keine Antwort. Nicht jetzt. Auch er empfand mehr und so langsam es auch ging, in den letzten Tagen waren wir uns näher gekommen. Wenn er bereit war, würde er es mir sagen.

Ich gähnte, schmiegte mich dicht an ihn und schloss die Augen. Seit fünf Jahren hatte ich mich nicht mehr so geborgen gefühlt.

Kapitel 13

HARLAN

Es war schon dunkel, als ich auf das Anwesen des Black Hunters Gentlemen Club fuhr und meinen Camaro zwischen einem dunkelgrauen Maserati und einem roten Bugatti parkte. Als ich die Eingangshalle betrat, spielte Otis Rush's *I cant quit you Baby,* das Lieblingslied meines Vaters, das er mir in meiner Kindheit unzählige Male vorgespielt hatte.

Zwei Herren in Smokings, mit Martinigläsern in der Hand nickten mir knapp zu und widmeten sich wieder ihrem Gespräch. In der Luft lag der schwere Duft von Zigarren und Feuerholz, nur Kerzenleuchter an den Wänden sorgten für schummrige Beleuchtung. Ich betrat den Gemeinschaftsraum, sah mich im Zimmer um und entdeckte meinen Vater im Gespräch mit drei Männern. Sie lachten, rauchten Zigarren, tranken und schienen sich zu amüsieren. Ich dagegen wollte nicht hier sein, denn ich ahnte, was mir bevorstand. Ich konnte mir etwas Besseres vorstellen, als mit Kriminellen, die sich hinter ihrem Reichtum versteckten, den Abend zu verbringen. Zu Hause sein, auf Storm warten, um dann gemeinsam mit ihr zu essen oder im Bett zu liegen. Beim Gedanken an letzte Nacht ertappte ich mich bei einem Lächeln. Seit Jahren hatte ich neben keinem Mädchen mehr geschlafen und obwohl ich versuchte, mich zusammenzureißen, hatte ich sie wieder berührt. Noch immer klangen ihre Lustschreie in meinen Ohren und ein warmer Schauer lief über meinen Rücken. Sie hatte mir gesagt, dass sie in mich verliebt sei. Auch Storm empfand mehr und es fiel mir immer schwerer, meine Regeln zu befolgen.

Doch das angenehme Gefühl verschwand, als mein Vater mich bemerkte. Er hob sein Glas und prostete mir zu.

»Harlan«, grüßte er mich und klopfte auf meine Schulter. Er wandte sich seinen Geschäftspartnern zu. »Mein Sohn hat es endlich geschafft, uns etwas seiner wertvollen Zeit zu opfern. Ihr kennt die Jugend, immer rastlos.«

Die Männer lachten. Einer von ihnen, ein grauhaariger, mit dunkelblauer Fliege, reichte mir die Hand. »Schön, Sie endlich persönlich kennenzulernen. William schwärmt immer von Ihnen.«

Ich gab mir keine Mühe zu lächeln oder seine Höflichkeit zu erwidern. Mein Vater hatte mich in der Hand, aber das hieß nicht, dass ich mich mehr als nötig verstellte.

»Harlan ist ein Denker«, verteidigte mein Vater mich. Er lächelte. Es war genauso falsch wie die Freundlichkeit, mit der er jeden behandelte, solange er ihm von Nutzen war. »Er hält sich lieber im Hintergrund.«

»Na, das ändert sich ja jetzt«, antwortete ein anderer Mann. »Ich bin sicher, Sie werden die Geschäfte Ihres Vaters zu unserer vollsten Zufriedenheit weiterführen.«

Noch immer hatte ich keine Ahnung, was mein Vater genau von mir verlangte oder was meine Rolle in seinem perfiden Plan war. Aber ich wusste, dass ich es nicht wollte. Eine Kellnerin im roten Cocktailkleid lief mit einem Tablett an uns vorbei und ich nahm mir ein Glas Scotch. Manche Dinge ertrug man besser mit Alkohol. Oder Drogen, so wie Storm es tat.

»Entschuldigt uns bitte einen Moment«, sagte mein Vater. Er zog an seiner Zigarre und schob mich in Richtung des Ledersofas, das vorm Kamin stand. Er nickte zwei Mädchen, die darauf saßen, zu, wartete, bis sie in der Menge verschwunden waren, und bot mir einen Platz an. Wir setzten uns.

»Ich hatte schon befürchtet, du kommst gar nicht mehr. Ich dachte, ich habe mich klar ausgedrückt, was unsere Abmachung angeht.«

Ich nippte an meinem Drink und gab mich gleichgültig. »Es war viel los. Verrätst du mir jetzt, warum ich ausgerechnet heute herkommen sollte?« Mit dem Kopf deutete ich zu den umherstehenden Leuten. »Ein ruhiges Gespräch hätte es nicht getan?«

Mein Vater leckte sich die Lippen. Er nickte einem Mädchen in einem eng anliegenden silbernen Kleid zu und flüsterte ihr etwas ins Ohr, als sie sich zu ihm herunterbeugte. Sie lächelte und lief davon.

»Was war denn so wichtig?«, fragte er. Der drohende Unterton in seiner Stimme gefiel mir nicht.

»Probleme in der Firma.«

»Verstehe. Harlan, darf ich dir jemanden vorstellen?«

Bei seinem Anblick rückten die Wände näher und meine Kehle schnürte sich zusammen.

»Desmond«, flüsterte ich, als ich meinen Gegner vom letzten Kampf erkannte. Er trug einen maßgeschneiderten grauen Anzug mit weißem Hemd und nahm neben meinem Vater Platz.

Auf Desmonds Gesicht lag ein amüsierter Ausdruck, er hob sein Glas und prostete mir zu. »Sie haben sich schnell erholt, Mr. Avery.« Er zwinkerte. »Und mit Verlaub – so schlecht waren Sie gar nicht.«

In meinem Kopf rasten die Gedanken, ich erinnerte mich an den Kampf, an Desmonds Worte und dann tat mein Herz einen Satz. Storm. Er hatte Storm mit mir gesehen. *Bleib ruhig. Sie könnte nur irgendein Mädchen sein, er weiß nichts. Lass dir nichts anmerken.*

»Ihr beide kennt euch ja schon«, wandte sich mein Vater mir zu. »Darf ich vorstellen, Alistair Desmond, seit zwei Jahren meine rechte Hand und der Mann, an den du dich halten solltest.«

»Er arbeitet schon so lange für dich und ich habe ihn noch nie gesehen?«

Mein Vater strich sich über das Kinn. »Wie ich dir schon sagte, ich bin vorsichtig. Ich hielt es für besser, ihn noch im Hintergrund zu halten. Man weiß nie, wozu es gut ist.«

»Zum Beispiel um mich auszuspionieren.« Meine Stimme klang sicher, beinahe gelangweilt.

Mit einem Finger strich er über den Rand seines Glases, sein Blick war nachdenklich. »Nach unserem letzten Gespräch war das leider notwendig, mein Junge.« Er hob den Kopf und sah mich an. »Und ich muss sagen, ich kann deinen Grund verstehen. Das Mädchen ist eine Augenweide.«

Scheiße. Ich schluckte und zuckte mit den Schultern, auch wenn mein Herz raste.

»Du meinst die Kleine vom Kampf? Du hattest recht, ich brauchte ein bisschen Entspannung und habe sie mir gegönnt.«

»Gute Wahl. Ein bisschen morbide, wenn man ihre Ähnlichkeit mit Emily bedenkt, aber ich schätze, man wird alte Gewohnheiten nur schwer los.«

Ich trank einen Schluck. »Ich verstehe nur die Notwendigkeit nicht, dass du Leute schickst, um mich verprügeln zu lassen.«

Mein Vater lächelte. »Ich dachte einfach, es wäre eine gute Gelegenheit, damit ihr euch besser kennenlernt, und machen wir uns nichts vor, du weißt genauso gut wie ich, dass es nicht nur darum ging.«

»Du wolltest wissen, wer meine Freunde sind, damit du ein weiteres Druckmittel gegen mich hast.«

»Denkst du wirklich, das wusste ich nicht vorher?« Er lachte und strich sich über sein Kinn. »Kieran Moore ist nicht unbedingt der schlechteste Umgang, was man von deinem Freund Kinley leider weniger behaupten kann. Aber deine plötzliche Zuneigung zu Miss Monroe hat mich neugierig gemacht.«

Er weiß es. Er weiß alles, er kennt jeden deiner Gedanken und Schritte. Warst du wirklich so dumm zu glauben, er kontrolliert dich nicht mehr?

»Sie bedeutet mir nichts.«

»Wirklich?«

Ich nickte. »Um was geht es hier, Vater? Ich soll den Club leiten? Ist in Ordnung. Aber es ist nicht nötig, meine Freunde da mit reinzuziehen.«

Mein Vater seufzte. Er klopfte Desmond auf die Schulter und bat ihn, uns allein zu lassen. »Ich wollte dir nur deutlich machen, wie wichtig deine Kooperation ist. Wenn du das einsiehst, sehe ich keinen Grund dazu, deinen Freuden oder ihr von deinem Geheimnis zu erzählen.«

Die Luft im Raum wurde stickiger, Schweiß bildete sich auf meiner Stirn. Ich lockerte den Kragen meines Hemdes und bemühte mich, meine gleichgültige Fassade aufrecht zu erhalten. Nichts war es wert, um zu riskieren, dass meine Freunde alles erfahren würden. Oder dass ich Storm in Gefahr brachte. »Du sagtest, Desmond ist deine rechte Hand. Warum wird nicht er dein Nachfolger?«

»Desmond weiß nichts, was mir gefährlich werden könnte, und ich erwarte, dass es so bleibt. Ich brauche dich, Harlan. Du wirst dieses Erbe antreten, verstanden?«

Ich nickte. Ich hatte verloren. Im Gegensatz zu ihm stand für mich viel auf dem Spiel. William Avery würde schon bald seinen letzten Atemzug tun, warum war ich dann derjenige, der das Gefühl hatte, ersticken zu müssen? Der Krebs würde meinen Vater früher oder später in die Knie zwingen, doch ich war sicher, er hatte auch für die Zeit danach gesorgt. Selbst aus dem Grab würde er mich nicht in Ruhe lassen.

»Schön, dass wir das geklärt haben. Bitte bleib noch für das Highlight des Abends.«

Ich erhob mich gleichzeitig mit ihm. Er schüttelte meine Hand, als hätte er den perfekten Deal mit einem Geschäftspartner ausgehandelt, und nickte zufrieden. »Nimm dir noch etwas zu trinken und amüsiere dich.«

Mit einem selbstgefälligen Grinsen im Gesicht ließ er mich zurück.

~~~

Immer wieder sah ich auf meinem Handy nach der Uhrzeit, doch der Abend schien kein Ende zu nehmen. Und nach dem dritten Glas half selbst der Scotch nicht mehr. Ich seufzte, lehnte mich gegen die Wand und überlegte, nach Hause zu fahren. Gerade, als ich das Handy wieder zurück in die Hosentasche stecken wollte, begann ein tosender Applaus. Ich blickte auf, doch sah nichts weiter als Männer, die die Hälse streckten und sich weiter vorne um den Billardtisch versammelten. Ich konnte mir denken, warum. Genauso wie früher Kieran und Tyler liebte mein Vater eine spezielle Art von Partys. Ich kramte in meiner Tasche nach dem Wagenschlüssel und drehte mich um, um es nicht mit ansehen zu müssen.

»Bleib, das ist dein Willkommensgeschenk.« Die Stimme meines Vaters hielt mich zurück.

»Danke, kein Interesse.«

Er legte freundschaftlich einen Arm über meine Schulter. »Warte ab.«

Die leise Jazzmusik verstummte und The Kills' *U.R.A Fever* setzte ein. Mein Vater führte mich ein Stück weiter nach vorne, wir stellten uns zwischen die anderen und mein Herz tat einen Satz.

Auf dem Billardtisch stand Storm. Sie trug eine weiße Spitzenshorts, die bis knapp unter den Hintern reichte und ihre langen Beine betonte. Ihr Brüste rieben sich gegen den Stoff ihres gleichfarbigen Tops, das nur durch feine Träger gehalten wurde. Sie bewegte ihre Hüften im Rhythmus der Musik, lächelte und warf den Kopf nach hinten.
~~~

»Wie ich schon sagte, eine wirkliche Augenweide.« Mein Vater klopfte auf meine Schulter. »Wie gut, dass sie dir nichts bedeutet, sonst wäre das sicher unangenehm.«

Meine Kehle fühlte sich staubig an, ich brachte kein Wort heraus. Ich sah nur Storm. Im schummrigen Licht der Kerzen leuchtete ihre Haut in Goldtönen. Ihre Haare glänzten, sie schwangen bei jeder ihrer geschmeidigen Bewegungen mit und umspielten ihre Hüften. Sie lachte, fuhr sich durchs Haar, wirkte ausgelassen und natürlich wie immer.

Die Männer tuschelten. Wie hungrige Wölfe, denen ein saftiges Stück Fleisch hingeworfen wurde, leckten sie sich die Lippen. In ihren Augen spiegelte sich ihre Gier.

Nein. Nein. Bitte nicht. Wie kommt sie hierher? Und dann fiel der zweite Vorhang des Abends.

»Woher wusstest du, dass sie hierbei mitmachen würde?«, fragte ich meinen Vater, ohne den Blick von Storm zu nehmen.

»Die Kleine ist wild. Und sie ist pleite. Geld bedeutet Macht, Harlan. Siehst du jetzt, dass ich recht hatte?«

Ich sehe nur, was für widerlicher Abschaum du bist. »Der Einbruch in ihrem Trailer -«

»War keine Glanzleistung«, unterbrach er mich und ich hörte das Lächeln in seiner Stimme. »Nicht ganz mein Stil, aber ungewöhnliche Situationen erfordern ungewöhnliche Maßnahmen. Dass du darüber kein Wort verlierst, muss ich sicher nicht erwähnen.«

Storm warf den Kopf nach hinten, legte ihre Hände an ihre Hüften und bewegte ihr Becken rhythmisch vor und zurück. Die Musik stoppte und ein tosender Applaus brach aus. Storm verbeugte sich, ergriff die Hand eines Mannes und stieg vom Billardtisch.

»Miss Monroe!« Mein Vater winkte sie über die Köpfe der Männer zu uns. Sie bahnte sich ihren Weg durch die hungrigen Typen, die ihr auf Arsch und Brüste starrten. Ich wollte jeden Einzelnen von ihnen schlagen.

Als sie mich bemerkte, kniff sie die Augen zusammen und sah mich überrascht an. »Was machst du hier?«

Das sollte ich dich fragen.

»Miss Monroe, darf ich vorstellen, mein Sohn.«

»Was?«

Mein Vater lachte. »Ich dachte, Sie freuen sich über die Überraschung.«

»Überraschung können Sie laut sagen. Ich fasse es nicht. Dann habt ihr nicht den gleichen Nachnamen?«

Selbst in diesem Outfit, vor einem reichen, älteren Mann hatte sie weder Scheu noch Hemmungen. Sie verstellte sich nicht, redete im lockeren Plauderton wie auch sonst mit meinen Freunden.

Mein Vater setzte ein Lächeln auf, von dem niemand außer mir bemerkte, dass es falsch war. »Ich muss mich bei Ihnen entschuldigen«, sagte er und zwinkerte ihr zu. »Ich wollte Sie nicht in Erklärungsnot bringen, mein Sohn ist manchmal etwas schwierig. Daher der falsche Nachname.«

Storm lachte. »Wem sagen Sie das. Ich fasse es nicht, Harlan. William ist dein Vater?«

William? Ich schluckte den sauren Geschmack von Magensäure herunter und wünschte mir, ich hätte sie nie kennengelernt. Sie war ahnungsloser als ein Lamm auf dem Weg zur

Schlachtbank. Storm befand sich inmitten einer Meute Wölfe, aber sie ließ sich von der Eleganz und der charmanten Fassade blenden. Ein Reh im Scheinwerferlicht.

»Es tut mir sehr leid.« Mein Vater tätschelte ihre Schulter. »Aber ich fürchte, die Gäste sind durstig. Würden Sie bitte ...«

»Na klar.« Sie strahlte ihn an und wandte sich zu mir. »Wir reden später? Vielleicht können wir ja nachher zusammen zurückfahren.«

Ohne meine Antwort abzuwarten, lief sie davon.

Meine Hände zitterten, als ich meine Haare nach hinten strich und einen Moment die Augen schloss. Der Albtraum wollte nicht enden. So sehr ich mich auch bemühte, wieder einmal konnte ich nur zusehen, wie mir alles entglitt.

»Warum tust du das? Ich hab doch gesagt, ich übernehme den Club.«

»Und das beruhigt mich sehr, mein Junge. Aber es ist immer besser, mehrfach abgesichert zu sein. Merk dir das. Und komm schon, es kann dir egal sein. Sie ist doch nur ein netter Zeitvertreib oder nicht?«

»Ich würde nur gerne Geschäftliches und Privates voneinander trennen.«

»Eine sehr professionelle Einstellung.«

»Desmond. Hat sie ihn schon gesehen? Ich denke, damit könnte der schöne Schein bröckeln. Er hat sich ihr gegenüber unmöglich benommen.«

Mein Vater steckte sich eine Zigarre an. »Ich habe die beiden bekannt gemacht und mich für sein Benehmen entschuldigt. Miss Monroe denkt, er hätte eine Rechnung mit dir offen. Eine Rangelei unter Alphas. Du verstehst schon.«

Meine Gedanken wurden schwärzer, Dunkelheit zog mich in die Tiefe, ich verlor den Halt und die Erinnerung an die schlimmste Zeit meines Lebens kroch in meine Eingeweide. Unter einem Vorwand verabschiedete ich mich von meinem Vater. Er hatte seine Macht demonstriert und ließ mich gehen. Ich raste den Highway entlang und handelte mechanisch, ohne die Rückfahrt oder das Duschen bewusst wahrzunehmen. Als ich im Bett lag, nahm ich eine Schlaftablette und hoffte, ich würde in einen traumlosen Schlaf fallen, aus dem ich nicht mehr aufwachte.

Kapitel 14

STORM

Ich gähnte und streckte mein Gesicht dem Sonnenstrahl entgegen, der durch das große Fenster in die Küche fiel. Die Wärme streichelte meine Haut und entspannte mich. Im Hintergrund spielte *Running with Giants* von Thousand Foot Krutch und ich beobachtete, wie sich Harlan ein Stück Schinken in den Mund schob. Er sah mürrischer als gewöhnlich aus und hatte, seitdem ich mich zu ihm gesetzt hatte, kein Wort mit mir gesprochen.

»Heute bespreche ich mit Blake alles wegen der Hochzeit. Und ich kümmere mich um den Sitzplan und die Blumen. Kommst du später auch vorbei?«

Er antwortete nicht.

Ich kannte das Spiel und redete drauflos. »Du hättest gestern Nacht ruhig auf mich warten können. Ein Fahrer deines Dads hat mich hierhergebracht, aber ich wäre lieber mit dir gefahren.«

Er kaute weiter und tat so, als hätte er mich nicht gehört.

»William ist echt cool. Man würde nicht denken, dass so einer dein Vater ist. Er ist total locker. Ich war so überrascht, dich da zu sehen. Gut, was später noch abging, war ein bisschen seltsam, aber sind wir nicht alle Freaks?« Ich lachte auf, trank einen Schluck Orangensaft und wippte nervös mit den Füßen. Sein Schweigen beunruhigte mich. Harlan verhielt sich wieder distanziert, dabei hatte ich nach vorgestern Nacht gedacht, das Eis wäre endgültig gebrochen. So hatte es zumindest gewirkt.

»Hast du mitgemacht?« Er blickte auf. Seine Stimme klang kalt und fremd. »Hast du dich von ihnen ficken lassen?«

»Wie bitte? Spinnst du?«

»Gibt doch mehr Kohle.« Harlans Kiefer spannte sich an. »Und darum geht's dir doch, oder warum hast du nicht gesagt, dass du tanzt?«

»Das Tanzen war einmalig. Du denkst, ich bin geldgeil?« Ich knallte das Glas auf die Theke. »Das ist doch nicht dein Ernst, oder? Ich lebe in einem Trailer, besitze zwei paar Schuhe und mein einziger Reichtum sind Fotos meiner Eltern und ein paar Bücher.«

Mein schlechtes Gefühl wandelte sich in Wut. Ich sprang vom Stuhl auf. »Was ist los mit dir? Klar, ich habe getanzt, das macht mich natürlich gleich zu einer Nutte.«

»Ich will, dass du meinem Vater kündigst. Das Geld von Ty wird für einen Flug reichen und danach suchst du dir etwas Vernünftiges.«

Wäre ich nicht so wütend gewesen, hätte ich gelacht. »Ich verdiene super, muss keine Drogen mehr verkaufen – das wolltest du doch – und die Arbeit ist locker. Also spar dir dein chauvinistisches Gehabe.«

Er schlug mit der flachen Hand auf die Theke, ich zuckte zusammen. »Ende der Diskussion. Du hast keine Ahnung, wo du reingeraten bist und ich will, dass du dich von meinem Vater und dem Club fernhältst.« So außer sich hatte ich Harlan noch nie erlebt.

Ich warf die Gabel auf den Teller. »Du hast mir gar nichts zu sagen, merk dir das! Und schon gar nicht in diesem Ton. Was ist los mit dir?«

»Vorgestern hat dich der Ton angemacht«, sagte er bedrohlich leise.

Sein Verhalten verletzte mich, ich hatte das Gefühl, einen Fremden vor mir zu haben. »Ich dachte, wir wären uns näher gekommen. Ich dachte, du siehst, wer ich wirklich bin.« Ich schluckte die aufsteigenden Tränen hinunter, meine Stimme zitterte. »Ich bin ein Freak, ich weiß. Ich bin zu laut und passe nicht in dein ach so sortiertes, ordentliches Leben. Zu dir, weil du kontrolliert und weise bist. Aber ich dachte, du siehst hinter all dem mich. Ein Mädchen, das einfach nur sein verdammtes Leben genießen will, weil die Welt grausam ist und man nur so da durchkommt, ohne verrückt zu werden. Du bist der Einzige, bei dem ich mich geborgen fühle. Weil ich das Gefühl habe, dass uns etwas verbindet. Und ich dachte, du hast das auch gespürt.«

Harlan stützte seine Ellbogen auf die Theke, legte das Gesicht in seine Hände und seufzte. »Ich will mich nicht streiten, du bekommst das Geld für den Flug von mir.«

Ich stemmte die Hände in die Hüften, noch immer kämpfte ich gegen die Tränen an. »Nein danke. Ich möchte mein Geld selbst verdienen. Mit deinem Machogehabe hast du deutlich gemacht, dass dir das nicht gefällt.«

»Verdammt!« Seine Faust krachte auf die Theke, der Teller klirrte. »Warum bist du so stur? Hast du allgemeine Probleme mit Männern oder liegt es an deinem Vater? Er hätte dir auf jeden Fall Vernunft beibringen sollen. Wahrscheinlich ist er ein frauenverachtendes Arschloch und deshalb sind gleich alle Kerle Machos, ist es das?«

Eine eiskalte Faust donnerte in meinen Magen. Jeder Muskel in meinem Körper spannte sich an, ich fühlte mich wie gelähmt. Alles, was ich spürte, war Schmerz. Eine offene Wunde, in die Salz gerieben wurde. Ich starrte Harlan an. Nichts Warmes lag in seinen Augen, seine Kälte ging auf mich über. Ich konnte sie in jeder Zelle meines Körpers spüren.

»Ich dachte, mir könnte nie wieder jemand wehtun.« Meine Stimme war ein Flüstern, das nur vom Schluchzen unterbrochen wurde. »Aber du hast gerade das Gegenteil bewiesen.«

Ich stürmte aus der Küche, Honey rannte mir hinterher. Hinter mir hörte ich Harlan meinen Namen rufen, doch ich brachte es nicht fertig, ihn jetzt anzusehen, denn ich wollte nicht, dass er sah, wie ich zerbrach. Ohne ein richtiges Ziel rannte ich zur Tür hinaus. Ich wollte nur weg.

Der von der Mittagssonne aufgeheizte Asphalt brannte unter meinen nackten Füßen, das Kleid, unter dem ich keine Unterwäsche trug, flatterte im Wind. Aber es war mir egal. Ich musste weg. Weg von der Enttäuschung, darüber, dass Harlan so kalt sein konnte. Weg von dem Schmerz, weil er schlecht über meinen Dad gesprochen hatte. Oder dass alles wieder hochkam, was ich seit Jahren unterdrückte. Die Wut auf meinen Vater. Meinen Vater, den Lügner, der mich im Stich gelassen hatte. Auf den Mann, der mich belogen hatte, als er sagte, dass man stets das Gute sehen muss. Dass es sich lohnt, immer weiterzumachen und glücklich zu sein. Harlan hatte kein

Recht, so über ihn zu reden, er kannte ihn nicht. Und ich schämte mich, dass ich schlecht über meinen Dad dachte. Den Menschen, der alles für mich gewesen war, und seit dessen Tod ich nur noch die Hälfte meiner selbst war. Ich rannte immer weiter und weiter, rannte an Fußgängern vorbei, deren Gesichter wie verschwommene Flecken an mir vorbeirauschten. Das Kleid klebte an meinem Rücken, Tränen liefen über meine Wangen und ich rannte, so schnell ich konnte, dem Schmerz davon.

~~~

»Und du bist sicher, dass ich nicht wie eine Barbie aussehe?« Blake begutachtete sich im Spiegel und zupfte an dem weißen, bodenlangen Kleid, das mit Spitze besetzt war. An Schultern und Rücken war es ausgeschnitten. Ein Schweißfilm überzog ihre Arme, sodass ihre Elfenbeinhaut schimmerte.

Nach meinem Zusammenbruch hatte ich beschlossen, schon eher zu ihr zu fahren. Ich hatte eine halbe Stunde auf den Bus gewartet, mich wieder gesammelt, Blake angerufen und mein Handy auf stumm gestellt, denn Harlan rief drei Mal an. Jedes Mal drückte ich den Anruf weg. Ich konnte jetzt nicht mit ihm reden, schon gar nicht am Telefon. Noch immer war ich traurig und verletzt, aber ich fühlte mich wieder ein bisschen mehr wie ich selbst. Irgendwie schaffte ich es jedes Mal, mich wieder zusammenzuflicken und weiterzumachen. Was meinem Dad nicht gelungen war, gelang mir. Und auch, wenn ich es bei Harlans und meinem Streit nicht zugeben wollte, so schlichen sich Zweifel über Williams Absichten in meinen Kopf. Harlan kannte seinen Vater besser als ich. Seine Worte hatten mich ver-
~~~

letzt, er hätte seine Sorge feinfühliger vermitteln können. Aber was, wenn er recht hatte? Was, wenn William gefährlich war? Ich würde von nun an aufmerksamer sein. Solange er mich in Ruhe ließ, würde ich weiter für ihn arbeiten. Bei der Bezahlung konnte ich sicher schon in ein paar Wochen kündigen.

Ich hob das Kinn und betrachtete Blake. Sie sah wunderschön aus. Ihre Haare, die die Sonne an einigen Stellen gebleicht hatte, fielen in Wellen über ihren Rücken. Ihre blauen Augen strahlten mehr als sonst, auch wenn sie sie zusammenkniff und die Mundwinkel nach unten zog.

»Ich hasse Kleider. Und ich hasse Hochzeiten.« Sie drehte sich zu mir. »Meinst du, es fällt auf, wenn ich Chucks darunter trage?«

Ich lächelte. »Wie wär's, wenn du barfuß gehst? Die Zeremonie findet am Strand statt, ist also gar nicht so abwegig und immerhin erspart dir das die High Heels.«

»Gott sei Dank, High Heels hasse ich noch mehr als Kleider.«

»Freust du dich denn auf die Hochzeit?«

Um Blakes Mund spielte ein leichtes Lächeln. »Natürlich. Ich bin froh, dass Ty und meine Eltern sich wieder vertragen, aber vor allem bin ich glücklich. Hätte mir jemand vor zwei Jahren erzählt …« Sie schüttelte den Kopf. »Dass Tyler und ich ein Kind bekommen und heiraten, ich hätte ihn mit dem Board überfahren.« Sie lachte und beugte sich zu mir. »Aber was ist heute mit dir los? Hast du geweint? Du hast ganz rote Augen.«

Ich öffnete den Mund, um ihr eine Ausrede aufzutischen, doch in dem Moment sprang Honey auf und rannte zur Haustür.

»Baby? Wo bist du?« Tylers Stimme rettete mich.

»Scheiße! Bleib weg. Hau ab, Ty!«, brüllte Blake und hielt sich die Hände vor den Körper, als wäre sie nackt.

»Schnell, geh nach oben«, rief ich ihr zu und rannte zur Haustür.

Tyler kam, gefolgt von Kieran, Elisha und Farren herein. Die Jungs grüßten mich mit einem Nicken, Farren schlang ihre Arme um meinen Hals und drückte mich fest an sich. Nach heute Morgen tat es besonders gut, in den Arm genommen zu werden. Als Tyler an uns vorbeilief, befreite ich mich schnell aus Farrens Umarmung.

»Stopp! Bleib stehen.«

Er hielt inne, drehte sich zu mir und musterte mich von oben bis unten. »Was ist hier los?«

»Sie hat das Kleid an. Du darfst sie nicht sehen.«

»Ich sehe sie jeden Tag nackt, da macht mir ein Kleid sicher nichts aus.«

Er wollte den anderen folgen, doch ich griff seinen Ellbogen. »Nein. Das bringt Unglück.«

Tyler legte den Kopf schief. »Ist das so, ja?«

»Sagt man zumindest.«

Er lächelte, doch irgendetwas daran fühlte sich seltsam an. »Dann verrate mir nur eins … Ist es weiß? Unschuldig und rein?«

Ich verstand nicht, was er meinte, aber nickte. »Klar.«

Tyler beugte sich über mich und ich wich ein Stück zurück. Was war heute mit ihm los? »Also ist es sozusagen jungfräulich?«

Ich zog die Augenbrauen hoch und lachte. »Du bist echt schräg. Wenn du es so nennen willst, von mir aus.«

»Trägst du deswegen ständig weiß? Weil noch kein Schwanz in die unendlichen Tiefen deiner Pussy vorgedrungen ist?«

Zum zweiten Mal an diesem Tag erstarrte ich. »Was? Woher …?«

»Nichts wofür du dich schämen musst. Na gut, außer du wärst ein fünfundzwanzigjähriger Typ. Dann würde ich mir Sorgen machen.« Er leckte sich die Lippen, in seinem Blick flackerte etwas auf. »Ich dachte nur, Harlan hätte schon längst für Abhilfe gesorgt.«

Hinter meinen Schläfen spürte ich den Puls pochen. Ich ballte die Fäuste und drückte sie gegen meine Hüften. »Dieses Arschloch.«

»Er hat es nicht böse gemeint. Manchen Typen macht das Angst. Mir nicht.« Tyler kam näher, ein kaltes Lächeln lag auf seinen Lippen. »Mich macht es hart.«

»Dann sag Harlan, dass du mich vögeln kannst.« Ich riss die Augen auf, als ich ihn hinter Tyler entdeckte.

»Gut zu wissen, Storm.«

Harlan stand im Türrahmen und schaute, als wollte er jemanden töten. Eine Ader an seiner Schläfe pulsierte.

»Sorry, Bruder, sollte ein Scherz sein«, sagte Tyler.

Ich hatte keine Lust, Harlan zu sehen, und stürmte ins Wohnzimmer, wo Blake, jetzt in Jeans und Shirt mit den anderen saß. Sie beobachtete Tate, die Honey auf wackligen Beinen hinterherstapfte. Als Farren mich entdeckte, sprang sie auf. Wahrscheinlich sprach mein Blick aus, was ich nicht konnte. *Bring mich hier weg. Ich will mich heute vergraben und schlafen, bis dieser scheiß Tag endlich vorbei ist.*

»Alles gut?«, fragte sie und strich mit beiden Händen meine Arme auf und ab. »Was ist los?«

»Bitte ich -«

»Alle raus!« Harlans tiefe Stimme ließ mich zusammenzucken. Die anderen hoben die Köpfe. Ich drehte mich nicht zu ihm um.

»Hey Kumpel, was ist los?«, fragte Kieran.

»Ich sagte, alle raus!«

Niemand widersprach, selbst Kieran stand wortlos auf. Blake nahm Tate hoch, die protestierte und zu weinen begann, und warf mir im Vorbeigehen einen aufmunternden Blick zu. Elisha zog die Augenbrauen hoch, auf seinem Gesicht lag ein schmutziges Lächeln.

»Wir sind draußen, wenn was ist«, flüsterte Farren in mein Ohr. Sie küsste meine Wange und verschwand.

Harlan wartete, bis die Tür ins Schloss gefallen war. Er baute sich vor mir auf, doch ich hielt den Kopf gesenkt.

»Es tut mir leid, dass Ty sich so verhalten hat.«

Ich verschränkte die Arme vor meinem Körper und zwang mich, zu ihm aufzusehen. »Tyler ist nicht das Problem.«

Harlan legte den Kopf in den Nacken und schloss die Augen. »Tut mir leid. Ich hätte nicht in dem Ton mit dir reden sollen, aber du bist verdammt stur.«

»Soll ich mich jetzt dafür entschuldigen, dass ich unabhängig sein will? Dass ich mein eigenes Geld verdiene und mich nicht erziehen lasse?«

»Natürlich nicht. Es ist nur ... Ich wünschte, ich könnte dir mehr darüber sagen, aber du musst mir vertrauen. Mein Vater ist niemand, mit dem du zu tun haben willst.«

»Vertrauen? Seitdem wir uns kennen, machst du Andeutungen, sprichst nicht über dich und deine merkwürdigen Ausraster verstehe ich auch nicht. Also komm du mir nicht mit Vertrauen.« Ich lachte auf. Es war lächerlich. »Aber wenn es dich beruhigt, ich werde vorsichtig sein bei deinem Vater.«

Harlan streckte eine Hand nach mir aus, wollte über meine Wange streicheln, doch ich drehte das Gesicht weg.

»Es tut mir leid, Storm.« Er atmete tief aus. »Bisher hatte ich alles im Griff. Alles lief seinen gewohnten Gang, jeder Tag war Routine. Damit komme ich klar, verstehst du? Aber dann tauchst du hier auf und du stellst alles auf den Kopf.«

»Du hast angefangen, mich zu beobachten. Schon vergessen? Und falls es dich beruhigt … Nach der Hochzeit bin ich weg. Ich hatte nie vor, mich in dein Leben einzumischen. Ich wollte dich nur kennenlernen.« Ich wandte mich von ihm ab und lief zur Tür. Ich spürte Tränen in meinen Augen, doch versuchte, sie zurückzuhalten. In Wahrheit wollte ich nicht weg von Farren und den anderen. Ich hatte nicht nur einen Job, ich hatte Freunde gefunden. Aber ich wollte nicht jeden Tag Harlan sehen und wissen, ich könnte ihn nie haben.

»Storm.«

Ohne mich umzudrehen, blieb ich stehen.

»Ich will nicht, dass du gehst. Nicht jetzt und nicht nach der Hochzeit.«

»Dann entscheide dich endlich. Entweder du willst mich, oder du lässt es. Aber das Hin und Her mache ich nicht länger mit.«

~~~

»Lass mich auch noch mal.« Fordernd streckte ich meine Hand nach Elisha aus, der neben mir im Sand saß und einen tiefen Zug vom Joint nahm. Seine Augen waren geschlossen, er grinste selig und nickte im Takt zu 10 Years' *Wasteland,* das auf seinem Handy spielte.

Ich stupste ihm gegen die Schulter, um meiner Aufforderung Nachdruck zu verleihen.

Elisha lachte und reichte mir den Joint. Ich zog daran und fühlte mich augenblicklich entspannter. »Der Tag kann nur besser werden.«

Nachdem ich vor Harlan geflüchtet war, fuhr ich mit Farren und Blake zum Blumenmarkt, um ihnen meine Auswahl zu zeigen. Blake hatte sich für weiße Lilien und Farn entschieden. Danach hatten Elisha und ich beschlossen, zum Strand zu fahren, um zu entspannen. Harlan hatte wortlos zugesehen, wie wir zusammen wegfuhren, aber der Blick, mit dem er uns gemustert hatte, sprach Bände. Es passte ihm nicht.

Mit dem Kopf deutete Elisha auf den Notizblock neben mir, in dem ich mehrere Seiten mit Dekorationsideen, Sitzplänen und den richtigen Pflanzen für die Hochzeit beschrieben hatte. »Dass du dabei nicht den Überblick verlierst …« Er nahm den Joint aus meiner Hand und zog wieder daran. »Wundert mich, dass Blakes Mom nicht alles selbst organisieren will.«

»Hat Blake ein gutes Verhältnis zu ihren Eltern?« Ich vergrub meine Zehen im warmen Sand.

»Jetzt, wo Tate da ist, sind sie wieder unzertrennlich. Nach allem, was sich Ty erlaubt hat, waren ihre Eltern zuerst nicht be-
~~~

geistert, dass er ihr Schwiegersohn wird. Aber sie lieben Blake über alles und wollen sie glücklich sehen.« Elisha kicherte. Er war total high.

»Und du? Wie ist das Verhältnis zu deinen Eltern?«

»Wie kommst du jetzt da drauf?«

»Also ich rauche, weil ich mich dadurch entspanne und die Gefühle ein bisschen abstellen kann.« Ich unterdrückte ein Lachen, die Wirkung setzte endlich auch bei mir ein. »Und irgendwas hast du auch. Deine Freunde sollen nichts vom Kiffen wissen und du machst andauernd Witze. So glücklich ist kein Mensch.«

Er zuckte mit den Schultern. »Meinen Vater kenne ich nicht. Mit meiner Mom verstehe ich mich ganz gut. Sie wohnt in der Nähe, wir sehen uns öfter und sie fragt andauernd nach K.« Er lachte. »Ich glaube, sie steht auf ihn. Dann gab's da noch meinen Stiefvater, aber dem war ich egal. Nur als er mitbekommen hat, dass ich -«

»Was hast du gemacht?«

»Mann, wir sind alle so was von kaputt. Ich glaube, es gibt in ganz Miami keine Clique, die so durch ist wie wir.«

Ich nickte nachdenklich und beobachtete zwei Möwen, die sich um ein Stück Brot stritten und dann kreischend davonflogen.

Elisha streckte die Arme über den Kopf und gähnte. »Ich muss mal wieder richtig schlafen. Momentan verausgabe ich mich zu sehr bei den Partys.«

»Dann lass das Spielen und schlaf dich aus.«

Er lächelte schmutzig und rieb sich das Kinn. Für eine Weile ließ jeder seine Gedanken schweifen. Ich dachte an meine Mutter, Harlans Worte und unseren Streit.

»Es gab mal jemanden«, sagte Elisha plötzlich. »Zwischen uns war's schwierig, aber in den Momenten, wo es gut lief, war es wie ein Rausch.«

»Willst du drüber reden?«

»Nicht nötig. Lass uns mit dem Deprikram aufhören.«

Ich fragte mich, was ihn beschäftigte, aber schwieg.

»Ich bin gespannt, was K sich für den Junggesellenabschied hat einfallen lassen. Was macht ihr Mädchen?«

»Wir bleiben brav zu Hause. Blake will mit Farren und mir einfach einen Mädelsabend machen. Wir sehen Filme und essen.«

Elisha hob die Augenbrauen. »Ihr seid langweilig. Na ja, es ist spät. Ich muss los.« Er stand auf und reichte mir die Hand. »Komm, ich bring dich nach Hause.«

Ich nahm seine Hand, zog mich hoch und schüttelte den Kopf. »Ich wohne zurzeit nicht im Trailer, da wurde eingebrochen.«

»Okay, dann ins Hotel.«

»Ich wohne bei Harlan.« *Aber nicht mehr lange.*

Er riss die Augen auf. »Nicht dein Ernst.«

»Nur für ein paar Tage.«

»Und fickt ihr? Oder macht er Anstalten, dich zu vögeln? Habt ihr euch deshalb gestritten? Harlan hat ein Mädchen im Haus, ich fasse es nicht.«

»Du bist ganz schön neugierig, weißt du das?«

Er lachte. »Komm schon, ein kleiner Hinweis.«

»Er hält sich zurück«, antwortete ich wahrheitsgemäß und lief neben Elisha her.

Die Sonne ging unter und ich fragte mich, ob Harlan zu Hause war und auf mich wartete. Ob er noch einmal versuchen würde, mit mir zu reden. Er hatte seine Finger nicht von mir gelassen, obwohl das seine bescheuerten Regeln waren. Ich wusste jedenfalls, dass ich ab jetzt die Finger von ihm lassen würde.

Kapitel 15

HARLAN

Ich spürte Desmonds Blick in meinem Rücken, als ich meinem Vater ins Büro folgte. Ich schloss die Tür hinter uns und sah mich um. Das Zimmer wirkte wie der Rest des Clubs ordentlich und gemütlich. Ein massiver schwarzer Schreibtisch dominierte den Raum, hinter ihm befand sich ein Fenster, das gerade genügend Sonnenlicht hereinließ. Dunkelrote Teppiche und schwarze Bücherregale komplementierten das Gesamtbild. Mein Vater nahm am Schreibtisch Platz und winkte mich zu sich. »Weißt du, wo wir hier sind?«, fragte er und lehnte sich in seinem Ledersessel zurück. Er legte die Hände in den Nacken und lächelte.

Ich seufzte. Ich hatte keine Lust auf seine Spielchen. Storm war gestern erst spät zurückgekommen. Sie war high gewesen und wortlos in ihrem Zimmer verschwunden. Ich verstand es, denn wieder einmal hatte ich mich wie ein Arschloch verhalten. Sie ahnte nicht, dass ich sie nur beschützen wollte. Was ich über ihren Dad gesagt hatte, tat mir leid, wahrscheinlich urteilte ich zu schnell. Aber die Väter, die ich bisher kennengelernt hatte, hatten mein Bild geprägt. Sie alle waren machtbesessene, geldgeile Schweine.

Ich schaute mich im Zimmer um und zuckte mit den Schultern. »In deinem Büro.« Meine Stimme klang genauso gelangweilt, wie ich mich fühlte.

»Das hier, mein Sohn«, er machte eine ausschweifende Handbewegung, »ist die Kommandozentrale. Das Herz des Clubs.« Er stand auf, stellte sich vor ein Wandgemälde und hob es herunter. Ich verdrehte die Augen. Wie im Film war ein Safe in die Wand eingesetzt.

»Wie einfallsreich.«

Mein Vater ignorierte die Ironie und gab einen Zahlencode ein, der Safe öffnete sich. Er nahm eine Festplatte heraus und schloss sie am Computer an. »Komm her, ich möchte dir etwas zeigen.«

Ich stellte mich hinter ihn. Er gab einen zehnstelligen Code ein. Ein Ordner öffnete sich und eine lange Liste von Namen und Zahlen erschien auf dem Bildschirm.

»Hierauf befinden sich unsere Klienten und die jeweiligen Aufträge. Natürlich ist alles verschlüsselt, die Namen sind Pseudonyme, die Konten sind Nummernkonten im Ausland. In einem anderen Ordner sind die Nummern von Partnern, den Leuten, die mich unterstützen.«

Mein Magen verkrampfte sich. Alleine in diesem Ordner befanden sich Hunderte von Namen. Das Ausmaß seiner Machenschaften schwarz auf weiß vor mir zu sehen, ließ Übelkeit in mir aufsteigen.

»Menschenleben sind dir nichts wert. Nur Geld spielt eine Rolle.«

Er wandte sich mir zu. »Du musst lernen, deine Gefühle zu kontrollieren. Das habe ich dir schon damals gesagt. Wenn du dich von Gefühlen leiten lässt, erreichst du nichts. Im Gegenteil, es hätte dich fast das Leben gekostet. Aber daran werden wir arbeiten. Denk rational.«

~~~

Nur mit größter Anstrengung hatte ich die Lehrstunde meines Vaters hinter mich gebracht. Ich hatte einige der Codes gelernt, die von kleinen Gefälligkeiten bis zu Frauenhandel und Drogengeschäften reichten, und schwor mir, mich nicht noch tiefer in die Sache mit reinziehen zu lassen.

Wir betraten den Gemeinschaftsraum. In einer Ecke des Zimmers spielten zwei Typen Schach. Sie blickten auf, als ein Mädchen an ihnen vorbeilief und sahen ihr hinterher. Als Desmond uns bemerkte, setzte er ein Lächeln auf. »Und, Harlan, finden Sie sich zurecht?«

»Er macht sich wunderbar, ganz mein Sohn«, antwortete mein Vater.

Ich musste weg. Jedes Mal, wenn ich hier war, rückten die Wände näher und mein Fluchtinstinkt setzte ein. Ich sah auf meine Armbanduhr und wünschte, ich könnte die Zeit vorspulen. Vorspulen zu Tylers Junggesellenabschied heute Abend.

»Hast du noch Termine?«, fragte mein Vater.

»Ich muss noch einiges erledigen, sind wir fertig?«

Als ich aufblickte, betrat Storm den Raum. Sie trug ein dunkelblaues, schulterfreies Kleid, das bis unter ihre Knie reichte und hatte weiße Blüten in ihr Haar geflochten. Im Gegensatz zu den anderen Mädchen, die Cocktailkleider trugen, wirkte sie wild und exotisch. Storm hielt ein leeres Tablett in der Hand und lächelte den zwei Herren zu, die Schach spielten.
~~~

Die Kälte, die ich jedes Mal in der Nähe meines Vaters spürte, wandelte sich in Wärme.

»Miss Monroe«, rief mein Vater und winkte sie zu uns. Storm schwebte herüber, ein Lächeln lag auf ihrem Gesicht, mich würdigte sie keines Blickes.

»Was kann ich für Sie tun, William?«

»Wären Sie so lieb und holen uns eine Flasche Whisky? Und bringen sie Sofia mit.«

»Gerne.«

Mit schnellen Schritten verschwand sie.

»Ich denke, zehn Minuten kannst du noch erübrigen, oder?«, fragte mein Vater.

Desmond musterte mich mit einem Stirnrunzeln. »Sie scheinen sich nicht wohlzufühlen, Harlan. Alles gut?«

Ich nickte und folgte ihm und meinem Vater zur Sitzgruppe vor dem Kamin. Wer zur Hölle brauchte einen Kamin in Miami? Vaters zur Schau gestellter Reichtum widerte mich genauso an wie das Mädchen, das mit Storm auf uns zukam. Sie war einen Kopf größer als Storm, hatte rot geschminkte Lippen und lächelte so künstlich, wie ihre Nägel aussahen.

Storm stellte drei Gläser auf den Tisch vor uns und schenkte jedem Whisky ein. Sie lächelte nicht mehr, ihr Gesicht wirkte angespannt. »Kann ich sonst noch etwas tun?«

»Bitte setzen Sie sich einen Moment zu uns«, antwortete mein Vater und machte eine Handbewegung zum Ledersessel, der meinem gegenüberstand.

»Die Herren da hinten wollten auch noch Getränke, ich denke, ich sollte -«

»Bitte«, unterbrach mein Vater sie. Seine Stimme duldete keinen Widerstand. »Schenken Sie mir doch eine Minute Ihrer Zeit, Miss Monroe.«

Storm gab den Protest auf und nahm Platz. Sie legte die Hände in den Schoß. Ihr gefiel die Sache genauso wenig wie mir.

»Sofia, das ist mein Sohn. Seien Sie nett zu ihm, er ist etwas angespannt.«

Ich hob die Hand. »Nicht nötig.«

»Doch, das ist es, Harlan.« Er sah mir direkt in die Augen und ich erinnerte mich an seine Worte. *Du musst lernen, deine Gefühle zu kontrollieren. Daran werden wir arbeiten.*

Mein Vater spürte, dass Storm mir mehr bedeutete. Sie stellte eine Gefahr dar. Eine Ablenkung vom Geschäft, die er nicht gebrauchen konnte. Würde ich mich verweigern, würde er es mich spüren lassen.

Storms Blick sprach Bände, sie presste Ober- und Unterkiefer zusammen und atmete tief ein.

Sie bedeutet mir nichts, siehst du das nicht? Er will uns gegeneinander ausspielen, versuchte ich ihr, stumm mitzuteilen.

Ich nickte Sofia zu. Die Kleine schob mit ihren Beinen meine auseinander, stellte sich dazwischen und strich mir mit einer Hand durchs Haar. Ich sah an ihr vorbei, sie war niemand. Das Mädchen, das mir gegenüber saß, das Mädchen, das nervös seine Hände knetete und die Lippen zusammenpresste, war alles, was ich sah.

»Genieße es.« Mein Vater prostete Desmond und mir zu. »Deine Freundin, Miss Richardson, würde sagen: La dolce vita.«

Desmond prostete meinem Vater zu und lachte. »Ihr Vater weiß, wie man richtig feiert.«

Sofia ließ aufreizend die Hüften kreisen und setzte sich mit dem Rücken zu mir auf den Schoß. Ihr Arsch bewegte sich geschmeidig vor und zurück, sie schlang einen Arm um meinen Nacken und griff nach meiner Hand, um sie auf ihre Brust zu legen. Ich zog sie weg. Genauso regungslos wie meine Hand verhielt sich mein Schwanz. Drei von ihrer Sorte hätten oben ohne vor mir tanzen, mich berühren können, es machte mich nicht an. Storm schielte verlegen zur Seite. Ihre Hände umklammerten den Saum ihres Kleides.

»Das reicht.« Sanft dirigierte ich Sofia von meinem Schoß und gab mir Mühe, charmant zu bleiben. Sie war auch nur die Marionette meines Vaters. »Ich muss jetzt wirklich los.«

Ich stand auf, suchte nach Storms Blick, doch sie schaute zu Boden.

Mein Vater erhob sich und klopfte auf meine Schulter. »Beim nächsten Mal nimmst du dir ein Zimmer mit ihr.«

Er sah zu Storm und lächelte, als hätte er keine Ahnung, wie sie sich fühlte. »Und Sie sind sicher, dass Sie keine Privatvorstellungen geben wollen, Miss Monroe? Dafür zahle ich das Doppelte Ihres Gehaltes.«

Sie schüttelte den Kopf. »Nein danke. Nichts für ungut, aber das hier ist nicht meine Altersgruppe.«

Mein Vater lachte und beugte sich zu mir. »Meinst du, sie lässt sich noch umstimmen? Miss Monroe wäre eine Attraktion.«

»Mit ihrem Mundwerk verjagt sie nur deine Kundschaft.« Ich zwang mich zu einem Lächeln und ließ es locker klingen. So sehr ich jetzt auch mit ihr reden und ihr alles erklären wollte, unterdrückte ich diesen Impuls und verabschiedete mich stattdessen von meinem Vater. Ich durfte ihm nicht noch mehr Angriffsfläche bieten.

Ich lief zum Wagen, setzte meine Sonnenbrille auf und hörte mein Handy summen. Ich zog es aus der Hosentasche. Eine Nachricht von Elisha. *Um acht bei K. Das wird eine Nacht, die wir so schnell nicht vergessen werden.*

Gerade, als ich den Motor gestartet hatte, klopfte Desmond gegen die Scheibe. Was wollte der Idiot jetzt noch? Ich ließ das Fenster herunter.

»Ja?«

»Ihr Vater vertraut Ihnen blind. Aber kann ich Ihnen trauen?«

Ich umklammerte das Lenkrad fester. »Wollen Sie mir drohen?«

»Ich will, dass Sie sich zurechtfinden, Harlan.« Er griff in die Jacke seines Jacketts und reichte mir seine Visitenkarte. »Wenn Sie mal Fragen haben oder einen Freund brauchen.«

Zögerlich nahm ich die Karte und drehte sie in meiner Hand.

Alistair Desmond, Personenschutz.

1685 Collins Ave.

Miami Beach, FL 33139

305/672-2000

»Ich habe genug Freunde.«

»Sie sollten aufpassen, auf welcher Seite Sie stehen.« Er drehte sich um und schlenderte zurück ins Haus.

Selbst, als sich die Tür hinter ihm schloss, starrte ich noch eine Weile darauf und fragte mich, was für ein Spiel Desmond spielte. Ich schrieb Storm eine Nachricht. *Ich weiß, dass du ver-*

letzt bist. Es tut mir leid. Wir müssen reden. Bitte schlaf nicht bei Blake.

~~~

Ich schob die Hände in die Taschen meiner Hose und lächelte beim Anblick der Treppe, deren Geländer auf einer Seite vollständig fehlte und dem zerfetzten roten Teppich, der seine besten Jahre schon lange hinter sich hatte. Kieran hatte den perfekten Ort für Tylers Junggesellenabschied ausgesucht. Aus dem Stockwerk über uns hallte Musik durch die Flure des alten Kinos.

Elisha zog eine Augenbraue hoch. »K hat nicht zu viel versprochen, oder? Er wollte zuerst in St. Cilline feiern, aber irgendwie fühlte sich das an, als würden wir auf Reanos Grab tanzen, auch wenn er's verdient hätte.«

Reano. An Blakes Ex hatte ich lange nicht mehr gedacht. »Und wo hast du dich rumgetrieben? Du siehst fertig aus.«

»Das Apartment neben meinem wird renoviert. Die arbeiten sogar noch nachts.«

Ich nickte und folgte den Jungs ins dritte Stockwerk. Ty drehte sich zu mir und hob den Daumen. »Wenn gleich noch Pornos laufen, wird der Abend perfekt.«

Kieran hatte sogar die passenden Jacken für Tylers Junggesellenabschied anfertigen lassen. Jeder von uns trug einen schwarzen Kapuzenhoodie mit der Aufschrift: »Niemand legt sich mit meiner Clique an«. Auf der Brust stand unser jeweiliger Name.

Wir erreichten die dritte Etage in der – laut Elisha – der größte Saal des Kinos lag. Pierce the Veil's *Bulls in the Bronx* dröhnte aus den Boxen, als wir in den Saal traten. Schon von außen hatte mich das Gebäude mit seinen barocken Verzierungen fasziniert, aber innen wirkte es noch beeindruckender. Die gewölbte
~~~

Decke erinnerte an St. Cilline. Sitzreihen, bespannt mit schwarzem Samt, manche zertrümmert, die meisten noch gut erhalten, lagen vor uns. Schwarze Vorhänge verdeckten die Leinwand. An den Wänden hingen Fackeln, die den Saal in schummriges Licht tauchten. Überall tummelten sich Leute, die die Hände in die Luft rissen und »Kinley, Kinley!«, riefen, als sie Tyler zwischen uns entdeckten.

»Scheiße, lasst es heute krachen!«, rief er ihnen entgegen.

Gebrüll brach aus, Flaschen klirrten. Ty klopfte Kieran auf die Schulter. »Danke Bruder, das ist perfekt!«

»Warte ab, bis du erst die Show gesehen hast.«

Ein Mädchen brachte uns vier Bierflaschen, beugte sich zu Tyler und gab ihm einen Kuss auf die Wange. Sie schwebte davon, wir sahen ihr nach.

»Ich glaube, ich bin krank. Die Kleine hat Beine bis zum Hals und heiße Titten, aber ich will sie nicht ficken. Scheiße, warum denke ich an den Arsch und die Titten meines Mädchens?«

»Ich glaube, das nennt man Liebe«, antwortete Kieran.

»Oder Pantoffelheld«, warf Elisha ein.

Tyler boxte ihm in die Rippen. »Halt die Schnauze. Sonst ändere ich vielleicht meine Meinung, wenn du mal mit einer ankommst.«

Elisha lächelte.

Wir liefen zwischen den Reihen und setzten uns in die Mitte des Saals. Immer mehr Leute trafen ein. Zehn Minuten später waren fast alle Plätze belegt. Musik spielte, Leute unterhielten sich, wir warteten auf die von K angekündigte Show.

»Okay, ich muss euch was erzählen«, sagte er plötzlich. »Trouble und ich haben letzte Nacht was ziemlich Perverses gemacht.«

Ich beugte mich ein Stück nach vorne und sah ihn an. Auch Elisha und Ty hatten ihm die Köpfe zugewandt.

Ty steckte sich eine Zigarette in den Mund und zündete sie an. »Los, sag schon. Wenn du es pervers findest, muss es wirklich krass sein.«

K verzog den Mund und trank einen Schluck. Er genoss unsere Neugier. »Wir liegen im Bett. Sie dicht neben mir und auf einmal spüre ich was hartes Kaltes an meinem Oberschenkel.«

»Was kommt jetzt?«, fragte Elisha lachend.

Ich biss mir auf die Lippen. Die Anspannung des Tages fiel langsam von mir ab. Mit Storm würde ich morgen reden, es tat gut, einen Abend mit den Jungs zu verbringen.

»Trouble lächelt. So sieht sie mich immer an, wenn sie es nötig hat. Ich wusste, sie ist genauso scharf wie ich.«

»Oh Gott, ich weiß nicht, ob ich das wirklich wissen will«, unterbrach Elisha ihn. »Farren ist mittlerweile so was wie 'ne Schwester für mich.« Er lachte. »Okay, kein guter Vergleich. Aber ihr wisst, was ich meine.«

»Halt die Klappe und lass ihn reden.« Ty nickte K zu und zog an der Zigarette. »Los, red weiter.« Er legte den Kopf in den Nacken und pustete Rauch in die Luft.

»Jedenfalls wandert das kalte, lange Teil meinen Oberschenkel entlang. Sie streicht damit über meinen Schwanz. Ich bin schon so verdammt hart, bereit sie zu vögeln ...« Er schüttelte den Kopf.

»Scheiße, ich kann es nicht erzählen. Das ist so pervers, das ich selbst nicht darauf gekommen wäre. Trouble hat es faustdick hinter den Ohren.«

»Ja und?«, drängte Tyler ihn. »Sag nicht, sie kam mit 'nem Dildo an? Ich schwöre dir, wenn sie -«

»Ein Dildo wäre mir echt lieber gewesen. Sie nimmt die Hand unter der Decke hervor, ich sehe was Schwarzes und denke … Okay, was immer sie will. Aber es ist nur die verdammte Fernbedienung und dann zwingt sie mich, Harry Potter zu gucken.«

Ich prustete gleichzeitig mit den anderen los. Elisha verschluckte sich am Bier. Ich lachte so heftig, bis mir Tränen in die Augen schossen. Kierans ernstes Gesicht tat sein Übriges.

»Das war wirklich pervers«, sagte er, ohne unserem Gelächter Beachtung zu schenken. »Es gab fliegende Schlüssel und beim Schach sind Köpfe gerollt. Und hinterher reißt sich das kahlköpfige Arschloch den Turban vom Kopf und hat im Hinterkopf ein Gesicht. Und sie will mir erzählen, dass Gang Bang widerlich ist?« Er seufzte. »Ich dachte, ich bekomm ihn nie wieder hoch.«

Als wir uns nach einer gefühlten Ewigkeit beruhigt hatten, verschränkte Elisha die Hände hinter dem Kopf und sah nach vorne. »Geht das irgendwann auch mal los?«

Kieran blickte auf seine Armbanduhr. »Noch zehn Minuten. Seid nicht so ungeduldig.« Er klopfte Tyler auf die Schulter. »Ich fasse es nicht. Ausgerechnet du heiratest.«

Tyler inhalierte einen tiefen Zug von der Zigarette, drückte sie auf dem Boden aus und schnippte sie weg. »Tja, hätte ich auch nicht für möglich gehalten. Aber so ein Mädchen wie Blake lässt man nicht mehr gehen.«

Ich trank den letzten Schluck Bier und sah Emmy vor mir. Ich kannte das Gefühl. So war es mit ihr gewesen. Wir waren zu jung, aber sie war jemand gewesen, mit dem ich mein Leben verbringen wollte. Ich schluckte. Das Bild verblasste. Jetzt war es Storm, die ich vor mir sah. Die Kälte, die ich beim Gedanken an Emmy empfand, wurde durch Wärme und Glück ersetzt. Jedes Mal, wenn Storm lachte, empfand ich Glück, jedes Mal, wenn sie mich mit ihren Sturmaugen ansah, wich die Kälte in mir. Die Kälte, die seit fünf Jahren mein Wegbegleiter war.

Jemand schnippte mit dem Finger vor meiner Nase und riss mich aus den Gedanken. Ty stellte sich vor mich und reichte mir eine volle Flasche Bier. »Ich wollte dich noch was fragen.«

»Schieß los.«

»Die Rede für die Hochzeit … Blake und ich hätten gern, dass du sie hältst. Mit Worten bist du am besten.«

Ty kleinlaut zu erleben, war etwas Besonderes. »Für Blake tue ich alles.« Ich betonte ihren Namen extra. Seinem Blick nach zu urteilen, verfehlte es seine Wirkung nicht.

Er beugte sich nach vorne, wollte mich einschüchtern. Wenn sich etwas nicht geändert hatte, dann seine Reaktion auf das Thema Blake. »Treib es nicht auf die Spitze, Bruder. Sie gehört mir.«

Ich lachte. »Schon gut. Wollt ihr was Bestimmtes?«

»Solange du keine schmutzigen Geheimnisse ausplauderst, ist es okay. Würden wir 'ne spießige Hochzeit feiern, wärst du mein Trauzeuge.«

»Ihr macht ernst? Keine Brautjungfern und Trauzeugen?«

Ty zuckte mit den Schultern. »Wenn wir den Wisch unterschreiben, seid ihr dabei. Aber bei der Party sitzt ihr im Publikum. Also, machst du das mit der Rede? Ihr Vater killt mich, wenn wir nicht wenigstens eine Sache traditionell angehen.«

»Ich denke, das kriege ich hin. Wie läufts mit dir und Blakes Eltern? Ehrlich gesagt wundert es mich, dass ihr Dad dich nicht schon längst getötet hat.«

Nach dem, was Ty sich mit Blake erlaubt hatte, hatte ich befürchtet, ihre Familie würde ihn ausschließen oder ihr die Hochzeit verbieten, doch sie schienen lockerer, als ich dachte.

Tylers Kiefermuskeln entspannten sich wieder. Er trank einen Schluck. »War nicht einfach mit Ilario, aber es wird immer besser. Ich hab mich entschuldigt und ihm gesagt, dass ich ein Arschloch war.« Er sah mich nachdenklich an. »Wahrscheinlich hat Tattles auch ihren Teil dazu beigetragen. Ilario ist total vernarrt in sie. Und er sieht, dass es Blake gut geht.«

»Und ihre Mom?«

Ty zog eine Augenbraue hoch. »Als ob ich je Probleme damit hatte, eine Frau um den Finger zu wickeln.«

Ich lachte. Blakes Gutmütigkeit lag eindeutig in den Genen.

Ty klopfte auf meine Schultern. »Hey, wegen dem, was ich zu Storm gesagt habe, tut mir leid, Bruder. Ist mir rausgerutscht. Gut, vielleicht hat's mich auch angemacht und ich wollte sehen, wie sie reagiert.«

»Ist okay, darauf kam es wohl auch nicht mehr an.«

»Was läuft bei euch? Die Kleine ist bereit für dich, weißt du eigentlich, was für ein Glück du hast?« Er schloss genüsslich die Augen und leckte sich die Lippen. »Da war noch nie einer dran. Und ganz davon ab, ist sie total verliebt in dich. Wo ist dein verdammtes Problem?«

»Ich schätze, ich bin ein Idiot.« Ich seufzte und strich mir mit der freien Hand die Haare zurück. »Es ist kompliziert.«

»Wie nennst du dann das, was zwischen Blake und mir abgelaufen ist? Aber selbst wir haben das hingekriegt.« Damit die anderen uns nicht hörten, beugte er sich zu mir, doch K und Elisha waren in ein Gespräch vertieft. »Lief schon was zwischen euch? Ich meine, du musst ja nicht gleich richtig ran.«

Und ob was lief. Beim Gedanken an ihrem Körper auf meinem, ihrer Stimme, mit der sie meinen Namen geschrien hatte, zuckte mein Schwanz. »Wir sind uns näher gekommen.«

Ein dreckiges Lächeln breitete sich auf Tys Gesicht aus. »Na also. Und sie wohnt wirklich bei dir?«

»Woher weißt du davon?«

»Elisha hat's uns erzählt. Du solltest aufpassen, dass er sie dir nicht noch wegschnappt. Die beiden verstehen sich gut und hast du gesehen, wie die Weiber ihn ansehen? Er wird allmählich zum Pussymagneten.«

Die Musik stoppte, die Leute um uns herum verstummten. Elisha stieß Ty mit dem Fuß an. »Setz dich, es geht los.«

»Die Kleine ist total irre, so eine brauchst du«, flüsterte Tyler und ließ sich neben K nieder.

Ich sah nach vorne. Die Vorhänge öffneten sich, blau-grünes Licht bestrahlte die Bühne und fünf Mädchen erschienen, die nichts weiter als goldene Farbe am ganzen Körper trugen. Ein tosender Applaus brach aus, alle Kerle grölten. Ich lehnte mich zurück und dachte über Tylers Worte nach.

Kapitel 16

STORM

Schweiß rann von meiner Stirn und tropfte auf meine Knie. Ich legte den Kopf in den Nacken, ließ mich von der Wärme einhüllen und lauschte Ursine Vulpines' *Wicked Game,* das aus den Lautsprechern in der Decke klang.

Das Handtuch, das ich um meinen Oberkörper trug, war feucht, meine Haare klebten an meinem Rücken, aber zum ersten Mal seit zwei Tagen fühlte ich mich tiefenentspannt. Bei dem Stress, den ich in letzter Zeit hatte, kam mir Harlans Privatsauna gerade recht. Ich hätte sie nur eher entdecken sollen, denn morgen würde ich zurück in meinen Trailer ziehen. Selbst bei Farren und Blake hatte ich nicht abschalten können. Unser Mädelsabend war lustig gewesen. Wir hatten Filme gesehen, etwas getrunken, geredet und die beiden hatten mich über Harlan ausgefragt. Aber was hätte ich ihnen erzählen sollen? Dass ich selbst nicht wusste, was zwischen Harlan und mir lief? Dass ich in ihn verliebt war und er mich immer wieder zurückstieß? Auch seine Nachricht änderte nichts daran, dass ich noch immer verletzt war. Er hatte recht. Sein Vater war ein Schwein. Das, was er heute mit Sofia gemacht hatte, wie er Harlan und mich behandelt hatte, war widerwärtig. Doch ich war nicht bereit, alles so schnell hinzuschmeißen. Ich brauchte Geld und bei Avery verdiente ich genug. Ich setzte mich auf die unterste Holzbank in der Sauna und goss Wasser auf die glühenden Steine. Dampf stieg auf, vernebelte meine Sicht und ich atmete tief ein und genoss den Duft von Kiefernadeln und Minze, der in meine Nase stieg. Meine Gedanken kreisten um Harlan.

Wir müssen reden. Bitte schlaf nicht bei Blake.

Ich fragte mich, was es zu reden gab. Er würde sprechen, aber nichts sagen. So war es jedes Mal mit ihm. Hinterher wusste ich genauso wenig wie vorher. Ich sah auf die Uhr über der Glastür. Nach zwei. Sicher würde er gerade total betrunken in einer Stripbar sitzen und es sich gut gehen lassen. Warum dachte ich überhaupt darüber nach? Ich ballte die Hände zu Fäusten und trommelte auf meine Oberschenkel. *Reiß dich zusammen. Morgen ziehst du zurück in den Trailer und legst extra Schichten bei Avery ein.*

Ich seufzte, schloss die Augen und ließ die Gedanken schweifen.

Plötzlich streifte ein kalter Luftzug meine Haut. Ich sah auf. In der Tür stand Harlan. Er trug nur ein Handtuch um die Hüften. »Was machst du hier?«, fragte er, betrat die Sauna und schloss die Tür hinter sich.

»Wie hast du mich gefunden?«, gab ich patzig zurück. Mein Blick verfolgte die Wassertropfen, die von seinen Haaren auf seine Brust fielen und den Bauch entlangliefen. Ein Sixpack und die V-Linie, die sich von seinen Hüften bis unter das Handtuch zog, lenkten mich ab. Ich zwang mich, ihm in die Augen zu schauen. Sie waren klar und blickten mich finster an. Er war nicht betrunken.

»Du hättest das Licht dimmen sollen«, sagte er und drückte auf den Lichtschalter neben ihm. Die kleinen Lampen, die in die Holzdecke eingelassen waren, verdunkelten sich und gaben nur noch schwaches Licht ab. Harlan setzte sich so dicht neben mich, dass sein Arm meinen streifte. Ich stand auf, wollte gehen, doch er griff meinen Ellbogen und hielt mich zurück. »Bitte bleib hier.«

»Warum?«

»Weil ich den ganzen Abend an dich gedacht habe.«

Wortlos setzte ich mich wieder. Ich achtete darauf, genügend Abstand zwischen uns zu bringen, denn ich hielt es nicht aus, ihm so nah zu sein, ohne ihn berühren zu können.

Ich starrte auf die orange glühenden Steine und wartete darauf, dass Harlan etwas sagte, doch er schwieg. Mehrere Minuten vergingen, ohne dass jemand von uns etwas sagte, und ich begann nervös, mit dem Fuß zu wippen.

Neue Wut stieg in mir auf, wie ein Feuerball tobte sie in meinem Bauch. »Dann sag auch was, verdammt noch mal. Worüber willst du überhaupt reden? Über Sofia, die fast auf deinem Schoß gekommen ist? Oder darüber, dass ich zu verkorkst für dich bin? Dass du nicht weißt, was du willst? Bitte verschone mich.«

»Hör auf damit, es reicht.« Seine Stimme klang gefährlich ruhig.

»Finde ich auch. Ich hab genug von deinen scheiß Launen. Du hast mir nie eine Chance gegeben.«

»Storm. Ich. Sagte. Hör. Auf.«

»Warum? Es ist doch die Wahrheit.«

»Du solltest lernen, dich zu benehmen. Kein anständiges Mädchen spricht so.«

Auf einmal verspürte ich eine perverse Genugtuung darin, ihn wütend zu machen. Ich legte den Kopf schief und lächelte. »Ich will mich gar nicht benehmen. Ich bin nicht brav und werde es verdammt noch mal nie sein. Und jetzt hau ab und lass mich in Ruhe. Morgen bist du mich sowieso los.«

Bevor ich verstand, was geschah, zog er mich auf seinen Schoß. Harlans Hände ruhten auf meinen Hüften, er sah mir in die Augen, seine Nasenflügel bebten. Mein Herz schlug schneller, als sein Blick zu meinen Lippen wanderte. Ich hielt die Luft an, wagte nicht, mich zu bewegen. Vorsichtig strich er mir mit einem Finger die Haare aus der Stirn und beugte sich zu mir. »Ich weiß jetzt, was ich will«, flüsterte er. »Ich will dich.«

Er presste sanft seine Lippen auf meine und küsste mich. Ich schloss die Augen, schlang meine Arme um seinen Nacken und erwiderte seinen Kuss. Einen so sanften Kuss, wie ich ihn noch nie erlebt hatte. Einen Kuss, den ich überall spürte, der meine Beine zittern ließ und mein Herz zum Rasen brachte. Harlans weiche Lippen öffneten sich, seine Zunge fand meine. Ich schmeckte ihn und stöhnte auf. Harlans Hände glitten über meine Arme, sie wanderten über meinen Rücken, griffen meinen Hintern und kneteten ihn. Ich presste meinen Unterleib gegen seinen Schoß und spürte seine Erektion. Das Blut rauschte in meinen Ohren, ich verstärkte den Griff um seinen Nacken und bewegte langsam mein Becken vor und zurück. Nur der Stoff der Handtücher trennte unsere Körper voneinander. Mit einer Hand öffnete ich mein Handtuch und warf es zu Boden. Zwischen meinen Beinen spürte ich, wie hart Harlan war. Ich rieb mich am rauen Stoff des Handtuches und stöhnte. Ich wollte nicht mehr warten, ich wollte ihn endlich spüren. Er küsste mich tief und hart, schob seine Zunge in meinen Mund und knabberte an meiner Unterlippe. Seine Lippen glitten über mein Kinn, meinen Hals, bis sie meine rechte Brustwarze küssten und daran saugten.

»Hör nicht auf«, stöhnte ich und krallte meine Hände in sein Haar. Ich bekam nicht genug von ihm, seinen Berührungen, seinem Geschmack.

»Brauchst du das?«, fragte er und hob mich an, um mich auf die Bank zu legen.

Ich nickte, ließ meine Hände über seine Brust gleiten und schob ihm das Handtuch von den Hüften. Harlan beugte sich über mich, küsste meinen Hals und spreizte mit einer Hand meine Beine. Mit dem Daumen rieb er über meinen Oberschenkel, ließ ihn höher wandern und streichelte meine Klit. Mein Körper stand unter Strom. Ich stöhnte, wölbte den Rücken unter seiner Berührung und nahm seinen Schwanz in meine Hand. Auch wenn ich schon gewisse Dinge getan hatte, Harlans Größe beeindruckte mich. Mit langsamen Auf- und Abbewegungen streichelte ich ihn. Harlan presste die Zähne zusammen, auch sein Atem ging schneller.

»Ich will dich in mir spüren.« Nur mit Mühe brachte ich die Worte heraus, die Spannung war kaum auszuhalten. Ich sehnte mich nach mehr. Harlan rieb meine Klit in kreisenden Bewegungen und beobachtete mich.

Der Blick in seinen Augen, während er mich streichelte, schickte einen Adrenalinschub durch meinen Körper. Schon immer hatte ich es genossen, wenn er mich angesehen hatte.

Die Abende am Strand oder wenn wir in einem Raum gewesen waren. Doch wie in diesem Moment hatte er mich noch nie angesehen. Er schlang meine Beine um seine Hüften und legte sich vorsichtig auf mich. Ich spürte seine Erektion an meinem Oberschenkel, bedeckte sein Schlüsselbein mit Küssen und zog ihn zu mir.

»Ich habe nichts -«

»Spirale, weißt du noch?«, unterbrach ich ihn und saugte an seiner Unterlippe. »Schlaf endlich mit mir.«

»Ich will dir nicht wehtun«, flüsterte er. »Ich versuch, mich zusammenzureißen.«

Ich nahm sein Gesicht in meine Hände, küsste ihn und schüttelte den Kopf. »Ich habe keine Angst, gib mir alles.«

Ein Lächeln umspielte seine Lippen. Er beugte sich zu mir und biss sanft in meinen Hals. »Nicht beim ersten Mal, ich will dich nicht erschrecken.«

Ich schluckte. Blake hatte gesagt, Harlan könne mit Tyler mithalten. Und auch, wenn ich ihn nicht sonderlich gut kannte, verband ich mit Tyler vieles, aber mit Sicherheit keinen Blümchensex. Spannung, wie vor einer Achterbahnfahrt, jagte durch meinen Körper. Die Hitze machte ihn warm und geschmeidig. Mit den anderen Typen vor ihm hatte ich immer gezögert, doch zum ersten Mal fühlte es sich richtig an. Ich war bereit.

Harlans Haut klebte an meiner, Schweiß strömte über seine Brust. Ich schloss die Augen, ließ den Kopf nach hinten sinken und streichelte über seinen Rücken.

»Mach die Beine breit.«

Ich stöhnte. Seine Worte brachten mich um den Verstand.

»Das gefällt dir, was?« Seine Hand grub sich in mein Haar, zog meinen Kopf zurück. »Komm schon, was willst du von mir?«

Mit der Zungenspitze leckte ich über seine Unterlippe. Ich liebte es, wenn er in diesem Ton mit mir sprach. »Fick mich.« Es war mir egal, wie es klang, oder dass es wehtun könnte. Ich hielt es nicht länger aus, so weit von ihm entfernt zu sein. Ich wollte seinen Körper gleichermaßen wie sein Herz. Zu lange hatte ich mir diesen Moment vorgestellt. Ihn auf und in mir, seine Lippen auf meinen, seine Hände in meinem Haar zu spüren. Eins mit ihm zu werden. Ich griff Harlans Hüften und hob mein Becken. Alles in mir zog sich schmerzhaft zusammen, so sehr brauchte ich ihn. »Bitte.«

»Du hast es nötig, oder?«, fragte er lächelnd und schob langsam die Spitze in mich.

Ich biss die Zähne zusammen und krallte die Nägel in seine Schultern. Es fühlte sich fremd und warm an. »Mach vorsichtig.«

»Shhh, entspann dich.« Mit dem Handrücken strich er über meine Wange und schob sich vorsichtig, Zentimeter für Zentimeter tiefer in mich. Ein kurzer, reißender Schmerz schoss durch meinen Körper, ich sog scharf die Luft ein und kniff die Augen zusammen. »Ahh …«

»Alles gut?«

Ich nickte.

»Entspann dich, es tut nur kurz weh«, flüsterte er und bewegte sich vorsichtig in mir. »Gleich fühlt es sich gut an.«

Harlan so nah zu spüren, näher, als je einen anderen Menschen, war unbeschreiblich. Ich hob den Kopf, küsste ihn und schlang meine Arme um seinen Nacken. In diesem Moment gab es nur noch uns, alles andere trat in den Hintergrund, wurde kleiner und unwichtiger. Ich spürte nur noch seine Wärme, seine Zunge in meinem Mund, seine Berührungen.

Sanft stieß er in mich, ich spannte meine Bauchmuskeln an, weil es noch immer schmerzte, doch mit jeder Minute, die verging, entspannte ich mich. Mein Körper passte sich an seinen an. Mit jedem Mal, mit dem er sich in mir bewegte, trat der Schmerz in den Hintergrund und Lust, so stark, wie ich sie noch nie empfunden hatte, durchströmte mich.

»Ja, hör nicht auf.« Ich saugte an seiner Unterlippe. »Das ist so gut.«

Harlan lehnte seine Stirn gegen meine. Er bewegte sich heftiger, legte seine Arme über meinen Kopf, sodass ich ganz von ihm umschlossen war. Die Geräusche unserer aufeinanderprallenden Haut, sein schneller Atem, seine immer schonungsloseren Stöße gaben mir das Gefühl, vor Lust wahnsinnig zu werden.

»Verdammt, du bist so heiß«, stöhnte er. »Und so nass für mich.« Mit einem Stoß rammte er sich wieder in mich. Er bewegte sich schneller, schob eine Hand unter meinen Hintern und hob mein Becken an. Ich spürte ihn noch tiefer in mir, ich bekam nicht genug.

In diesem Moment besaß er nicht nur meinen Körper. Er war in meinem Kopf, überall. Seine Berührungen ließen keinen Zweifel daran, dass ich ihm gehörte. Mit jedem Stoß, jedem Kuss, verlor Harlan mehr und mehr seine Selbstkontrolle.

Eine Hand glitt zwischen meine Beine und streichelte mich, mit der anderen packte er mein Haar. Er küsste mich hart, während er in mich stieß. Meine Beine zitterten. Ich versuchte, mich unter ihm aufzubäumen, doch sein Griff war zu fest. Mit seinem ganzen Gewicht drückte er mich gegen die Bank. Sein Schwanz zuckte. Noch nie in meinem Leben war ich so high gewesen, Sex war besser als jeder verdammte Joint. Nichts um uns herum existierte noch, es löste sich auf und verschwand. Ich krallte meine Hände in Harlans Rücken, leckte über seinen Hals, schmeckte das Salz auf seiner Haut und beugte mich zu seinem Ohr. »Komm in mir«, stöhnte ich und presste mein Becken gegen ihn, um ihn tiefer zu spüren. »Bitte komm in mir.«

»Fuck!« Er grub seine Zähne in meinen Hals, griff meine Hüften, rammte sich ein letztes Mal in mich und ergoss sich in mir.

~~~

»Nein! Emmy. Nein.«

Ich schrak im Bett hoch und blinzelte verschlafen. Wir konnten noch nicht lange geschlafen haben, denn noch immer schien der Mond ins Zimmer und zwischen meinen Beinen spürte ich noch immer die Nässe. Nach dem Sex waren wir erschöpft ins Bett gefallen. Wahrscheinlich hätte ich ihm den Kopf abgerissen, hätte er mich danach in mein Zimmer geschickt.

Harlan wälzte sich schwer atmend. Mit beiden Händen umklammerte er sein Kissen und presste es gegen seine Brust, als hielte er jemandem im Arm. »Es tut mir leid!«

Ich rüttelte an seiner Schulter, seine nackte Haut war schweißüberströmt. »Harlan? Wach auf.«

»Nein. Nein. Nein. Emmy, bitte wach auf.« Seine Stimme war nur noch ein Wimmern.
~~~

Erneut schüttelte ich ihn. Wer zur Hölle war Emmy? »Wach auf!«

Mit aufgerissenen Augen schrak er hoch und sah sich um. Als sein Blick auf mich fiel, sah er mich an, als würde er einen Geist sehen. »Emmy.«

»Harlan? Ich bin's, Storm.« Ich rückte näher an ihn, sodass er meine Haut an seiner spüren konnte und küsste seine Wange. Sie schmeckte salzig. »Es ist alles okay. Du hast nur schlecht geträumt.«

Seine Brust hob und senkte sich schnell, er strich sich durchs Haar und schaltete das Nachtlicht ein. »Scheiße. Tut mir leid, dass ich dich geweckt habe.«

»Hast du gerade nach einer Ex gerufen?«

»So ist das nicht, glaub mir.« Er schlug die Decke zurück, stand auf und zog sich Jeans und ein weißes T-Shirt an. »Schlaf weiter, ich gehe trainieren.«

Ich sah auf die Uhr. »Um vier? Sag mir, was hier los ist.« Ich sprang aus dem Bett auf, schlüpfte in mein Kleid und nahm Harlans Hand. Er versuchte, sich von mir zu lösen, aber ich wollte nicht, dass er wieder dichtmachte, und hielt sie fest. Vielleicht sollte ich wütend sein, dass er den Namen seiner Exfreundin gerufen hatte, während ich neben ihm lag, aber ich vermutete mehr dahinter. Würde ich jetzt ausrasten, würde ich ihn von mir stoßen.

»Es tut mir leid, aber ich muss alleine sein.«

Ich zog ihn mit mir aus dem Schlafzimmer. Honey rannte vor und bellte aufgeregt. »Kannst du, aber ich will dir etwas zeigen.«

»Was?«, fragte er entgeistert und folgte mir widerwillig die Treppe nach unten.

Im Flur nahm ich seine Wagenschlüssel von der Kommode und lief zur Haustür. »Gut, ich habe deine Neugier geweckt. Dann komm.«

Ich öffnete die Tür, lief vor zum Wagen und hoffte, Harlan würde mir eine Chance geben.

~~~

Eine sanfte Brise brauste durch die Dünen. Umgeben von Finsternis, die nur durch das bleiche Licht des Mondes durchbrochen wurde, ließ ich mich im Sand nieder. Ich holte mein Handy aus der Tasche, stellte Ben Cocks *So Cold* an und zog an Harlans Hand, damit er sich zu mir setzte. Er atmete genervt aus und stellte neben mich. »Was soll das? Was willst du mitten in der Nacht am Strand?«

»Du wolltest doch alleine sein.«

Er wandte mir das Gesicht zu. »Du kennst die Bedeutung des Wortes?«

Ohne seinem Protest Beachtung zu schenken, krabbelte ich hinter ihn, schlang meine Beine um seine Hüften und meine Arme um seine Brust. Ich legte mein Kinn auf seine Schulter. »Sieh mal nach oben.«

»Wie bitte?«

»Tu's einfach.«

Er stöhnte auf, wie er es immer tat, wenn er genervt war, doch dann legte er den Kopf in den Nacken.

Ich schmiegte mich dicht an seinen warmen Körper und küsste seine Wange. »Und was siehst du?«
~~~

»Sterne.«

»Und Freiheit.«

Harlan schwieg. Wahrscheinlich dachte er, ich wäre vollkommen verrückt geworden oder er tat es als esoterisches Gequatsche ab. Aber ich wollte ihm ein Stück von mir zeigen.

Noch nie hatte ich darüber geredet, doch wenn es ihm helfen konnte, wollte ich es versuchen. Auch wenn ein Ziegelstein auf meiner Brust lag und mir die Luft abdrückte.

»Die Andeutungen, die Dinge, die du zu mir gesagt hast, seitdem wir uns kennen. Du hast jemanden verloren. Sie hieß Emmy, oder?«

Regungslos saß er da und hörte mir zu. Ich schluckte, schon jetzt fiel es mir schwer, aber ich zwang mich, weiterzureden. »Ich weiß, wie das ist. Ich kenne das Gefühl, jemanden so sehr zu vermissen, dass es dir körperliche Schmerzen bereitet.«

Tränen liefen über meine Wangen, aber es war okay. Tränen gehörten dazu. Ich leckte den salzigen Geschmack von meinen Lippen und lehnte meine Wange gegen Harlans. Seine Haut war warm und weich. Er legte seine Hände auf meine und streichelte sie.

»Ich weiß, wie es ist, wenn man sich die Schuld daran gibt. Man denkt, man hätte besser aufpassen müssen. Oder öfter sagen sollen, dass man denjenigen liebt.«

»Storm, ich weiß nicht wovon -«

»Shhh. Du musst nichts sagen«, unterbrach ich ihn. Wenn ich etwas gelernt hatte, dann, dass Harlan sich nicht gerne offenbarte. Er wollte nicht, dass ich wusste, was in ihm vorging, aber ich durchschaute ihn.

Ich verschränkte meine Finger in seinen. »Und ich kenne das Gefühl, wenn du nicht atmen kannst, weil die Erinnerung an diesen Menschen so wehtut, dass du denkst, du erstickst. Wenn man jemanden liebt und er stirbt, ist es, als nimmt er auch einen Teil von uns mit. Man ist nicht mehr vollständig.« Ich atmete tief aus. »Kein anderer Mensch kann diese Leere füllen, aber er kann helfen, zu heilen.«

Meine Tränen tropften auf Harlans Shirt und ich vergrub meine Nase an seinem Hals. »Wenn ich in den Himmel sehe, bin ich nur einer von Milliarden von Sternen. Nicht wichtiger als der andere und nicht so alleine, wie ich mich fühle. Das tröstet mich, es macht den Schmerz erträglicher. Verstehst du?«

Sekunden vergingen, ohne dass jemand etwas sagte. Ich lauschte auf seine gleichmäßige Atmung und genoss die Wärme seiner Hände, mit denen er über meine Handrücken streichelte.

»Wie machst du es?« Seine Stimme klang kratzig. »Wie kannst du weitermachen, wenn du dir die Schuld dafür gibst?«

Im Laufe der Jahre hatte ich mir unzählige Male dieselbe Frage gestellt. Und es hatte weitere Jahre gedauert, bis ich eine Antwort darauf gefunden hatte. Es war die Gewissheit, dass jeder selbst für sein Glück verantwortlich war. »Die Geschichte kann nur weitergehen, wenn man das vorherige Kapitel abschließt. Wir haben nur dieses eine Leben und wir haben ein verdammtes Recht darauf, glücklich zu sein.« Ich lächelte. »Das Leben ist schön. Das wusste ich schon vorher, aber durch dich ist es bunter und lebendiger geworden. Wenn wir zusammen sind, schlägt mein Herz schneller. Wenn ich dich ansehe, fühle ich etwas, das ich bei noch niemandem gespürt habe. Der

Schmerz rückt in den Hintergrund und schafft Platz für etwas anderes.«

Der Ziegelstein auf meiner Brust löste sich auf, ich bekam wieder Luft. Harlan würde mich nicht mitleidig ansehen, sondern verstehen.

Er wandte mir sein Gesicht zu. »Komm her.«

Ich setzte mich ihm gegenüber und schloss meine Beine um seine Hüften. Auf einmal spürte ich Aufregung.

Harlan legte eine Hand unter mein Kinn und sah mir in die Augen. »Wer war es? Ich meine, über wen hast du gesprochen?«

»Vor fünf Jahren, an einem Morgen, an dessen Sonnenaufgang ich mich bis heute erinnere, starb mein Dad.« Ich atmete tief aus, als das Bild seines leblosen Körpers in Gedanken aufflackerte.

»Er hatte ein Seil um seinen Hals gebunden, sein Kopf ruhte auf der Brust und seine Beine hingen zwei Meter über dem Boden. Er hat sich an einem Baum aufgehängt. Ich habe ihn gefunden.«

»Vor fünf Jahren«, murmelte Harlan. »Warum denkst du, dass du schuld bist?«

»Dad hat immer an das Gute geglaubt und mich danach erzogen. Aber er selbst hat es nicht mehr gesehen. Und ich habe nichts davon mitbekommen. Ich habe nicht gesehen, wie schlecht es ihm ging, dabei waren wir uns so nah. Ich hab gedacht, ich kenne ihn.«

»Du warst achtzehn. Du bist nicht dafür verantwortlich«, sagte er sanft.

Mit dem Handrücken wischte ich die Tränen von meiner Wange. »Ich weiß, aber trotzdem fühle ich mich schuldig und immer wieder stelle ich mir die Frage nach dem Warum. Warum hat er das getan? Warum hat er nicht wenigstens einen Brief hinterlassen? Etwas sagt mir, dass du das Gefühl kennst. Man denkt, man hätte etwas dagegen tun können.«

Harlan kaute auf seiner Unterlippe. »Stimmt«, murmelte er mehr zu sich selbst und schüttelte den Kopf. »Du hast recht. Nur ist es bei mir anders. Ich *bin* schuld.«

Ich schlang meine Arme um seinen Nacken und lehnte meine Stirn gegen seine. »Emmy, du hast ihren Namen im Schlaf gerufen. Sie war deine Freundin, oder? Wie kommst du darauf, dass du schuld bist?«

Harlan wich zurück, seine Hände ruhten noch immer auf meinen Hüften, doch er sah wieder zur Seite, als schämte er sich. Als ob er wirklich daran glaubte, schuld an ihrem Tod zu sein.

»Emmy war alles für mich«, flüsterte er. »Der einzige Halt in meinem Leben. Ihr war nicht wichtig, dass ich Geld hatte oder wer mein Vater ist. Ihr war egal, dass ich meine Probleme hatte. Ich wünschte, sie wäre abgehauen, bevor es zu spät war, bevor ich …« Harlan verstummte, er legte den Kopf in den Nacken. Ihn so zerbrochen, so traurig zu sehen, tat mir weh. Und ich schämte mich, dass ich eifersüchtig auf ein totes Mädchen war. Eifersüchtig auf das Mädchen, dem sein Herz gehört hatte. Dem es noch immer gehörte. Dem Mädchen, das alles von ihm gekannt hatte.

»Wie … wie war sie so?«, fragte ich vorsichtig und hielt den Atem an, weil ich befürchtete, er würde sich wieder zurückziehen. Ich wollte nicht weiter nachfragen, warum er sich für ihren Tod verantwortlich fühlte. Offensichtlich wollte er nicht darüber sprechen.

»Emmy war alles, was du nicht warst«, antwortete er und mein Herz tat einen Satz. »Sie war ruhig, schüchtern und hat mich in Ruhe gelassen, wenn ich alleine sein wollte. Sie trug immer ordentliche Klamotten, mochte Steaks und Blümchensex im Dunkeln.« Er lachte auf. »Sie hat es gehasst, wenn ich schmutzig mit ihr geredet habe. Ich habe sie geliebt, aber sie war wirklich eine Heilige, was das Thema angeht.«

Ich wandte mein Gesicht zur Seite, damit er nicht sah, wie sehr mich seine Worte trafen. »Verstehe.« Meine Stimme zitterte. »Ist okay, ich meine ich bin -«

»Du verstehst nichts.« Wieder griff er mein Kinn mit einer Hand. »Sie war alles, was du nicht bist. Aber du bist alles, was sie nicht war.«

»Wie meinst du das?«, fragte ich, obwohl ich lieber wegrennen wollte, um die Antwort nicht hören zu müssen.

Harlan kniff die Augen zusammen. »Du lässt nicht zu, dass ich mich abschotte. Du siehst alles leicht und wenn etwas schiefgeht, machst du weiter. Du läufst in diesen lockeren Kleidern rum, genießt das Leben, sprichst alles aus, was dir durch den Kopf geht, und du magst, wie ich beim Sex bin. Du zeigst mir, dass nicht alles nur schwarz und kalt ist.«

Ein Lächeln schlich sich auf meine Lippen. Meine Hände zitterten, erst jetzt spürte ich, wie verkrampft ich sie um seinen Nacken gehalten hatte.

»Ich hasse es, dass du diese scheiß Drogen nimmst und dass du nicht auf mich hörst, aber ich mag es, wie ich mich fühle, wenn du bei mir bist, Storm. Es macht mir Angst, aber ich mag, dass ich mich nicht vor dir verstecken kann. Dass ich mich nicht verstecken muss, wenn wir zusammen sind.«

Er rückte so nah, dass ich seinen Atem an meinen Lippen spürte. »Und ich liebe es, wie du zu meinen Freunden bist. Wie du bist.«

Harlans Lippen berührten meine, er küsste mich, vergrub seine Hände in meinem Haar und mein Herz schlug so schnell, dass mir schwindelig wurde. Ich schloss die Augen und erwiderte seinen Kuss. So sehr er meine Eigenarten zuerst verabscheut hatte, jetzt liebte er sie. *Es ist nicht nur das. Er empfindet dasselbe.*

Langsam löste Harlan sich von mir. »Es tut mir leid, was ich über deinen Vater gesagt habe. Versprich mir nur, dass du vorsichtig bist.«

Ich lächelte. »Du denkst nicht wirklich, ich würde mit den alten Säcken schlafen, oder? Und ich bin nicht blöd. Die Mädchen im Club? Dein Vater ist ein Zuhälter, oder?«

Harlan strich mir eine Strähne hinters Ohr. Sein Blick verdunkelte sich. »Ich kann nichts Genaues sagen, aber vertrau mir. Wenn ich dich schon nicht dazu überreden kann, zu kündigen, dann sei bitte vorsichtig.«

Ich gab ihm einen Kuss und nickte. »Die Nummer mit Sofia. Warum wollte er, dass ich das sehe? Hat er was gegen mich?«

Harlan strich mit einer Hand über meinen Rücken. »Er wollte seine Macht demonstrieren. Ihm gefällt nicht, dass du mir etwas bedeutest.«

»Mir gefällt es aber. Und ich verspreche, ich passe auf.« Ich lachte. »Was will er denn tun, mich zwingen, anschaffen zu gehen? In ein paar Wochen habe ich genügend Geld zusammen, dann kündige ich.«

Ich sprang auf, zog mein Kleid über den Kopf und warf es neben Harlan in den Sand. »Und jetzt komm. Schluss mit dem negativen Kram, lass uns Spaß haben.« Ich stürmte ins Wasser. »Komm schon«, rief ich ihm zu. »Es ist schön warm.«

Harlan lächelte, stand auf und zog sich das Shirt über den Kopf.

Kapitel 17

HARLAN

Mein Vater warf mir einen neugierigen Blick zu, während der Typ im grauen Anzug, der ihm gegenüberstand, unbehelligt weitersprach.

Ich wandte mich wieder an Storm, die mich mit großen Augen ansah.

»Denkst du an die Rede? Blake meinte, Tyler hätte dich gefragt.« Sie lachte. »Ich habe ihm gar nicht zugetraut, dass er auf so was steht.«

Ihre Hand streifte meine, ich zog sie weg und sah nervös zu meinem Vater herüber. Sein Blick ruhte noch immer auf mir. Er hatte seine Stirn gerunzelt und legte den Kopf schief, als wollte er fragen, was zwischen ihr und mir lief.

»Wir reden später«, sagte ich zu Storm und hoffte, sie ließ es auf sich beruhen.

»Was machst du eigentlich andauernd hier?« Sie zwinkerte mir zu. »Willst du mich beschützen?«

»Familienangelegenheiten. Er mag es nicht, wenn die Angestellten zwischendurch Pause machen«, antwortete ich knapp. Es war besser, wenn sie so wenig wie möglich wusste. Durch ihre Sturheit befand sie sich schon jetzt in Gefahr. Noch ein

Problem mehr auf meiner Liste. Vielleicht war es gut, dass ich so oft hier war, so hatte ich einen Blick auf sie.

Storm winkte ab. »William ist eh beschäftigt. Kurz reden wird wohl erlaubt sein. Hast du schlechte Laune oder ist das jetzt wieder der typische Harlan-Blick? Ich bin mir gerade nicht sicher.« Sie lachte, beugte sich zu mir, um mir einen Kuss zu geben, doch ich wich zurück.

»Lass das. Nicht hier«, flüsterte ich etwas zu laut.

Storms Augen verengten sich zu Schlitzen. »Okay.«

»Nicht vor ihm.« Ohne Storm weiter Beachtung zu schenken, ließ ich sie stehen und ging ins Büro. Sie würde mich wieder für ein Arschloch halten und ich hasste es, aber lieber riskierte ich einen Streit mit ihr, als meinen Vater auf uns aufmerksam zu machen. Uns. Ich hatte noch nicht darüber nachgedacht, was der Sex mit Storm für mich bedeutete. Denn der Gedanke daran jagte mir eine scheiß Angst ein. Wenn ich ehrlich war, machten mir meine Gefühle für Storm mehr Angst als das, was mein Vater von mir verlangte. Er hatte kryptische Andeutungen über das gemacht, was er mir heute beibringen wollte. Ich setzte mich hinter den Schreibtisch und schaltete den Computer an, um die Codes noch einmal durchzugehen. Es klopfte an der Tür.

»Nicht jetzt«, rief ich in der Annahme, es wäre Desmond.

Die Tür öffnete sich und ein braun gebrannter, großer Typ im Maßanzug lächelte mich an. Desmond, der einen Kopf kleiner war, stand neben ihm und nickte.

»Ihr Vater sagte, Mr. Torres soll alles Geschäftliche heute mit Ihnen besprechen«, sagte Desmond und führte den Typen ins

Büro. Sein Eau de Toilette roch so penetrant nach Hölzern, dass mir schlecht wurde. Ich erhob mich.

»Schön, Sie kennenzulernen.« Er hielt mir seine massige Hand unter die Nase. »Daniel Torres, es geht um neue Ware.«

Ich rümpfte die Nase, gab ihm widerwillig meine Hand und deutete auf den Stuhl vor dem Schreibtisch. »Nehmen Sie Platz.«

Er knöpfte sein Jackett auf und setzte sich gleichzeitig mit mir. Ich hatte keine Ahnung, um was es ging oder warum mein Vater sich nicht selbst darum kümmerte, aber ich war sicher, es würde mir nicht gefallen.

Desmond stand noch immer in der Tür. Sein Blick sprach Bände, er traute mir nicht.

»Ist noch was?«, fragte ich ihn über Torres' Kopf hinweg.

Er schüttelte den Kopf, drehte sich um und schloss die Tür hinter sich.

Ich schluckte. Ein beklemmendes Gefühl legte sich wie eine Schlinge um meinen Hals.

»Wie kann ich Ihnen helfen? Mein Vater hat mich nicht in Kenntnis gesetzt.«

Torres zog eine Schachtel Zigaretten aus der Tasche seines Jacketts, steckte sich eine in den Mundwinkel und hielt mir die Schachtel hin. »Auch eine?«

Ich schüttelte den Kopf.

Er legte einen Arm über die Lehne des Sessels und machte es sich bequem. »Ihr Vater hat nichts gesagt? Es geht um die neue Lieferung Mädchen.«

Mein Magen krampfte sich zusammen. Ich fühlte mich, als hätte ich einen Schlag abbekommen. »Für den Club?«

Er zog an der Zigarette und lachte. »Eigentlich schon, aber wenn Sie Interesse haben, lässt sich da sicher auch etwas für Ihr Privatvergnügen regeln.« Torres stützte seine Ellbogen auf die Knie und streckte den Kopf etwas vor. »Russisch oder bulgarisch?«

Das Gefühl, gleich kotzen zu müssen, stieg in mir auf. »Danke, kein Bedarf. Was wollen Sie von mir?«

Torres kniff die Augen zusammen und schüttelte den Kopf. »Ihr Vater sagte, wir besprechen, wie viele Sie wollen, und verhandeln über den Preis. Ich habe Bilder dabei, damit Sie sich die Mädchen ansehen können.«

»Raus!«

»Wie bitte?«

Ich sprang auf, stürmte zur Tür und riss sie auf. Desmond erschrak und wich zurück, wahrscheinlich hatte er gelauscht. Es war mir egal. Ich wandte mich Torres zu. »Verschwinden Sie, bevor ich mich vergesse!«

»Soll das ein Scherz sein? Ich dachte -«

Weiter kam er nicht. Ich packte den Kragen seines Jacketts und schubste ihn zur Tür, wo er gegen Desmond stolperte. »Verpiss dich endlich.«

Desmond starrte mich ungläubig an, doch bevor ich ihm sagen konnte, dass auch er sich zur Hölle scheren konnte, erschien mein Vater hinter ihm.

»Was ist los? Was hast du getan, Harlan?«

Torres strich sich das Hemd zurecht, warf die Zigarette auf den Boden und trat sie mit dem Schuh aus. »Ihr Sohn scheint ein Problem mit mir zu haben.« Er presste Ober- und Unterkiefer zusammen. »Wenn Sie weiterhin im Geschäft bleiben wollen, rate ich Ihnen dringend, das zu klären.« Über die Schulter warf er mir einen letzten, düsteren Blick zu und rauschte davon.

»Bitte entschuldigen Sie uns, Alistair«, sagte mein Vater, schob mich zurück ins Büro und schloss die Tür.

»Bist du eigentlich verrückt geworden?« Er baute sich vor mir auf. »Daniel ist seit Jahren ein enger Geschäftspartner. Was erlaubst du dir?«

In mir tobte noch immer die Wut. Ich verschränkte die Arme vor der Brust. »Ich kann das nicht.«

»Du kannst nicht? Ich dachte, darüber wären wir hinaus.«

»Ich hab's versucht, aber so bin ich nicht.«

Mein Vater kam näher. Er stellte sich so dicht vor mich, dass ich die tiefen Falten auf seiner Stirn erkennen konnte. »Für den Einstieg habe ich dir die einfache Aufgabe gegeben, wegen der Mädchen zu verhandeln. Die Drogen habe ich vorerst ausgelassen. Die Frage ist nicht, ob du kannst, Harlan. Die Frage ist, ob du bereit bist, dass alles ans Licht kommt.«

Ich senkte den Blick. Alles in mir verkrampfte sich. »Bitte. Ich flehe dich an. Lass uns eine andere Lösung finden.«

Mein Vater legte eine Hand an meinen Nacken und zog mich zu sich. Er lehnte seine Stirn gegen meine. »Es tut mir leid, Junge. Verdammt, denkst du, für mich ist das einfach?« Er atmete laut aus, ich hörte das Pfeifen seiner Lunge und fragte mich, wie lange es dauern würde, bis sie ihre Funktion vollkommen einstellte.

»Ich liebe dich, Harlan. Denkst du, es gefällt mir, dir meinen Willen – mein Erbe aufzwingen zu müssen? Ich will verdammt noch mal, dass du es zu schätzen weißt. Dass du es lieben lernst und endlich die Möglichkeiten siehst.«

Ich wich zurück und schüttelte den Kopf. »Das nennst du Liebe? Wenn du mich lieben würdest, würdest du mich nicht erpressen.«

Sein Gesichtsausdruck verhärtete sich. »Ich habe die Diskussionen satt. Ich bin es leid, mir ständig auch noch wegen dir einen Kopf machen zu müssen. Entweder übernimmst du die Verantwortung oder du lebst mit den Konsequenzen.«

Aus Angst davor, dass meine Wut meine Vernunft ausschalten würde, stürmte ich aus dem Raum. Drei Herren steckten die Köpfe zusammen und tuschelten, als sie mich bemerkten, doch ich schenkte ihnen keine Beachtung. Ich erreichte gerade die Eingangshalle, da hörte ich, wie mein Vater Storm zu sich rief. Abrupt blieb ich stehen.

Ich drehte mich um, lief an den gaffenden Typen, die auf der Couch saßen, vorbei und eilte zur Bürotür meines Vaters. Das Blut rauschte in meinen Ohren, als ich den Atem anhielt und versuchte, seine Worte zu verstehen.

»… Nein, ist er nicht. Warum wollen Sie das wissen?« Storm klang verwirrt.

»Weil ich denke, zwischen meinem Sohn und Ihnen läuft mehr, als er zugeben will.«

»Nein.«

»Und hat er Ihnen auch erzählt, warum er Probleme mit Beziehungen hat? Miss Monroe, mein Sohn hat etwas Traumatisches erlebt.«

Nein. Bitte nicht. Bitte erzähl es ihr nicht. Ich kann sie nicht auch noch verlieren. Meine Hand zitterte, als ich sie ausstreckte, um nach der Türklinke zu greifen.

»Mister Avery, ich unterbreche Sie nicht gerne, aber Miss Monroe sollte dringend zurück zu Mr. Harrison. Er wartet auf seinen Drink«, sagte Desmond und ich hielt inne. »Er hat eben schon nach ihr verlangt und Sofia und Irina sind beschäftigt.«

»Sagen Sie ihm, es dauert nicht mehr lange«, antwortete mein Vater. »Und Sie, Miss Monroe ...«

»Entschuldigung, Sir«, unterbrach Desmond ihn erneut und ich fragte mich, warum er so dringend darauf bestand. »Aber es eilt. Er wurde eben schon ausfallend. Ich denke, Miss Monroe könnte Mr. Harrison mit ihrem Charme beschwichtigen.«

»Was ist los mit Ihnen?«, fragte mein Vater.

»Ich möchte nur verhindern, dass es noch mehr Unruhe gibt. Nach Mr. Torres' Auftritt eben wird getuschelt. Die Gentlemen sind nervös.«

Ich hörte das rasselnde Atemgeräusch meines Vaters. »Schön. Miss Monroe, bitte kümmern Sie sich darum, dass jeder einen Drink bekommt, und seien Sie charmant zu Mr. Harrison. Er scheint eine Schwäche für Sie zu haben. Wir reden später.«

Ein Stuhl wurde zurückgeschoben.

»Mache ich«, antwortete Storm. »Und Mr. Avery? Wenn Sie die Sache mit Emmy meinen. Harlan hat mir davon erzählt und ich bin für ihn da, falls das Ihre Sorge ist.«

»Hat er Ihnen auch erzählt, wie sie gestorben ist?« Der bedrohliche Unterton in seiner Stimme war nicht zu überhören und mein Herz tat einen Satz.

Desmond mischte sich wieder ein. »Sie sollten sich beeilen, Miss Monroe, sonst entgeht Ihnen gutes Trinkgeld.«

Ich hörte die Absätze von Storms Sandalen auf dem Boden klackern und eilte zurück in den Wohnbereich, obwohl ich nur noch wegwollte. Schwer atmend legte ich den Kopf in den Nacken und schloss die Augen. Die Schlinge um meinen Hals zog sich von Tag zu Tag fester. Mit jeder Sekunde, in der ich bei meinem Vater war, in der ich Storm an mich heranließ oder auch nur atmete. Es gab nur zwei Auswege. Über beide hatte ich in den letzten Jahren immer und immer wieder nachgedacht und ich wusste nicht, welcher mir mehr Angst machte. Entweder ich brachte das zu Ende, vor dem mich mein Vater fünf Jahre zuvor gerettet hatte, oder ich brach das Schweigen und erzählte alles. Ausweg eins bedeutete Frieden, Ruhe, kein Leiden mehr. Ausweg zwei bedeutete, meine Freunde, Storm und mein gewohntes Leben zu verlieren.

Eine Hand legte sich auf meine Schulter, ich fuhr herum und sah in Storms grüne Augen. »Hey, alles okay? Was ist da eben passiert?«, fragte sie sanft.

Unfähig zu reden, schüttelte ich den Kopf. Alles, was ich in diesem Moment fühlte, waren Verzweiflung und Sehnsucht. Ich wollte frei sein, alles hinter mir lassen, neu anfangen. Storm und mir eine Chance geben. Doch manchmal, so hatte ich gelernt, gab es keine zweiten Chancen.

Storm kniff die Augen zusammen und legte eine Hand an meine Wange. »Harlan, was ist hier los? Dein Dad hat mich ausgefragt«, flüsterte sie und beugte sich zu mir. »Und er hat Andeutungen wegen Emmy gemacht. Was ist los? Ich verstehe das alles nicht.«

Aus dem Augenwinkel entdeckte ich Desmond, der einen Meter entfernt stand und uns beobachtete. »Ich kann nicht. Nicht jetzt, okay? Bitte komm mit, bleib nicht hier.«

Verwirrt musterte sie mich. »Ich kann nicht. Ich muss arbeiten. Aber ich komme nachher sofort und dann reden wir, okay?«

»Komm mit, verdammt noch mal!«, flüsterte ich und wollte sie mit mir ziehen, doch Storm befreite sich aus meinem Griff. In ihren Augen erkannte ich Angst. »Was zur Hölle ist hier los?«

»Miss Monroe, verzeihen Sie, aber Harrison wartet, bitte klären Sie Privatangelegenheiten unter vier Augen.« Desmond legte eine Hand auf ihre Schulter und nickte mir zu.

»Und Sie sollten nach Hause fahren. Ihr Vater telefoniert mit Mr. Torres, um alles in Ordnung zu bringen.«

Storm schüttelte den Kopf und lief davon. Ich starrte ihr nach, wusste nicht, was ich tun sollte. Sie hierzulassen, war gefährlich. Mein Vater würde ihr entweder alles erzählen oder Schlimmeres antun.

Ich presste Ober- und Unterkiefer zusammen, lief ihr nach, doch Desmond war schneller und packte meinen Oberarm. »Lassen Sie es gut sein, Harlan.«

»Wenn ihr etwas passiert, bringe ich Sie um!« Ich gab mir keine Mühe mehr, leise zu sprechen. Gespräche verstummten, ich spürte, wie sich die Blicke der Typen in meinen Rücken brannten. Aber es war mir egal.

»Ihr wird nichts geschehen«, sagte Desmond und sah mich eindringlich an. »Bitte gehen Sie, bevor Ihr Vater etwas von der Sache mitbekommt.«

Ich zog ein paar Hundert-Dollar-Scheine heraus und hielt sie zwischen uns, damit niemand etwas mitbekam. »Wie viel zahlt mein Vater Ihnen? Wie viel wollen Sie, damit Sie mir garantieren können, dass ihr nichts passiert?«

Desmond winkte ab. »Mr. Avery.« Er warf einen Blick über die Schulter und senkte die Stimme. »Ich verspreche es Ihnen. Miss Monroe ist in Sicherheit.«

»Und das soll mich überzeugen?«

Er biss die Zähne zusammen und sah sich nach rechts und links um, als befürchtete er, dass wir belauscht wurden. Warum war Desmond plötzlich nervös?

»Je länger Sie mich von der Arbeit abhalten, desto gefährlicher wird die Sache für Miss Monroe. Von mir aus warten Sie im Wagen und telefonieren die ganze Zeit mit ihr, wenn Sie mir verdammt noch mal nicht glauben, aber ich sage es zum letzten Mal … gehen Sie jetzt!«

Schweiß lief über seine Stirn, er ließ mich los und deutete mit dem Kopf zur Tür.

Storm lief mit einem Tablett, auf dem eine Flasche Whisky und ein Glas standen, an uns vorbei. Sie schielte zu Desmond und mir herüber und verschwand aus meinem Blickfeld.

Ich wandte mich von Desmond ab, wartete, bis Storm den Drink serviert hatte, und zog sie beiseite. »Versprich mir, dass du an dein Handy gehst. Ich warte draußen und rufe dich an.«

Ohne ihr eine Chance auf Widerspruch zu geben, und mit einem letzten Blick zu Desmond verließ ich das Haus, setzte mich hinters Steuer meines Wagens und wählte ihre Nummer.

Als sie nach dem dritten Klingeln abnahm, atmete ich erleichtert aus, lehnte mich zurück und verwickelte sie in ein Gespräch.

~~~

Es dämmerte schon, als sich die Tür öffnete, Storm mit dem Handy am Ohr herauskam und auf meinen Wagen zulief. Sie legte auf, öffnete die Beifahrertür und stieg ein. Ich startete den Motor und schaltete die Musik an. Dream on Dreamer's *Don't Lose Your Heart* spielte leise und endlich ließ die Anspannung von mir ab. Im Schritttempo fuhr ich den Kiesweg der Einfahrt entlang, nickte dem Typen am Eisentor zu und gab Gas, sobald wir die Hauptstraße erreicht hatten.

»Vier Stunden telefonieren? Ernsthaft?« Sie sah mich an, doch ich starrte auf die Straße. »Desmond hat mir die ganze Zeit am Hintern geklebt. Du kannst von Glück reden, dass dein Vater seit deinem Auftritt sein Büro nicht mehr verlassen hat. William hätte mich sofort gefeuert. Die Gäste haben schon blöd geguckt.«

»Schnall dich an.« Ich drehte den Kopf in ihre Richtung. »Bitte.«

Storm runzelte die Stirn und gehorchte. Sie ließ ein Fenster herunter und streckte ihre Hand nach draußen. »Erklärst du mir jetzt endlich, was da heute passiert ist? Wer war der komische Typ, der aus dem Büro gestürmt kam? Ein anderer Zuhälter? Was hast du zu ihm gesagt? Ich will wissen, was da los ist.«

Ich sah in den Seitenspiegel, lenkte auf die linke Spur und gab Gas, als ich auf den Highway fuhr. Mein Hemd klebte an meinem Rücken, meine Hände zitterten und ich verstärkte den Griff um das Lenkrad. So mussten sich eingesperrte Tiere fühlen. Ich saß in der Klemme, in meinem Kopf herrschte Chaos. Es wurde Zeit, eine Entscheidung zu fällen. Die Wände rückten
~~~

immer näher, die Schlinge um meinen Hals zog sich fester. Es gab kein Zurück mehr. Doch ich musste darüber nachdenken, was die beste, die sicherste Lösung war. *Musst du nicht, du kennst die Antwort.* Und dann fiel mir der Satz meines Vaters ein, so treffend, dass es unheimlich war. *Du musst lernen, deine Gefühle zu kontrollieren. Denk rational. Wenn du dich von Gefühlen leiten lässt, erreichst du nichts.*

Er hatte recht. Gefühle wie Angst, Scham und Verzweiflung hielten mich nur vom Unvermeidlichen ab. Ich musste mich meinen Dämonen stellen und mit ihnen andere Dämonen zurück in die Hölle befördern. Doch wenn ich Storm in Sicherheit wissen wollte, musste ich es geschickt anstellen. Nachdem ich alles ans Tageslicht bringen würde, könnte ich nicht mehr auf sie aufpassen. Mit einer Hand strich ich meine feuchten Haare aus der Stirn. »Du wirst alles erfahren, aber gib mir noch ein paar Tage Zeit. Ich muss zuerst überlegen, wie ich es am besten anstelle.«

Storm lachte freudlos auf, ihr Blick durchbohrte mich. Selbst aus dem Augenwinkel konnte ich das Funkeln in ihren Sturmaugen spüren. »Geht das jetzt wieder los? Die Geheimniskrämerei? Letzte Nacht am Strand, das habe ich mir nicht eingebildet, oder? Du empfindest auch was für mich.«

Gib ihr ein Stück Wahrheit. Sie wird den Trost brauchen, wenn du ihr das Herz brichst. Ich nickte. »Mehr als gedacht.« Ich verringerte das Tempo, fuhr die Abfahrt herunter und starrte auf die Rücklichter des Wagens vor mir. Das rote Licht durchschnitt die Schwärze der Nacht. Auch ich benötigte dringend etwas Licht. Ich lenkte den Wagen auf den Seitenstreifen am Fahrbahnrand, schaltete den Motor aus und nahm Storms Gesicht in meine Hände. »Ich weiß nicht, wann es passiert ist oder warum es passiert ist. Ich weiß nur, dass du geschafft hast, was seit fünf Jahren kein Mädchen mehr geschafft hat. Dass mein Herz schneller schlägt, wenn ich dich sehe. Dass ich Angst habe, dich zu verlieren.«

Storms Augen glänzten, ihre Unterlippe zitterte, sie lächelte und legte ihre Hände an meine.

»Als Emmy starb, hat sie alles mitgenommen, was mich ausmachte.« Meine Stimme klang fremd, doch ich zwang mich, weiterzusprechen. »Aber durch dich fühle ich mich zum ersten Mal wieder lebendig. Du hast gesagt, wenn du mit mir zusammen bist, rückt der Schmerz in den Hintergrund. So geht es mir auch. Wenn du bei mir bist, spielt das, was war, keine Rolle mehr. Dann zählt nur noch das Jetzt. Aber so sollte es verdammt noch mal nicht sein.« Ich schüttelte den Kopf. Scheiße, es klang nicht nur total kitschig, sondern auch falsch. *Du verdienst kein Glück, Avery.*

Storm öffnete den Mund, um etwas zu erwidern, doch ich legte ihr einen Finger auf die Lippen. Vielleicht bekam ich nie wieder die Chance, es auszusprechen. »Ich hätte nie gedacht, dass ich mich jemals wieder verlieben kann.«

Tränen bahnten sich den Weg über ihre Wangen. »Sag's noch mal«, flüsterte sie und küsste mich. »Hat Harlan Avery sich gerade etwa geöffnet?«

Ich erwiderte ihren Kuss und wischte mit den Daumen die Tränen von ihrer Haut. »Übertreib es nicht.« Ich zwang mich zu einem Lächeln. Verdammt. Nach so einem Tag, nach allem, was heute passiert war, nach allem, was ich beschlossen hatte, schaffte sie es, dass alles andere unwichtig wurde. Ich sah nur noch sie.

~~~

Im Hintergrund spielte Arandas' *Satisfied*. Mein Handy vibrierte auf dem Couchtisch. Vorsichtig zog ich den Arm von Storms Schulter und schob sie sanft zur Seite. Sie murmelte etwas, zuckte mit dem Mund und schlief weiter.

Ich sah aufs Display. Unbekannte Nummer. Mein Vater hatte sich seit dem Zwischenfall heute Nachmittag nicht mehr gemeldet, ich bezweifelte, dass er es jetzt tat.

Zögerlich drückte ich auf Annahme.

»Harlan? Desmond hier. Sind Sie alleine?«

Ich straffte die Schultern. »Was wollen Sie? Woher haben Sie meine Nummer?«

Ich hörte ihn ausatmen. »Nicht am Telefon. Kommen Sie zum Sticks and Liquor und kein Wort zu irgendjemandem.«

Adrenalin schoss durch meine Zellen und vertrieb die Müdigkeit. »Das ist eine Stunde entfernt. Will mein Vater sich die Hände nicht selbst schmutzig machen?«

»Ich warte.« Er legte auf.

Das war's. Schneller als gedacht, aber es ist okay. Ich stand auf, beugte mich über Storm und küsste ihre Wange. Mit zwei Fingern strich ich ihr die Haare aus der Stirn. »Es tut mir leid«, flüsterte ich. »Ich wünschte, ich könnte die Zeit zurückdrehen. Danke, dass du mich glücklich gemacht hast.«

Ich gab ihr einen letzten Kuss und lief mit dem Handy in den Eingangsbereich. Mit zittrigen Fingern tippte ich Kierans Nummer ein. Ich bemühte mich um einen lockeren Tonfall und sagte ihm, dass er Storm abholen solle. Als er fragte, was los sei,
~~~

tischte ich ihm die Lüge auf, es gäbe Probleme in der Firma. Er versprach, sofort loszufahren.

Ich zog meine Kapuzenjacke über, lief zurück ins Wohnzimmer und betrachtete sie ein letztes Mal.

Sie war nicht Emmy. Sie mochte ihr ähnlich sehen, aber sie war nicht länger die Kopie meiner toten Freundin. Sie war keine Täuschung. Storm war echt. Storm war der Mensch, der mir gezeigt hatte, worauf es ankam. Der Mensch, der mir gezeigt hatte, dass das Leben trotz Rückschlägen, trotz Trauer und Schmerz lebenswert war. Dass immer etwas Licht blieb, wenn man nur genau hinsah. Storm hatte mir die Welt durch ihre Augen gezeigt. Und auch, wenn diese Erkenntnis zu spät kam, wurde mir in diesem Augenblick bewusst, dass sie diejenige war, die mehr wusste als ich. Sie hatte die ganze Zeit meine dunkle Seite gesehen. Doch sie war bei mir geblieben. Und obwohl ich morgen früh nur ein weiterer Geist in ihrem Leben sein würde, zwang ich mich zu einem Lächeln. Etwas, das ich von ihr gelernt hatte. Es würde ihr gefallen.

~~~
~~~

Selbst jetzt verschwand die merkwürdige Ruhe nicht, die mich schon auf der Fahrt hierher überkommen hatte. Desmond würde mich kaum in einer heruntergekommenen Kneipe mitten auf dem Highway töten, aber das war nicht der Grund für meine Gelassenheit. Egal, was mein Vater ihm aufgetragen hatte, es würde mir nicht mehr wehtun. Denn ich war zu einem Entschluss gekommen. Und ich würde die Konsequenzen tragen. Ich würde meinen Vater unschädlich machen, damit Storm nicht länger in Gefahr schwebte und dann sollte Desmond mit mir machen, was er wollte.

Ich betrat die in rotes Neonlicht getauchte Kneipe und sah mich unter den wenigen Besuchern nach Desmond um. Ein Trucker kaute auf einem Burger, nickte mir zu und widmete sich wieder seinem Essen. Ein Countrysong spielte aus der Jukebox. Der Geruch von abgestandenem Bier und Zigaretten stieg mir in die Nase, als ich weiter nach hinten lief und Desmond in der rechten Ecke an einem kleinen Tisch entdeckte.

»Schön, dass es so schnell ging.«

Eine Kellnerin in rot-weiß gestreifter Schürze kam zu unserem Tisch, stellte mir ein Glas Wasser hin und schüttete Desmond Kaffee nach. Sie fragte, ob ich etwas essen wollte, doch ich verneinte und wandte mich an Desmond. Mit undurchschaubarem Blick musterte er mich sekundenlang.

»Lassen wir die Spielchen. Sagen Sie mir, was mein Vater will.«

Desmond stand auf, packte den Kragen meiner Kapuzenjacke, zog mich auf die Füße und drückte mich mit der Brust gegen die Wand. Seine Hände glitten von meinen Schultern, an den Seiten entlang und suchten meine Jacken- und Hosentaschen ab. Wie ein Gefängniswärter unterzog er mich einer Leibesvisitation. Als er auch meine Beine abgetastet hatte, setzte er sich, als wäre nichts geschehen. Ich drehte den Kopf den anderen Gästen zu, doch niemand schenkte uns Beachtung. »Ich bin nicht verwanzt. Warum klärt das mein Vater nicht selbst?« Ich ließ mich wieder auf dem Stuhl nieder.

Desmond hob die Tasse und trank einen Schluck. »Weil Ihr Vater hiervon nichts weiß. Wüsste er es, wäre ich tot.«

»Was bedeutet das?«

»Es bedeutet, dass wir einander jetzt vertrauen müssen.« Er zog etwas aus der Jackentasche und hielt es mir unter die Nase. »Mein Name ist nicht Desmond, aber zu Ihrer und meiner Sicherheit belassen wir es vorerst dabei. Ich bin Special Agent beim FBI.«

Mein Herzschlag verdoppelte sich, meine Kinnlade klappte herunter. Fassungslos starrte ich auf die Polizeimarke in seiner Hand.

Desmond lachte. »So wollte ich heute gucken, als Sie Torres rausbefördert haben.« Er steckte die Marke zurück in seine Jackentasche und nickte. »Scheint so, als wäre ich Ihnen eine Erklärung schuldig.«

In meinem Kopf wirbelte schwarzer Nebel, meine Gedanken überschlugen sich. Ich starrte ihn noch immer an, unfähig, ein Wort herauszubringen.

»Ich kann mir vorstellen, dass das überraschend kommt, aber Sie glauben nicht, wie lange ich auf die Gelegenheit gewartet habe.«

»Wie konnten Sie sicher sein, dass ich nicht wie mein Vater bin?«, fragte ich endlich. Es war die erste Frage, die mir in den Sinn kam.

Er rieb sich das Kinn. »Das war ich zuerst nicht. Das beim Kampf mit Ihrer Freundin tut mir leid. Ich wollte sehen, wie Sie reagieren.«

»Sind das die gängigen Methoden?«

»Das sind *meine* Methoden. Ich wollte ein Gefühl für Sie bekommen. Wie gehen Sie mit Frauen, mit Ihren Leuten um. Auch Sofia haben Sie respektvoll behandelt. Sie sind nicht wie Ihr Vater. Aber ich war noch immer skeptisch. Als Sie dann Torres rausgeschmissen haben, obwohl es«, mit den Finger machte er Anführungszeichen, »nur um Frauenhandel ging, war das für mich der endgültige Beweis, dass Sie ein anständiger Mensch sind, Harlan. Natürlich habe ich Sie auch gründlich überprüft. Keine Akte, beste Ausbildung.«

Anständiger Mensch. Mein Vater hatte ganze Arbeit geleistet, es so aussehen zu lassen, wenn selbst das FBI keine Ahnung von meiner Vergangenheit hatte.

»Mein Vater meinte, Sie arbeiten seit zwei Jahren für ihn. Sie müssen doch mitbekommen haben, was im Club vor sich geht.«

»Das Problem ist, dass Ihr Vater extrem misstrauisch ist. Ich wusste vom Frauenhandel, habe Dinge vermutet, aber das reicht nicht, um ihn dingfest zu machen. Was ich brauche, sind eindeutige Beweise, dass da mehr vor sich geht, und da kommen Sie ins Spiel.«

Ich lehnte mich zurück und legte die Hände auf den Tisch. Alles fügte sich zusammen. Oder wie Storm sagen würde, man müsse immer das Gute sehen. Jetzt sah ich es, denn es war meine Chance, etwas richtig zu machen. »Dann sollten Sie zuerst etwas über mich erfahren. Ich bin kein anständiger Mensch. Ich bin ein Mörder.«

Kapitel 18

STORM

Genüsslich zog ich am Joint und ließ die Füße von der Küchentheke baumeln. Es war nach zwei und obwohl ich mit Farren und Blake Pizza gegessen hatte, bekam ich vom Rauchen wieder Hunger. Unser spontaner Mädelsabend war lustig gewesen, wir hatten Filme gesehen, etwas getrunken und geredet. Vor ein paar Stunden hatte Kieran mich abgeholt, weil Harlan angeblich in die Firma musste. Ich hatte nicht verstanden, warum ich nicht in Harlans Haus bleiben konnte, aber Farren hatte mich zu dem Abend überredet und ich wollte kein Spielverderber sein, also blieb ich, sah zwei Filme mit Blake und Farren und bat Kieran, mich danach wieder bei Harlan abzusetzen. Doch noch immer war er nicht zurück und ich fragte mich, was er mitten in der Nacht in der Firma verloren hatte. Draußen wütete ein Sturm, der Wind pfiff durch die Türschlitze, oben im Haus knallte ein Fenster zu.

Mit der freien Hand öffnete ich den Kühlschrank, der sich rechts neben mir befand. Der schmale Lichtkegel beleuchtete den dunklen Raum. Enttäuscht verzog ich den Mund. Der Kühlschrank war so gut wie leer, aber für die Heißhungerattacken, die mich während des Rauchens überkamen, würden drei Äpfel und ein paar trockene Scheiben Brot genügen. Ich griff mir zwei Äpfel, schloss den Kühlschrank und biss ein großes Stück vom Apfel ab. Ich schluckte, zog am Joint und blies den Rauch in die Luft. Plötzlich hörte ich ein Geräusch aus der Eingangshalle. Ich hielt den Atem an, lauschte und entspannte mich augenblicklich, als ich Harlans und Elishas Stimmen erkannte. Von wegen Probleme. Wahrscheinlich wollten die beiden einfach einen Männerabend verbringen. Ich lächelte vor mich hin und war froh, dass ich im Dunkeln saß, so bemerkten sie mich nicht, denn Harlan würde ausrasten, wenn er wüsste, dass ich in seinem Haus rauchte. Ein Kichern stieg in meiner Kehle auf und ich presste eine Faust gegen den Mund, um mich nicht zu verraten. Das Cannabis entspannte meine Muskeln und hüllte mich in Watte. Heute war so etwas wie eine Premiere, denn ich hatte noch nie geraucht, weil ich glücklich war. Ich legte den Kopf in den Nacken und schloss meine Augen. Schritte hallten über den Boden im Eingangsbereich und jetzt erkannte ich auch Tylers Stimme. »Vielleicht sollten wir sie alle in ihrem Zimmer überraschen. Ihr haltet sie fest und ich zeige ihr, wie gut Fleisch schmecken kann.«

»Okay, du kannst ihren Mund ficken, aber ich bekomme ihre Fotze.« Elisha lachte.

Wie redeten sie über mich?

»Entweder, ihr haltet sofort die Schnauze oder ich werfe euch aus meinem Haus«, sagte Harlan und ich lächelte. Im Gegensatz zu seinen Freunden besaß er Manieren.

»So redet niemand über sie.«

»Oh Mann, dich hat's echt erwischt, he?«, fragte Tyler.

Sie lachten.

»Ihr Spießer ahnt gar nicht, was ihr verpasst«, wechselte Elisha das Thema. Die Jungs zu belauschen, war spannend. Ich hielt die Augen geschlossen und wagte kaum zu atmen.

»Die Partys werden immer spezieller. Vor zwei Wochen war ich wieder auf einer. Am Morgen wusste ich nicht mehr, wie lange wir die Kleine gefickt haben, aber ich bin sicher, sie hat sich an jeden von uns erinnert«, sagte Elisha.

Ty lachte. »Halt die Stellung für uns. Vielleicht flüsterst du einer mal meinen Namen ins Ohr? Ich wette, sie schreit gleich lauter.«

»Die rennt höchstens schreiend davon«, antwortete Elisha. Ihre Schritte verstummten, wahrscheinlich waren sie ins Wohnzimmer gegangen.

»Du rauchst in meinem Haus?«

Als ich seine Stimme direkt vor mir hörte, riss ich die Augen auf. Harlan stand vor mir und blickte mich finster an.

Ich kicherte. »Nicht nur das. Ich bin so high, wie deine Erwartungen an mich.«

Doch er lachte nicht und sein Blick verdunkelte sich.

»Ich dachte, du wärst noch unterwegs«, sagte ich, bevor er noch wütender wurde. »Danke übrigens, dass du meine Ehre verteidigt hast.«

Er nahm mir den Joint aus der Hand und warf ihn ins Spülbecken. »Hör auf damit.« Seine Stimme klang gefährlich ruhig. »Du brauchst das nicht.«

Ich öffnete die Beine ein Stück, schlang meine Arme um seinen Nacken und zog ihn zu mir. »Stimmt. Ich brauche dich.«

Harlan lächelte, doch etwas an ihm schien verändert. Der Blick, wie seine Augen über meinen Körper wanderten. Kein

Zögern, keine Unsicherheit lagen mehr darin. Er sah mich an, als wüsste er, was er wollte.

»Ist alles gut?«, fragte ich vorsichtig.

»Jetzt schon.«

Mit einem Daumen rieb er über meinen Oberschenkel. Die plötzliche Spannung zwischen uns jagte ein Kribbeln über meine Haut. Selbst die Härchen auf meinen Armen stellten sich auf, als läge Elektrizität in der Luft.

Er spreizte meine Beine, drängte sich dicht an mich und ließ seine Zunge über meinen Hals gleiten. Ich unterdrückte ein Stöhnen, krallte meine rechte Hand in sein Haar und zog seinen Kopf zurück. »Schlaf mit mir.«

Harlan legte seine Hände an mein Gesicht, sein Blick ruhte auf meinen geöffneten Lippen. Er beugte sich zu mir und küsste mich. Ich drängte mich gegen seinen Körper. Harlans Lippen waren warm und weich, er öffnete sie, schob seine Zunge in meinen Mund und ich stöhnte auf. In seinen Berührungen lag Verlangen, Selbstbewusstsein.

»Du willst, dass ich dich hier ficke?«, flüsterte er.

Gott, er und seine Worte. Ich bekam nicht genug davon.

Mit einer Hand griff er meine Haare, mit der anderen knetete er meine Brust. Er küsste mich hart, griff den Saum meines Kleides und schob es hoch. Seine Hand glitt zwischen uns, er streichelte meine Klit und beugte sich zu meinem Ohr. »Meine Freunde sind im Wohnzimmer. Macht dich das an?«

Er schob zwei Finger in mich und zog sie wieder heraus. Ich stöhnte, wollte nicht, dass er auch nur eine Sekunde seine Hände von mir nahm. Zu wissen, dass die anderen uns vielleicht hörten, turnte mich an.

Ich nickte. »Du kannst mir den Mund zuhalten, wenn ich zu laut bin.«

Harlan stöhnte, seine Finger stießen in mich. »Glaub mir, du wirst laut sein.« Er nahm mein Kinn in seine Hand und sah mir in die Augen. »Und ich höre nicht auf, bis ich es dir richtig besorgt habe.« Hitze schoss zwischen meine Beine. Als wir zum ersten Mal miteinander geschlafen hatten, war ich zu aufgeregt gewesen, aber ich dachte, er hätte nicht bemerkt, dass ich keinen Orgasmus gehabt hatte. Harlan griff mit beiden Händen meinen Hintern und hob mich hoch. Ich schlang meine Beine um seine Hüften. Er setzte mich auf der Kücheninsel ab, zog mein Kleid über meinen Kopf und löste sich von mir. Sein Blick wanderte von meinen Beinen bis hinauf zu meinen Brüsten. »Verdammt, du bist perfekt.«

Er ging einen Schritt zurück, um mich zu betrachten, und mir wurde bewusst, warum ich nicht gehört hatte, dass er ins Zimmer gekommen war, denn er trug weder Socken noch Schuhe. Er zog seine Kapuzenjacke aus, warf sie auf den Boden und tat dasselbe mit seinem weißen Shirt. Ich lehnte mich zurück, stützte mich auf die Ellbogen und beobachtete, wie er nach der Gürtelschnalle griff, sie öffnete und seine Hose und Shorts auszog. Sein Anblick gefiel mir. Das V, das seine Lenden zierte, seine definierte Brust und die Sehnen, die seine Unterarme überzogen. Harlan schob meine Beine auseinander, er beugte sich über mich, ließ seine Zunge über eine Brustwarze gleiten und saugte daran. Ein kurzer elektrischer Impuls zuckte durch meinen Körper. Ich wölbte den Rücken, presste mich gegen seinen warmen Mund, damit er weitermachte, und spürte seine

Erektion an meinem Oberschenkel. »Ich will dich in mir spüren«, stöhnte ich in sein Ohr.

Harlans Zunge glitt über meinen Hals, seine Finger streichelten mich zwischen den Beinen, sie verteilten die Feuchtigkeit und rieben meine Klit. Ich stöhnte auf.

»Willst du das, ja? Willst du sehen, wie ich wirklich bin?«

»Ah.« Langsam bewegte er seine Finger rein und raus und starrte mich dabei an, als wäre er am Verhungern. Seine Worte, sein Selbstbewusstsein. Verdammt, es machte mich an.

»Ja, das gefällt dir.«

Ich biss mir auf die Unterlippe und zwang mich, ihn anzusehen. Sein Mund wanderte über meine Brüste, er saugte daran, ließ seine Zunge über meinen Bauch gleiten, bis sie zwischen meinen Beinen verschwand.

»Oh Gott.« Harlans warme Zunge massierte meine Klit. »Ja, das ist gut.«

Er leckte mich mit kreisenden Bewegungen und schob gleichzeitig seine Finger in mich. Ich krallte mich rechts und links an der Arbeitsplatte fest und unterdrückte ein lautes Stöhnen. Aus dem Wohnzimmer hörte ich die Stimmen der anderen. Harlan saugte, leckte, fingerte mich, seine Zunge wurde langsamer, wieder schneller und ich spürte, wie ein Orgasmus in mir aufstieg. Er griff mein rechtes Bein, hielt es unter dem Knie fest und spreizte es.

»Ah, verdammt.« Gierig presste ich mein Becken gegen seinen Mund, doch er wich zurück und stieß stattdessen seine Finger härter in mich.

»Brauchst du meinen Schwanz?«

Ich stöhnte, hob das Becken, aber Harlan packte meine Hüften und setzte mich auf. Er zog mich von der Theke, drehte mich um und presste mich mit seinem ganzen Gewicht auf die Kücheninsel, sodass seine Brust meinen Rücken bedeckte. Mit einer Hand griff er mein Kinn, drehte mein Gesicht zur Seite und ließ seine Zunge über meinen Hals gleiten. Sein Schwanz drückte sich gegen meinen Hintern. Adrenalin schoss durch meinen Bauch.

»Ich habe dich etwas gefragt.« In seiner Stimme lag ein drohender Ton. Eine Hand hielt mein Kinn, während die andere mich zwischen den Beinen streichelte.

»Ja.«

»Ja, was? Bitte mich darum.« Er beugte sich so dicht zu mir, dass ich seinen Atem auf meiner Wange spürte. »Was brauchst du?«

Oh Gott, seine Spielchen machten mich verrückt. Meine Beine zitterten, ich wollte sie zusammenpressen, doch Harlan stand dazwischen.

»Bitte«, flüsterte ich und presste mich verzweifelt gegen ihn. Ich wollte ihn spüren, das Verlangen wuchs mit jeder Sekunde mehr. »Nimm mich.«

Er biss in meine Schulter, griff mit einer Hand in meine Haare, wickelte sie wie eine Leine darum und riss meinen Kopf zurück. Seine andere Hand klatschte auf mein Hinterteil.

»Ah.«

»Leg ein Bein auf die Theke«, befahl er mir.

Ich gehorchte, winkelte mein rechtes Bein an und öffnete mich für Harlan. Jeder Nerv in meinem Körper stand unter Strom. Es war wie ein Rausch, intensiver, als ich ihn je empfunden hatte. Ich drehte mein Gesicht zur Seite, um ihn anzusehen, als ich im Schatten der Tür Elisha entdeckte. Sein linker Arm lehnte lässig am Türrahmen, doch seine rechte Hand steckte in seiner Hose. Er stand da und beobachtete uns, während er seine Hand auf und ab bewegte. Meine Klit pochte. Warum gefiel mir, dass er uns dabei zusah?

Harlan griff meine Hüften. »Genieße es.«

Mit einem unerwartet, heftigen Stoß drang er in mich ein. Ich stöhnte auf. Er fühlte sich so gut an und wusste, was er tat.

»Heute werd ich mich nicht zurückhalten. Du bist kein anständiges Mädchen, du verträgst das.«

»Ah.« Ich öffnete die Augen. Elisha hatte den Mund halb geöffnet und sah mich mit einer merkwürdigen Ruhe an. Kein Lächeln lag auf seinen Lippen, sein Blick war düster, er erinnerte mich an Tyler. Langsam bewegte er seine Hand auf und ab, während Harlan mich fickte. Es gefiel ihm genauso sehr wie mir.

Bevor ich ihn weiter beobachten konnte, riss Harlan meinen Kopf zurück, schlug mit der flachen Hand auf meinen Hintern, zog sich aus mir zurück und rammte sich mit einem Stoß tiefer in mich. Das Gefühl war unbeschreiblich. Er bewegte sich vor und zurück, rein, raus und beschleunigte das Tempo. Ich hielt mich an der Theke fest, begegnete seinen Stößen und nahm mir, was ich brauchte. Haut klatschte an Haut. Das Geräusch vermischte sich mit meinem Stöhnen, seinem schnellen Atem. Ich biss auf meine Lippen, lehnte die Stirn gegen die kühle Marmoroberfläche der Theke und passte mich seinem Tempo an.

»Ich will, dass du nie vergisst, wem du gehörst, Storm. Egal, was passiert, egal, was war, das hier ist echt.« Harlans Hände krallten sich in meine Hüften, er presste mich gegen seinen Schoß, stieß unerbittlich und hart in mich und biss in meinen Nacken. »Und jetzt komm für mich.« Eine Hand glitt zwischen meine Beine, er rieb meine Klit schnell und fickte mich härter. Ich warf den Kopf in den Nacken und schrie auf, als ich es nicht mehr aushielt. Mein gesamter Körper stand unter Strom. So hatte ich ihn noch nicht erlebt.

»Fuck«, stöhnte Harlan und nahm mein Kinn in seine Hand, damit ich ihn ansah. »Du brauchst es. Du willst richtig gefickt werden. Gefällt dir das, ja?«

»Ja, ahh… das ist gut.«

Wieder schlug er mir mit der flachen Hand auf den Hintern und stieß gleichzeitig in mich. Nichts Sanftes lag mehr in seinen Augen. Beim Sex war Harlan wie ausgewechselt. Und mir gefiel, wie fordernd er war. Wie er sich nahm, was er wollte und mich wie sein Eigentum behandelte. Er beschleunigte das Tempo. Ich spürte, wie er die Kontrolle verlor, wie er mit kurzen, immer heftigeren Stößen in mich drang. Es war berauschend, was ich in ihm auslöste. Dass er sich bei mir fallen ließ und er selbst war. Sein Schwanz zuckte in mir und meine Pussy zog sich um ihn zusammen, umschloss ihn ganz und zog ihn tiefer.

»Ich will in dir kommen«, keuchte er und bei seinen Worten zogen sich meine Muskeln zusammen. Ich stieß mein Becken gegen seins, empfing seine unerbittlichen Stöße und schloss die Augen. Ich war nicht mehr anwesend. Ich war weit weg. Meine

Beine zitterten, zwischen ihnen pulsierte es. »Ja, oh Gott, ich komme. Ich komme.«

Harlan presste seine Hand auf meinen Mund, um meine Schreie zu dämpfen.

Tränen liefen über meine Wangen, ein Gefühl, mit nichts Bisherigem zu vergleichen, überkam mich, es war, als schwebte ich.

»Fuck!« Er rammte sich noch einmal in mich und sackte dann keuchend über mir zusammen. Warme Flüssigkeit lief die Innenseite meines Oberschenkels entlang.

Außer Atem, mit rasendem Herzen drehte ich das Gesicht zur Seite und sah, wie Elisha die Küche verließ. Mit einer Hand strich Harlan über meine Wange, er küsste mich sanft und lächelte. Schweiß glänzte auf seiner Stirn, seine Brust klebte an meinem Rücken. »Warum weinst du?«

Er wollte sich aus mir zurückziehen, doch ich schlang einen Arm um seinen Nacken und zog ihn zu mir. »Nein, bleib noch in mir. Das war unglaublich.«

»Warum weinst du?, wiederholte er, schob meine Haare auf eine Seite und küsste meinen Nacken.

»Weil ich noch nie so high war.«

~~~

Harlans Arm lag über meiner Schulter, er streichelte meinen nackten Rücken. Ich lauschte dem gleichmäßigen Geräusch seines Atems und dem des Windes, der ums Haus heulte und die Palmen rauschen ließ.

»An dem Tag, als ich geboren wurde, herrschte ein irrer Sturm«, flüsterte ich in die Dunkelheit und strich mit einem
~~~

Finger über Harlans Brust. »Zu der Zeit lebten Mom und Dad in Rio, direkt im Regenwald. Ich erinnere mich noch an unsere kleine Rundhütte, mit dem Dach aus Palmwedeln. Bei jedem Sturm dachte ich, die Hütte fliegt davon.« Ich machte eine Pause, als die Erinnerung an mein altes Leben auflebte. »Jedenfalls, an diesem Tag war es besonders stürmisch, erzählte Dad. Und ich hab so laut geschrien, dass selbst der Sturm in den Hintergrund trat und Vögel aus den Bäumen aufschreckten. Schätze, Dad hat übertrieben.« Ich lachte. »Sie nannten mich Storm, weil mein Vater es für so etwas wie ein göttliches Zeichen hielt. Das Mädchen, das lauter heulte als der Sturm.«

Harlan antwortete nicht. Mit angespannter Miene starrte er in die Dunkelheit, sein Blick wanderte an die Decke, an der sich das Wasser des Pools spiegelte. Vor drei Stunden waren wir ins Bett gegangen. Nach der Nummer auf der Küchentheke hatte er die Jungs weggeschickt. Tyler hatte ihm auf die Schulter geklopft und mich schmutzig angegrinst. Doch Elisha lächelte nicht. Wir beide wussten, was geschehen war, und während ich mich jetzt etwas dafür schämte, hatte er mich mit demselben Blick gemustert wie zuvor, als er uns beim Sex beobachtet hatte. Irgendetwas stimmte nicht mit ihm. Als wäre er jemand anderes.

Harlans Blick beunruhigte mich. Was dachte er jetzt von mir? Er hatte nichts von unserem Zuschauer mitbekommen und ich wollte, dass es so blieb. Sex zu haben, wenn seine Freunde im Nebenzimmer saßen, war mir nicht peinlich, es hatte mich auf eine bizarre Art angemacht, doch vielleicht dachte er jetzt, dass ich es brauchte.

Ich küsste seine Brust. »Hältst du mich jetzt für total verkommen?«

»Was?«

»Wegen der Nummer in der Küche.« Ich stützte einen Ellbogen auf und sah ihn an. »Ja, es war heiß, aber ich kann auch Sex haben, ohne dass Leute mithören ...« *Oder zusehen.*

»Das ist es nicht, Storm«, unterbrach er mich. »Ich muss dir etwas sagen.«

Der Ton in seiner Stimme gefiel mir nicht. Ich setzte mich auf. »Okay. Schieß los.«

Harlan schob die Decke zurück und stand auf. »Nicht hier.« Er zog sich Jeans und T-Shirt an und warf mir mein Kleid und eine Kapuzenjacke zu. »Zieh dich an.«

Sein Verhalten beunruhigte mich von Sekunde zu Sekunde mehr. Wortlos zog ich das Kleid und den Hoodie an und folgte ihm aus dem Schlafzimmer.

Harlan eilte die Treppe nach unten, nahm den Wagenschlüssel, öffnete die Tür und deutete mit dem Kopf nach draußen in die Nacht.

Er musste meinen skeptischen Blick bemerkt haben, denn er nahm meine Hand und zog mich mit sich. Er schloss den Wagen auf, legte seine Hände auf meine Schultern und drückte mich in den Beifahrersitz.

»Du machst mir Angst, Harlan.«

Er startete den Motor und raste mit quietschenden Reifen los, ohne meinen Worten Beachtung zu schenken. Der CD-Player sprang an und Poets of the Falls *Carnival of Rust* spielte. Die Stimmung des Liedes passte so perfekt, dass sich eine Gänsehaut auf meinen Unterarmen ausbreitete.

Sein Blick ruhte stur auf der Fahrbahn, die Sehnen in seinen Armen bewegten sich unter der Haut, weil er die Muskeln anspannte, und ich krallte meine Hände rechts und links in den Sitz. Mein Herz raste, ein kaltes Gefühl kroch durch meinen Bauch. *Was hat er? Warum ist er so merkwürdig? Habe ich etwas falsch gemacht?*

»Wo fahren wir hin? Was ist denn auf einmal los?«

Ich versuchte, die Schilder zu lesen, doch bei der Geschwindigkeit, mit der er den Camaro über den nächtlichen Highway jagte, verschwamm alles und ich erkannte keine Buchstaben. Vor uns tauchten die Rücklichter von Motorrädern auf, eine Gruppe Biker fuhr wenige Meter vor uns. Harlan beschleunigte, sodass ich in den Sitz gepresst wurde, und raste dicht an ihnen vorbei. Ein Hupkonzert brach aus.

Ich sah aus dem Seitenfenster und betete, er würde uns nicht gegen die Leitplanke fahren. Palmen rauschten an uns vorbei, auf der rechten Seite wütete das Meer und zum ersten Mal überkam mich Angst. Angst, dass sich gerade etwas unwiderruflich geändert hatte. Angst, dass der Sturm auch Harlan erreicht hatte.

~~~

Zeitungsseiten wehten über den staubigen Boden des alten Vergnügungsparks, die Ketten des Karussells rasselten vom Wind und der Schatten des Riesenrads wirkte bedrohlich.

»Was machen wir hier?«, fragte ich und versuchte, meine Hand aus Harlans Griff zu befreien, doch er zog mich weiter mit sich, bis das Licht der Laternen schwächer wurde und uns die Dunkelheit verschluckte. Harlan schaltete seine Taschen-
~~~

lampe an. Das verlassene Gelände, das ich vor Monaten bei der Verfolgungsjagd zum ersten Mal gesehen hatte, übte heute keinen Reiz auf mich aus. Es ängstigte mich.

»Wir sind gleich da.« Selbst seine Stimme klang verändert. Monoton und kalt. Harlan steuerte auf den Tunnel mit der Teufelsfratze zu. Er blieb stehen, drehte sich zu mir und strich mit dem Handrücken über meine Wange. »Ich wünschte, nur diese eine Sache würde sich nicht ändern.«

Ich verschränkte die Arme vor der Brust. Gänsehaut breitete sich in meinem Nacken aus. »Was meinst du damit?«

Er beugte sich zu mir herunter und küsste mich. »Der Blick, mit dem du mich ansiehst.« Harlan nahm meine Hand und zog mich in den Tunnel. Vor Monaten hatten wir uns hier vor Elisha versteckt, waren uns zum ersten Mal näher gekommen. Jetzt hatte ich das Gefühl, wir entfernten uns voneinander. Die Luft roch muffiger, je weiter wir liefen, der Wind heulte über das Gelände, doch hier drin wurden seine Geräusche gedämpft. Sie klangen wie ein Flüstern. Der Lichtkegel der Taschenlampe tastete sich vom Boden über die Steinwände, als suchte er etwas. Ich hastete Harlan hinterher, wollte wissen, was wir mitten in der Nacht hier suchten. Wir erreichten die kleine Tür in der Wand, hinter der wir uns versteckt hatten, und ließen sie hinter uns. Wenige Meter davon entfernt richtete Harlan die Taschenlampe auf die rechte Wand. Ein Rundbogen führte in einen kleinen Raum. Auf dem Boden lag eine Matratze mit zerwühlten Laken. Ein kleiner Tisch daneben war von Zetteln übersät.

Blut rauschte in meinen Ohren. »Wer lebt hier?«, flüsterte ich, nicht sicher, ob ich es wirklich wissen wollte.

Harlan trat einen Schritt in den Raum und ließ den Schein der Taschenlampe über die Wand wandern. Er hielt inne. In dunkelroter Schrift stand ein Name an der Wand: Emmy.

»Das ist mein Ort«, sagte Harlan. »Du bist der erste Mensch, dem ich das zeige. Und du bist der erste mir nahestehende Mensch, der die ganze Wahrheit erfährt.«

Ich schluckte. Der Sturm draußen war nichts im Gegensatz zu dem Sturm, der in meinem Kopf wütete. Vorsichtig trat ich in den Raum und stellte mich neben Harlan.

»Die Wahrheit?«

»Ich habe gesagt, ich bin schuld an Emmys Tod. Und das stimmt, denn ich habe sie getötet.«

»Wie meinst du das?«

Harlan setzte sich auf die Matratze. »Ich war nicht immer so kontrolliert, wie du es nennst. Bis zu meinem vierzehnten Lebensjahr bin ich im Heim aufgewachsen, wurde von Pflegefamilie zu Pflegefamilie gereicht, weil niemand mit mir klarkam. Ich konnte mich an keine Regeln halten. Dann adoptierten William und Suzanne Avery mich. Mom starb ein Jahr später. Danach schickte mein Vater mich aufs Internat, das ganze Programm.«

Ich knetete meine Hände und wagte nicht, mich zu bewegen.

Harlan rieb sich den Nacken. »Ein paar Jahre später lernte ich Emmy kennen. Mein Vater war mittlerweile Senator, verdiente noch mehr Geld als zuvor und da ich nicht mehr aufs Internat ging, hatte ich auch keine Aufsicht mehr. Ich war glücklich mit Emmy, aber ich fing an, Drogen zu nehmen …«

Ein Schauer jagte über meinen Rücken und ich legte die Hand vor den Mund, als mir bewusst wurde, dass ich ihn mit meinem Cannabiskonsum in Versuchung gebracht hatte. »Oh Gott, deshalb hast du immer so reagiert, wenn ich geraucht habe. Es tut mir leid.«

Harlan schüttelte den Kopf. »Muss es nicht. Du wusstest es nicht. Niemand weiß es. Zuerst habe ich nur Gras geraucht, aber das reichte irgendwann nicht mehr. Ich wollte was Neues ausprobieren. Kurz darauf wechselte ich zu Kokain. Verstehst du, ich war glücklich mit Emmy, aber trotzdem war da immer dieser Hunger nach mehr. Ich hatte Geld, teure Autos und das Mädchen, das ich über alles geliebt habe, aber es reichte nicht. Ständig war da diese scheiß Leere in mir und ich wollte das Gefühl abtöten.«

Ich setzte mich neben ihn und strich mit einer Hand durch sein Haar. »Ich versteh das ziemlich gut.«

Ich verabscheute harten Drogen, verabscheute das, was sie aus Menschen machten, aber ich verstand, warum man manchmal fliehen wollte. Über die Jahre war ich zu einem Profi in Sachen Gefühle abtöten geworden. »Aber du willst es nicht länger ausblenden, oder?«

Er schüttelte den Kopf. »Es wird Zeit, dass ich versuche, Dinge in Ordnung zu bringen. Ich kann mich nicht länger verstecken.«

»Was meinst du mit ›in Ordnung bringen‹?«

»Das wirst du dann verstehen.«

»Die Drogen, was hat das mit Emmy zu tun?«

Er schluckte. »Es blieb nicht beim Kokain. Ich war viel unterwegs, lernte Leute kennen, die sich in der Szene auskannten und irgendwann entdeckte ich Badesalz.

Flakka«, antwortete er, als er meinen fragenden Blick bemerkte. »Es war an jeder Ecke zu bekommen und vor allem billig. Mein Dad hat meine Kreditkarten sperren lassen, weil ich Unmengen von Geld ausgegeben habe, aber Flakka war so billig, dass selbst fünf Dollar ausreichten, um high zu werden. Und das Zeug war stärker als alles andere.«

Ich hatte noch nie davon gehört. Mir reichte Cannabis, doch mir war klar, dass manche Leute irgendwann mehr brauchten.

»Was ist passiert?«, fragte ich vorsichtig.

»Man bekommt davon Wahnvorstellungen. An dem Abend vor fünf Jahren war ich voll drauf. Ich hab Stimmen gehört, Dinge gesehen und dachte, ich werde verfolgt. Emmy, sie war …« Harlan stand auf und schüttelte den Kopf. »Ich wollte das nicht. Ich wusste nicht mehr, was echt oder Halluzination ist.« Seine Stimme zitterte. Ich ging zu ihm, nahm sein Gesicht in meine Hände, doch er schob mich von sich. »Nicht.«

»Ist in Ordnung.«

»Du hast keine Ahnung, Storm.«

»Egal, was passiert ist, du bist kein schlechter Mensch.«

Harlan schüttelte den Kopf. »Ich hab Panik bekommen, mir ein Messer geschnappt und vor mir rumgefuchtelt. Ich dachte, sie wäre eins von den Dingern, die hinter mir her waren.« Seine Stimme versagte.

Ich hielt die Luft an, wollte mir die Ohren zuhalten, um nicht zu hören, was geschehen war.

Als er weitersprach, war seine Stimme nur noch ein Flüstern. »Emmy wollte mich vor mir selbst schützen. Sie hat versucht, mir das Messer aus der Hand zu nehmen, aber ich war wie besessen. Ich habe … ich habe zwanzig Mal auf sie eingestochen.

Immer und immer wieder. Ich hab sie schreien hören, ganz laut und schrill, aber ich dachte, das wären die Dinger.«

Er biss die Zähne zusammen. »Irgendwann war sie still. Ich erinnere mich an das ganze Blut. Meine Hände klebten davon und der Geruch ...« Er schüttelte den Kopf. »Es roch wie im Schlachthaus. Und du sagst mir, dass ich kein schlechter Mensch bin?«

Abwesend starrte er an die Wand, an der Emmys Name geschrieben stand. Der Name, der immer zu ihm gehört hatte. Es war, als wäre Emmy jetzt bei uns, als hörte sie jedes Wort. Jetzt, wo er mir alles gesagt hatte. Jetzt, wo sie kein Geheimnis mehr war.

Tränen schossen in meine Augen, der Raum um mich herum verschwand. Ich sah das Bild vor mir, das Harlan mit seinen Worten gezeichnet hatte. Seine Worte, die sonst warme Schauer durch meinen Körper jagten, sorgten jetzt dafür, dass sich eine eisige Kälte in meinen Armen und Beinen ausbreitete. Ich sah Harlan mit blutigen Händen über seine tote Freundin gebeugt, sah, wie er zitterte.

Doch ich sah nichts von dem Monster, vor dem er mich gewarnt hatte. Alles, was ich sah, war ein guter Mensch, der etwas Schreckliches getan hatte. Etwas, für das er sich jeden Tag bestrafte. Ich empfand Mitleid, aber keine Abscheu.

Ich nahm seine Hand in meine und verschränkte unsere Finger ineinander. Ich war zu geschockt, um Worte zu finden, doch er sollte wissen, dass ich da war.

Harlan senkte den Kopf, als schämte er sich. »Verstehst du es jetzt? Verstehst du jetzt, warum ich nicht glücklich sein darf? Und weißt du, was das Schlimmste ist? Ich habe nie dafür bezahlt.« Er schluckte und auch meine Kehle schnürte sich zu. *Bitte nicht. Ich will nichts mehr hören, bitte sag nichts mehr.*

»Es war nicht nur sie«, fuhr er fort. »Ich habe auch den Typen auf dem Gewissen, der dank meines Vaters an meiner Stelle in den Knast gewandert ist und hingerichtet wurde, weil alles dafür sprach, dass er Emmy ermordet hat. Wusstest du, dass Todeskandidaten durchschnittlich acht bis fünfzehn Jahre auf Vollstreckung warten?« Er lachte verächtlich. »Mein Vater hat seinen Einfluss spielen lassen, um es schnell zu erledigen. Wäre ein Skandal gewesen, wenn rausgekommen wäre, dass das arme Schwein gar nicht der Mörder war.«

Mit einem Ruck befreite er seine Hand aus meiner. »Ich war feige, hab nichts gesagt. Stattdessen bin ich nach dem Entzug in das Haus gezogen, das mein Vater mir gekauft hat, und tat das, was er von mir verlangte. Ich tat so, als wäre nichts geschehen. Ich fing an zu boxen und ließ mich verprügeln, das war meine Art, damit umzugehen.« Harlan sah mich an. Seine Augen glänzten, er biss die Lippen zusammen. »Und es hat funktioniert. Ich hab mich um meine Freunde gekümmert, um nicht in den Spiegel sehen zu müssen. Vielleicht war das mein Weg, es wiedergutmachen zu wollen, keine Ahnung. Aber seitdem du hier aufgetaucht bist, seitdem ich das für dich empfinde, ist jeder Tag eine Qual. Wenn du bei mir bist, fühle ich das, was ich nicht fühlen darf. Glück und Hoffnung. Aber das habe ich nicht verdient, Storm.«

Ich schlang meine Arme um seinen Nacken, zog ihn dicht zu mir und hielt ihn einfach nur fest. Was sollte ich ihm sagen? Bei manchen Tragödien halfen weder Worte noch Zeit. Harlan vergrub sein Gesicht an meinem Hals. Wir standen regungslos da und hielten uns in den Armen. In diesem Moment wurde mir bewusst, dass ich ihn liebte. Dass ich seine Dunkelheit genauso sehr liebte wie sein Licht. Vielleicht hatte dieses Gefühl schon länger existiert, doch jetzt, wo ich zum ersten Mal in seine Abgründe gesehen hatte, spürte ich es.

Ich nahm sein Gesicht in meine Hände, er versuchte, den Kopf wegzudrehen, doch ich zwang ihn, mir in die Augen zu sehen. »Du bist immer da, wenn jemand Hilfe braucht. Du liebst Tate. Du hast mich vor Desmond beschützt und bei dir aufgenommen. Und selbst jetzt, wo ich alles weiß, sehe ich immer noch dich.« Ich schluckte, Tränen liefen über meine Wangen. »Ich sehe deine Wärme. Ich sehe dich, Harlan. Keinen schlechten Menschen.«

Harlan legte seine Hände auf meine Hüften. »Ich muss dir noch etwas sagen. Der Club ist nicht so harmlos, wie du denkst. Mein Vater ist gefährlich, es geht nicht nur um Prostitution. Ich konnte dir vorher nichts sagen.«

»Warum dann jetzt?«, fragte ich vorsichtig.

»Mein Streit mit Torres, es ging um Frauenhandel. Das ist noch das Geringste, das er von mir verlangt. Mein Vater erpresst mich, damit ich den Club übernehme. Aber ich lasse mich nicht mehr erpressen und ich will seine schmutzigen Geschäfte nicht übernehmen.«

Fassungslos starrte ich ihn an. Ich war davon ausgegangen, dass Sofia und die anderen Mädchen freiwillig für William arbeiteten. »Er hat dich mit Emmy erpresst? Wie kann er so was tun, er ist dein Vater.«

»Mein Vater liebt Macht mehr als alles andere und er weiß, dass ich mich nie auf solche Sachen einlassen würde.«

»Verdammt.« Ein zentnerschwerer Stein lastete auf meiner Brust und drückte mir die Luft ab. Wie musste Harlan sich fühlen? »Was hast du vor? Du sprichst doch nicht ohne Grund plötzlich darüber.«

»Ich will die Dinge in Ordnung bringen.«

»Das verstehe ich nicht. Er vertuscht die Sache, damit dir nichts passiert, und jetzt tut er dir das an?«

»Er ist sogar dafür verantwortlich, dass ich clean wurde. Aber nicht, weil ihm so viel an mir liegt. Er war Senator, was denkst du, wäre passiert, wenn sein Sohn wegen Mordes angeklagt worden wäre?« Harlan schüttelte den Kopf. »Das konnte er nicht riskieren.«

»Aber so was geht doch nicht so einfach.«

Harlan strich über mein Haar. »Storm, die Welt ist nicht nur gut. Und sie ist nicht so, wie du sie immer siehst. Mit genug Geld und Einfluss ist alles möglich.«

Ich ließ mich auf den Boden sinken und schlang die Arme um meine Beine. Harlan irrte sich. Ich kannte das hässliche Gesicht der Realität. Auf meinen Reisen hatte ich Armut und Ungerechtigkeit gesehen. Ich wusste, zu was Menschen fähig waren. Doch wie Harlan hatte auch ich die Augen davor verschlossen und es ausgeblendet. Wegsehen war einfacher, als den Schmerz zu ertragen. »Was soll das heißen, du willst es in Ordnung bringen?«

Harlans Blick fiel auf die Wand hinter mir und mir wurde klar, dass nur eine Zukunft vor uns lag, wenn er mit der Vergangenheit abschließen konnte.

Kapitel 19

HARLAN

Ich starrte auf den Bildschirm, ohne auf den Film zu achten. Vor zwei Stunden waren wir nach Hause gekommen und müde ins Bett gefallen. Und auch, wenn ich erleichtert war, dass sie jetzt alles wusste, konnte ich nicht schlafen und hatte mich aus dem Bett geschlichen.

Ich trank einen Schluck Wasser und warf einen Blick auf die Uhr. Nach vier.

»Warum bist du nicht im Bett?«

Ich hob den Kopf. Storm stand in der Tür. Sie trug meinen schwarzen Bademantel, kam auf mich zu, schob meine Füße beiseite und setzte sich auf den Couchtisch vor mir. Der Bademantel rutschte von einer Schulter und gab einen Blick auf ihre Haut frei. Verdammt, sie war wunderschön.

»Zu viele Gedanken. Warum schläfst du nicht mehr?«

»Ich hab dich vermisst.« Sie erhob sich und öffnete den Bademantel.

Ich biss auf meine Unterlippe, denn sie trug nichts darunter. Storm streifte den Bademantel ab und ließ ihn zu Boden fallen. »Machen wir einen Deal?«

Sie setzte sich auf meinen Schoß, küsste meinen Hals und ließ ihre Zunge über meine nackte Brust wandern. Ihre Haut auf meiner verdrängte meine dunklen Gedanken. Ich schloss die Augen und legte den Kopf in den Nacken. Was immer sie wollte, ich würde es ihr geben. »Was ist der Deal?«, flüsterte ich.

Noch vor zwei Stunden dachte ich, ich würde sie verlieren und jetzt drückte sich ihr warmer Körper gegen mich und ließ mich wissen, dass sie mich wollte.

»Ich bringe deine Gedanken zum Schweigen, wenn du mich zum Schreien bringst.«

Mit einer Hand griff ich ihr Haar im Nacken und riss ihren Kopf zurück. Ich biss in ihren Hals, schmeckte sie und knabberte an ihrem Ohrläppchen. Mein Schwanz stand, ohne dass sie viel getan hatte.

»Ahh … klingt, als bist du dabei«, stöhnte sie und schob ihre Zunge in meinen Mund, während sie eine Hand in meine Jogginghose gleiten ließ und meinen Ständer streichelte.

Ich packte sie bei den Hüften, damit sie sich hinlegte, schob meine Hose nach unten und zog sie aus. Ich beugte mich zu ihrem Ohr und ließ meine Zunge über die Stelle an ihrem Hals wandern, an der ich ihren Puls pochen spürte. »Spreiz die Beine, ich will sehen, was mir gehört.«

Meine Worte ließen sie aufstöhnen. Sie gehorchte, nahm ihn in ihre Hand, positionierte ihn und kniff die Augen zusammen, als ich mich langsam in sie schob. Gott, sie fühlte sich so verdammt gut an.

Ich griff ihre Hüften und presste sie gegen meinen Schoß, um tiefer in sie eindringen zu können. Ihre Wangen röteten sich, sie warf den Kopf zurück. »Ja, ah, du fühlst dich so gut an.«

»Fuck!«

Ihre Pussy war nass und so eng, dass mich jeder Stoß wahnsinnig machte. Ich hob ihr Becken an und rammte mich in sie.

»Sag was«, stöhnte sie. Sie öffnete die Augen und lehnte ihre Stirn gegen meine. Ich saugte an ihrer Unterlippe, schob eine Hand zwischen ihre Beine und massierte sie. »Willst du reden oder gefickt werden?«

Storm lächelte, ihr Atem ging schnell. »Gut so, mach weiter. Härter.«

Gott, sie bekam nicht genug. Ich griff ihre Handgelenke mit einer Hand und hielt sie über ihrem Kopf zusammen. Jeder Muskel in meinem Körper spannte sich an. Sie trieb mich Stück für Stück in den Wahnsinn. Ich stieß in sie, härter, tiefer, saugte abwechselnd an ihren Nippeln und presste ihren Rücken in die Couch, bis sie sich unter mir kaum noch bewegen konnte. »Komm schon, du kleine Schlampe. Mach die Beine breit.«

»Oh Gott!«

Mit meiner freien Hand griff ich ihr rechtes Knie und spreizte es. »Brauchst du das?«

Sie nickte, brachte mir ihre Lippen entgegen und versuchte, mich zu küssen, doch ich genoss das Spiel, wich zurück, zog ihn raus und rieb mit der Spitze über ihre Klit.

»Harlan, mach weiter. Ich bin gleich so weit.« Sie stöhnte und sah mich an. Fuck, beim Anblick ihrer vom Schweiß glänzenden Stirn, ihrer kleinen, festen Brüste, die sich unter ihren schnellen Atemzügen hoben und senkten, zuckte mein Schwanz. Es kostete meine ganze Willenskraft, nicht gleich auf ihren Titten zu kommen.

»Mach weiter.«

Ich biss in ihr Kinn. »Bitte mich darum.«

»Bitte, mach weiter.«

»Bist du ein anständiges Mädchen?« Ich liebte es, mit ihr zu spielen. Sie so hungrig zu erleben.

Storm leckte sich die Unterlippe und nickte. »So anständig wie du willst, aber jetzt mach bitte weiter.« Sie brachte mir ihr Becken entgegen, war gierig und bereit und ich hielt es nicht länger aus. Mit einem harten Stoß rammte ich mich in sie und fickte sie, bis ich das Gefühl hatte, vor Lust zu platzen. Ich erstickte ihre Schreie mit meinem Mund und vergrub meinen Schwanz so tief in ihr, bis sie nur noch wimmerte. Unter jedem Stoß wippten ihre Titten im Takt. Meine Bauchmuskeln zogen sich zusammen, ich stand kurz davor. »Komm schon. Du machst mich verrückt. Komm auf meinem Schwanz.«

»Oh Gott … ja, ja. Ah … Harlan.«

Es war unglaublich, wie sie auf meine dreckigen Worte reagierte. Ihr Unterleib zog sich rhythmisch zusammen und ich rammte meinen Schwanz ein letztes Mal in sie, bis ich so heftig kam, dass ich in ihre Schulter biss, um mein Stöhnen zu unterdrücken.

~~~

Seit letzter Nacht spürte ich zum ersten Mal so etwas wie Frieden. Jetzt, wo sie es wusste, fühlte ich mich ihr näher als je zuvor. Näher als irgendjemandem in den letzten Jahren. Und ich spürte Hoffnung. Wenn Storm mich ansah, lag noch immer Wärme in ihrem Blick. Falls sie Mitleid empfand, versteckte sie es gut und dafür dankte ich ihr. Dafür, dass sie mir trotz ihrer Bedenken vertraute. Ich hoffte nur, dass sich, egal, was heute geschah, nichts daran änderte.

Und es gab mehr Menschen, die mir vertrauten. Einer von ihnen würde sich bald wünschen, es nicht getan zu haben.

Im Vorbeigehen nickte ich Desmond zu, der mich mit gewohnt grimmigem Blick musterte. Ich bewunderte seine Gelassenheit, denn er riskierte mehr als ich. Falls die Sache schiefging, würde er mit seinem Leben bezahlen. Ich straffte die Schultern, klopfte an die Tür und öffnete sie, ohne seine Antwort abzuwarten.

Mein Vater hob den Kopf und bedeckte mit einer Hand das Mikrofon des Telefons. »Nicht jetzt«, zischte er und wollte sich wieder seinem Gesprächspartner zuwenden, doch ich setzte mich. Seine Geschäfte konnten warten.

»Boyd? Ich melde mich wieder.« Er legte auf und musterte mich mit düsterer Miene. »Was gibt es so Wichtiges, dass du mich hierbei unterbrechen musst?«

Wie ein ungehorsames Kind, das Strafe erwartete, senkte ich den Blick. »Die Sache mit Torres tut mir leid. Ich habe überreagiert.«
~~~

»Und dieser plötzliche Sinneswandel ist dir über Nacht gekommen?« Natürlich zweifelte er.

»Ich habe lange über das nachgedacht, was du gesagt hast. Ich war blind und habe mich von meinen Gefühlen leiten lassen. Ich hatte Angst, weil ich mir nicht eingestehen wollte, wie ich wirklich bin. Dass ich mehr dein Sohn bin, als ich es zugeben wollte.«

Mein Vater faltete die Hände, legte sie auf den Schreibtisch und beugte sich vor. »Und durch Torres ist dir das bewusst geworden?«

Die Muskeln in meinen Armen verkrampften sich, weil ich die Hände zu Fäusten ballte. »Du hast mir Macht anvertraut. Und das hat mir Angst gemacht, denn es hat mir gefallen.«

Die Mundwinkel meines Vaters zuckten leicht. Er strich sich über den Bart und nickte nachdenklich. »Ist das so, ja?«

»Tut mir leid, dass ich dadurch das Geschäft ruiniert habe.«

Das Lächeln, das sich auf seinem Gesicht ausbreitete, beunruhigte mich.

»Vielleicht kannst du es wiedergutmachen.« Er erhob sich aus dem Sessel, öffnete die Tür und lief in den Gemeinschaftsraum. Mit einem mulmigen Gefühl im Magen folgte ich ihm.

»Miss Monroe?«, rief er und sah sich im Raum um. Der grauhaarige Typ namens Harrison saß auf der Couch und las Zeitung. Drei andere Männer standen umher und unterhielten sich angeregt.

Ich hatte nicht gewollt, dass Storm auch nur einen Tag länger für meinen Vater arbeitete, aber wir mussten versuchen, uns nichts anmerken zu lassen. Wäre sie heute nicht aufgetaucht, hätte er sofort Verdacht geschöpft und für meinen Plan brauchte ich sein Vertrauen.

Storm kam lächelnd aus der Küche. Das Kleid flatterte um ihre Beine, sie wirkte frisch und unbeschwert wie immer, doch in ihren Augen erkannte ich Angst. Ich hatte ihr alles erzählt. Jedes hässliche Detail, das ich jahrelang vor allen versteckt hatte. Sie wäre dumm, hätte sie keine Angst.

»Was kann ich für Sie tun, William?«

Dieses Mal erwiderte mein Vater ihr Lächeln nicht. Sein Gesichtsausdruck verhärtete sich und ich wusste, dass er etwas vorhatte.

»Mein Sohn hat beschlossen, dass Sie Ihr Geld von nun an wie alle anderen Mädchen hier verdienen werden.« Er beugte sich so nah an ihr Gesicht, dass seine Lippen beinahe Storms Wange berührten. »Sie sollten auf ihn hören. 35 Sheffield Street. Ihre Mutter lebt in einem schönen Viertel. Aber auch dort geschehen Unfälle. Es ist nicht einfach als Witwe.«

Ich schob die Hände in die Jackentaschen und zwang mich, ruhig zu bleiben. *Das ist deine letzte Chance. Du musst es beenden. Du beschützt sie, ihr passiert nichts.*

Storms Augen weiteten sich, sie erstarrte.

»Noch weniger leicht ist es als Waise«, fuhr er fort. »Ganz alleine auf der Welt, ohne Familie, Freunde oder die *Liebe.* Kein schönes Gefühl oder, Miss Monroe? Tun Sie, was man von Ihnen verlangt.«

Er wandte sich an mich. »Sie bedeutet dir nichts? Ich will Beweise.«

»Ich sagte doch, ich bin zur Vernunft gekommen.« Ich griff Storms Oberarm und zog sie zu mir. »Desmond kann sie vögeln.«

Er lachte. »Ich denke, er würde sich freuen, aber es gibt da jemanden, der es mehr zu schätzen wüsste.«

»Okay, wer auch immer.«

Storm öffnete den Mund, starrte mich an, als wäre ich verrückt geworden, und ich war nicht sicher, ob es zur Show gehörte oder sie wirklich Angst vor mir hatte. »Bitte nicht, Harlan.« Ihr Atem beschleunigte sich, aber mir blieb keine andere Wahl, als das Spiel vorerst mitzuspielen.

Mit dem Kopf deutete mein Vater zu Harrison, der genüsslich an einer Zigarre zog und uns über den Rand seiner Zeitung beobachtete. Sein Blick ruhte auf Storm, er leckte sich die Lippen.

»Er hat schon lange ein Auge auf Sie geworfen.« Mein Vater winkte ihn zu uns herüber. Storms Augen füllten sich mit Tränen. Sie versuchte, sich loszureißen, doch ich verstärkte den Griff um ihren Arm und schüttelte sie. »Halt die Schnauze.«

»Alan.« Mein Vater ignorierte ihren Protest. Er klopfte Harrison auf die Schulter. »Heute ist Ihr Glückstag. Mein Sohn hat beschlossen, seine Eroberung zu teilen. Miss Monroe steht Ihnen zur freien Verfügung.«

Innerlich zerbrach ich, doch äußerlich wirkte ich gelassen wie immer.

Harrison musterte Storm mit einem dreckigen Lächeln. »Sie scheint nicht sonderlich begeistert zu sein. Die anderen Damen sind kooperativer.«

»Seile und Handschellen sind im Zimmer.« Mein Vater lachte. »Aber ich bin sicher, Sie werden Spaß mit ihr haben.«

Harrison streckte seine Hand aus, wollte über Storms Wange streicheln, doch im selben Moment spuckte sie ihm ins Gesicht. »Behalt die Finger bei dir, du Schwein!« Sie warf sich hin und her, versuchte ihren Arm zu befreien, doch ich hielt sie fest.

»Schlampe!« Harrisons flache Hand klatschte in ihr Gesicht, es flog zur Seite.

Ich bring dich um, du Bastard.

Als er erneut ausholte, riss ich die Hand hoch. »Nicht! Mädchen wie sie benehmen sich besser, wenn man sie vorsichtig behandelt.«

Die Muskeln in ihrem Arm entspannten sich, sie weinte noch immer, aber schwieg, als ob sie verstand, was ich bezwecken wollte.

Mein Vater legte den Kopf schief. »Vielleicht ist das das Problem. Du bist du sanft zu ihr. Los, zeig ihr, wie sich Mädchen zu benehmen haben.«

Nein. Ich starrte ihn an, mein Magen zog sich zusammen, noch nie war mir so übel gewesen.

Storm schluchzte. Sie hob das Kinn, als ermutigte sie mich, doch wie sollte ich ihr wehtun, wenn alles, was ich wollte, sie beschützen war. Doch mir blieb keine Wahl. Es endete heute. Ich spürte den stechenden Blick meines Vaters, biss die Zähne zusammen, holte aus und schlug Storm ins Gesicht. Sie schluchzte, hielt sich die Wange.

Mein Vater lächelte zufrieden. »Ich denke, Sie wird Ihnen jetzt keine Schwierigkeiten mehr machen.«

»Wird sie nicht, aber ich will zusehen«, antwortete ich.

Harrison und mein Vater sahen mich erstaunt an. »Ich muss sagen, du überraschst mich. Wenn Alan nichts dagegen hat …«

»Überhaupt nicht«, antwortete Harrison und schüttelte heftig den Kopf. »Zuschauer geben dem Ganzen das gewisse Extra. Bringen Sie sie aufs Zimmer und fesseln Sie sie. Ich will nicht, dass die kleine Wildkatze wieder auf mich losgeht.«

Ich nickte, zerrte Storm hinter mir her und suchte fieberhaft nach einer Lösung. Desmond verzog keine Miene, als wir gefolgt von Harrison an ihm vorbeiliefen und das Schlafzimmer betraten. Wie sollte ich Harrison aufhalten, ohne meinen Vater misstrauisch zu machen?

Ich warf Storm aufs Bett, beugte mich über sie und umwickelte ihre Handgelenke mit einem Seil, das ich an die Eisenstäbe des Bettes knotete. Storm sah mich mit großen Augen an, sie weinte und schüttelte heftig den Kopf. »Nein Harlan. Bitte nicht. Bitte nicht.« Ich warf einen Blick über meine Schulter. Harrison war damit beschäftigt, sein Jackett aufzuknöpfen. Ich griff in meine Hosentasche und drückte Storm meine Wagenschlüssel in die Hand.

»Es ist locker«, flüsterte ich. »Vertrau mir. Dir wird nichts passieren. Du weißt, was zu tun ist.« Kaum merkbar nickte sie.

Als ich vom Bett aufstand und mich umdrehte, hatte Harrison die Tür geschlossen und sah mich erwartungsvoll an. Meine Kehle schnürte sich zusammen. Sie in diese Situation zu bringen, war riskant, doch wir mussten das Spiel zu Ende spielen. Ich hoffte nur, dass Desmond schnell reagieren würde. Ich nahm auf dem Ledersessel gegenüber dem Bett Platz, ballte meine Fäuste und zwang mich, hinzusehen.

Harrison, der nur noch Shorts trug, krabbelte aufs Bett. Er beugte sich über Storm, küsste ihren Hals und stöhnte, als seine Hand über ihren Bauch glitt. Storm weinte leise, sie wand sich unter ihm, aber leistete keinen Widerstand.

Mach endlich. Bitte tu was. Ein saurer Geschmack breitete sich in meinem Mund aus. Ich bewunderte ihre Gelassenheit. Nur mit Mühe konnte ich mich noch zurückhalten, ihn nicht von ihr zu zerren und ihm eine reinzuhauen.

Storm hob den Kopf und bewegte vorsichtig die Arme. Ich hatte das Seil lose geknotet, sodass sie ihre Hände leicht herausziehen konnte. Sie küsste Harrisons Hals und stöhnte. Er war zu sehr damit beschäftigt, ihre Brüste zu kneten, als dass er bemerkte, wie Storms Hände aus den Schlaufen des Seils glitten.

»Es ist gut, besser, als ich dachte«, stöhnte sie. »Aber das ist noch besser.« Bevor Harrison realisierte, was geschah, rammte sie ihm ihr Knie zwischen die Beine.

»Scheiße, verdammt!« Er krümmte sich, hielt sich den Schritt, doch Storm reagierte geistesgegenwärtig und rollte sich zur Seite, noch bevor er auf sie fiel. Sie krabbelte vom Bett, riss die Tür auf und rannte davon.

Adrenalin peitschte durch jede Faser meines Körpers, doch ich war erleichtert, dass sie in Sicherheit war. Ich erhob mich, rief Desmond und verließ den Raum. Desmond, der noch immer neben der Tür stand, gab sich unbeeindruckt. »Holen Sie sie zurück.«

Er nickte und eilte davon. Natürlich würde er Storm nicht zurückbringen. Er würde dafür sorgen, dass es ihr gut ging.

Ich lief zum Büro und riss die Tür auf. Mein Vater zuckte zusammen.

»Sie hat Harrison in die Eier getreten und ist abgehauen. Ich habe Desmond hinterhergeschickt, um sie zu holen.«

»Verdammt! Wie konnte sie sich befreien?«

Ich zuckte mit den Schultern. »Ich hätte nicht gedacht, dass sie so flink ist.«

»Ist das so, Harlan?«

Ich sah ihm fest in die Augen. »Was soll ich noch tun, damit du mir wieder vertraust? Frag Harrison, es war so, wie ich es sage.«

Er stand auf und kniff sich in den Nasenrücken. Erst jetzt erkannte ich, wie blass und müde mein Vater wirkte. »Du hast recht. Ich hoffe, Desmond findet sie. Wir dürfen nicht riskieren, dass sie zur Polizei geht.«

»Das wird nicht passieren. Kümmere du dich um Harrison. Er wird wütend sein.«

»Er beruhigt sich auch wieder. Zwei Stunden mit Sofia und er vergisst alles. Jetzt verstehst du hoffentlich, warum ich Frauen aus Russland engagiere. Die sind nicht aufmüpfig und vor allem arbeiten sie professionell.« Er klopfte mir im Vorbeigehen auf die Schulter. »Ich spreche mit Harrison. Kannst du hier weitermachen? Der Kunde erwartet meinen Rückruf. Die Details findest du …«

»Auf der Festplatte«, unterbrach ich ihn.

Kaum hatte er das Büro verlassen, schloss ich die Tür, drehte den Schlüssel um, hängte das Bild ab und öffnete den Safe. Ich nahm die Festplatte heraus, schloss sie am Computer an und gab den Code ein. Zahlenkombinationen, deren Bedeutung ich mittlerweile kannte, erschienen auf dem Bildschirm. Ich steckte den mitgebrachten USB-Stick in den Computer, markierte alles und klickte auf kopieren. Mit den Fingern trommelte ich auf den Schreibtisch, während mein Blick abwechselnd vom Bildschirm zur Tür wanderte. Vierzig Prozent. Ich hörte Stimmen aus dem Wohnbereich. Fünfzig Prozent. Schritte polterten über das Parkett im Flur. Schweiß bildete sich auf meiner Stirn. Sechzig Prozent. Es klopfte an der Tür. »Mr. Avery?«

»Ich bin im Gespräch«, rief ich und hoffte, Sofia würde verschwinden.

»Mr. Desmond ist zurück. Er lässt Ihnen ausrichten, er hat Storm nicht gefunden.«

Ich atmete aus und starrte auf den Bildschirm. Der grüne Balken zeigte fünfundachtzig Prozent an, doch er bewegte sich nicht weiter. »Gut, ich komme gleich.«

»Er redet jetzt mit Ihrem Vater.«

»Ich komme gleich!«

Ihre Absätze klackerten über den Boden, sie hielt inne und kam wieder näher. »Mr. Avery?«, flüsterte sie. »Beeilen Sie sich, Ihr Vater ist aufgebracht.« Endlich verschwand sie. Die Stimmen aus dem Wohnbereich wurden lauter.

Ich knetete meine Hände, lockerte sie und wiederholte das Ganze. Langsam, Millimeter für Millimeter kroch der Balken weiter. Storm war vorerst in Sicherheit, doch ich musste den letzten Schritt gehen, damit es so blieb.

Plötzlich ertönte ein Schrei, der sofort wieder erstarb. Sofia. Ich wollte nicht wissen, was Harrison jetzt mit ihr anstellen würde. Jetzt, wo Storm entkommen war und er seine Männlichkeit beweisen musste. Doch weder Desmond noch ich konnten ihr helfen, wenn wir unseren Plan nicht gefährden wollten.

»Harlan?«

Erschrocken zuckte ich zusammen. Mein Puls raste.

»Sofort«, rief ich und starrte auf den Bildschirm. Achtundneunzig Prozent. Mein Vater rüttelte an der Tür. »Mach auf! Warum schließt du ab?«

Ich hielt den Atem an. Neunundneunzig. Hundert. Mit zittrigen Fingern zog ich den USB-Stick aus dem Computer, steckte ihn in meine Hosentasche und schloss die Tür auf.

»Warum schließt du die Tür ab?« Seine blassen Augen musterten mich abschätzig. Desmond stand hinter ihm. Sein Blick verriet nichts und ich fragte mich, ob jemand wie er jemals nervös wurde. Desmond war eine Maschine.

»Entschuldige, ich wollte auf Nummer sicher gehen.«

Die beiden drängten sich an mir vorbei, mein Vater nahm hinter dem Schreibtisch Platz und sah auf den Bildschirm. Meine Kehle zog sich zusammen. Ich ließ mich auf dem Stuhl neben Desmond nieder. »Wo ist Storm?«, fragte ich.

»Sie ist klug. Sie ist nicht zu ihren Freunden gefahren. Ich habe sie noch nicht gefunden«, antwortete Desmond und nickte meinem Vater zu. »Aber ich werde sie finden und dann wird sie sich wünschen, ich wäre nur Harrison.«

Mein Vater atmete aus, das Pfeifen in seiner Lunge klang lauter als gewöhnlich. In den letzten Tagen war er um Jahre gealtert. Er konnte seine Krankheit nicht länger verstecken. »Wir müssen versuchen, den Schaden so gering wie möglich zu halten. Ich glaube nicht, dass sie zur Polizei gehen wird. Sie hat sicher noch Sachen bei dir«, er wandte sich an mich. »Falls sie auftaucht …«

»Halte ich sie fest. Keine Sorge. Aber ich glaube nicht, dass sie sich traut.«

Mein Vater rieb sich den Nacken. »So ein Miststück! Harrison ist außer sich.«

»Geht's Sofia gut? Es macht keinen guten Eindruck, wenn man den Mädchen etwas ansieht.«

Er winkte ab. »Sofia ist seit zwei Jahren hier, soll er sich abreagieren. Torres liefert nächste Woche frische Mädchen.«

Ich erhob mich. Jede Minute schnürte sich meine Kehle mehr und mehr zusammen. »Tut mir leid, wie alles abgelaufen ist. Wenn du mich hier nicht mehr brauchst, fahre ich nach Hause und suche Storm.«

»Nimm Desmond mit.«

Er wandte sich an ihn. »Während mein Sohn zu Hause wartet, behalten Sie seine Freunde im Auge. Irgendwo muss sie ja auftauchen.«

Ohne ein Wort verließen Desmond und ich das Haus. Als die Bremslichter seines Wagens erloschen und er mit Vollgas davondonnerte, fuhr ich ihm hinterher und hoffte, der Albtraum läge bald hinter uns.

~~~

Desmond bog in die Einfahrt meines Hauses, stellte den Motor ab, aber stieg nicht aus. Ich parkte den Camaro vor der Garage, ging zu Desmond und setzte mich auf den Beifahrersitz.

»Ich hab noch nie so geschwitzt. Wo ist Storm?«

Er rieb sich das Kinn. »Ich habe sie wirklich nicht gefunden. Bei Ms. Andrews oder Ms. Richardson war sie jedenfalls nicht. Sie ist nicht dumm, machen Sie sich keine Sorgen. Haben Sie den Stick?«

Ich zog den USB-Stick aus der Hosentasche und reichte ihn Desmond, der ihn in seiner Jackentasche verschwinden ließ. »Wann ist es so weit?«

»Wahrscheinlich stürmen meine Kollegen in dieser Minute den Club und verhaften Ihren Vater. Ich kann mich auf Ihre Aussage verlassen?«

Ich nickte. »Ich würde mich nur gerne noch von meinen Freunden verabschieden. Sie müssen alles erfahren.«

Desmonds Blick veränderte sich. Es war, als legte er für einen Moment die Maske ab. In diesem Augenblick wirkte er wie einer der Jungs und ich erinnerte mich daran, dass er nur zwei Jahre älter als ich war. »Was ich an dem Abend gesagt habe, meine ich so. Sie sind kein schlechter Mensch. Ich habe schon viele Mörder, Vergewaltiger und Kinderschänder gesehen.« Er strich sich durch die Haare. »Und keiner von denen hat es bereut oder versucht, es wiedergutzumachen. Niemand von denen war bereit, so viel für jemand anderen zu riskieren.«

»Mord verjährt nicht. Sie müssen mich verhaften.«
~~~

»Einen Scheiß muss ich. Such dein Mädchen, entschuldige dich für die Ohrfeige und sieh zu, dass es ihr gut geht.«

»Mein Vater wird erzählen, was passiert ist, ich komme so oder so ins Gefängnis.«

Desmond lachte. »Er ist auch wirklich ein glaubwürdiger Zeuge. Seine Zeit ist vorbei. Die Kohle wird ihn jetzt nicht mehr retten, dafür werde ich sorgen. Weißt du eigentlich, wie lange ich an ihm dran war?« Er seufzte. »Mann, ich kenne meinen richtigen Namen selbst kaum noch.«

»Versuch's.«

»Braxton Morris.« Seine dunklen Augen glänzten. »Ich kann es kaum erwarten, wieder ich selbst zu sein. Der Kampf hat mir übrigens gefallen. Sorry, dass ich dich fertiggemacht habe.«

»So was lernt man nicht bei der Ausbildung, oder?«

Braxton schüttelte den Kopf. »Ich hab vorher verschiedene Kampfsportarten ausgeübt, nicht so verkehrt als Cop. Und ich war Trainer für Thaiboxen. Der Kampf in der Turnhalle, das war super. Da hatte ich das Gefühl, für einen Moment wieder ich selbst zu sein.«

»Wie hast du das ausgehalten? Ich meine, sich so zu verstellen, das ist …«

Eindringlich sah er mich an. »Irgendwas sagt mir, dass du die Antwort darauf kennst.«

Ja, das tat ich. Wenn man lange genug übte, spielte man die Rolle nicht mehr. Man wurde dazu. Ein anderer Mensch. Jemand, der nicht mehr viel mit der ursprünglichen Version seines Selbst gemeinsam hatte. Ich fragte mich, ob es ein Zurück gab, wenn man einen gewissen Punkt überschritten hatte, und woher man wusste, welche Version noch die echte war.

»Warum? Warum gibt man freiwillig seine Identität auf und hofft jahrelang auf den Tag, an dem sich das alles lohnt?«

Braxton richtete den Blick auf die Windschutzscheibe und sah hinaus. »Es ist was Persönliches. Dein Vater hat viele Leben zerstört und ich habe mir geschworen, dass ich seins zerstöre.«

Sein Handy klingelte, er nahm es aus dem Handschuhfach und ging ran. »Ja? Ja, ich habe alles geklärt, wird er. Okay, bis gleich.« Er legte auf. »Ich muss los. Die brauchen mich da. Such sie, rede mit ihr. Und hör mit dem scheiß Selbstmitleid auf. Du hast mir geholfen, jetzt helfe ich dir. Du gehörst nicht in den Knast.«

Ich wollte widersprechen, ihm sagen, dass ich genau dort hingehörte, doch ich schwieg. Noch vor ein paar Wochen hätte ich darauf bestanden, meine Strafe zu bekommen. Doch die Dinge hatten sich geändert. Meine Gefühle für Storm hatten sich geändert. Und auch, wenn es egoistisch war, ich wollte nicht mehr ohne sie sein.

Ich stieg aus und beugte mich in den Wagen. »Meld dich, wenn ich aussagen soll.« Ich schlug die Tür zu und sah ihm so lange hinterher, bis die Rücklichter seines Wagens in der Dunkelheit verschwunden waren. Storm war weder bei Farren noch bei Blake. Sie war sicher verängstigt. Ich überlegte, wo sie sein konnte, und erinnerte mich an ihre Worte. *Ich sehe immer noch das Licht.*

Ich stieg ins Auto und fuhr los.

Kapitel 20

STORM

Die Wellen ließen mein Board sanft schaukeln, über mir funkelten die Sterne. Es war ein Moment des Friedens. Frieden, den ich so sehr brauchte, nach allem, was geschehen war. Meine Wange brannte noch immer von den Schlägen, die Harrison und Harlan mir zugefügt hatten. Und auch, wenn ich wusste, dass Harlan es nur getan hatte, um seinen Vater zu überzeugen, ging mir der Blick nicht mehr aus dem Kopf, mit dem er mich dabei angesehen hatte. Wie ein anderer Mensch. Ich mochte es mir nicht eingestehen, versuchte, es zu verdrängen, aber für einen kurzen Moment hatte ich das Monster gesehen. Ich schämte mich, dass ich so dachte. Harlan wollte mir helfen. Doch seit seinem Geständnis schlichen sich Gedanken in meinen Kopf, die das Grauen zurückbrachten. Der Anblick meines toten Vaters. Seine weit aufgerissenen, hervorgequollenen Augen. Die Schlinge um seinen Hals. Hinzu kamen die Bilder von Harlan, wie er seine Freundin tötet, oder das, was im Club passiert war.

Ich ließ meine linke Hand ins Wasser gleiten, setzte mich auf und sah in Richtung Strand, wo mein Trailer stand. Zum ersten Mal seit Ewigkeiten wollte ich alleine sein. Ich brauchte Zeit für mich, denn so viel war geschehen, Dinge hatten sich geändert. Bisher wusste ich nicht, ob Harlans Plan funktioniert hatte und William verhaftet worden war. Solange war ich hier draußen nicht sicher. Ich legte mich auf den Bauch und paddelte zurück zum Ufer. Als ich den Strand erreichte, entdeckte ich Harlan. Wie früher saß er einfach nur da und starrte aufs Meer. Ich nahm mein Handtuch, schlang es um die Schultern, legte das Board in den Sand und setzte mich neben ihn.

»Woher wusstest du, dass ich hier bin?«

»Du liebst diesen Ort. Das Geräusch des Wassers entspannt dich.« Er sah mich an. »Mein Vater wurde verhaftet.«

»Gott sei Dank. Sind Sofia und die anderen Mädchen in Sicherheit?«

»Ich weiß es nicht. Es tut mir leid, dass ich dich geschlagen habe. Dass ich dich in Gefahr gebracht habe.« Er griff meine Hand und streichelte mit dem Daumen über meinen Handrücken. »Lass uns gehen. Ich verspreche, dass dir nichts mehr passiert. Du bist sicher, das ist alles, was ich wollte.«

Ich beugte mich zu ihm und küsste seine Wange. »Ich bleib heute hier. Ich muss ein bisschen nachdenken. Das alles erst mal sacken lassen.«

»Ich habe dir Angst gemacht.« Harlans Blick wanderte erneut aufs Meer, das schwarz und ruhig vor uns lag. In der Ferne erhellte der Mond einen Fleck. Ich wollte ihn nicht verletzen, doch es stimmte, er hatte mir Angst gemacht.

»Du bist manchmal schwer einzuschätzen. Ich weiß, dass du mir nie mit Absicht wehtun würdest, aber alles, was in den letzten Tagen passiert ist … ich sehne mich nach ein bisschen Ruhe. Die Hochzeit ist bald und da will ich fit sein.« *Was gäbe ich jetzt für einen Joint.*

Harlan zog seine Hand weg und stand auf. »Ich weiß, wie krank die Sache ist. Mein Vater, der Club, Emmy. Der ganze Scheiß. Ich habe keine Ahnung, was als Nächstes kommt, aber ich weiß, was ich will. Wenn ich in den letzten Wochen etwas gelernt habe, dann das. Und du gehörst zu mir.«

Ich stellte mich dicht vor ihn und lächelte. »Glaub mir, so schnell wirst du mich nicht mehr los. Sehen wir uns morgen bei Blake? Sie wird bestimmt allmählich nervös wegen der Hochzeit.«

Er nickte, legte seine Hände an meine Hüften und zog mich dicht zu sich. Ich atmete seinen frischen Duft ein und küsste seinen Hals.

»Versprich mir, dass du die Tür abschließt. Er ist zwar hinter Gittern …«

Ich löste mich von ihm und gab ihm einen letzten Kuss. »Versprochen. Schlaf gut.«

~~~

Schon vor einer Stunde war ich zu Blake gefahren, um die letzten Details der Hochzeit zu besprechen. Die Blutergüsse hatte ich überschminkt, damit niemand Fragen stellte.

Tate streckte die Arme nach mir aus, als Blake eine Flasche Wasser aus dem Kühlschrank nahm.

»Schorm, Schorm«, rief sie und wand sich wie ein Wurm auf Blakes Arm.

Blake gab sie mir. »Wahrscheinlich merkt sie, dass ich mit den Gedanken gerade woanders bin. Warum verdammt noch
~~~

mal bin ich so nervös?« Sie rückte ihr schwarzes Basecap zurecht und verzog den Mund. »Ist ja nicht so, dass ich unsicher bin. Aber Hochzeiten sind irgendwie so … keine Ahnung. Meine Eltern und Grandma nehmen das so ernst. Alles soll streng nach Plan verlaufen. Ein Wunder, das sie uns nicht reinreden.«

Tate zog feste an einer Haarsträhne, die mir in die Stirn fiel, und stopfte sie sich in den Mund. Ich lachte und befreite meine nassen Haare. »Tja, deine Familie ist halt traditionell. Aber immerhin interessieren sie sich für dein Leben. Du bist ihnen wichtig.«

»Hat deine Mom nicht mehr angerufen?«

Ich schüttelte den Kopf. Natürlich hatte sie das nicht. Solange sie nichts brauchte, rief sie nicht an.

Die Haustür fiel ins Schloss. Farren stürmte auf uns zu, umarmte mich und küsste Tate auf die Wange. »Hey ihr Muggel!« Sie schnappte nach Luft, stützte die Hände auf die Knie und beugte sich nach vorne, als wäre sie einen Marathon gelaufen.

»Was ist los? Wollten die Jungs nicht mitkommen?«, fragte ich.

Sie hob den Kopf. »Doch, aber Harlan wollte vorher irgendwas mit ihnen besprechen. Er hat mich oben an der Ecke rausgelassen, ich bin hergerannt.«

»Aha und natürlich musst du dich völlig verausgaben, um uns das zu erzählen?« Blake verdrehte die Augen. Ich verkniff mir ein Lachen. Mittlerweile mochte ich ihre mürrische Art. Die anderen nannten sie manchmal den Grinch, es passte perfekt.

Farren störte sich nicht an Blakes Tadel, sie griff nach der Wasserflasche auf der Theke und trank einen großen Schluck. Ihre Stirn glänzte, ihre Wangen glühten. »Ihr glaubt ja nicht, wer bei ihm war. Der große Typ vom Kampf! Und nein Blake …« Farren hob die Hand, ehe Blake etwas erwidern konnte. »Komm mir jetzt nicht mit ›das interessiert mich nicht‹. Harlan schleppt das Phantom an, wenn das nicht merkwürdig ist.«

Ich setzte Tate auf den Boden, die sofort davontapste, um Honey zu jagen. Warum wollte Harlan Desmond den Jungs vorstellen? Hatte es etwas mit seinem Vater zu tun?

»Bist du sicher, dass es der Typ war?«, fragte Blake. »Ich kann mir kaum vorstellen, dass er auf einmal mit dem Kerl befreundet ist, der seine Freundin blöd angemacht hat.«

»Ohh, Freundin? Hab ich was verpasst?« Farren zog die Augenbrauen hoch. »Sag nicht, ihr seid endlich zusammen.«

Bisher hatte ich den beiden weder von mir und Harlan noch von der Sache mit seinem Vater erzählt. Harlan bestand darauf, ihnen selbst alles zu erklären. Und ich war nicht sicher, ob wir fest zusammen waren. Ob Harlan dazu bereit war, es offiziell zu machen.

»Ich bin nicht seine Freundin.«

»Aber du wohnst bei ihm«, entgegnete Blake. »Also seid ihr so gut wie verheiratet.«

Farren prustete los und Tate, die mit ihrem Ball spielte, hielt inne und fiel in ihr Lachen ein.

»Ich liebe deinen trockenen Humor. Eiskalt.«

Blake warf ihr einen Blick zu, als hätte sie den Verstand verloren. »Er wollte, dass sie bei ihm einzieht. Wir reden hier von Harlan.«

Sie sah mich an und lächelte dreckig. »Verdammt, du hast ihm so den Kopf verdreht. Du kannst dir nicht vorstellen, wie glücklich mich das macht. Ich glaube, das ist das beste Hochzeitsgeschenk.«

»Oh, bist du süß, Blake«, rief Farren. »Sag nicht, du wirst jetzt doch noch romantisch.«

»Spinn nicht rum, Zwerg. Wenn es jemand verdient hat, glücklich zu sein, dann wohl Harlan.«

Nur, dass er das anders sieht.

Farren und Blake redeten weiter, doch ich hörte nicht mehr richtig hin. Stattdessen kramte ich in meiner Handtasche nach dem Handy und sah aufs Display, ob Harlan mir eine Nachricht hinterlassen hatte. Kein entgangener Anruf, nichts. *Alles ist gut. Es ist vorbei.*

Doch meine Hände zitterten trotzdem.

»Alles gut?«, fragte Farren. »Du bist auf einmal so still.«

»Ich …«

In diesem Moment öffnete sich die Haustür und Schritte näherten sich. Tyler und Kieran kamen zuerst herein, gefolgt von Elisha, Harlan und … Desmond. Bevor ich etwas sagen konnte, war Harlan bei mir, nahm mich an der Hand und zog mich zur Seite. »Hi.« Er gab mir einen Kuss.

»Namaste?«

Harlan lachte, wahrscheinlich bemerkte er die Fragezeichen auf meiner Stirn. »Braxton ist cooler, als wir angenommen haben, und er boxt gerne. Ich dachte, ich stelle ihn den Jungs vor und mache dabei gleich reinen Tisch.«

»Braxton? Reinen Tisch?« Ich brachte weniger Wörter als ein Neandertaler zustande.

Harlan strich mir eine Strähne hinters Ohr. »Desmond ist nicht sein richtiger Name.«

»Ja schon klar, das mit dem verdeckten Ermittler habe ich auch kapiert.« Ich sah mich nach den anderen um, die mittlerweile um den Esstisch saßen und sich angeregt mit Braxton unterhielten. »Aber auf einmal ist er so was wie ein guter Freund?«

»Er ist okay, wir verstehen uns.«

»Gibt's was Neues von William?«

Sein Lächeln verschwand. »Ich soll nachher nur meine Aussage machen und …« Er schlug sich mit der Hand gegen die Stirn. »Scheiße. Ich habe mein Portemonnaie vergessen. Ich brauche den Ausweis.«

»Geht sicher auch ohne. Braxton ist doch jetzt dein Kumpel.« Ich zwinkerte ihm zu. »Und du willst es den anderen heute wirklich erzählen? Auch das von Emmy?«

»Es wird Zeit. Keine Geheimnisse mehr. Braxton und ich haben die ganze Nacht geredet. Nachdem ich gestern von dir weggefahren bin, hat er angerufen. Schätze, er brauchte jemanden zum Reden. Wie geht's dir? Besser?«

Ich nickte, noch immer verwirrt über die ganze Sache. »Man sollte nicht meinen, was eine Nacht ruhiger Schlaf bewirken kann.«

»Und ein Joint.«

»Was?«

»Ich kenne dich, Storm.«

Ich hob das Kinn. Ich war stolz auf mich, denn obwohl ich gestern Abend nichts dringender als vergessen wollte, hatte ich mich zusammengerissen und mein letztes Cannabis in den Müll geworfen. »Anscheinend nicht gut genug. Vielleicht bist du nicht der Einzige, der sich ändern will.«

Harlan legte den Kopf schief. »Du hast nicht geraucht? Warum?«

Ich lächelte. »Es wird Zeit. Und ich will nicht, dass du mit jemandem …«

»Hey!«, rief Tyler. »Vögelt ihr vor den Augen meiner Tochter oder was treibt ihr so lange? Bruder, komm gefälligst her, wenn du schon Besuch mit anschleppst.«

Harlan verdrehte die Augen, nahm meine Hand und zog mich mit sich zum Tisch. Blake stieß gegen Farrens Schulter und schenkte ihr einen Ich-hab's-dir-doch-gesagt-Blick.

Ich sah zu Elisha, der mit verschränkten Armen zurückgelehnt auf seinem Stuhl saß und mich finster musterte.

Braxton unterhielt sich mit Kieran. Die beiden schienen sich gut zu verstehen, sie lachten und redeten über das Boxen. Als Braxton mich bemerkte, stand er auf, kam zu mir und reichte mir seine Hand.

Ich griff sie zögerlich. Wir stellten uns etwas abseits der anderen.

»Als Desmond habe ich mich zwar schon entschuldigt, aber so ist es ehrlicher. Das beim Kampf tut mir leid, gehörte zum Job.« Er senkte die Stimme, damit die anderen uns nicht hörten.

»Schon gut. Ich bin froh, dass du doch nicht so ein Arschloch bist, wie ich dachte.«

Er lachte. »Du warst super. Ich meine, nicht jede hätte so mitgemacht.«

»Hat es sich gelohnt? Bleibt Avery im Gefängnis?«

Er nickte. »Dank Harlan haben wir fast alle Codes geknackt. Mord, Drogenhandel, Zwangsprostitution. Avery ist erledigt.«

»Gut so. Danke.«

Er nickte. Wir gingen wieder zu den anderen.

Ich nahm neben Harlan Platz, griff seine Hand und verschränkte meine Finger mit seinen. »Ich bin da. Und jeder von ihnen wird auch da sein. Du bist nicht mehr alleine«, flüsterte ich.

Er atmete tief durch. »Okay, Leute, könnt ihr bitte kurz still sein. Ich muss euch etwas sagen.«

»Was ist los? Hast du sie schon geschwängert?« Ty lachte. Doch als er Harlans Blick bemerkte, schwieg er.

»Es geht um etwas, das ich euch nie erzählen wollte. Aber es wird Zeit. Und ich hoffe, ihr seht danach immer noch den Menschen in mir, der ich für euch war.«

»Du machst mir Angst, Harlan«, sagte Blake.

Harlan begann das Gespräch. Er erzählte den anderen von William, dem Club, der Erpressung seines Vaters und Emmy. Die ganze Zeit hielt er meine Hand und wenn er innehielt, weil ihm die Worte schwerfielen, Worte, die er so lange für sich behalten hatte, dann streichelte ich über seinen Handrücken und zeigte ihm, dass es okay war. Harlan sprach eine Stunde. Eine Stunde, in der ich seine Freunde besser kennenlernte als in all den Wochen zuvor. Mit Harlans Maske fielen auch ihre.

Kieran hörte mit ernster Miene zu. Er regte sich kaum und wenn er es tat, dann nur, um Harlan aufmunternd zuzunicken. *Mach weiter, ich bin da.* Jetzt war Kieran der Fels in der Brandung. Tyler schloss gelegentlich die Augen, er hielt Blakes Hand und küsste sie. Es war merkwürdig, wie sanft er in diesem Moment wirkte. Blake, von der ich freche Sprüche und grimmige Blicke gewohnt war, liefen Tränen über die Wangen. Sie zog die Nase hoch und wischte mit dem Handrücken über ihr Gesicht. Farren, die immer überdreht umhersprang, hatte einen Ellbogen auf die Tischplatte gestützt, ihre Wange ruhte darauf und ihr Mund stand offen. Ihre Stirn lag in Falten, gelegentlich schob sie sich die Brille auf die Nase. Elisha zeichnete mit dem Zeigefinger die Maserung des Tisches nach, während er den Kopf schief hielt und in die Ferne starrte. Vielleicht lag es an diesem merkwürdig intimen Moment oder an den letzten Wochen, die ich mit ihnen verbracht hatte. Aber in diesem Augenblick spürte ich, dass ich dazugehörte. Dass sie mich längst als einen Teil von ihnen akzeptiert hatten und ich nicht mehr nur einem Job nachging. Ich half einer Freundin. Ich hatte Freunde. Und vielleicht würden sie sogar irgendwann zu meiner Familie werden.

~~~

Jeder von ihnen ging anders mit Harlans Geständnis um. Während die Mädchen ruhig wurden und in die Küche verschwanden, wollten Kieran und Tyler jedes Detail über den Club und William erfahren. Ich war überrascht, wie taktvoll sie reagierten und Harlan wegen Emmy nicht bedrängten, obwohl sie sicher neugierig waren.

Vor zehn Minuten war Elisha in den Garten verschwunden und ich beschloss, die Gelegenheit zu nutzen, denn auch zwischen uns gab es noch etwas zu klären. Ich lief nach draußen und fand ihn am Pool sitzend. Er hatte die Knie angewinkelt und hielt eine Flasche Bier in seiner Hand. »Auch einen Schluck?«

Ich schüttelte den Kopf, setzte mich neben ihn und tauchte die Füße in den Pool. Der Stoff meines Kleides klebte an meiner
~~~

Haut. Die Sonne brannte direkt über uns, selbst der Steinweg um den Pool flimmerte von der Hitze. Ich wischte mir den Schweiß von der Stirn.

»Du bist ganz nass, Storm.«

Ich ignorierte seine Anspielung. »Wegen dem, was du gesehen hast, wir sollten reden.«

»Was habe ich denn gesehen?«

»Das weißt du genau.«

Er trank einen Schluck und leckte sich die Lippen. »Als du mich entdeckt hast, hast du noch lauter geschrien. Ich bin so heftig gekommen, dass ich aufpassen musste, leise zu bleiben.«

Gerade erinnerte er mich an Tyler, nicht an den ständig lächelnden Elisha, der früher Gras bei mir gekauft hatte. »Es wäre lieb, wenn das unter uns bleiben würde.«

Elisha lächelte. »Und was bekomme ich dafür?«

»Wenn du so weitermachst, eine Tracht Prügel. Was ist los mit dir?«

»Mit mir? Du bist diejenige, die sich von meinem Freund auf der Küchentheke durchficken lässt und drauf steht, wenn sein Kumpel zusieht. Du hättest dein Gesicht sehen sollen.« Er biss sich auf die Lippe. »Fuck, das war unglaublich. Und wie du nach seinem Schwanz gebettelt hast. Warum hast du Harlan nichts erzählt? Hast du auch schmutzige Geheimnisse, Storm?«

Ich zupfte am Saum meines Kleides. Harlan würde es sicher nicht gefallen, dass es mich angemacht hatte. Und ich wollte nicht, dass er mich für einen noch größeren Freak als ohnehin schon hielt. »Also behältst du es jetzt für dich oder nicht?«

Er nickte. »Ich hätte nie gedacht, dass ausgerechnet Harlan ein Mörder ist.«

»Ist er nicht. Er wusste nicht, was er tat.«

»Und trotzdem hat er ein Leben genommen. Menschen sind Tiere. Sex, Mord, Gier, Dominanz … alles Triebe und das Bedürfnis nach Macht.«

Ich erhob mich. Vielleicht war er betrunken, aber die Art, wie er sprach, jagte mir einen Schauer über den Rücken. »Ich weiß nicht, was mit dir los ist, aber er stand unter Drogen. Das hatte nichts mit Macht oder sonst was zu tun. Und so wie du redest, machst du mir Angst.«

Ich wollte davonlaufen, doch er griff mein Handgelenk. »Alles hat mit Macht zu tun. Fressen oder gefressen werden. Und weißt du, was das Faszinierende daran ist? Das manche von uns so wirken, als wären sie das letzte Glied in der Nahrungskette. Doch je näher man kommt, je tiefer man gräbt, desto deutlicher erkennt man, dass nicht immer alles so ist, wie es zu sein scheint. Harlan ist das beste Beispiel.«

»Ich glaube, es geht gerade nicht um ihn und jetzt lass mich in Ruhe verdammt noch mal!« Ich riss mich los und rieb über die Stelle, die von seinem festen Griff gerötet war.

»Er wirkt immer kontrolliert. Ich hab ihn noch nie ausrasten sehen. Aber die Geschichte mit seiner Ex oder die Art, wie er dich gefickt hat, zeigen, dass selbst die, denen man nichts Böses zutraut, Wölfe im Schafspelz sind.« Er trank einen Schluck und richtete den Blick aufs Wasser. Ich lief zurück ins Haus. Trotz der Hitze bildete sich eine Gänsehaut auf meinen Armen.

~~~

Als ich zurück ins Haus kam, blickte Harlan mich über Kierans Kopf hinweg an. »Alles okay?«

Ich nickte. Elisha war sicher nur betrunken.

Harlan widmete sich wieder seinem Gespräch mit den Jungs. Ich setzte mich neben Farren an die Theke und schwieg, so wie sie und Blake es taten. Farren knetete ihre Hände, sie starrte ins Leere.

»Ich wusste, er fühlt sich schuldig. Ich habe geahnt, dass irgendetwas mit ihm nicht stimmt, aber das …« Blake schüttelte den Kopf. »Er hätte mit mir reden sollen. Wie konnte er denken, ich würde mich abwenden oder dass wir ihn im Stich lassen? Und die Sache mit seinem Vater. Scheiße, ich wusste doch noch nicht mal, dass er ihn kennt.«

»Er hat sich total fertiggemacht wegen Emmy. Harlan vertraut euch, ihr seid die wichtigsten Menschen für ihn. Er hatte einfach Angst, dass sein Vater euch auch etwas antut.«

»Und du hast nicht gemerkt, was das Schwein treibt? Du hast nichts von seinen krummen Geschäften mitgekriegt?«, fragte Blake.

»Nicht alles.« Noch immer ohrfeigte ich mich dafür, nicht gleich auf Harlan gehört zu haben, aber die Art, mit der er versucht hatte, mich vom Club fernzuhalten, war nicht gerade feinfühlig gewesen. Drängte man mich, tat ich genau das Gegenteil von dem, was ich sollte.

Farren nahm meine Hand. Ihre Haut fühlte sich eiskalt an. »Danke, dass du für ihn da warst. Wie lange wusstest du es?«
~~~

»Nicht lange. Er hat's mir gesagt, als …« Mein Handy klingelte. Ich wühlte in meiner Handtasche zwischen Zetteln und Papier und sah aufs Display. Unbekannte Nummer. Ich sprang vom Barhocker auf und wandte mich an Blake. »Vielleicht doch meine Mutter. Ich bin gleich wieder da.«

Ich rannte in den Hausflur, um ungestört zu sein, und ging ans Telefon. »Ein Insasse des State Prison Miami versucht, Sie zu erreichen. Um das Gespräch entgegenzunehmen, drücken Sie die Eins.«

Und obwohl sich eine eiskalte Faust um meinen Magen legte, wollte ich wissen, warum Harlans Vater mich anrief. Ich bestätigte den Anruf.

»Miss Monroe. Danke für einen Augenblick Ihrer Zeit.«

»Was wollen Sie? Warum rufen Sie nicht Harlan an?«

»So viele Fragen. Glauben Sie mir, ich kenne das Problem. Was denken Sie, wie viele Fragen ich habe? Warum hat mein eigener Sohn mich verraten? Warum habe ich nicht auf mein Bauchgefühl gehört, obwohl es mir sagte, dass Harlan nicht mit dem Herzen dabei ist?«

Ich schluckte das kratzige Gefühl auf meiner Zunge herunter. Ich war in Sicherheit. Wir alle waren in Sicherheit. William saß hinter Gittern und er würde nie wieder herauskommen.

»Was wollen Sie?«, wiederholte ich.

»Ich bin nicht dumm, Miss Monroe.« Er lachte auf und ich hörte das raschelnde Geräusch seines Atems. Harlan hatte mir von der Krebserkrankung seines Vaters erzählt. »Obwohl man das unter den gegebenen Umständen anzweifeln könnte. Aber das ist nicht das Thema. Die Sache mit den Fragen ist die, dass man nach Antworten sucht. Man gräbt danach, jagt ihnen hinterher wie ein Löwe einer Gazelle. Manchmal findet man schnell die Antwort, manchmal muss man einfach etwas länger jagen. Und manchmal begegnen uns auf dem Weg zur Weisheit neue Fragen.«

Ich kaute an der Innenseite meiner Wange und dachte einen Moment darüber nach, aufzulegen, doch meine Neugier siegte. »Und ich soll jetzt Ihr Wikipedia sein? Entweder verraten Sie mir sofort, was Sie von mir wollen, oder ich beende das Gespräch.«

»Ungestüm wie immer. Mein Sohn hat sicher viel zu tun mit Ihnen. Wie muss das für ihn sein? Wenn er Sie ansieht, Sie berührt, dann sieht er Emily. Dieselben grünen Mandelaugen, selbst Ihr Hautton gleicht Emilys. Aber wenn Sie reden ...« Ein Hustenanfall unterbrach ihn.

Adrenalin ließ meinen Puls in die Höhe schnellen. *Leg auf, du wirst das bereuen.*

»Entschuldigen Sie bitte«, sagte er, als befände er sich in einem Geschäftsgespräch. »Wenn Sie reden, haben Sie gar nichts mit ihr gemeinsam. Miss Monroe, wie war Ihr Vater? Wenn Sie sich Bilder von ihm ansehen, sind Sie dann wütend,. weil er Sie einfach verlassen hat, als er sich wie ein Feigling aufgehängt hat?«

Mit einer Hand krallte ich den Stoff meines Kleides, mit der anderen zerquetschte ich fast das Handy. »Das Gespräch ist beendet, Mr. Avery -«

»Was, wenn ich die Antwort auf Ihre Frage kenne?«

»Welche Frage?«

»Warum er sein kleines Mädchen im Stich gelassen hat, obwohl es ihm das Wichtigste auf der Welt war.«

Er spielt nur mit dir, er weiß nichts. Tränen stiegen in meine Augen, meine Gedanken wirbelten herum. Seit fünf Jahren verfolgte mich diese Frage. Diese eine Frage, auf die niemand eine Antwort wusste. Die Frage, die sich in ruhigen Stunden in meinen Kopf schlich, mich um Schlaf und Frieden brachte. Aber wenn Avery wusste, dass mein Vater Selbstmord begangen hatte, vielleicht kannte er die Antwort wirklich. Harlans Worte schwirrten in meinem Kopf herum. *Mit genug Geld und Einfluss ist alles möglich.* »Sie haben rumgeschnüffelt. Egal was Sie wollen, ich kann und will Ihnen nicht helfen.«

»Vielleicht kann ich aber Ihnen helfen.«

»Ich sage Harlan Bescheid, er kann Sie -«

»Miss Monroe.« Seine Stimme klang schmeichelnd. Sie erinnerte mich an eine Würgeschlange, die sich Stück für Stück um den Körper der Beute legte und dann zudrückte. »Es tut mir leid, aber mein Sohn hat Ihnen ein wichtiges Detail verschwiegen.«

»Das bezweifele ich. Harlan hat mir von Emmy erzählt. Von Ihrer Erpressung, seiner Entziehungskur. Ich kenne die ganze Wahrheit.«

»Sind Sie sicher? Hat er Ihnen das Foto gezeigt?«

Ich schluckte. Ich hatte keine Ahnung, was er meinte, aber die Tonlage, die Ruhe, mit der er sprach, verunsicherten mich.

»Dachte ich es mir. Jeder behält ein kleines bisschen Wahrheit für sich. Egal, wie nah man sich steht, egal, wie sehr man jemanden liebt. Niemand wird je wirklich alles von einem anderen Menschen wissen. Wir alle sind schwarze Löcher, die in die Unendlichkeit führen.«

»Das Wichtigste weiß ich.«

»Harlan ist nicht der Einzige, der sich versteckt hat, Miss Monroe. Sie denken, Sie kennen ihn. Sie könnten ihm vertrauen. Sehen Sie sich das Foto an, dann erkennen Sie die Wahrheit. Sie ist ihm noch immer nah.«

Er legte auf, ich erstarrte. *Er will uns nur auseinanderbringen. Er erträgt die Niederlage nicht.*

Doch so sehr ich versuchte, mir einzureden, dass es unwichtig und nichts weiter als eine Lüge war, so sehr breiteten sich Zweifel in mir aus. Von welchem Foto sprach er? Und was hatte ein Foto mit dem Tod meines Vaters zu tun?

Kapitel 21

STORM

Als ich zurück zu den anderen ging, versuchte ich, mir nichts von dem Chaos in meinem Kopf anmerken zu lassen. Weder von der Unruhe, der Angst oder dem plötzlichen Misstrauen Harlan gegenüber. Ich schämte mich, dass William mich so leicht manipulieren konnte. Dass er noch immer Macht besaß. Harlan hatte mir alles erzählt, warum sollte er mir jetzt noch etwas verschweigen? Doch je mehr ich die Gedanken daran verdrängte, desto unruhiger wurde ich.

»Hey!« Harlan lächelte, als er mich bemerkte. »Wo warst du?«

»Nur kurz telefonieren.«

Er legte seine Hände an meine Hüften, zog mich zu sich und küsste mich.

»Woohoo!«, rief Tyler, der mit den anderen auf der Couch saß. »Sieht so aus, als hättest du endlich die Kurve gekriegt.«

Kieran und Braxton lachten. Harlan streckte den Mittelfinger in die Luft und küsste mich weiter. Doch diesmal verlor ich mich nicht darin. Williams Worte schwirrten in meinem Kopf herum. *Das Foto, die Wahrheit.* Ich wollte Harlan nicht nach der

Bedeutung fragen und eine Abfuhr riskieren. Ich musste es selbst herausfinden.

»Du bist komisch. So still«, sagte er und runzelte die Stirn. »Worüber hast du mit Elisha gesprochen?«

»Vielleicht solltest du mal mit ihm reden. Er war echt merkwürdig.« Das Thema kam mir gerade recht und Elisha verhielt sich wirklich merkwürdig.

»Bist du deswegen so drauf?«

Ich zuckte mit den Schultern. »Ich hab auch Kopfschmerzen. Kommt wahrscheinlich vom Cannabis-Entzug. Gibst du mir die Haustürschlüssel? Ich will mich hinlegen.«

»Keine Auszeit mehr im Trailer?«

»Nein. Ich will bei dir sein.«

Anscheinend genügte ihm die Erklärung, denn er griff in seine Hosentasche, zog die Haustür- und Wagenschlüssel heraus und reichte sie mir. »Nimm den Chevy. K fährt mich später nach Hause. Ich will noch mal in Ruhe mit Blake reden.« Er gab mir einen Kuss auf die Stirn. »Ich komme sofort nach, wenn alles geklärt ist.«

»Lass dir Zeit.« *Super, Storm, du lügst wie ein Betrüger.* Ich setzte ein Lächeln auf, verabschiedete mich von den anderen, verließ das Haus und stieg in den Wagen.

~~~
~~~

Kaum hatte ich die Haustür hinter mir geschlossen, rannte ich die Treppe im Eingangsbereich nach oben und riss die Tür zu Harlans Schlafzimmer auf. Die Unruhe, das Chaos in mir waren zu einem Tornado herangewachsen, der in mir wütete, meinen Puls rasen ließ und jegliche Vernunft überrollte. Trotzdem schämte ich mich. Harlan vertraute mir. Und gerade tat ich genau das, was William wollte. Ich hinterging seinen Sohn, spielte seine Marionette. Doch der Drang, die Wahrheit, die ganze verdammte Wahrheit zu erfahren, war stärker als meine Moral. Ich musste endlich Frieden finden. Mit einem Ruck riss ich die Schranktür auf, schob Hemden und Jacken auseinander und suchte nach einer Schachtel, irgendetwas, worin man Fotos aufbewahrte. Im Haus gab es nirgends Bilder. Nur eins von Tate, das sie an ihrem ersten Geburtstag zeigte, stand auf der Kommode im Flur. Ich fand nichts. *Sie ist ihm noch immer nah.*

Emmy war kein Relikt der Vergangenheit für Harlan. Ich durchsuchte seine Jackentaschen, doch außer Münzen und zerknülltem Kaugummipapier fand ich nichts.

Wo trägt man die wertvollsten Dinge? Dinge, die man immer bei sich haben will? Mein Herz schlug schneller. Vor Wochen war meine Geldbörse gestohlen worden. Ich erinnerte mich an diesen Tag, denn es war der Tag, an dem Harlan zum ersten Mal mit mir gesprochen hatte. Ich war traurig gewesen, weil in meiner Geldbörse Fotos von Mom und Dad gewesen waren. Ich stürmte nach unten. Auf der schwarzen Holzkommode im Eingangsbereich lag unter den Wagenschlüsseln, die ich eben achtlos daraufgeworfen hatte, Harlans Portemonnaie.

Ich schluckte, streckte vorsichtig die Finger danach aus, als befürchtete ich, das mich gleich ein elektrischer Schlag durchfahren würde. Ich fühlte mich wie eine Verräterin. Harlan verdiente das hier nicht. *Jetzt mach schon. Wenn du nichts findest, erzählst du ihm davon und entschuldigst dich.*

Ich öffnete den Magnetverschluss, fand mehrere Hundert-Dollar-Scheine und Streifen mit Minzkaugummi. Im nächsten Fach steckten Kredit- und Scheckkarten. Ich schlug das Fach um. Mein Atem stockte. Mit zittrigen Fingern zog ich das verblichene Foto heraus.

Im Gegensatz zu meinen gewellten Haaren fielen ihre glatt über ihre Schultern. Emmy trug Jeans und eine bis oben zugeknöpfte weiße Bluse, die sie brav wirken ließ, doch nichts davon lenkte von ihrem Gesicht ab. Vorsichtig zog ich das Foto aus der Hülle. Es war gespenstisch, wie sehr sie mir ähnelte. An dem dunkleren Ton ihrer Haut und der Nasenform erkannte ich, dass auch sie von indianischer Abstammung war. Auf ihren vollen Lippen lag ein Lächeln, in dem ich mein eigenes erkannte. Hinter ihr grinste die Teufelsfratze des Devil's Gate Vergnügungsparks. Damals musste er noch in Betrieb gewesen sein, denn die rote Farbe am Gebäude strahlte und eine Menschenschlange stand vor dem Kassenhäuschen im Hintergrund.

Ich drehte das Foto um. Adrenalin peitschte durch meinen Körper.

Deine Flügel waren bereit, doch mein Herz war es nicht, stand in schnörkeliger Schrift auf der Rückseite. Tränen schossen in meine Augen, sie fielen auf das Foto und ließen die blaue Tinte verlaufen. Ich kannte diesen Satz. Ich kannte diese Handschrift. Die ›e‹s sahen aus wie kleine Kringel. Als Kind hatte ich mich immer lustig darüber gemacht, weil ich fand, dass sie wie Schweineschwänze aussahen. Ich kannte nur einen Menschen, der diesen Spruch benutzt hatte. Ich sank auf den Boden, starrte auf das Bild und versuchte, das Puzzle zusammenzufügen. Nichts davon ergab einen Sinn. Nichts von alldem begriff ich und doch spürte ich, dass sich alles unwiderruflich verändert hatte.

~~~

Die Busfahrt zurück zum Trailer hatte ich nur durch einen verschwommenen Filter wahrgenommen. Farben, Menschen – alles rauschte an mir vorbei, doch ich war gefangen in den Gedanken an Emmy, meinen Vater, an Harlan. Gefangen in dem Netz aus Lügen und Chaos in meinem Kopf. Am Strand angekommen, riss ich die Tür des Trailers auf und stellte meinen Lieblingssong, *All the King's Horses* von Karmina an, um mich abzulenken. Es half nichts.

Ich lief am Ufer auf und ab, versuchte, meine Gedanken zu ordnen, doch diesmal beruhigte mich selbst das Rauschen der Wellen nicht. Mit zittrigen Fingern wühlte ich in meiner Handtasche nach dem Handy. Ich tippte die Nummer meiner Mutter ein und betete, sie würde ans Telefon gehen. Es klingelte. Einmal, zweimal … *Geh ran, verdammt noch mal. Nur einmal. Geh ran.*

Gerade, als ich auflegen wollte, klickte es. »Hallo?«

»Mom. Gott sei Dank! Ich … wir müssen reden.«

»Hi mein Schatz. Na, alles gut? Sorry, dass ich mich so lange nicht gemeldet habe. Aber das Geld war etwas knapp, hast du weniger überwiesen?«, redete sie wie ein Wasserfall. »Und auch so ist es manchmal wirklich schwer. London ist schön, aber -«
~~~

»Mom, bitte«, unterbrach ich sie und schluckte die Tränen hinunter. »Es ist wichtig.«

»Ja, finde ich auch. Kannst du mir noch zweihundert Dollar schicken? Ich weiß, ich bin etwas frech, aber -«

»Mom!« Jetzt strömten die Tränen über meine Wangen. »Es geht ausnahmsweise mal nicht um dich. Hörst du mir jetzt bitte zu?«

Spürbar gereizt atmete sie aus, aber schwieg endlich.

»Weißt du, ob Dad Familie hier hat?«

Am Ende der Leitung rauschte es. »Wie ... wie kommst du darauf?«

»Hat er Geschwister? Oder andere Verwandte?«

»Was ist denn passiert? Wie ... kommst du ... auf so was?«, fragte sie zögerlich. Ihre Stimme hatte einen schrillen Unterton angenommen.

Ich krallte eine Hand in den Stoff meines Kleides und schluckte. Meine Mutter zögerte nur, wenn sie unsicher war. Wenn sie Angst vor meiner Reaktion hatte. Ich kannte dieses Verhalten von ihren ständigen Absagen. »Was verschweigst du mir?«

»Ni... nichts, mein Schatz. Wollen wir vielleicht lieber morgen telefonieren, wenn du dich beruhigt hast?«

»Nein, verdammte Scheiße!« Mit dem Handrücken wischte ich die Tränen von meinen Wangen und setzte mich ans Ufer. »Ich habe das Foto eines Mädchens gefunden, auf dem Dads Handschrift steht. Auf dem sein Spruch über den Tod steht. Den, den er immer gesagt hat. Das Mädchen sieht aus wie ich. Sie ist tot, aber sie sieht verdammt noch mal wie ich aus. Sag mir sofort, was los ist.« Ich schluchzte und schloss die Augen.

»Du weißt doch was. Ich muss die Wahrheit wissen, ich bin kurz vom Durchdrehen.«

»Storm, es tut mir leid. Ich wollte nie … Ich wollte nie, dass du es erfährst.«

Mein Herz tat einen Satz. »Dass ich was erfahre?«

»Das Mädchen. Ihr Name war Emily Johnson.«

Meine Mutter redete, doch ich verstand die Bedeutung ihrer Worte nicht. Emmys Namen aus ihrem Mund zu hören, ergab keinen Sinn. »Wer war sie?«

Schweigen. Wellen, die ans Ufer schwappten. Das Kreischen der Möwen. Blut, das in meinen Ohren rauschte. Geräusche, eingefangen in Sekunden. Sekunden, bis die Wahrheit mich mit aller Kraft traf. »Deine Halbschwester.«

Ich wurde taub. Die Zeit blieb stehen. Es musste so sein, denn ich hörte weder das Kreischen der Möwen noch das Rauschen des Meeres. Alles, was ich hörte, waren die Worte meiner Mutter und Harlans Vater. *Sehen Sie sich das Foto an, dann erkennen Sie die Wahrheit.*

Halbschwester.

»Dad … wie? Ich … ich verstehe das nicht …«

»Ich weiß, du hast ihn geliebt. Aber dein Vater war ein Getriebener. Rastlos.« Ihre Stimme klang brüchig. »Als Emmy ein Jahr alt war, haben dein Dad und ich uns kennengelernt. Ein Jahr später kamst du zur Welt. Seine Frau wusste nichts von mir oder dass Sava ein weiteres Kind hat. Niemand außer mir wusste davon. Ich konnte damit umgehen.« Sie seufzte. »Von da an war er abwechselnd bei Emmy und dir. Seiner Frau hat er erzählt, er müsse geschäftlich weg. Aber das geregelte Leben hat ihn fertiggemacht. Du weißt, wie er war.«

»Aber.« Ich fand keine Worte, fühlte mich, als wäre ich inmitten des Ozeans, über dem ein Sturm tobte. Wellen überrollten mich, ich bekam keine Luft mehr. »Aber wie kann das sein? Ich bin mit ihm aufgewachsen.« Es musste ein Fehler sein, ein grausamer Scherz.

Mom räusperte sich. Ihr fiel es schwer, darüber zu reden. »Nach ein paar Jahren war er irgendwann öfter bei uns. Wir reisten, entdeckten die Welt. Sava liebte die Freiheit so sehr. Du weißt sicher noch, dass er manchmal wochenlang unterwegs war.«

»Du hast immer gesagt, er kommt nach, weil er noch Dinge zu erledigen hat.«

Kinder waren leichtgläubig. Ich erinnerte mich daran, dass ich früher Angst vor dem schwarzen Mann gehabt hatte, weil jemand erzählte, er käme nachts und schnappte sich am liebsten Indianer-Mädchen. Lächerlich. Genauso sehr wie die Tatsache, dass mein Vater ein Betrüger war.

»Vor fünf Jahren hat sich alles geändert. Emmy war alt genug, seine Frau hatte die Nase voll. Er ließ sie zurück und blieb bei uns.«

Ich stand auf, legte den Kopf in den Nacken, schloss die Augen und spürte das gleißende Licht der Sonne auf meiner Haut. Doch selbst sie konnte nicht die Kälte und die Dunkelheit vertreiben, die wie Gift durch meine Adern krochen.

Ich fühlte mich betäubt. Irgendwann wurde das Grauen so groß, dass nur ein Schock half, den Wahnsinn abzuhalten. »Sein Tod«, flüsterte ich. »Er hat sich nicht einfach nur so -«

»Nein, Storm. Als er erfahren hat, dass Emmy ermordet wurde … er hat sich nie verziehen, dass er sie im Stich gelassen hat. Dass er sie nicht beschützt hat.«

Alles, was er mir erzählt hatte, war eine Lüge. Ich war das schmutzige Geheimnis meines Vaters. Meine Kindheit, sein Mantra – alles war nichts weiter als eine dreckige Lüge. Mein Vater war kein Heiliger. Er war ein Betrüger. Ein Feigling. Ein Lügner.

»Schatz?«, fragte Mom zögerlich.

Doch ich brachte kein Wort heraus. Ich spürte nur noch Leere in mir. Ein schwarzes Loch, das mich verschluckte.

»Storm. Er hat dich geliebt«, sagte sie sanft. »Das war echt. Zweifle nie daran.«

»Warum? Warum habt ihr mir nie was gesagt? Wie konnte er so tun, als wäre ich alles für ihn? Wie konntest *du* damit leben?« Ich sank zu Boden, zog die Knie dicht an meinen Körper und betete, ich zerbrach nicht.

»Er hat uns geliebt. Aber er liebte auch die Freiheit. Manche Menschen sind nicht dazu bestimmt, gezähmt zu werden, Storm. In dieser Hinsicht seid ihr euch sehr ähnlich. Auch du bist rastlos. Du wolltest schon immer mehr. Weiter schwimmen, mehr sehen, mehr leben.«

»Woher willst du wissen, wie ich bin?«, platzte es aus mir heraus. Die Enttäuschung, die Wut verliehen mir neue Kraft. »Du interessierst dich nur für dich selbst. Du warst nie da.«

»Das stimmt doch nicht. Ich wollte nur nicht, dass du leidest.«

»Dass ich leide? Du hast keine Ahnung.«

Ich ertrug sie nicht mehr. Nichts machte es besser. Die Wahrheit schnitt mich wie ein Messer. Ich schleuderte das Handy von mir, umschlang meine Knie und wartete darauf, dass ich zerbrach. Harlan hatte mir das Bild verheimlicht und für eine Sekunde überlegte ich, ob er wusste, dass Emmy und ich Geschwister waren. Doch dann erinnerte ich mich an sein abwesendes Verhalten und seine Distanziertheit mir gegenüber. Im Gegensatz zu meinen Eltern hatte er mich nie belogen. Nein, Harlan war genauso ahnungslos wie ich gewesen. Ich legte den Kopf auf meine Beine und schloss die Augen. Ich wünschte mir mein altes Leben zurück. Es mochte eine Lüge gewesen sein. Die Illusion einer Parallelwelt. Doch es war besser, als diese Realität.

Kapitel 22

HARLAN

Ich fand Storm nicht in ihrem Zimmer. Vielleicht hatte sie sich in mein Bett gelegt. Mein Gespräch mit Blake hatte länger als gedacht gedauert. Sie hatte in meinen Armen geweint, mich dafür verflucht, dass ich nicht früher mit ihr gesprochen hatte, doch Blake verstand, dass man manchmal etwas tief in sich begraben musste, um weitermachen zu können. Elisha hatte sich merkwürdig verhalten, er war in den Garten verschwunden und nicht zurückgekehrt, doch die anderen hatten es mit Fassung aufgenommen. Meinen Freunden von allem zu erzählen, war schwer, aber notwendig gewesen. Geheimnisse erschafften Mauern, jedes Mal musste man aufpassen, dass niemand zu nahe kam. Doch Storm wollte ich nah sein. Ich wollte nicht länger im Schatten meiner Vergangenheit leben und mich verstecken. So schwer es mir gefallen war, zum ersten Mal in meinem Leben lebte ich. Ohne Drogen und Geheimnisse. Zum ersten Mal spürte ich so etwas wie Freiheit. K und die Jungs waren geschockt, selbst sie hatte es nicht kaltgelassen, aber bis auf die Fragen zum Club und meinem Vater fragten sie mich nicht aus. Ich dankte ihnen dafür. Über Emmy zu reden, es immer und immer wieder zu erleben, war noch immer schwer. Aber mit jedem Tag, den ich es nach außen ließ, fiel es leichter. Vielleicht könnte ich mir irgendwann sogar selbst verzeihen. Ich war froh, dass meine Freunde es taten.

Behutsam, um Storm nicht zu wecken, öffnete ich die Tür meines Schlafzimmers, doch auch hier war sie nicht. Mein Blick fiel auf den Kleiderschrank. Beide Türen standen offen, Shirts lagen verteilt in ihren Fächern. Ein beklemmendes Gefühl überkam mich. Ich zog das Handy aus der Hosentasche, wählte Braxtons Nummer und stürmte nach unten. Nach dem zweiten Klingeln nahm er ab. »Ja?«

»Mein Vater ist im Knast?«

Er lachte. »Leidest du unter Amnesie?«

»Storm ist verschwunden, mein Schrank wurde durchwühlt.«

»Fehlt was? Einbruch oder Kampfspuren?« Braxton klang alarmiert.

»Nein, sieht nicht so aus.« Ich lief zur Haustür und sah mir das Schloss genauer an. »Keine Kratzer. Auch die Alarmanlage ist nicht losgegangen.« Mit einem Satz war ich im Wohnzimmer, auch hier stand alles an seinem Platz. »Scheint, als wäre nur der Schrank oben durchsucht worden.«

Braxton lachte. »Vielleicht hat sie Lippenstift an deinem Hemd gefunden.«

Mein Blick fiel auf meine Geldbörse auf der Kommode. Emmys Bild lag daneben und mein Herz schlug schneller. »Schon gut, hab mich vertan. Ich melde mich.« Ich legte auf.

Warum hatte Storm mein Haus durchwühlt? Was ging ihr durch den Kopf? Jetzt, wo sie Emmy gesehen hatte. Ich griff nach den Wagenschlüsseln und stürmte aus dem Haus. Mein

Handy klingelte. Ich setzte mich hinters Steuer, startete den Motor und ging ans Telefon.

»Ein Insasse des State Prison Miami versucht, Sie zu erreichen. Um das Gespräch entgegenzunehmen, drücken Sie die Eins.«

Ich drückte die Taste und hörte ihn husten. Es dauerte ein paar Sekunden, bis er sprechen konnte. »Wie verkraftet sie es?«

»Was hast du ihr erzählt?«

»Ich habe sie nur daran erinnert, dass sie dich nicht kennt. Oder warum hast du ihr nie gezeigt, wie ähnlich die beiden sich sehen? Hattest du Angst, sie könnte die falschen Schlüsse daraus ziehen?«

Das hatte ich. Doch es war nicht der einzige Grund gewesen. Das Bild bedeutete mir viel. Etwas, das nur mir gehörte. Etwas Heiliges, ein Stück Frieden, den mir niemand nehmen konnte. Hätte Storm das Foto entdeckt, hätte sie Fragen gestellt. Fragen, auf die ich ihr bis vor Kurzem noch keine Antworten geben wollte. »Du kannst einfach nicht verlieren. Du weißt nicht, wann es vorbei ist.«

Der Atem meines Vaters rasselte.

Es dauert nicht mehr lange.

»Vielleicht liegst du sogar richtig damit. Ich bin Niederlagen nicht gewohnt, Harlan. Aber du hast mir gezeigt, dass man nicht immer nur gewinnen kann. Ich habe dir vertraut. Selbst, als ich gezweifelt habe, dachte ich nicht, dass du mir in den Rücken fallen würdest.«

Ich raste auf den Highway und schaltete die Scheinwerfer an. Das letzte Licht des Tages verblasste und kroch hinter den Horizont. »Wenn du dich von Gefühlen leiten lässt, erreichst du nichts«, wiederholte ich das, was er mir vor einiger Zeit gesagt hatte. Ich habe diesen Satz nie vergessen. Doch mein Vater irrte sich. Gefühle, mochten sie noch so schmerzhaft sein, machten uns menschlich. »Du hättest dich daran halten sollen. Dein Hunger nach Macht hat dich angetrieben, aber genauso sehr hat er dich auch geblendet. Ich bin nicht wie du. Das war ich nie.«

»Und trotzdem liebe ich dich.« Er atmete tief aus, das Pfeifen seiner krebszerfressenen Lunge wurde lauter, er keuchte. »Obwohl du mich hintergangen hast, obwohl du mir das angetan hast. Vielleicht bin ich sogar stolz. Du hast Mut bewiesen. Bist für deine Rechte eingestanden. Ob du willst oder nicht, Harlan. Du gehörst zu den Averys. Daran wird sich nie etwas ändern.«

»Storm stand dir im Weg. Die ganze Zeit hattest du Angst, dass sie dir in die Quere kommt.«

»Sie hat dich abgelenkt, verändert. Du bist nicht mehr der, der du noch vor ein paar Monaten warst.«

Ich gab Gas, umklammerte das Lenkrad und überholte einen schwarzen Mustang. »Du hast recht. Ich bin wieder ich. Vielleicht mehr, als ich es je war. Storm wird mir verzeihen, du hast nichts erreicht. Mach's gut, Vater.« Ich legte auf und stellte *In a Memory* von The Butterfly Effect lauter. Ein kurzer Schmerz durchfuhr mich. Ihn zu verlieren, verraten zu haben, tat mehr weh, als ich es mir eingestehen wollte. Trotz allem war er mein Vater. Er hatte sich um mich gekümmert, mir eine Zukunft geschenkt, als alles aussichtslos schien. Er hatte mir ein Dach über dem Kopf gegeben, eine gute Ausbildung und Reichtum. Ich konzentrierte mich auf die Musik, sah Storms Augen und dachte an ihre Worte. *Wir leben und wir haben ein verdammtes Recht darauf, glücklich zu sein.* Ja, mein Vater hatte mir viel gegeben. Doch Storm zeigte mir, auf was es wirklich ankam. Sie gab mir etwas, das mit keinem Geld zu bezahlen war. Und für nichts in der Welt wollte ich sie oder dieses Gefühl wieder verlieren. Ich zog auf die linke Spur, ließ mich von der Musik einhüllen und hoffte, sie würde mir verzeihen.

~~~

Schon von Weitem erkannte ich das flackernde Licht der Kerzen, die in Gläsern um eine Decke standen.

Boadicea von Enya spielte leise und ein kalter Schauer lief meinen Rücken hinunter. Emmy hatte dieses Lied geliebt. Sie hatte es oft zum Einschlafen gehört.

Honey stürmte auf mich zu und begrüßte mich. Ich streichelte über ihren Kopf und folgte ihr zur Decke. Storm setzte sich auf, doch anstatt mich anzusehen, starrte sie hinaus aufs Meer.

»Woher kennst du das Lied?«

Storm rührte sich nicht.

»Ich hätte dir das Foto zeigen sollen, aber ich war noch nicht so weit. Tut mir leid, dass er dich verunsichert hat.«

Sie schwieg noch immer. Ich ließ mich neben ihr nieder. »Ich kann mir vorstellen, wie das aussieht. Aber so ist es nicht. Du bist die Einzige, die jetzt noch zählt.«

Storm schlang die Arme um ihre Knie und zog die Nase hoch, sie weinte. Ich rückte näher, wollte meinen Arm über ihre Schulter legen, doch sie schob ihn beiseite. »Nicht. Ich … kann das jetzt nicht.«

Ich verstand, dass die Ähnlichkeit mit Emmy sie irritierte, trotzdem nervte mich ihre Sturheit. Ich verdrehte die Augen
~~~

und war froh, dass sie es nicht sehen konnte. »Du hättest mich fragen können. Ich steh nicht drauf, wenn man meine Sachen durchwühlt. Ich habe dir alles Wichtige gesagt.«

Endlich wandte sie ihr Gesicht zu mir. Storms Blick wirkte müde, Tränen glänzten in ihren Augen. »Tut mir leid«, flüsterte sie. »Ich dachte, du würdest mir was verschweigen. Dein Vater hat Andeutungen gemacht.«

»Weil er versucht, uns auseinanderzubringen. Du weißt alles.«

Sie wischte mit dem Handrücken die Tränen von ihren Wangen. »Aber du nicht.«

Storm richtete den Blick wieder aufs Meer. »Kam es dir nie komisch vor, dass Emmy und ich uns so ähnlichsehen?«

Der Klang ihrer Stimme, ihre Worte, beunruhigten mich. Ein beklemmendes Gefühl stieg in meiner Brust auf. Die Ähnlichkeit der beiden war gespenstisch. Doch es kam öfter vor, dass Menschen sich glichen. »*Was* weiß ich nicht?«

Storm sah mich an, ihre Lippen zitterten. »Harlan. Emmy ... sie war meine Halbschwester.«

Ihre Worte trafen mich wie ein Faustschlag in den Magen. »Mein Vater lügt. Du glaubst ihm doch nicht -«

Sie schüttelte heftig den Kopf. »Meine Mom hat's mir gesagt. Ich hab sie angerufen, nachdem ich das Foto gefunden habe.«

Storm erzählte mir von dem Spruch auf Emmys Bild, über dessen Bedeutung ich mich immer gewundert hatte, und dass niemand von einem anderen Kind gewusst hatte. Sie erzählte mir, dass sie jetzt den Grund für den Suizid ihres Vaters kannte. Ich hörte zu und versuchte, den Wahnsinn zu begreifen. Oder das, was es für uns bedeutete.

»Wie kommst du an das Foto? Es muss meinem Dad gehört haben.«

»Als mein Vater mich in die Entziehungskur gesteckt hat, bat ich ihn darum, mir ein Bild von Emmy zu besorgen. Ich wollte sie bei mir haben. Vielleicht wollte ich mich auch bestrafen. Ich weiß nicht, wie er daran gekommen ist.«

Meine Gedanken überschlugen sich. Ich versuchte, die Teile zusammenzusetzen. Das Schicksal kannte Millionen Wege, um sich zu rächen.

»Wie geht es dir?«, fragte ich, obwohl ich mich selbst elend fühlte.

»Ich bin leer.« Sie sah mich an. »Vielleicht sollten wir uns ein paar Tage nicht sehen. Ich will alleine sein.« Sie legte ihre Hand an meine Wange. Ihre Haut fühlte sich kalt an. »Und ich denke, du brauchst auch Zeit, um nachzudenken. Um darüber nachzudenken, ob es mit uns weitergeht.«

Ich presste die Lippen zusammen und nickte. Sie hatte recht. Jeder von uns musste einen Weg finden, damit umzugehen. Ich zweifelte nicht an meinen Gefühlen für Storm, aber auch ich brauchte Abstand, um meine Gedanken zu ordnen. Wenn ich Storm in meinem Leben wollte, wenn sie mich wollte, mussten wir beide lernen, die Vergangenheit loszulassen. Und Emmy war ein Teil dieser Vergangenheit. Ich beugte mich zu Storm, küsste die feuchte Haut ihrer Wange und stand auf. »Kann ich dich alleine lassen?« *Mach keinen Scheiß, Baby. Lass das mit den Drogen.*

Sie nickte, ohne mich anzusehen.

»In vier Tagen ist die Hochzeit. Wirst du da sein?«

»Natürlich. Ich will ja Blakes Auftritt nicht verpassen.«

Es tat weh, sie so zu sehen. Storm, die sonst immer ein Lächeln im Gesicht trug, die durchs Leben tanzte und jeden Tag lebte, als wäre es der Letzte, wirkte zerbrochen. Worte würden sie nicht trösten. Man sagte anderen immer, dass es besser würde. Dass morgen ein neuer Tag beginnt, die Zeit alle Wunden heilt. In Wahrheit waren diese Versuche, jemanden zu trösten, nichts weiter als Hilflosigkeit und Floskeln, an die man selbst nicht glaubte. Manchmal halfen weder Worte noch Zeit. Man lernte nur, damit umzugehen.

Ich beugte mich zu ihr, küsste ihre Stirn und verließ den Strand.

~~~

Seit zwei Tagen hatte ich weder Storm noch meine Freunde gesehen. K rief an und erkundigte sich nach mir. Ich erzählte ihm alles und sagte, dass ich ein paar Tage Abstand brauchte. Ich trainierte, hörte Musik oder ging joggen. Doch ich sorgte mich nicht nur um Storm. Seit meinem Geständnis verhielt sich Elisha merkwürdig. An dem Tag hatte ich ihn nicht mehr gesehen, aber Storm meinte, dass mit ihm etwas nicht stimmte. Und auch, wenn ich mit mir selbst zu tun hatte, wollte ich ihn nicht im Stich lassen. Vor einer Stunde hatte ich ihn angerufen und gefragt, ob er zum Training kommen kann. Elisha war nicht dumm. Falls er wirklich Probleme hatte, würde er nicht freiwillig darüber reden wollen. In dieser Hinsicht waren wir alle gleich. Aber zu zwei Stunden Boxen würde er nicht Nein sagen. Er war der Jüngste von uns, stand aber wie K ständig unter Strom. Wenn er sich verausgaben konnte, ging es ihm gut. Ich rubbelte meine Haare trocken, warf das Handtuch in die
~~~

Wäsche und zog mir eine schwarze Jogginghose an. Gerade, als ich die Treppe nach unten ging, klingelte es. Ich öffnete die Tür. Doch es war nicht Elisha. Braxton hielt zwei Flaschen Bier hoch und lächelte. »Hey, sorry, dass ich unangemeldet vorbeikomme, aber ich wollte was mit dir besprechen.« Er schob sich an mir vorbei und lief in die Küche. Ich schloss die Tür und folgte ihm zur Theke. Es war noch immer merkwürdig, ihn nicht mehr als zwielichtigen Desmond anzusehen, sondern als Braxton, einen Typen in meinem Alter, der versuchte, sein Leben neu zu ordnen. Zwei Jahre Undercover hatten auch ihn viel gekostet.

»Du hättest Bescheid sagen sollen, Elisha kommt gleich.« Ich nahm die Flasche Bier, die er mir reichte, und setzte mich auf den Barhocker neben ihn.

»Sorry, war etwas spontan. Aber es ist wichtig. Alles okay mit deinem Mädchen? Warum hat sie dir hinterhergeschnüffelt?«

Ich winkte ab. »War ein Missverständnis. Also, um was geht's?« Ich mochte Braxton, aber er brauchte nicht alles wissen, dazu kannten wir uns zu wenig.

»Kurz bevor ich herkam, um mich an die Fersen deines Vaters zu hängen, hab ich ein Mädchen kennengelernt.« Braxton trank einen Schluck. »Seitdem führen wir 'ne Fernbeziehung, sie wohnt noch in Michigan. Na ja, schätze, es stimmt, was die Leute sagen. Es läuft nicht gut, man entfernt sich. Sie ist auch nicht unbedingt einfach. Ich will mir hier eine Wohnung suchen. Ich mag das Klima, kenne mich aus, also warum nicht die Zelte hier aufschlagen? Ich hab schon mit ihr gesprochen, sie würde herziehen.«

»Und jetzt suchst du eine Bleibe?« Ich erinnerte mich daran, dass neben Elishas Apartment eine Wohnung renoviert wurde. »Vielleicht kann Elisha helfen.«

Wie aufs Stichwort klingelte es. Ich klopfte Braxton auf die Schulter, verließ die Küche und öffnete Elisha die Tür. Er begrüßte mich mit Handschlag. »Alles klar, Bruder?« Er drängte sich mit seiner Sporttasche, die über einer Schulter hing, an mir vorbei und musterte mich mit einem breiten Lächeln. »Schon oben ohne. Hättest du Titten, würde das Training ein bisschen anders ausfallen.«

Ich lachte. Die Ablenkung kam gelegen. So konnte ich Storm für eine Weile vergessen. »Spinner. Es gibt eine kleine Planänderung.« Ich schob ihn in die Küche.

Braxton sah auf und begrüßte meinen Freund. »Hey, Kleiner. Alles fit?«

Elisha stellte die Sporttasche ab. »Klar, Mann. Was machst du hier? Soll ich dir auch ein paar reinhauen?«

Braxton lachte. »Versuch's. Ich hab was mit Harlan besprochen.«

Elisha setzte sich neben Braxton. Ich reichte ihm eine Flasche Bier und stellte mich hinter die Theke. »Brax sucht 'ne Wohnung. Ist das Apartment neben dir schon vermietet?«

Er schüttelte den Kopf und hebelte die Flasche unter der Theke auf. »Soweit ich weiß, ist es noch frei. Ich kenne den Vermieter. Wenn du willst, frage ich mal. Wäre klasse, wenn du nebenan wohnen würdest.«

Braxton lachte. »Meine Freundin und ich. In ein paar Tagen kommt sie mich besuchen, dann besprechen wir alles.«

Elisha zog die Augenbrauen hoch und pfiff anerkennend. »Du machst alles richtig. Bring sie nach Miami und sie will nie wieder weg.«

Braxton erhob sich und klopfte Elisha auf die Schulter. »Ich lass euch alleine.« Er nickte mir zu. »Und danke, dass du dir Zeit genommen hast.«

»Wie geht's meinem Vater?«, fragte ich, bevor er die Küche verließ.

»Er keucht nur noch. Dank deiner Aussage reicht es für 'ne dicke Verurteilung, aber ich weiß ehrlich gesagt nicht, wie lange er noch macht.«

Ich presste die Lippen zusammen. Scheiße, warum tat es mir leid? »Kann ich ihn die Tage besuchen?«

»Ich denke, ich kann das einrichten.« Er hob die Hand und verschwand.

Ich wandte mich Elisha zu. »Genug ausgeruht. Geh dich umziehen, wir sehen uns unten.«

»Ganz schön herrisch. Ich wette, Storm steht drauf, wenn du so mit ihr sprichst.« Er glitt vom Barhocker, warf sich die Sporttasche über die Schulter und grinste dreckig.

~~~

Wir trainierten seit zwei Stunden. Elishas Brust glänzte vom Schweiß, sein Gesicht war gerötet und seine Fingerknöchel wund, doch er hob die Fäuste und nickte mir zu. »Noch eine Runde.«

Meine Haare klebten an der Stirn, mein Herz raste wie nach einem Marathon und meine Beine fühlten sich wie Gummi an. So erschöpft zu sein, tat gut. Die Gedanken ruhten für eine Weile und meine Sehnsucht nach Storm trat in den Hintergrund. Mit dem Unterarm wischte ich den Schweiß von meinem Gesicht. Ich stieß den Boxsack in die Richtung meines Freundes, der sekundenschnell reagierte und seine Rechte dagegen donnerte. Er holte erneut aus. Seine Rechts-links-Kombination krachte auf das Leder ein und der Sack schwang mit voller Wucht nach hinten.

»Achte auf deine Beinarbeit. Die ist noch zu träge, aber du hast dich extrem verbessert.« Ich ließ mich auf den Boden sinken, lehnte den Rücken gegen die Steinwand und beobachtete Elisha, der wie ein Besessener auf den Boxsack einschlug.

»Alles okay mit dir?«

»Was soll sein?« Zwei weitere Faustschläge krachten gegen das Leder, er duckte sich zur Seite und keuchte.

»Komm, mach eine Pause, sonst spürst du morgen deine Finger nicht mehr.« Ich streckte ihm eine Flasche mit Wasser entgegen. Endlich ließ er die Fäuste sinken und setzte sich neben mich. Wortlos schraubte er den Verschluss der Flasche ab, trank einen Schluck und leckte sich die Lippen.
~~~

»Das tat gut.« Er rieb sich den Nacken. »Braxton scheint in Ordnung zu sein, verrückte Geschichte das alles.«

»Als ich euch von Emmy und meinem Vater erzählt habe, bist du abgehauen. Storm meinte, dir ging's nicht gut.«

Er drehte den Kopf zu mir und lächelte, doch es erreichte seine Augen nicht. »Keine Ahnung, wie sie drauf kommt, bei mir ist alles okay.«

»Deshalb drischst du auch wie ein Irrer auf den Boxsack ein.«

Er runzelte die Stirn. »Sie kennt mich nicht. Mir geht's gut.«

»Aber ich kenne dich. Also, was ist los?«

»Deshalb also die spontane Trainingsstunde, obwohl du seit zwei Tagen nicht mehr da warst. Storm übrigens auch nicht. Du solltest dich lieber um sie kümmern, Farren war bei ihr. Sie meinte, sie spricht kaum.«

Zu hören, wie Storm litt, tat weh, aber sie würde mich nicht sehen wollen, und obwohl ich mich nach ihr sehnte, war ich froh, noch zwei Tage für mich zu haben. »Lenk nicht ab. Rück endlich mit der Sprache raus.«

Elisha legte den Kopf in den Nacken und seufzte. »Du lässt eh nicht locker, oder? Mein Stiefvater ist in der Stadt. Er will mich sehen und ich hab keinen Bock drauf. Aber ich komme sicher eh nicht drumrum und wenn er mit mir reden will, steckt da nichts Gutes hinter.«

Der Einzige, der Elishas familiäre Verhältnisse kannte, war Kieran. Er hatte öfter erzählt, dass Elishas Mutter nett sei, und damit angegeben, dass sie auf ihn stand, weil sie immer mehr als begeistert war, wenn er sie zusammen mit Elisha besuchte. Doch von einem Stiefvater hatte er nie gesprochen.

»Ihr versteht euch nicht?«

»Wir hatten von Anfang an ein angespanntes Verhältnis, aber seit ich seine Tochter entjungfert habe, hasst er mich.«

»Du hast deine Stiefschwester gevögelt?«

Er lachte auf. »Wenn's nur das gewesen wäre. Zwischen Tasty und mir sind ein paar Dinge vorgefallen, die mich zu seinem Staatsfeind Nummer eins machen.«

»Tasty?«

»Lange Geschichte. Wir waren wie Feuer und Wasser.«

»Klingt explosiv.«

»Worauf du dich verlassen kannst.« Elisha lächelte, leckte sich über die Lippen und ließ den Blick schweifen. »Und wenn Bayron freiwillig mit mir reden will, kann es nur um sie gehen.«

»Ihr habt keinen Kontakt mehr?«

Er schüttelte den Kopf. »Ihr Vater ist damals in einer Nacht- und Nebelaktion mit ihr abgehauen. Hatte wahrscheinlich Angst, dass ich sie noch schwängere. Meine Mutter hat ihm nicht hinterhergetrauert, aber sie vermisst Tasty.«

Es überraschte mich, wie offen er über alles redete, und ich fragte mich, was genau zwischen ihm und seiner Stiefschwester vorgefallen war. »Ich kann verstehen, dass ihr Dad was gegen dich hat, aber warum hat sie sich nie wieder gemeldet?«

»Seit wann bist du so neugierig, Bruder? Ich will nicht drüber reden. Wir haben alle Scheiße gebaut, ich bin da keine Ausnahme. Ich kann noch nicht mal sagen, dass es mir leidtut. Kennst du das, wenn jemand das Schlechteste in dir zum Vorschein bringt? Wenn du sie ficken und bestrafen willst?«

»Mit Hasssex kennt Ty sich besser aus. Du bist echt schräg, weißt du das?«

Elisha lachte. »Ihr unterschätzt mich nur alle.« Er griff nach dem Handtuch neben sich, stand auf und wischte sich den Schweiß von der Stirn. «War nicht nötig, das Große-Bruder-Getue. Du solltest dir lieber Sorgen um Storm und Ty machen.«

Ich erhob mich und zog meinen Hoodie über. »Warum?«

»Er heiratet. Tyler Kinley heiratet.« Elisha lachte. »So was schafft nur Blake. Oder er lässt sie vorm Altar stehen, weil er Schiss kriegt.«

»Dann töte ich ihn.«

»Hast du die Rede fertig?«

»So gut wie.«

Kapitel 23

STORM

Ich sah mich inmitten der Gäste um, die schon Platz genommen hatten, und hielt Ausschau nach den anderen. Die kleine Bucht strahlte im Schein der Fackeln und Kerzen, die am Rande des weißen Teppichs im Sand steckten. Sie beleuchteten den Weg zum efeubedeckten Rundbogen, unter dem Blake und Tyler sich in wenigen Augenblicken das Ja-Wort geben würden. Eine sanfte Brise rauschte durch die Dünen. Sie trug den Duft von Blumen und Salzwasser herüber und ich atmete tief ein, um jede Nuance in mir aufzunehmen. Im Hintergrund spielte *In my Room* von Thousand Foot Krutch, Gäste tuschelten, sie warteten auf das Brautpaar.

Alles war perfekt. Jeder Stuhl stand in Reihe, die Gestecke aus weißen Lilien und Farn, die ich an die Rückenlehnen der Stühle gebunden hatte, waren ordentlich, es wirkte magisch. Doch auch, wenn alles nach Plan lief, fühlte ich mich nervös. Seit vier Tagen hatte ich Harlan weder gesehen noch mit ihm gesprochen. Noch immer saß der Schock über die Wahrheit tief, doch ich hatte viel nachgedacht. Nichts davon änderte meine Gefühle für ihn. Er war der Mensch, mit dem ich zusammen sein wollte.

Ich hoffte, er sah es genauso. Sicher sein konnte ich mir nicht und das jagte mir eine verdammte Angst ein. Was, wenn Harlan den Schmerz nicht überwinden konnte? Wenn er jedes Mal Emmy in mir sah, wie sollte er abschließen können? Ich seufzte und lief weiter nach vorne. Der Sand presste sich kühl gegen meine Fußsohlen, als ich durch die Stuhlreihen ging.

»Storm!«

Ich drehte den Kopf nach rechts und entdeckte Farren in der zweiten Reihe, die mir zuwinkte. Als ich Harlan links neben Kieran sitzen sah, schlug mein Herz schneller. Ich begrüßte Elisha und Kieran und starrte Harlan an.

»Hey.« Er nickte mir zu.

»Namaste.« Meine Kehle schnürte sich zusammen. *Er ist fertig mit dir. Er kann es nicht hinter sich lassen.*

»Hey, du siehst toll aus.« Farren zog mich in ihre Arme. Als sie mich losließ, musterte sie mich mit einem Lächeln. »Und Schuhe werden sowieso überbewertet.«

Obwohl mir nach Weinen zumute war, erwiderte ich ihr Lächeln. »Stimmt, wir befinden uns schließlich am Strand.«

Sie lachte und deutete mit dem Kopf auf den freien Stuhl. »Du sitzt neben Harlan.«

Mein Drang, wegzulaufen, verstärkte sich mit jeder Sekunde, doch ich riss mich zusammen. »Wie geht's Blake?«, fragte ich Farren.

»Die läuft in ihrem Zimmer herum wie Dobby, der auf seine Befreiung wartet. Ihre Mom ist bei ihr, die ist auch schon total unruhig.«

»Dann sollte ich ihr Socken bringen«, sagte ich und setzte mich auf meinen Platz, ohne Harlan anzusehen.

Farren lachte, sank auf ihren Stuhl und nahm Kierans Hand. Sie beugte sich ein Stück nach vorne, zog die Augenbrauen hoch und deutete mit dem Kopf zu Harlan, der noch immer stur geradeaus starrte.

Mach was, sagte ihr Blick. Doch zum ersten Mal seit ich ihn kannte, fühlte ich mich hilflos. Ihn zu bedrängen, bewirkte nur das Gegenteil. Ich konnte nur versuchen, ihn sanft aus der Reserve zu locken, um herauszufinden, wie er über die Sache dachte.

»Wie geht's dir?«

Harlan drehte sein Gesicht zu mir, sodass sein warmer Atem meine Haut streifte. »Ganz gut und dir?« Sein Blick fiel auf meine Lippen. Augenblicklich spürte ich die Spannung zwischen uns.

»Du fehlst mir.« Mein Mund war trocken. Ihm so nah zu sein, ihn zu riechen, die Wärme seiner Haut zu spüren, vergrößerte meine Sehnsucht. Ich wollte ihn berühren, küssen und nie wieder loslassen.

Er strich mit dem Daumen über meine Unterlippe, wie er es immer getan hatte, und wandte den Blick wieder nach vorne.

Ich atmete tief aus, um nicht weinen zu müssen. Nach allem, was geschehen war, hatte er mir nichts zu sagen?

Musik setzte ein. Zu Thousand Foot Krutch's *Be Somebody* lief Tyler den weißen Teppich entlang, der zum Rundbogen führte. Er trug einen schwarzen Anzug und ein graues Hemd ohne Krawatte. Seine sonst abstehenden schwarzen Haare waren ordentlich zurückgekämmt.

Die Gespräche verstummten, die Leute drehten die Köpfe nach vorne. Blakes Mutter huschte über den Teppich, nahm in der ersten Reihe Platz und umarmte eine Frau, die neben ihr saß.

»Oh Gott, oh mein Gott! Sie ist wunderschön«, flüsterte Farren. Jetzt ging ein Raunen durch die Menge und ich erkannte den Grund für die Aufregung.

Am Arm ihres Vaters schritt Blake. Sie trug ihre Tochter auf dem Arm und küsste Tate, die ebenfalls ein weißes Kleid trug, auf die Wange. Blakes Kleid wirkte eleganter als in meiner Erinnerung. Rückenfrei, mit Spitzenbesatz an der Brust, aber schlicht. Ihre Haare fielen in Wellen über den Rücken. Am Zittern ihrer Unterlippe erkannte ich, dass sie weinte, als sie auf Tyler zulief. Wahrscheinlich war es nach Tates Geburt der schönste Moment ihres Lebens.

Meins zerbrach gerade in tausend Scherben.

Blakes Dad nahm Tate aus dem Arm seiner Tochter und lief mit ihr zu seinem Platz. Tyler rieb sich den Nacken. In seinem sonst so finsteren Blick lag ein sanfter Ausdruck. Es war nicht zu übersehen, dass ihm Blakes Anblick unter die Haut ging. Noch nie hatte ich die beiden so miteinander erlebt. Blake nahm seine Hände. Der Pfarrer begann mit seiner Rede. Ich wandte mein Gesicht Harlan zu, dessen Augen ebenfalls auf Blake gerichtet waren. »Ich wünschte, du würdest mich noch einmal so ansehen«, flüsterte ich. »Ich hab nachgedacht. Mir ist egal, was war und wessen Halbschwester ich bin. Ich will dich.«

»Wir reden später«, antwortete er, ohne mich anzusehen.

Ich zerknüllte den Stoff meines Kleides unter den Fäusten und nickte. Selbst jetzt ließ er mich abblitzen.

»Dann wird es Zeit für Ihr Eheversprechen«, fuhr der Pfarrer fort.

Blake räusperte sich und wischte mit dem Handrücken über ihre Wangen.

»Ich kann nicht versprechen, dass wir uns nie streiten. Ich kann dir nicht versprechen, dass ich deine Hoodies nie wieder anziehe und sie dir zurückgebe, denn sie sind viel zu kuschelig und riechen nach dir. Genauso wenig kann ich dir versprechen, dass ich die Nine Inch Nails besser als die Ramones finden werde. Die Ramones sind Legenden und auch, wenn Closer ein cooler Song ist, haben die Ramones die eindeutig besseren Texte.«

Die Gäste lachten und auch ich lächelte. Blake und Tyler würden sich niemals in Normen pressen lassen.

»Ich will dir nichts versprechen, das ich nicht halten kann, aber ich verspreche dir, dass ich immer für dich da sein werde. Dass ich immer für unsere Familie kämpfen werde und deine beste Freundin sein werde. Ich verspreche dir, dass ich immer zu dir stehe, dass ich nicht aufgebe, egal, was geschieht. Ich verspreche dir, dass du immer der beste Fehler meines Lebens sein wirst. Ti amo, Ty.«

Ich senkte den Blick und wischte eine Träne weg. Neben mir hörte ich Farren schluchzen. Auf einmal spürte ich Harlans Hand auf meiner. Er schwieg und sah geradeaus, aber er verschränkte seine Finger mit meinen. Ich schluckte, griff sie fester und versuchte, mich auf Tyler und Blake zu konzentrieren.

Er nahm ihr Gesicht in seine Hände und sah ihr in die Augen.

»Ich hab nie gedacht, dass es mal eine geben wird, die mich sprachlos macht, aber Fuck, du schaffst, was niemand anderes schafft. Du bringst mich dazu, nachzudenken, bevor ich handle. Du schaffst es, dass ich nicht mehr davonlaufe. Du machst, dass ich mich darauf freue, nach Hause zu kommen, um mit dir Sons of Anarchy anzusehen. Dass ich immer noch geil auf dich werde, obwohl ich dich jeden Tag nackt sehe …«

Alle lachten. Tyler wandte sich an Blakes Familie und lächelte schief. »Sorry, Ilario. Aber ihr habt sie echt gut hinbekommen. Deine Tochter ist so verdammt heiß.«

Ich lachte und wünschte mir, ich hätte das Gesicht von Blakes Vater sehen können. Harlans Schultern zuckten, auch er lachte. Mit dem Daumen strich er über meinen Handrücken.

»Dann ist doch alles gut?«, flüsterte ich ihm zu.

»Gleich, Storm.«

Ich hörte den amüsierten Ton in seiner Stimme und entspannte mich.

Tyler wandte sich wieder an Blake. »Ich verspreche, dass ich mich immer um Tate und dich kümmern werde. Dass ich dich weiter rasend mache, weil ich unsere Tochter Tattles nenne. Ich verspreche, dass ich in der Öffentlichkeit deine Hände halten und sie dir im Schlafzimmer fesseln werde. Dass ich für dich da sein werde, wenn du mich brauchst, so wie du für mich da bist. Ich verspreche dir, dass ich vorsichtig bei den Kämpfen bin und deinen Kopf streicheln werde, wenn du aufgebracht bist. Dass ich dich immer lieben werde. Denn du bist die Einzige, die mich verändert, ohne dass ich mich verändern muss. Du bist die Einzige, die mit meinen Dämonen rennt, ohne sie zähmen zu wollen. Ich verspreche, dass ich jeden Tag neue Gründe finden werde, um dich zu lieben. Jeder erschafft sich seine eigenen Katastrophen. Aus meiner wurde das Beste, was mir passieren konnte. Ich liebe dich, Baby.«

»Oh Gott, sie sind so perfekt zusammen.« Farrens Stimme bebte.

Tränen liefen über meine Wangen, als der Pfarrer Blake und Tyler zu Mann und Frau erklärte. Ich drückte Harlans Hand und wünschte, er würde endlich mit mir reden.

~~~

Farren zog mich an der Hand hinter sich her. Wir bahnten uns den Weg durch die Gäste, um zum Büfett zu gelangen. »Mann, ich hab jetzt einen riesen Hunger«, sagte sie lachend. »Übrigens, du hast es wunderschön geschmückt.« Sie deutete mit dem Kopf zur Decke des Pavillons, der an allen Seiten offen war. Tausende warmweiße Lichter strahlten zwischen Efeu, das von der Decke rankte.

»Ich habe die Dekoration zusammengestellt, aber ich hab's nicht selbst geschmückt«, antwortete ich und sah mich nach Harlan um, der sofort nach der Eheschließung aufgesprungen und verschwunden war.

Farren nahm sich einen Teller und schaufelte Salat, Nudeln und Fleisch darauf.

»Egal. Trotzdem ist es wunderschön und das mitten am Strand. Ich vermisse New York kein bisschen.« Sie hielt mir den Teller unter die Nase. »Willst du auch? Ich meine, ohne das Fleisch natürlich.«

Ich schüttelte den Kopf und scharrte mit einem Fuß im Sand. »Hast du Harlan gesehen?«

»Der ist mit Kieran und Elisha zu Tyler gerannt. Wahrscheinlich beweihräuchern sie sich gerade selbst. Weißt schon, das übliche Machogehabe.«
~~~

Ich nahm mir eine Flasche Cola, drehte mich um und stieß gegen ein Mädchen mit feuerroten Haaren und rotem Lippenstift, der in Kontrast zu ihrem schwarzen Shirt mit Placebo-Aufdruck stand. In dem Outfit, mit schwarzen Skinnyjeans, die ihre geschwungenen Hüften betonte, wirkte sie wie ein Rockstar.

»Sorry«, murmelte ich.

»Schon gut. Nichts passiert.« Sie kniff die Augen zusammen. »Sorry, falls das jetzt komisch rüberkommt, aber seid ihr vielleicht Storm und Farren?«

Ich runzelte die Stirn.

»Ich bin kein Stalker oder so«, sagte sie schnell und streckte mir ihre rechte Hand entgegen. »Phoenix Hendry, Braxtons Freundin. Er sagte, ich würde euch am Büfett finden, und die Beschreibung passt auf euch.«

Ich schüttelte ihre Hand. »Beschreibung?«

Sie lachte. »Ein Hippie und ein Nerd. Seine Wortwahl, nicht meine.«

»Ich bin überrascht, dass er eine Freundin hat«, sagte ich, denn ich wusste noch nicht mal, dass Braxton eingeladen war. Gehörte er jetzt zur Clique?

»Hm, solange ihr keine Affäre habt, kannst du ruhig überrascht sein«, antwortete sie ernst. »Du heißt echt Storm? So wie die von X-Men?«

»Ich hab zwar keine Ahnung, wovon du sprichst, aber schön, dich kennenzulernen«, erwiderte ich noch immer überrascht von dieser merkwürdigen Begegnung.

Phoenix zeigte mit dem Daumen nach hinten. »Brax begrüßt gerade die anderen. Wir sind zu spät gekommen, weil er mich vom Flughafen abgeholt hat.«

Farren schob sich mehrere Salatblätter gleichzeitig in den Mund. »Dann besuchst du ihn hier? Eine Beziehung mit einem Undercover-Cop ist sicher schwierig.«

Phoenix' Mundwinkel zuckten, das Thema schien ihr nicht zu gefallen. »Ehrlich gesagt, ist es das auch. Deshalb ziehe ich her, wir wollen noch mal von vorne anfangen.«

»Hier ist es toll. Und wenn du magst, zeigen wir dir die Stadt«, sagte Farren. »Ich kenne das Gefühl, wenn man die Neue ist.«

Phoenix winkte ab. »Ist nett von dir, aber nicht nötig, ich bin hier aufgewachsen und -«

»Scheiße, was machst du hier?«

Gleichzeitig schossen unsere Köpfe herum.

Elisha starrte Phoenix mit weit aufgerissenen Augen und offenem Mund an.

»Na klasse.« Sie verschränkte die Arme vor der Brust. »Ich dachte, du bleibst mir länger erspart, aber ich werde mich dran gewöhnen.«

Ich verstand nicht, was vor sich ging, und Farrens Blick nach zu urteilen, war auch sie verwirrt.

»Ihr kennt euch?«, fragte ich vorsichtig.

Phoenix stieß einen Seufzer aus und warf Elisha einen herausfordernden Blick zu. »Ich weiß nicht, kennen wir uns?« Sie sah nach oben, als überlegte sie. »Erinnerst du dich noch an dein Spielzeug, Esh?«

»Deshalb wollte dein Vater also mit mir reden.« Er nickte nachdenklich. »Was machst du hier?«

»Eine Wohnung mit meinem Freund ansehen.«

Als Elisha die Augen zusammenkniff, lachte sie. »Ah, du wusstest nicht, dass ich Braxtons Freundin bin? Tja, du weißt so einiges nicht.«

Elisha tat einen Schritt auf sie zu, doch sie wich zurück.

»Sag nicht, du bist immer noch sauer, Tasty.«

»Nenn mich noch einmal so und ich schwöre dir, dass *ich* dir dieses Mal wehtue.«

»Wow. Leute, kommt runter!« Farren stellte sich zwischen die beiden und fuchtelte mit ihrer Gabel in der Luft herum. Sie wandte sich an Elisha. »Geh zu Braxton und rede mit ihm oder klär das mit ihr, aber macht keine Szene. Blake rastet aus.«

Elisha drehte sich um und warf Phoenix einen finsteren Blick über die Schulter zu. »Schon gut, wir sehen uns.« Er lief davon.

»Ihr kennt euch? Was war da los?«, fragte Farren.

»Ich dachte, ich kannte ihn.« Phoenix seufzte. »Esh ist mein Stiefbruder. Tut mir leid, ich wollte keinen Ärger machen, ich ertrage ihn nur einfach nicht. Ich geh auch mal nach Braxton sehen.«

Sie rauschte davon.

»Okay. Das war so schräg oder hast du irgendwas verstanden?«, fragte ich Farren.

Sie schluckte hastig das Essen herunter. »Keine Ahnung. Ich bin total baff, dass Elisha eine Schwester hat. Ist dir mal aufgefallen, dass wir hier alle immer Stress mit den Typen haben? Das ist wie in diesen Büchern, wo es erst riesen Krach gibt und die dann merken, wie toll sie sich eigentlich finden.«

Ich lachte. »Was liest du denn für Bücher?«

Farren zuckte mit den Schultern. »Man muss halt vielseitig bleiben. Bei Ron und Hermine war's dasselbe. Ich sag dir, solche Beziehungen sind was für die Ewigkeit. Sieh dir Blake und Ty an. Ich denke, Kieran und ich haben gute Chancen.«

»Du bist verrückt.«

Die Musik wurde leiser, die Tanzfläche leerte sich. Ich nahm Farrens Hand und lief mit ihr zu unseren Plätzen in der hintersten Ecke des Pavillons. Von hier hinten hatten wir einen guten Blick auf Blake und Tyler, die umgeben von Blakes Familie an einem Tisch saßen.

Kieran kam lachend zu uns. Er setzte sich neben Farren und küsste sie.

»Wo ist Elisha?«, fragte ich.

»Der redet mit Braxton und so 'ner kurvigen Tussi. Mann, die hat vielleicht was zu bieten.«

Farren schlug ihm gegen die Schulter. »Von Respekt hältst du nichts, oder? Ihr Name ist Phoenix und du behalt die Finger bei dir.«

Er lachte. »Nicht mein Typ. Ich stehe auf zierliche Nervensägen.«

Farren warf ihm einen grimmigen Blick zu, der sich schnell wieder erhellte, als Kieran ihr einen Kuss auf die Stirn gab. »Du bist die Einzige, das solltest du mittlerweile wissen.«

Ich lehnte mich im Stuhl zurück und beobachtete Blake. Tate saß auf ihrem Schoß und zog an ihren Haaren, während Tyler und sie die Köpfe zusammengesteckt hatten und sich unterhielten. Immer wieder lächelte sie ihn an. Selbst ein Blinder konnte die Liebe erkennen, die sie füreinander empfanden.

Als Harlan erschien, tat mein Herz einen Satz. Er hielt einen Zettel in der Hand, beugte sich über Blake, gab ihr einen Kuss auf die Wange und stellte sich dann in die Mitte der Tanzfläche.

Er wandte den Blick den Gästen zu, die ihre Gespräche einstellten und ihn gebannt ansahen. In seinem schwarzen Anzug mit passendem Hemd wirkte er elegant, aber sein Outfit war alles andere als spießig. Seine tätowierten Hände verliehen dem Ganzen das gewisse Etwas. Er würde die Rede halten und augenblicklich klopfte mein Herz schneller.

Tyler richtete sich auf, hob sein Sektglas und schlug vorsichtig mit seiner Gabel dagegen. »Mein Freund will eine Rede halten. Und indirekt ist er mein Trauzeuge, auch wenn er beim Ja-Wort nicht mit vorne stand. Aber ich verspreche, die Hochzeit ist rechtsgültig. Sorry, Baby.« Er zwinkerte Blake zu und widmete sich wieder den Gästen. »Also machen wir es wenigstens mit der Rede wie die Spießer. Leg los, Bruder.«

Die Leute lachten. Die Hochzeit war wirklich alles andere als traditionell. Gerade das gefiel mir. Harlan faltete den Zettel auseinander. Für einen Moment trafen sich unsere Blicke und ein heißer Schauer jagte durch meinen Bauch.

Er räusperte sich. »Ich bin nicht gut im Reden halten, aber mein Freund hat mich darum gebeten und ich habe lange überlegt, was ich zu sagen habe.« Er drehte sich zum Brautpaar. »Blake, Ty, ich wünsche euch, dass ihr das, was ihr habt, festhaltet. Lasst nie wieder etwas zwischen euch kommen, denn das Leben ist zu kurz, um Fehlern nachzutrauern. Das ist mir durch einen besonderen Menschen bewusst geworden. Das ist eure Hochzeit, aber sie gehört dazu. Also …«

Blake lächelte, hob den Daumen und Tyler nickte Harlan zu.

Ich hielt den Atem an, als er sich umdrehte und mir in die Augen sah.

»Du kennst alle Regeln, doch diese Regeln kennen dich nicht. Du bist nicht wie die anderen und du willst niemals so sein. Du bist frei. Eine Straße in der Wüste, ein Vogel auf der Reise. Du bist der Sturm, der von einem Ort zum anderen zieht. Du bist ein Sturm, der sich nicht einsperren oder zähmen lässt. Ein Sturm, der über das Meer hinwegzieht und die Blätter der Bäume rauschen lässt. Du bist überall.

Und auch, wenn ich Angst vor dem Chaos hatte, das dieser Sturm mit sich brachte, so rettete er mir das Leben. Er verwüstete es, brachte es durcheinander, riss mich mit sich. Öffnete mir die Augen für das Wesentliche. Für das, was unser Leben lebenswert macht.

Er sorgte dafür, dass die Wolken aufbrachen und sich das Licht einen Weg bahnte. Ich habe in Abgründe gesehen und dachte, die Dunkelheit verschlingt mich. Doch dann zog der Sturm auf.

Er zeigte mir, dass das Leben mit all seinen Makeln und Fehlern wertvoll ist. Dass es immer ein Morgen gibt, auch, wenn das Gestern wie das Ende schien. Manchmal leben wir zu sehr in der Vergangenheit und sehen nicht das, was direkt vor uns liegt. Wie viel Gutes vor uns liegt.

Ich sehe es jetzt.

Liebe und Glück.

Eine Zukunft.

Du bist die Wärme, das Licht und das Leben. Du bist mein Orkan. Ich liebe dich, Storm.«

Tränen liefen über meine Wangen, um mich herum verschwammen die Lichter und Geräusche. Der Applaus der Gäste, die Jubelrufe drangen wie durch Watte in meine Ohren. Er liebte mich. Harlan Avery liebte mich.

Er kam zu mir, nahm meine Hand und entschuldigte uns bei den anderen. Ich folgte ihm bis ans Ufer. Er griff in die Tasche seines Anzuges und zog Emmys Foto heraus. »Das war seit fünf Jahren alles, was mir geblieben ist. Meine Strafe und mein Frieden. Aber ich will nicht mehr in der Vergangenheit leben.« Harlan hielt Emmys Foto über das Wasser. Er lächelte, strich mit dem Daumen darüber und ließ es fallen.

»Das musst du nicht. Du sollst sie nicht vergessen.« Ich wollte es herausfischen, doch er griff meinen Ellbogen und hielt mich zurück.

»Ist in Ordnung.«

»Bist du sicher?«

»Die Geschichte kann nur weitergehen, wenn man das vorherige Kapitel abschließt.«

Ich lächelte und nahm seine Hand.

Mit jeder Welle entfernte sich Emmys Bild von uns. Wie eine Feder im Wind trieb es auf dem Meer. Ein heller Fleck auf dem Wasser, dem wir nachsahen, bis er gänzlich verschwunden war. Ich schlang meine Arme um seinen Nacken und küsste ihn. »Ich kann dich nicht retten, aber ich kann dich lieben.«

Er legte seine Hände an meine Hüften, zog mich dicht an sich und vergrub sein Gesicht an meinem Hals.

Hier standen wir. Zwei Menschen, die alles verloren und viel gewonnen hatten. Zwei Menschen, die durch ihre Vergangenheit zueinander gefunden hatten. Und mir wurde bewusst, dass ich zum ersten Mal ein Zuhause hatte. Einen Ort, an dem ich so sein konnte, wie ich war. Einen Ort, der weder vier Wände noch ein Dach besaß und mir doch alles gab, was ich brauchte. Ich war nicht mehr rastlos, ich wusste, wohin ich gehörte. Genau hier wollte ich sein.

Und auch, wenn mich die Lügen meines Vaters noch immer quälten, so hatte er in einer Sache recht behalten. Man musste immer an das Gute glauben und dafür kämpfen. Es gab immer ein Morgen. Auch, wenn das Gestern wie das Ende schien.

Und wie geht es weiter?

Die Unfolding-Serie geht in die letzte Runde. Zum letzten Mal werdet ihr ein Teil der Clique werden und erfahren, was zwischen Elisha und Phoenix vorgefallen ist. Warum verabscheut sie ihn? Trägt auch Elisha eine Maske, hinter der er sein wahres Ich versteckt? In Band 4 erfahrt ihr die Geschichte der beiden.

Pretend (Unfolding 1)
Abandoned (Unfolding 2)
Crashed (Unfolding 3)
(Unfolding 4) (vsl. Frühjahr 2018)

Für News, Textausschnitte oder um sich mit mir auszutauschen, besucht gerne meine Facebook-Seite.
Penny L. Chapman
https://www.instagram.com/penny_l._chapman/
https://www.facebook.com/AutorinPennyL.Chapman/

Und für alle Fans der Clique, die Lust auf exklusive Bonusszenen und Insider haben, gibt es unsere #Unfolder-Gruppe auf Facebook.

Ich freue mich sehr über eure Nachrichten und euer Feedback.

Interview mit der Clique

Ingrid Schrettl: Storm, bist du immer so schlagfertig oder nur bei Harlan?

Ich denke, ich hätte weniger Probleme, würde ich nur bei Harlan die große Klappe haben. Aber es liegt einfach in meiner Natur zu sagen, was mir durch den Kopf geht.

Katarina Miletic: Ty, wie fühlst du dich jetzt als Vater? Hattest du Angst, dass du der Aufgabe nicht gerecht wirst? PS: Nina und ich lieben dich!

Scheiße, du kennst mich Bastard. Ich bin mit Sicherheit nicht der geborene Vater, aber ich liebe Tate und ich tue alles, um sie zu beschützen. Ich versuche einfach mein Bestes und höre auf mein Gefühl. Sie lebt noch und ist gesund, also mache ich meine Sache wohl nicht so schlecht. Und ja, ich weiß, ihr liebt mich. Nina sowieso und du hast sicher auch schon wieder die Hand im Höschen. (Scheiße, Süße. Erst sprichst du über meine Tochter und dann machst du mich an? Versautes Stück!)

Diana Prasse: Harlan, welcher war der beste Ratschlag, den du je bekommen hast?

Es ist kein Ratschlag, aber durch meinen Vater habe ich gelernt, wie ich niemals sein möchte. Und ich glaube, dass ich das Beste von Storm gelernt habe. Die Geschichte kann nur weitergehen, wenn man das vorherige Kapitel abschließt. Das trifft es sehr genau.

Nicki Nox: Farren, fandest du Draco niemals heiß? Dass du Team Harry bist, war sehr deutlich.

Natürlich fand ich Malfoy heiß. Er war der Bad Boy von Hogwarts und wie du weißt, habe ich eine Schwäche für die bösen Jungs *schielt zu Kieran*. Und er hat sich nicht an die Regeln gehalten. Also, wenn ich so überlege, K ist der Malfoy von Miami. Kieran verzieht den Mund. »Trouble, lass den Scheiß. Ich bin noch immer traumatisiert.«

Anja Großmann: Blake, wie ist das Leben als Mama und was hat sich dadurch für dich geändert?

Ich schlafe weniger, lache mehr und bin nicht mehr so rastlos wie vorher. Ty und ich sind ein gutes Team. Ich hatte recht, er ist ein guter Vater. Auch, wenn er mich manchmal zur Weißglut treibt. Er ist nachts immer aufgestanden, um Tate zu füttern, während ich mich tagsüber um sie kümmere. Und er unternimmt gerne Sachen mit ihr. Ich bin sehr glücklich. Das Leben ist gut.

Anny Bahr: Harlan, was war dein erster Gedanke, als du Storm zum ersten Mal gesehen hast?

Ich war geschockt. Es war, als stünde Emmy vor mir. Es tat sehr weh. Als Storm gesprochen hat, war ich verwirrt. Das Bild hat nicht mehr gepasst. Es war ein heftiger Moment für mich.

Christina Alfano: Jungs, das Leben ist nicht immer fair. Was hält euch zusammen?

Elisha: Wir sind alle krank.
Kieran: Wir ergänzen uns einfach. Keiner hat die typische Familie. Wir haben gelernt, uns auf die anderen zu verlassen.
Harlan: Und ich bin euer Babysitter.
Ty: Na ja, diesmal brauchtest du einen. Selbst Weiber stellen sich nicht so an, wenn's ums Ficken geht.
Harlan verdreht die Augen

Nala Layoc: Farren, wie ist das Zusammenleben mit Kieran so? Gibt es etwas, das dich total an ihm nervt?

Es ist meistens wirklich spaßig. Wir spielen zusammen Videospiele, kochen (er gibt's nicht zu, aber K kocht echt gut) und unternehmen viel. Mich nerven einige Dinge an ihm. Er liest einfach nicht. Selbst Comics nicht. Er geht schnell an die Decke und lässt seine Klamotten überall im Haus rumliegen. Darüber gibt es regelmäßig Krach. Es sollte nicht so schwer sein, dreckige Wäsche ins Bad zu bringen. Und er füttert Dobby vom Tisch, das hasse ich wie die Pest.

Lena Shaddix: Harlan, was hast du gedacht, als Ty dich gebeten hat, mit Blake zu schlafen, und dann auch noch dabei sein wollte?

In dem Moment habe ich nicht nachgedacht. Mir ging es nicht gut, weil es Emmys Todestag war, und ich wollte nicht alleine sein. Für eine Weile alles vergessen. Jeder von uns dreien hatte seine Gründe.

Tatjana Dunker: Elisha, wie stellst du dir deine Zukunft vor?

Jetzt, da Tasty wieder da ist … aufregend.

Danksagung

Wie jedes Mal gibt es ein paar besondere Menschen, ohne die ich beim Schreiben dieses Buches verrückt geworden wäre. Kieran war schwierig, Ty total stur und verkorkst und Harlan? Harlan war eine besondere Herausforderung, denn seine ruhige Art hat mich manchmal an den Rande des Wahnsinns gebracht. (Und ich schätze, Storm ging es nicht anders.)

Wie immer danke ich zuerst meinen Testleser-Mädels, die sich nach jedem Kapitel tausend Fragen anhören mussten und die mich wie jedes Mal tatkräftig unterstützt haben.

Irene, du bist besonders kritisch, hinterfragst und erklärst. Egal, wann, egal, wie verzweifelt ich war, du behieltest einen kühlen Kopf und hattest immer Zeit. Ich danke dir. Ohne dich wäre schon Abandoned im Müll gelandet und auch Crashed wäre ohne dich sicher nicht veröffentlicht worden. Danke!

Danke auch an *Jasmin* und *Ally,* die die Geschichte geprüft haben und meine nervigen Fragen ertragen haben.

Ein besonderes Dankeschön geht an *Rommy,* die immer Feuer und Flamme ist und das fertige Manuskript noch einmal auf Spannung und Handlung prüft. Ich bin so froh, dass du dabei bist. Dir fallen Dinge auf, die ich selbst nach dem x-ten Mal lesen nicht mehr sehe.

Kristina. Ich liebe dein Auge für Details und lege viel Wert auf deine Meinung. Danke, dass du Storm eine Chance gegeben hast, auch wenn sie dich auf den ersten Blick abgeschreckt hat. Danke, für deine Mühe mit Crashed.: D

Dini, danke für den letzten Testdurchlauf!

Angela, zu dir fallen mir tausend Dinge ein, für die ich dankbar bin, aber keines davon würde dir gerecht. Ich bin unendlich froh, dich gefunden zu haben. Du bist nicht nur der engagierteste Sims-Killer, sondern auch noch meine Seelenklempnerin, Schreibbuddy und Freundin geworden. Rock me, Amadeus!

Meine Bloggermädels, die mittlerweile so viel mehr als das sind.

Nicci, danke für unsere netten Gespräche, deine Professionalität beim Arbeiten und die wunderschönen Bilder. Deine offene, lockere Art macht es mir leichter, dir mein Buchbaby anzuvertrauen.

Becca. Mittlerweile bist du nicht mehr nur Bloggerin, sondern auch zur Freundin für mich geworden. Trotzdem weiß ich, dass du mir ehrlich deine Meinung sagst, wenn dir etwas nicht gefällt. Und nur dadurch kann ich mich verbessern. Danke für alles. (Bring beim nächsten Mal die Brechstange mit. Urban exploring ist wirklich ein Knochenjob.) (Danke an VPS für die

Eisendübel und Stahltüren, irgendwie schaffen wir es noch rein.)

Michi. Nur selten trifft man Menschen wie dich, bei denen man gleich spürt, dass man demjenigen vertrauen kann. Ich danke dir fürs Zuhören, Zureden und deine Unterstützung. Für die Pretend Hörprobe, unsere lustigen, nachdenklichen und verrückten Gespräche. Dank dir wurde Harlan ein Mal mehr flachgelegt, auch er ist dir zu Dank verpflichtet.

Ümi. Danke, dass du so ein Sonnenschein bist und immer ein liebes Wort übrig hast.

Brummsel. Kein anderes Kind hätte so viel Geduld für seine verrückte, workaholic Mutter. Und kein anderes Kind würde fiktive Morde am Frühstückstisch mit mir planen. Ich liebe dich.

Alle Blogger und Bücherverrückten, die mir so wundervoll helfen, indem sie teilen, empfehlen und kommentieren. Ich bin jedes Mal von eurem Eifer geflashed. Tausend Dank! Ich weiß gar nicht, was ich dazu sagen soll. Ihr seid großartig!
Besonderen Dank gilt den wunderbaren Mädels von Love Books & Bad Boys, die einfach grandiose Arbeit leisten, Autoren mit Rat und Tat zur Seite stehen und auch menschlich wunderbar sind. Tina, Evelina … Danke, dass ihr Ty und K noch kein Hausverbot erteilt habt.:)

Zum Schluss möchte ich mich bei meinen Lesern, den Unfoldern bedanken.

Man sagt, Bücher verbinden und dass dieser Spruch stimmt, sieht man an euch.
Wenn ich jetzt Dinge schreibe, die als »abnormal« gelten, dann weiß ich, dass es dort draußen Menschen gibt, die genau das lieben.
Menschen, die mit offenen Augen und Ohren durch die Welt gehen und das Leben sehen, wie es ist. Bunt, nicht in Form gepresst und gezähmt.
Ihr stört euch nicht an Kontroversen, ihr verurteilt nicht, nur weil etwas anders ist. Ihr blickt hinter all das. Ihr seht, dass nicht alles Schwarz und Weiß ist. Ihr könnt die Realität von Geschichten unterscheiden und lasst euch auf Bücher ein, die nicht der Norm angepasst sind.
Dafür danke ich euch.
Ich beabsichtige nie, zu schocken oder Grenzen zu überschreiten, aber selbst wenn ich es tue, verurteilt ihr nicht. Ihr liebt die Clique, weil sie wild ist. Weil sie nach ihren Regeln leben und sich nicht um die Meinung der anderen kümmern. Auch wenn wir nicht alles gut finden müssen, was sie tun, sollten wir uns manchmal daran ein Beispiel nehmen.
Ich tue es. Ich schreibe, was ich schreibe, und ich lasse mich nicht in eine Schublade pressen. Ich bin einfach so, wie ich bin. Und ich habe Menschen gefunden, die das genauso sehen.
Danke an jede Einzelne von euch.
Für eure Kommentare, Nachrichten, Briefe, Rezensionen. Für die Gespräche, für die Unterstützung. Für alles. Wer hätte ge-

dacht, dass es die Jungs schaffen, so viele verrückte Menschen miteinander zu verbinden? Ich finde es wundervoll, wie ihr euch gegenseitig helft und miteinander lacht.
Auf weitere Abenteuer!

Bleibt so, wie ihr seid. Lasst euch nicht verbiegen, weil ihr anders seid. Das ist okay. Normal ist langweilig.

Wenn euch Harlans Geschichte gefallen hat, würdet ihr mir eine riesen Freude mit einer Rezension machen. Auch wenn sie noch so kurz ist, alles hilft.

Danke, dass ihr mir helft, meinen Traum zu leben.

Eure Penny

19839580R00213

Printed in Poland
by Amazon Fulfillment
Poland Sp. z o.o., Wrocław